여왕님
뜻대로

여왕님 뜻대로 3

초판 1쇄 인쇄 2015년 8월 11일
초판 1쇄 발행 2015년 8월 18일

지은이 백묘
발행인 오영배
책임편집 김보나
표지 · 본문 디자인 권지연
제작 조하늬
일러스트 kine

펴낸곳 (주)삼양출판사 · 단글
주소 서울시 강북구 도봉로 173
대표 전화 02-980-2112 **팩스** / 02-983-0660
출판등록 1999년 3월 11일 제9-00046호
블로그 www.blog.naver.com/dan_gul

ISBN 979-11-313-0426-6 (04810) / 979-11-313-0423-5 (세트)

은 (주)삼양출판사의 로맨스 문학 브랜드입니다.

3

백묘 장편소설

ROMANCE STORY

여왕님 뜻대로

As you like it,
your Majesty

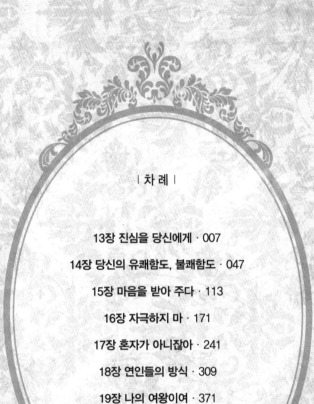

| 차 례 |

13장
진심을 당신에게

"문제는 이거야."

부검실에서 혜란이 시체의 왼쪽 가슴을 가리켰다. 이번에 발견된 것은 머리와 몸통. 저번에 발견된 팔다리와 동일인이 맞다고 했다.

"이 낙인. 죽은 후에 찍은 거야."

왼쪽 가슴에는 정삼각형과 역삼각형을 겹친 별 모양의 붉은 자국이 나 있었다.

"주술이나 종교적인 낙인인가? 종교에 심취한 미친놈이 저지른 사건이면……."

"웨이러미닛."

팔짱을 끼고 서 있던 성현이 끼어들자, 혜란이 도끼눈을 하고 성현을 쏘아봤다. 국과수에서 만났을 때부터 혜란은 성현에게 곱지 않은 시선을 보내고 있었다. 한선은 그 눈빛이 저를 향하지 않는데도 오싹할 정도로 무서운데, 정작 그 시선을 한 몸에 받는 성현은 전혀 신경 쓰지 않고 있었다.

멍청하지만 담은 큰 녀석이라고, 한선은 생각했다.

"이건 아무 의미 없습니다, 정 박사님."

"아무 의미가 없다고?"

혜란의 목소리에도 날이 서 있었다.

"육각형의 별 모양. 죽은 후에 왼쪽 가슴에 찍는 낙인. 시체 훼손. 이런 식의 주술은 없고, 종교도 없다고 알고 있습니다. 뭐, 한국에 생긴 신생 종교일지도 모르지만요."

"자신만만하시네."

혜란이 비아냥거렸다.

"후후후. 제가 여기가 좋거든요. 자, 그럼 이쯤에서 알아낸 것을 몇 가지 알려드리지요. 첫 번째, 이 낙인은 수사에 혼선을 빚기 위한 수작에 불과합니다. 방금 류 형사님이 한 것처럼 종교나 주술 관련의 살인이라고 생각하게 만들려는 거겠지요. 두 번째. 보십시오, 박사님. 브이가……."

탁—

혜란이 손가락 두 개를 올린 성현의 손등을 때렸다.

"쓸데없는 짓거리 하지 말고 설명이나 해. 난 류 형사나 재인이처럼 마음이 넓지 않으니까."

"닭발도 안 됩니까?"

"내가 웃고 있을 때, 설명을 끝내는 게 좋을 거야."

"쳇. 알겠습니다. 두 번째. 조만간 또 토막 시체가 발견될 겁니다. 지금은 일주일에서 열흘 사이에 한 부위씩 발견이 되었지만, 앞으로는 좀 더 빨라질 겁니다. 세 번째. 이 살인은 무차별 살인이 아닐 가능성이 높습니다. 네 번째."

거기까지 말한 성현의 표정이 어두워졌다. 그는 음산한 눈으로 시신을 노려보다가 중얼거렸다.

"다음번 희생자가 있을 때까지, 범인을 잡지 못할 겁니다. 아직 살인의 이유를 파악할 수가 없으니까요."

"이런 시체가 또 있을 거란 말이야?"

한선의 질문에 성현이 고개를 끄덕였다.

"응, 아마 이미 얼려둔 상태일 거야."

"넌 그런 걸 어떻게 아는데? 범인에 대해 아는 게 있는 거 아냐?"

"내가 지금 알 수 있는 건, 범인이 이 여성분을 죽일 때 그다지 즐거워하지 않았다는 거야."

"뭐?"

"연쇄살인범은 사람을 죽일 때 가장 큰 희열을 느끼지. 분노나 복수 따위의 이유가 있는 계획범죄일 경우에도 마찬가지야. 시신에 범인의 희열이 묻어나오게 되어 있어. 하지만 이 시신의 경우, 계획은 느껴지는데 즐거움은 없어. 이건 범인이 그다지 죽이고 싶지 않은 상대를 죽였다는 거야."

"계획, 즐거움……?"

한선은 이런 식의 판단은 처음 들어봤기에, 멍하니 부검대를 내려다봤다. 하지만 생명이 빠져나간 여성의 몸에서 알아낼 수 있는 건 아무것도 없었다.

"계획이라면 청부살인일 수도 있는 거 아냐?"

혜란이 물었다.

"글쎄요. 청부살인으로 이런 번거로운 짓을 하진 않을 것 같습니다만, 어딜 가나 이단아는 있는 법이니까요. 정 박사님 말대로 청부살인의 희생자일지도 모르겠습니다. 정확한 것은 다음 시신이 발견되어봐야 알 것 같습니다."

성현이 무감정하게 대답했다.

"야, 이 자식아!"

듣다 못한 한선이 성현의 멱살을 잡았다.

"희생자가 또 나오게 생겼는데 너란 놈은!"

"형."

성현이 가만히 멱살 잡은 한선의 손을 감싸 쥐었다.

"이건 내가 어떻게 할 수 없는 부분이잖아. 그렇다면 냉정하게 상황을 판단하고 기다리는 수밖에 없어."

"……."

"우리가 할 수 있는 건, 최대한 빨리 범인을 잡아서 유족들에게 작은 위안이라도 안겨 주는 것뿐이야."

성현의 예측대로 두 번째 피해자는 조금 빨리 등장했다. 첫 번째 희생자처럼 팔과 다리가 먼저 발견되었는데, 이번 피해자는 남성이었다.

일찍 일어나 뉴스를 본 재인은 한숨을 내쉬며 욕실로 향했다. 시간은 빠르게 흘러갔고 세상은 움직였다. 하지만 재인은 며칠 전, 성현과 그의 약혼녀를 목격했을 때의 감정 그대로 남아 있었다. 깊은 웅덩이에 고인 물처럼, 우울한 기분은 움직일 생각을 하지 않았다.

그날을 기점으로 성현과 만나질 못했다. 성현은 재인의 집에 찾아오지 않았고, 재인 역시 일부러 그의 집에 찾아가지 않았다. 그가 뭘 하고 있는지, 무슨 생각을 하는지, 재인은 아무것도 알 수 없었다.

'리젤……이라고 했지. 미국에서 만난 거겠지?'

어쩌면 미국에 있던 약혼녀가 한국에 오는 바람에, 성현이 시간을 낼 수 없게 된 것일지도 모른다. 리젤이 성현에게 더 이상 재인과 만나지 말라고 말했을지도 모르고.

'그럼 두 번 다시 민성현 씨를 볼 수 없게 되는 건가?'

그렇게 생각하자 오싹 소름이 돋았다.

'아, 이럴까 봐 싫었는데.'

누군가를 자신의 세계로 받아들인다는 것은, 그에게 마음의 한 귀퉁이를 내준다는 뜻이었다. 때문에 그곳을 채우고 있던 누군가가 홀쩍 빠져나가 버리면, 그에게 내주었던 부분이 텅 비어 버린다.

그렇게 텅 빈 느낌이, 재인은 끔찍이도 싫었다.

부모님을 잃었을 때의 그 절망과 공허함, 고통과 아픔. 그것을 두 번 다시 느끼고 싶지 않아서 높디높은 성벽을 쌓았던 건데. 성안으로 훌쩍 들어온 불청객은 제멋대로 가장 커다란 부분을 차지하더니, 말도 없이 나가려고 하고 있었다.

'정신 차리자.'

샤워를 끝낸 재인은 뿌연 거울을 손바닥으로 닦아 냈다. 깨끗해진 부분에 재인의 얼굴이 비쳤다. 한심할 정도로 울상이라서 쓴웃음이 나왔다.

'원래 없던 사람이 사라지는 것일 뿐이야. 알고 있었잖아. 평생 함께하는 일은 없으리라는 거. 그 시기가 조금 빨리 온 것일 뿐이라고 생각하자.'

"차라리 다행이야."

라고, 재인은 거울 속의 자신에게 말했다.

"이 마음이 더 커진 후에 알게 됐으면 더 많이 고통스러웠을 거야. 그러니까 지금이 딱 적당해."

재인은 그렇게 자신을 다독였다.

나갈 준비를 끝내고 현관문으로 향했다. 운동화를 신으며 아무 생각 없이 현관문을 열었다. 아래로 떨어뜨린 시야로 반짝거리는 검은 구두가 들어왔다.

쿵―

갸름하고 예쁜 남성 구두를 보는 순간 심장이 내려앉았다. 반사적으로 시선을 위로 들자, 성현이 있었다.

성현은 눈을 휘둥그레 뜨고 있었다. 왜 저렇게 놀란 표정일까?

궁금해 할 새도 없이 성현이 획 돌아섰다. 누가 봐도 도망치려는 행동이었다.

'도망쳐야 하는 건, 내 쪽인데.'

라고 생각하며, 멍하니 그의 등을 응시했다. 너무 갑작스러운 마주침이라서 무언가 행동해야 한다는 자각도 없었다.

몇 걸음 걷던 성현이 우뚝 걸음을 멈춘 후에야, 그를 무척이나 오랜만에 마주했다는 것을 떠올렸다. 그가 풍기는 달콤한 향기는 여전히 아늑하게 재인을 감쌌다.

이를 악물었다. 그에게 안기고 싶다는 충동이 급작스럽게 솟아올랐기 때문이다.

"여왕님."

낮은 저음의 음성이 복도를 울렸다.

오싹, 소름이 돋은 이유는, 그의 음성이 그 여느 때보다도 듣기 좋았기 때문이다. 듣기 좋다는 이유로 소름까지 돋다니. 재인은 쓴웃음을 삼키며 그의 말을 기다렸다.

"내가 지금 말이야."

그가 느릿하게 재인을 향해 돌아섰다. 성현의 얼굴을 보고 싶은데, 그는 한 손으로 입가를 가린데다 고개까지 푹 숙이고 있었다.

"내 나이 7살 때 이후 처음으로 큰 위기에 봉착했어."

농담을 하는 것 같지는 않았다. 위기라니. 걱정스러운 마음에 그에게 다가가려는데, 성현이 얼른 손을 뻗어 재인을 막았다.

"아니, 오지 마. 가까이 오면 안 돼, 여왕님."

"……교수님."

교수, 라는 호칭 때문일까? 그의 어깨가 움찔 떨렸다.

"이거 참. 가슴 아프군."

"……무슨 일 있어요?"

"응. 난 자신감이 하부맨틀 중간쯤에 위치한 상태였는데, 지금 방금 더 깊은 곳으로 떨어져 버렸어."

"그게…… 무슨 말이에요?"

"날 무섭게 하지 마, 여왕님."

"내가 언제…… 무섭게 했다고 그래요?"

"피하는 건 괜찮아. 하지만 그렇게 부르는 건…… 싫어."

마지막에 덧붙인 '싫어'라는 말은 거의 들리지 않을 만큼 작은 목소리였다. 하지만 재인은 똑똑히 들었다.

"……나는."

아랫입술을 잘근 깨물었다. 하고 싶은 말이 너무 많은데, 무슨 말을 해야 할지 알 수 없었다. 달싹거리던 도톰한 입술은 결국 원하는 말을 한마디도 만들어 내지 못했다.

"나는 일을 하러 가야 돼."

"그래."

"그럼…… 가 볼게요."

재인은 도망치듯 성현의 옆을 스쳐 지나갔다.

성현은 여전히 입가를 가린 채 재인의 뒷모습을 눈으로만 쫓았다. 붙잡고 싶은데 손을 뻗기가 힘들었다. 그녀가 원하는 것 하나 알아내지 못하는 이런 한심한 얼굴, 재인에게 보일 수가 없었다.

'교수님이라니.'

쓴웃음조차 나오지 않았다.

'이거 참 죽겠군.'

*　　*　　*

평일에도 맘모스 레스토랑에서 일을 하기로 했다. 오픈 타임 멤버 중에 진혁이 있는 줄은 몰랐다. 진혁도 마찬가지인지, 재인을 보고는 눈을 크게 떴다.

놀란 강아지처럼 재인을 응시하던 진혁의 얼굴이 화르륵 붉어졌다. 입맞춤했을 때의 일을 떠올린 걸까?

"아, 저…… 좋은 아침입니다."

진혁이 고개를 숙이며 어색한 인사를 건넸다.

"응, 그래."

"저…… 누나도 평일 알바 하기로 하신 거예요?"

"응. 방학 중엔 그러려고. 너도?"

"네, 저도요. 저…… 그러니까."

그날 도둑 키스를 한 후 처음으로 대면한 재인에게, 진혁은 어떤 식으로 행동해야 좋을지 알 수 없었다. 그날의 일을 다시 한 번 사과해야 할까? 아니면 아무 일도 없었다는 듯이 모르는 척해야 할까?

사실은 요 며칠 동안 재인을 만났을 때 어떻게 행동할지 이리저리 시뮬레이션을 했었다. 하지만 실제로 재인을 마주하는 순간 머릿속이 깨끗하게 비었다.

진혁은 그저,

'아, 진짜 예쁘네. 내가 저 입술에 키스를 했단 말이야?'

라는 생각을 하고 있었다.

진혁이 그날의 감촉을 되새기기 위해 노력하는 동안, 재인은 그의 얼굴을 빤히 응시하고 있었다.

역시 보이지 않는다.

진혁이 눈에 띄게 부끄러워하고 있다는 것을 빼고는, 아무것도 읽어 낼 수가 없었다.

그녀는 내내 불안한 마음으로 서빙을 했다. 점심시간이 되자 손님들이 점점 많아지기 시작했다. 상대의 기분을 읽을 수 없다는 것은 고요한 한편 불편하기도 했다.

오후 3시쯤 되자 조금 한산해졌다. 한 테이블에 콜라를 가져다주려고 걸어가는데, 누군가 어깨를 톡톡 쳤다. 서빙하는 종업원 중 한 명일 거라고 생각하며 고개를 돌린 재인은, 바로 뒤에 서 있는 인물을 보고는 인상을 찌푸렸다.

예상치 못한 사람이었다. 그리고 능력이 사라진 지금, 가장 마주하고 싶지 않은 사람이었다.

"재인아. 오늘 아르바이트, 언제 끝나?"

생글생글 웃으며 상냥하게 묻는 상대는.

"어쩐 일이야, 김수영?"

수영이었다.

커피숍에 들어서자마자 수영을 찾을 수 있었다. 하지만 재인은 잠시 입구에 서서 수영을 관찰했다.

무슨 일로 찾아온 걸까? 왜 저렇게 상냥한 말투를 사용하는 걸까?

수영은 하고 싶은 말이 있다고 했다. 재인은 상대의 거짓말을 간파할 수 없게 되었지만, 수영의 말은 믿을 수가 없었다.

멍하니 창밖을 보던 수영이 재인의 시선을 느꼈는지 이쪽으로 고개를 돌렸다. 재인을 발견한 수영의 표정이 밝아졌다. 수영은 한 손을 들어 재인을 향해 흔들었다. 평소에 친하게 지내는 친구를 대하는 듯한 태도였다.

"재인아."

재인은 대답 없이 그녀가 앉아 있는 자리를 향해 걸어갔다.

"잘 지냈어? 너, 좀 마른 것 같다?"

"무슨 일이야?"

"일은 무슨. 사촌끼리 일이 있어야 보니?"

"사촌……."

"너, 혼자 살잖아. 잘 지내는지도 궁금하고, 뭐 하고 지내는지도 궁금하고…… 그래서 왔어."

"그래?"

"그래. 아, 뭐 마실래?"

"아니, 물이면 돼."

"그래, 내가 물 가져다 줄게."

수영이 말릴 새도 없이 카운터에 가서 물을 가지고 왔다. 그러는 동안 재인은 수영의 꿍꿍이를 추측하기 위해 고민했다. 하지만 답이 나오질 않았다.

정말 왜 저러는 거지?

"사실 너한테 미안한 게 많아. 사과하고 싶어."

재인의 앞에 물컵을 놔두며, 수영이 말했다.

"사과?"

"응. 나는…… 널 오해하고 있었어."

"오해?"

"전에 우리 집에서 같이 살 때, 네가 그랬지? 우리 아빠가 널…… 그랬다고."

"……그랬지."

"나는 믿고 싶지 않았어. 그렇잖아. 아빠가 그런 짓을 했다는 걸, 어떻게 받아들일 수 있겠어? 그땐 나도 사춘기였고…… 그래서 부정하고 싶었어."

"……."

"이제 와서 생각해 보니, 너 참 힘들었겠더라. 너한테 미안해서……."

수영의 눈가가 붉어졌다. 그녀는 고개를 옆으로 돌리고 손등으로 눈가를 쿡쿡 찍어 눌렀다.

"미안해, 재인아. 알아주지 못해서."

"최영주가 이러라고 시켰니?"

"응?"

"최영주가 나한테 사과하는 척하고 가까워지래?"

"여기서 그 아줌마 이름이 왜 나오는지 모르겠는데? 그 아줌마랑 무슨 일 있어?"

수영은 정말 모르겠다는 표정이었다.

'어떡하지?'

능력이 있었을 때라면 수영이 진심인지 거짓인지 알 수 있었을 것이다. 하지만 지금의 재인은 그녀의 사과가 진짜인지 파악할 수가 없었다.

"나, 이제 그 아줌마랑 안 만나. 그래, 솔직하게 말할게. 그 아줌마가 그동안 네 양육비로 한 달에 100만원씩 보내 줬어. 그거, 우리 엄마가 써버렸고. 미안해. 그렇잖아. 그게 나쁜 짓이라는 거 아는데, 우리 엄마가 하는 일이니까…… 난 엄마 편이 될 수밖에 없었어."

"……그래?"

"응. 나 진짜로…… 창피하다, 정말."

수영의 음성이 가늘게 떨렸다. 재인의 손바닥이 축축하게 젖어 들어갔다. 재인은 자신이 긴장하고 있다는 것을 깨달았다. 수영의 마음을, 정말로 모르겠다.

'가족'을 원했다. 그 어떤 일이 있어도 내 편이 되어 줄 '가족'이라는 존재가, 재인에게는 필요했다. 만약 수영의 사과가 진심이라면, 재인은 받아 주고 싶었다.

'아니야.'

그러나 다음 순간, 재인은 단호하게 마음을 먹었다.

'사람은 쉽게 변하지 않아. 이렇게 갑자기 사과를 하는 데는 분명 이유가 있을 거야.'

재인은 흔들리는 마음을 굳게 다잡았다.

'거짓말을 읽을 수 없다면 캐내면 되는 거야. 일단 받아 주는 척하고.'

"그래, 그랬던 거라면 어쩔 수 없지."

'캐내자.'

"나도 생각이 짧았어. 너랑 이모의 기분을 헤아리지 못했었잖아."

재인의 말에 수영의 표정이 밝아졌다.

"내 사과, 받아 주는 거야?"

"응, 서로 잘못한 거니까. 나, 부모님도 안 계시는데 사촌인 너랑은 잘 지내고 싶어."

"그래, 재인아."

수영이 손을 뻗어 재인의 손을 잡았다.

"우리 나이도 같잖아. 앞으로는 잘 지내보자."

"응, 그래. 그런데…… 너야말로 요새 무슨 일 있는 건 아니지? 얼굴이 많이 수척해졌는데."

"아, 진짜?"

수영이 당황하며 자신의 뺨을 쓸었다.

"요새 잠을 좀 못 자서…… 이런저런 문제들이 좀 있거든."

"어떤 문제?"

"그냥 좀…… 회사 일도 그렇고."

"그래."

"넌 어때? 괜찮아? 대학원, 다닌다고 했던가?"

"응. 지금은 학기가 끝나서 아르바이트만 하고 있어."

"힘들지 않아?"

"이제 익숙하니까. 익숙하니까 힘든지 힘들지 않은지도 모르겠어."

허공을 응시하며 중얼거리는 재인의 모습에, 수영은 괜히 기분이 가라앉았다. 재인과 이런 식으로 마주 보고 대화를 하는 것은 처음이었다. 미안하다는 말을 덥석 받아들인 바보 같은 재인은, 무척이나 쓸쓸한 눈빛을 하고 있었다.

'얘가 원래 이런 눈빛이었던가?'

재인과 눈을 마주치는 게 불편했던 것은, 그녀의 눈동자가 늘 머릿속을 휘젓는 것 같다는 생각이 들어서였다. 하지만 지금 재인의 눈동자는 무료함과 고독으로 흐릿해져 있었다.

오랜 세월을 살아온 노인 같은 재인의 눈빛이, 수영은 달갑지 않았다.

"아, 아무튼. 우리 연락처도 주고받고 자주 좀 만나고 그러자. 엄마한테는 내가 잘 말해서 너에 대한 오해를 풀도록 할게."

"그래주면 고맙지."

"그럼…… 이번 주말엔 뭐해? 우리 영화나 같이 볼래?"

"주말. 아르바이트 끝나면 밤일 텐데."

"야간으로 보지, 뭐. 내가 표 예매해 둘게."

수영의 속마음을 파악하기 위해 긴장한 재인은, 자신을 지켜보는 시선이 있다는 것을 깨닫지 못했다.

재인이 앉은 곳에서 좌측 앞쪽 테이블에, 머리를 뒤로 질끈 묶고 모자를 푹 눌러쓴 여자가 앉아 있었다. 평소에는 입지 않는 후드 티셔츠에 청바지를 입은 그녀는, 리젤이었다.

수영이 먼저 떠나고 재인은 잠시 자리를 지켰다. 생각을 정리할 시간이 필요했다.

수영의 의도가 뭘까? 고민을 해 보려 했지만 좀처럼 집중이 되지 않았다. 재인은 두 손으로 얼굴을 감싸고 고개를 뒤로 젖혔다. 잠시 그 상태로 앉아 있는데, 앞에 인기척이 느껴졌다.

자세를 똑바로 하고 손을 내렸다. 맞은편에 앉은 상대를 확인한 재인의 연갈색 눈동자가, 눈에 띌 정도로 흔들렸다.

'리젤…….'

성현의 약혼녀가 재인의 앞에 앉아 있었다.

멀리서만 봤는데도 그녀의 얼굴을 단번에 알아볼 수가 있었다. 가까이에서 본 그녀는 새하얀 피부를 지녔고, 콧등에 자잘한 주근깨가 있었다. 누군가에게는 잡티에 불과한 주근깨가 그녀를 더욱 귀엽고 앳되어 보이게 만들어 주었다.

"예상보다 훨씬 예쁘네요."

그녀의 도톰한 입술이 벌어지며, 생각지 못한 말을 만들어 냈다. 갑자기 등장한 성현의 약혼녀 때문에 긴장하고 있던 재인은, 동요를 얼굴에 드러내고 말았다.

"네?"

"아니, 아니. 그게 아니고요."

말실수를 했다는 듯 그녀가 고개를 저었다.

"정라연이라고 해요."

"아, 네에."

정라연. 한국 이름인가 보다.

'어디서 들어 본 것 같은데.'라고 생각하며 말했다.

"유재인이라고 합니다. 그런데…… 누구시죠?"

재인은 어쩐지 모르는 척을 해야 할 것 같았다.

"민성현 씨의 약혼녀예요."

"아아, 그러시군요."

"민성현 씨가 내 얘기 안 하던가요?"

"약혼녀가 있다는 이야기만 들었습니다. 이름이 리젤이라고."

"응, 미국에서 사용하는 이름이에요. 그런데 진짜 예쁘네요."

"네?"

"아니, 아니. 그게 아니고. 그러니까 갑자기 찾아와서 불쾌하다
면 미안해요."

"아닙니다. 무슨 일이시죠?"

담담하게 묻는 재인을, 라연은 빤히 응시했다.

사진으로 봤을 때도 예쁘장하다고 생각했지만, 실제로 보니까
정말 짜증날 정도로 예쁘다.

동래 아파트에 사는 유재인에 대해 알아내는 것은 어렵지 않았다. 돈 몇 푼만 쥐어 주면 세세한 과거까지 알아다주는 사람들이 수두룩하니까.

갑자기 나타나서 성현의 약혼녀라고 말하면 어떤 반응이든 보일 줄 알았다. 하지만 재인은 아무 반응도 보이지 않았다. 그녀는 인형이라고 생각될 만큼 표정이 없었다. 게다가……

'아, 진짜! 왜 이렇게 예쁜 거야?'

하얗고 투명한 피부와 빛 아래에서 호박색으로 빛나는 맑은 눈동자, 작고 오뚝한 코와 도톰한 입술이 굉장히 매력적이었다. 무엇보다도 그녀를 둘러싼 냉랭한 허무가 그녀의 존재를 더욱 특별하게 만들었다.

"최근에 성현이 오빠가 유재인 씨랑 자주 만난다고 들었어요."

"그렇군요."

"우리 성현이 오빠랑 무슨 관계죠?"

"무슨 관계라고 생각하고 오셨는데요?"

"네?"

"저랑 민성현 씨가 어떤 관계라고 생각하고 절 이렇게 찾아오신 건가요?"

단조로운 재인의 음성에 라연은 당황했다. 이런 식으로 나올 줄은 몰랐다.

"그거야…… 뭐…… 그렇고 그런 사이?"

"그렇고 그런 사이라는 게 어떤 건지 모르겠네요. 정확하게 정의

해 주시겠어요?"

"아니, 아니. 그러니까요. 음, 그러니까…… 유재인 씨는 성현이 오빠에 대해 얼마나 알아요?"

"아는 거 많지 않아요. 그렇고 그런 사이니까요."

"……그러니까 어디까지 아느냐고요."

"대학 교수라는 것, 미국에서 프로파일러였다는 것, 남자라는 것, 정신세계가 조금 독특하다는 것. 제가 아는 건 그뿐이에요."

"정말요?"

"네, 정말요."

라연의 입안의 살을 우물우물 씹었다. 재인은 성현이 그녀에게 품은 마음을 전혀 모르는 것처럼 보였다. 그뿐 아니라 성현에게 아예 관심조차 없는 것 같았다.

재인이 성현을 사랑하지 않는다는 것은 성현에게 들어서 알고 있었다. 하지만 그게 정말일 거라고 생각하진 않았다. 성현은 어디에 있어도 반짝반짝 빛나는 사람이니까.

"성현이 오빠랑 내가 약혼을 한 지 3년이 됐어요."

"그래요."

"그동안 성현이 오빠가 여자 문제로 내 속을 썩인 적도 없고요."

"지금은 속을 썩이나요?"

"그건…… 앞으로 두고 봐야 알겠죠. 결혼하기 전까지 그런 일이 없길 바랄 뿐이에요, 난."

어떻게든 재인에게서 표정을 이끌어내고 싶었다. 하지만 재인은 여전히 무표정했다. 재인과 성현이 어떤 관계든, 약혼녀라는 사람이 갑자기 나타나서 몰아붙이면 화를 낼 법도 한데, 불쾌한 기색조차 없었다.

"나는 민성현 씨에 대해 아는 게 별로 없어요, 정라연 씨. 하지만 그분이⋯⋯."

재인이 라연을 물끄러미 응시했다. 라연은 재인의 투명한 눈동자를 똑바로 마주하기 힘들었다. 하지만 눈을 피하면 지는 거란 생각이 들어서, 주먹을 꽉 쥐고 그 눈빛을 받아 냈다.

"사랑하는 사람을 고통스럽게 만드는 사람은 아닐 거라고 생각합니다."

모처럼 늦잠을 자려는데 시끄럽게 휴대폰이 울렸다. 한 번은 무시했지만, 두 번 세 번 반복되자 은우는 끄응, 신음을 흘리며 전화를 받았다.

[예뻐!]

라연이 비명처럼 외쳤다.

"리젤⋯⋯ 너 지금 몇 신 줄 알아?"

[예쁘다고. 알고 있었어? 그 여자가 예쁘다는 거?]

"그래. 에디가 그러더라. 예쁘다고."

[성현이 오빠가⋯⋯ 예쁘다는 말을 했다고? 정말?]

"응."

[왜! 왜 진작 말 안 해 준 거야? 왜 성현이 오빠가 그 말을 할 때까

지 내버려 둔 건데?]

"첫눈에 반했대. 미리 얘기했어도 네가 할 수 있는 일은 없었어."

[나는…… 나는 성현이 오빠를 잃고 싶지 않아. 오빠도 알잖아. 나는 성현이 오빠를, 진짜로, 진심으로 사랑해!]

"그래, 그래."

은우는 건성으로 대꾸하며 이불을 끌어당겼다. 라연의 마음이야 아무래도 상관없었다. 자고 싶을 뿐이었다.

[오빠가 보기에, 성현이 오빠가 그 여자를 위해 어디까지 할 것 같아?]

"글쎄. 잘은 모르겠지만 하나는 분명해. 난 에디가 무언가에 그렇게 푹 빠진 걸 본 적이 없어. 알아 둬, 리젤. 에디는 유재인과 관련된 일에는 바보가 돼."

[바보가 된다니?]

"그 녀석은 유재인 기분이 어떤지 알 수 없어서 발발 떨어."

[거짓말!]

"정말이야. 그러니까 유재인을 상대로 무슨 짓을 하려거든 각오하는 게 좋을 거야."

뚝―

라연은 대답도 하지 않고 전화를 끊었다. 은우는 한숨을 내쉬며 휴대폰의 전원을 꺼 버렸다.

이 인간들에게 시달리는 거, 정말 지긋지긋하다.

'난 대체 전생에 무슨 죽을죄를 저지른 거지?'

힘이 쭉 빠졌다.

오늘 일진 한번 안 좋다.

수영을 만나는 것도 모자라서 성현의 약혼녀까지 만나다니.

집에 들어가고 싶은 기분이 아니었다. 하지만 이런 기분일 때에 만날 사람이 없었다. 그래서 전철을 타고 내리고 싶은 데서 내려 터덜터덜 걸었다.

툭, 툭, 어깨를 치는 느낌에 정신을 차리자, 홍대에 와 있었다. 재인은 바삐 오가는 사람들 사이에 멍하니 서 있었다. 얼마나 그러고 있었을까?

"혼자? 약속 있어요?"

낯선 목소리가 말을 걸어왔다. 파란 비니를 머리에 살짝 얹은, 누가 봐도 20대 초반으로 보이는 남자가 싱글싱글 웃으며 서 있었다.

예쁜 얼굴 덕분에 헌팅은 심심치 않게 받아본 재인이었다. 아르바이트를 할 때 번호를 주고 가는 남자들도 많았지만, 지금껏 단 한 번도 응해 준 적 없었다. 하지만 오늘만큼은 상대가 누구든 대화를 하고 싶었다. 함께 있다는 온기를 느끼고 싶었다.

"약속…… 없어요. 혼자인 거 맞고요."

"같이 놀래요? 친구들 저기 있는데."

남자가 뒤쪽 어딘가를 가리키며 말했다. 재인은 거기에 시선도 주지 않고 고개를 끄덕였다.

"오오, 쿨하네. 가요, 그럼. 저쪽에 괜찮은 술집 있어요."

남자가 자연스럽게 재인의 팔에 팔짱을 끼었다. 순간, 재인은 뿌리치고 싶어졌다. 이름도 모르는 사람의 체온을 원하는 것이 아니었다는 것을 깨달았다.

재인이 원하는 것은 단 한 사람, 성현의 온기였다. 그의 달콤한 향기와 함께 전해지는 다정한 온기.

하지만 막 뿌리치려던 팔을 멈췄다.

'뭐 어때? 혼자 집에 틀어박혀 있느니…… 다른 사람이랑 같이 있는 게 낫잖아. 이젠 어차피 타인의 감정도 읽을 수 없으니까…… 예전처럼 불편하지도 않을 거고.'

될 대로 되라는 심정이었다. 아무리 원해도, 성현의 온기가 재인의 것이 될 수는 없었다. 가질 수 없다면 서둘러 포기하는 편이 나았다. 지금까지 그래왔던 것처럼.

그래서 남자의 팔을 뿌리치지 않은 채 걸었다.

누군가 재인의 어깨를 거칠게 낚아채기 전까지.

"아……!"

어깨를 파고드는 손가락.

고통에 낮은 신음을 흘리며 뒤를 돌아봤다. 그리고 그대로 굳어 버렸다.

이곳에 있을 리 없는 사람이, 지금껏 본 적 없는 무시무시한 표정으로 서 있었다.

"민…… 교수님?"

자신이 보는 것을 믿을 수가 없었다. 너무 보고 싶어서 환각을 보는 거라고 생각했다. 그래서 재인은 눈을 질끈 감았다가 떴다. 하지만 성현은 여전히 그곳에 서 있었다.

그의 새까만 눈동자는 냉랭한 어둠을 품고 있었다. 오뚝한 코 아래에 굳게 다문 입술 끝이 떨리고 있었다.

"야, 뭐야?"

재인의 팔짱을 끼고 걷던 남자가 방해를 받은 걸 깨닫고는 거칠게 욕설을 내뱉었다. 하지만 성현은 남자에게 시선도 주지 않았다. 성현의 차가운 눈동자는 오롯이 재인에게 고정되어 있었다.

재인은 저도 모르게 마른침을 삼켰다.

"야, 너 뭐냐…… 큭!"

몸싸움이라도 하려는 듯 다가서는 남자의 목을, 성현이 움켜쥐었다. 그는 어린아이의 손목을 잡은 것처럼 힘들어 보이지 않았다. 남자가 버둥거렸지만, 성현의 표정은 조금도 변하지 않았다. 그의 눈동자는 여전히 재인에게로 향해 있었다.

"어떻게 할까?"

절대 벌어지지 않을 줄 알았던 그의 입술이 달싹거렸다.

"네 팔을 멋대로 만지는 이놈을, 내가 어떻게 해야 할까?"

그의 음성은 낮고 음산했다.

꿀꺽, 재인은 또다시 침을 삼켰다. 성현이 재인에게 무슨 짓을 할 리 없었다. 하지만 그가 헌팅한 남자에게 무슨 짓이든 할 수 있다는 것 또한, 재인은 알았다.

"목을."

남자의 목을 잡고 있는 성현의 손등에 힘줄이 불거져 나왔다.

"부러뜨려 버릴까?"

"커…… 커컥……!"

남자의 얼굴이 터질 듯 붉어졌다. 목을 잡힌 남자는 숨을 쉬지 못하고 버둥거렸다. 사람들이 웅성거리며 이쪽을 쳐다보고 있었지만, 재인은 그들의 시선을 느끼지 못했다.

"아니면 네 팔을 만진 손을 잘라 버릴까?"

"그러지…… 마세요."

쥐어짜내듯 말했다. 그러지 않으면 성현이 정말로 남자를 죽일 것 같았기 때문이다. 순간, 성현의 손에서 힘이 빠졌다. 간신히 풀려난 남자는 허리를 굽히고 콜록거렸다.

성현은 굳은 표정으로 재인의 손목을 움켜쥐었다. 가느다란 손목이 부러질 것 같았는지, 그는 살짝 힘을 뺐다. 하지만 재인은 그에게 잡힌 부위가 아프게 느껴졌다. 그의 체온에, 손목이 타들어 가는 것만 같았다.

성현은 말없이 걷기 시작했고 재인은 그의 뒤를 따랐다.

뒤늦게 수치심이 몰려왔다. 외로움 때문에 아무 남자나 만나서 어울리려고 했다. 고독이나 외로움 같은 감정이 타인에게 기댄다고 사라지는 것이 아니라는 걸 알면서도, 잠깐의 온기에 기대려고 했다. 그리고 그 모습을, 성현에게 보이고 말았다.

얼마나 형편없이 보였을까. 얼마나 값싼 여자처럼 보였을까.

창피했다. 그래서 성현이 무슨 말이든 해 주기를 바랐다. 호된 질책이든, 비난이든.

그러나 성현은 말이 없었다. 폭풍 전의 고요와도 같은 침묵이 재인을 더욱 부끄럽게 만들었다. 그에게서 벗어나고 싶었다. 지금 짓고 있는 표정을 성현에게 보이고 싶지 않았다.

"나는 형편없는 놈이야."

예고도 없이 그의 음성이 재인의 고막을 자극했다. 시끄러운 홍대 거리에서, 그의 낮은 목소리만이 또렷하게 들려왔다.

"나는 지금 내가 하고 있는 행동이 옳은지 그른지조차 판단하질 못하겠어. 나는, 유재인."

그가 우뚝 걸음을 멈추고 재인을 돌아봤다. 그의 미간에 깊은 주름이 새겨져 있었다.

"네가 날 교수님이라고 부르는 것도, 갑자기 존댓말을 쓰는 것도 다 괜찮아. 네가 날 피하는 것도 견딜 수 있어. 하지만 이건 아냐. 네가 어디서 뭘 하는지 알 수 없는 놈이랑 시시덕거리는 꼴만큼은, 못 봐주겠다."

"……왜?"

"뭐?"

"왜 못 봐주겠는데?"

화가 나는 이유는, 그가 하는 행동을 이해할 수가 없어서였다.

"내 세계를 넓히라고 한 것도, 타인의 감정을 똑바로 보라고 한 것도 당신이잖아. 내가 간신히 쌓아 올린 벽을 부순 것도 당신이고,

내게 타인의 온기를 알려 준 것도 당신이잖아. 그런 거 다 알려줘 놓고 홀쩍 나가 버린 것도 당신인데, 왜? 왜 못 보겠다는 거야?"

"그게…… 무슨 말이야?"

"내가 누굴 만나든, 시시덕거리든, 당신이 상관할 거 없잖아."

"유재인."

"내가 어디서 뭘 하든 당신이 무슨 상관인데?"

목소리가 높아졌다. 그러나 재인은 그조차 깨닫지 못했다. 그에게 약혼녀가 있다는 것을 깨닫고 난 후로 품고 있던 충격과 아픔, 공허함이 폭발하듯 터져 나왔다.

"내가 누구랑 굴러먹든 당신이……!"

커다란 손이 재인의 입술을 덮었다.

"그만해, 유재인. 그런 말 하지 마."

성현이 경고하듯 말했다. 재인은 세게 고개를 저어 성현의 손을 떼어 냈다. 인상을 찌푸리고 그를 노려봤다.

"하든 말든 당신이 상관할 거 없잖아. 당신도 늘 제멋대로잖아. 내가 하지 말래도 하잖아. 그런데 난 왜 안 돼?"

"지금 네가 하는 말은 네 가치를 떨어뜨리는 말이니까."

"가치?"

재인의 얼굴에 비릿한 조소가 떠올랐다.

"모르겠어, 민성현 씨? 난 원래 가치 없는 여자야."

"유재인."

"그래, 나한텐 이상한 능력이 있었지. 그런데 그거 알아? 난 지금 그 능력도 없어졌어. 당신은 그 능력 때문에 나한테 접근한 거잖아. 그게 없는 나는, 이제 더 이상 쓸모없지 않아?"

"……재인아."

그의 음성이 더 낮아졌다. 하지만 재인은 그가 고통스러운 표정을 짓고 있다는 것을 깨닫지 못했다. 재인의 머릿속을 채운 것은 성현과 라연이 마주 보고 있던 모습뿐이었다.

"아, 혹시 내 능력보다 이 얼굴이 더 마음에 든 거였어? 예쁜 여자 좋아한댔지? 그런데 민성현 씨. 민성현 씨 약혼녀 얼굴도 예쁘더라. 예쁘기만 하면 다 좋아하는 그 마음, 난 필요 없어. 나는, 내가 원하는 건……."

나 한 명만 필요로 해 주는 마음, 나 한 명만 사랑해 주는 마음, 그걸 원해.

그 말을 할 수 없었다.

뜨거운 입술이 재인의 입술 위에 포개어졌기 때문이다.

무슨 일이 벌어진 건지 알 수 없었다. 시간이 멈춘 것처럼, 재인은 아무 생각도 할 수가 없었다. 감각이라는 것이 입술에만 존재하는 것 같았다.

진혁과 입을 맞췄을 때와는 완전히 달랐다. 같은 행위라고 생각할 수 없을 정도로.

감미로운 따스함이 무게감을 가지고 재인의 입술을 짓누르다가 살며시 벌어졌다. 사탕을 핥듯 그의 혀가 입술을 가볍게 건드렸다. 심장이 콱 죄이는 느낌에, 재인은 저도 모르게 성현의 팔뚝을 꽉 움켜쥐었다.

그의 팔 근육이 긴장하는 것이 손바닥으로 전해졌다.

내 손길에 그가 반응하는 것이 좋아서, 재인은 조금 울고 싶어졌다. 무언가 뜨거운 것이 울컥 치솟는 기분이었고, 이대로 시간이 멈추었으면 좋겠다는 바보 같은 소망이 재인의 가슴을 가득 채웠다.

입술 사이로 들어온 촉촉하고 따스한 혀가 재인의 입술 안쪽의 살을 살짝 훑었다. 그의 혀가 닿은 곳은 재인의 입술인데, 그 자극이 온몸에 퍼졌다. 상상도 해본 적 없는 찌릿한 감각에 재인의 몸이 뻣뻣하게 굳었다.

거기까지였다. 넘어오는 그의 타액이 달다고 생각하는데, 그의 입술이 떨어져 나갔다.

재인은 눈동자를 올려 그를 바라봤다. 재인에게 달콤하고도 뜨거운 미지의 자극을 알려 준 성현은, 당혹스러운 표정을 짓고 있었다.

난처한 듯한 그의 얼굴을 보자, 심장이 쿵 내려앉았다.

후회하는 걸까? 이 입맞춤을? 약혼녀가 아닌 내게 한, 이 키스를?

"이러지…… 않으려고 했는데……."

쉰 듯한 그의 음성에 심장이 또 한 번 내려앉았다.

"나는…… 재인아……."

반사적으로 두 손을 뻗었다. 재인의 작은 손이 그의 입술을 막았다. 그의 기름한 눈이 커졌다.

듣고 싶지 않았다. 미안하다는 말, 실수였다는 말. 그의 말과 행동이 만들어 내는 칼날을 받아들이기엔, 심장은 이미 너덜너덜했다.

재인은 그에게 시선을 고정시킨 채 고개를 저었다.

"하지 마."

"……."

"미안하다는 말 듣고 싶지 않아."

"……."

"싫어, 민성현 씨. 그러지 마."

그의 검은 눈동자에 담긴 감정을 알고 싶었다.

"당신이 날 도와주는 대가로 뭐든 줄 수 있었어. 내 삶을 망가뜨린 그 여자를 어떻게든 할 수 있다면, 이 부질없는 몸뚱이 따위, 얼마든지 줄 수 있다고 생각하고 있었어. 그러니까 키스 정도는……!"

그의 눈동자가 흔들린다고 생각하는 것과 동시에, 그가 입을 막고 있는 재인의 손목을 낚아챘다. 그의 미간에 고통스러운 주름이 자리 잡았다.

"무슨 소리를 하는 거야? 내가 널 도와주는 대가로 키스를 한 거라고 생각하는 거야?"

"그럼 뭔데? 민성현 씨는 예쁜 여자라면 다 키스를 하는, 그런 사람이야?"

"이거 참, 당혹스럽군. 네게 나란 인간은 정말 형편없이 각인된 모양이야."

"형편없고, 아니고, 그런 문제가 아냐. 날 도와주는 사람을 그런 식으로 생각하지 않아. 내가 말하고 싶은 건……."

재인은 사실 자신이 무슨 말을 하고 싶은 건지 알지 못했다. 하지만 그의 사과를 듣고 싶지 않아서 무슨 말이든 해야만 했다.

"내 입술 따위 그리 대단한 거 아니니까 사과하지 말라고. 미안하다는 말 같은 거, 안 해도 된다고."

"아니, 대단해."

"뭐?"

"네 입술, 나한테는 세상 무엇보다 대단해."

"……그런 말 좀 하지 마."

싫었다. 그의 달콤한 언행에 끌리는 이 마음이 싫었다. 그에게 약혼녀가 있다는 걸 알면서도 주체 없이 끌려가는, 이 바보 같은 마음이 싫고 싫어서 재인은 도망치고 싶어졌다.

뒷걸음질을 치려고 했지만, 그가 재인의 손목을 꽉 잡고 있어서 그럴 수도 없었다.

"네 입술, 네가 그렇게 막 평가하는 이 입술."

그의 엄지가 촉촉하게 젖어 있는 재인의 입술을 살며시 쓸었다.

"내 평생을 바쳐서라도 갖고 싶을 정도로 대단해. 모르겠어, 재인아?"

왜일까? 상처를 받은 건 난데, 약혼녀가 있는 건 성현인데, 왜 그가 아파 보이는 걸까?

"너는 내가 만난 유일한 예쁜 여자야."

"……."

"나는 살면서 단 한 번도 나 아닌 타인이 예뻐 보인 적 없었어. 네가 유일해. 전부터 지금까지, 그리고 앞으로도 네가 내게 있어서 유일하게 예쁜 사람이야."

유일하다.

그 단어가 지닌 의미가 자신이 생각하는 그것이 맞는지, 재인은 확신할 수가 없었다. 이것 또한 성현이 아무렇게나 내뱉는 감미로운 말들 중 하나뿐일 것 같았다. 그리하여 그 달콤함에 취했을 때, 또 다른 상처를 입게 될까 두려웠다.

그래서 아무 말도 못하는 재인의 어깨에, 성현이 허리를 굽혀 이마를 댔다. 그의 얼굴을 보고 싶다고 생각하는데, 그의 낮은 음성이 재인의 귓가에 닿았다.

"사랑해, 재인아."

거짓말이라고 생각했다. 아니, 꿈일지도 모르겠다.

사랑한다니. 민성현, 당신은 약혼녀가 있잖아. 그런데 날 사랑한다고?

반박하는 말을 할 수가 없었다. 그에게서 사랑한다는 말을 듣게 될 거라고 상상조차 해본 적 없었다. 그는 재인과 달리 빛을 품은 사람이었다. 그런 사람이 이렇게 어두운 여자를 좋아하는 일은 조금도 없을 거라고 생각했다.

그래서 재인은 입술을 살며시 벌린 채 굳어버렸다.

어깨에 그의 숨결이 느껴졌다. 두꺼운 점퍼를 입어서 숨결이 느껴질 리 없는데도, 그가 호흡할 때마다 뜨거운 숨이 살결에 닿는 것만 같았다.

'어떡하지? 내가 뭘 해야 하는 거지?'

재인은 당혹스러웠다. 지금 일어나는 일이 현실인지, 망상인지 모르겠다.

"제발……."

그때, 낮게 가라앉은 그의 목소리가 들려왔다.

"무슨 말이든 해 줘."

애절한 음성이었다. 그 음성에 애무를 받는 듯한 느낌이 들어, 재인은 오싹 몸이 떨렸다. 그것을 싫다는 의미로 해석한 건지, 성현이 재인에게서 떨어져 나갔다.

그는 울 것 같은 표정을 짓고 있었는데, 재인은 그 표정을 언젠가 본 적 있다는 것을 깨달았다. 전에 구급차에 실려 가면서 그에게 따라오지 말라고 말했을 때도, 그는 이런 표정을 짓고 있었다.

그의 얼굴을 만지고 싶었다. 재인의 한 마디에, 작은 떨림에 일일이 반응하는 그의 얼굴이 현실이라는 것을 확인하고 싶었다. 그래서 그의 볼을 향해 손을 뻗었다. 손가락 끝이 가늘게 떨리고 있었다. 손바닥에 분명히 느껴지는 그의 차가운 볼. 그는 움찔했지만 재인의 손길을 피하지는 않았다.

"내가 잘못 들은 걸까?"

그의 볼에 손을 댄 채 물었다.

"방금 민성현 씨가 날 사랑한다고 말하는 걸 들었어. 그건 내 망상일까?"

그의 눈썹 끝이 아래로 늘어졌다.

"그럴 리가."

그가 볼에 닿은 재인의 손을 감쌌다.

"현실이고, 진심이야."

"하지만……!"

재인은 손을 치우고 뒤로 물러나려 했지만, 그의 손이 꽉 잡고 있어서 그럴 수가 없었다.

"하지만 당신은 약혼녀가 있잖아."

"이름뿐인 약혼녀야. 파혼할 거고."

"그런 게 어디 있어? 사랑하니까 약혼을 한 거 아냐?"

"아니야. 나는 7살 때 이후로 내 자신만을 사랑해 왔어. 내 약혼녀, 리젤도 그 사실을 알고. 우린 계약을 했지. 내가 35살이 되기 전까지 사랑하는 사람이 생기지 않으면 결혼하자고."

"……."

"그리고 내 나이 29살, 나는 처음으로 내가 아닌 타인을 사랑하게 됐어. 이런 마음이 처음인지라, 나는…… 무서워."

"거짓말."

"정말이야. 내가 누군가를 무서워하게 될 날이 올 줄은 몰랐어."

"내가 왜 무섭다는 거야?"

그가 재인의 손을 올려 입술 가까이로 가져갔다. 그의 숨결이 손에 닿을 거리였다.

"아무것도 읽어 낼 수가 없어서."

"읽어 낼 수가 없다고?"

"네가 무슨 생각을 하는지, 뭘 원하는지, 어떤 기분인지…… 모르겠어. 읽을 수가 없어졌어."

그의 눈동자가 흔들렸다.

"네가 원하는 걸 해 주고 싶은데, 네 기분을 알고 싶은데…… 그 여느 때보다도 간절히 네 마음을 알고 싶은데…… 아무것도 보이지가 않아."

"……."

"네가 웃어도, 찡그려도…… 그게 무슨 의미인지 알 수가 없어서 무서워. 네가 정말 기뻐서 웃는 건지, 화가 나서 찡그린 건지, 확신할 수가 없어. 확신할 수가 없으니까 널 어떻게 대해야 할지도 모르겠고, 모르니까 겁이 나. 내가 잘못된 행동을 해서 네가 날…… 끔찍이도 싫어하게 될까 봐."

늘 자신감이 넘치는 사람이라고 생각했다. 무슨 말을 해도 주저 없이 확신을 갖고 있는 사람으로만 보였다. 그래서 혹시나 재인의 기분이 상하지 않을까, 더듬더듬 말을 이어 가는 그의 모습이 생소했다. 다른 사람을 보는 것 같아서 신기한데, 그 이상으로 사랑스럽다는 감정이 흘러넘쳤다.

어떻게 해야 할까? 이 사랑스럽고 귀여운 남자를.

말해 주고 싶었다.

나도 마찬가지라고. 당신의 고백이 나의 망상으로 인한 환청으로 생각될 만큼, 당신을 사랑한다고.

하지만 목이 메여 목소리가 나오지 않았다. 커다란 덩어리가 목을 콱 틀어막고 있었다. 콧등이 시큰거렸다.

왜일까?

내가 사랑하는 남자가 날 사랑한다고 해 주는데, 눈물이 나오려는 이유가 뭘까? 왜 이렇게 울고 싶은 기분이 드는 거지?

"나는…… 처음으로 사랑을 해 봐서…… 사랑하는 여자에게 어떻게 행동해야 되는지 잘 모르겠어."

재인이 아무 말도 않자, 그가 다시 입을 열었다.

"나를 사랑해 주기를 바라지는 않아. 그저…… 내가 간혹 네 앞에서 실수를 해도…… 날 싫어하지는 말아 줘."

간절한 그의 음성을 들으며, 재인은 울고 싶은 이유를 깨달았다. 행복하기 때문이었다. 더는 바랄 것 없이 행복해서, 이리도 울고 싶은 기분이 드는 거겠지.

무서웠다. 인생을 살면서 이렇게까지 두려움을 느낀 적이 있었던가? 아니, 없었다. 지독한 공포영화조차도 지금 이 순간에 비하면 아무것도 아니었다.

성현은 자신이 한심할 정도로 긴장해 있다는 것을 깨달았다. 하지만 그것을 완화시키기 위한 방법이 떠오르지 않았다. 그의 머릿속을 가득 채운 것은 재인과의 입맞춤과 들려올 그녀의 대답뿐이었다.

침묵이 긴 시간은 아니었을 것이다. 그러나 성현에게는 그 짧은 침묵이 영원처럼 느껴졌다. 보석 같은 연갈색 눈동자에 담겨 있는 감정이 무엇인지 알 수 없어서, 더 초조하고 겁이 났다.

휙 돌아서서 도망치고 싶은데, 그런 짓을 하면 두 번 다시 재인을 볼 수 없을 것만 같았다. 그래서 주먹을 꽉 쥐고 견뎠다.

"나는……."

견고하게 닫혀 있던 재인의 입술이 느릿하게 열렸다. 여자치고는 허스키하고 낮은 그녀의 음성에 총에 맞은 사람처럼 몸을 곧추세웠다.

"누군가 내 삶에 들어오는 게 싫었어. 그런데 당신이 성큼성큼 걸어 들어와서, 그게 무섭고 짜증 났어. 얼마나 싫고 짜증 나는지……."

재인은 두 손을 올려 성현의 양쪽 볼을 감쌌다. 그의 검고 깊은 눈동자를 똑바로 마주했다. 전에는 그 안에 담긴 것을 읽을 수가 없었다. 사실은 지금도 그가 무슨 생각을 하는지 알 수가 없다. 다만 하나는 알게 되었다. 그 눈동자가 비추는 것.

그 맑고 깨끗한 눈동자 안에는 재인이 있었다. 조금은 울 것 같은 표정의 재인이 한가득 담겨, 넘치려 하고 있었다.

재인은 이제야 깨달았다.

그의 눈동자는 항상 재인을 가득 담고 있었다는 것을. 애정이 가득 담긴 다정한 눈빛의 이유는, 그 눈동자에 담긴 것이 유재인 한 사람이기 때문이라는 것을.

그래서 재인은 발꿈치를 올렸다. 그의 입술에 입을 맞추고 싶었지만 키가 닿지 않았다. 도톰한 입술을 그의 턱에 살짝 눌렀다가 떼어 냈다.

그리고 바짝 긴장한 그에게 말했다.

"하루 종일 당신 생각만 하게 됐어."

"내 생각만?"

"그래, 민성현 씨. 난 하루 종일 당신 생각만 하게 돼서, 그래서 이젠 당신 외의 다른 것을 볼 수가 없게 됐어."

성현은 자신이 들은 것을 믿을 수가 없었다.

제대로 듣고 있는 걸까? 혹시 너무나 간절히 원해서 환청을 듣고 있는 게 아닐까? 아니면 그녀는 다른 뜻으로 하는 말인데, 그 의미를 제멋대로 왜곡해서 받아들이고 있는 게 아닐까?

재인을 너무나 사랑해서 도리어 흔들리는 성현의 가슴에, 그녀가 덧붙인 마지막 말이 콱 틀어박혔다.

"그만큼이나 당신을 사랑하고 있어."

사랑한다 말했지만 성현의 대답이 들려오지 않았다. 하지만 재인은 더 이상 불안하지 않았다. 그의 새까만 눈동자는 여전히 재인만을 가득 담고 있으니까.

그는 믿을 수 없다는 표정으로, 눈을 깜빡이지도 않고 재인을 보고 있었다. 그래서 재인은 그가 몹시도 사랑스러웠다.

뒤늦게 이곳이 인도 한복판이라는 것을 깨달았다. 통행을 방해받은 사람들이 투덜거리며 지나가는 것을 느끼지 못할 정도로 서로에게 몰입해 있었다.

"일단 우리……."

다른 곳으로 가자, 라는 말을 할 수가 없었다.

"한 번 더."

성현이 재인의 손목을 꽉 잡으며 말했다.

"한 번만 더 말해 줘."

그의 음성은 낮게 쉬어 있었다. 그 간절한 요청을 무시할 수가 없어서, 재인은 말했다.

"사랑해."

"한 번 더."

"사랑해."

"한 번 더."

"이제 그만 좀 하지?"

"아니, 안 돼. 한 번만 더."

"하아. 사랑해, 민성현 씨. 우리 이제 자리 좀 옮길까?"

"이거 참."

성현이 한 손으로 입가를 가렸다.

"이거 참, 너무나 감개무량하여……."

그의 눈가가 붉었다.

"춤이라도 춰야 할 것 같은 기분이군."

"아니, 그건 자제해 줘."

"정말이야, 여왕님. 지금까지 이런 기쁨을 느낀 적이 없어서, 이 럴 땐 어떻게 해야 할지……."

그가 재인의 손을 끌어올려 자신의 가슴 위에 얹었다.

"정말…… 모르겠어."

"키스를 해 줘. 그러고 나서."

재인은 말을 끝내기도 전에 가까워지는 그의 입술을, 검지로 살짝 밀어냈다. 재인은 그와 눈을 맞추고 말했다.

"자리를 옮길 거지?"

그가 눈짓으로 그러겠다고 응답했다. 그제야 재인은 손을 내렸다.

방해물이 사라지자마자 성현의 입술이 재인의 입술을 덮쳤다. 아까보다는 가벼운 키스였지만, 재인은 그에게서 전해지는 온기와 달콤함을 똑똑히 느꼈다.

두 번째 키스는 초콜릿 향기가 났다.

14장

당신의 유쾌함도, 불쾌함도

성현의 손을 잡고 걸었다. 그가 재인과 속도를 맞추기 위해 느리게 걷는 것이, 재인은 좋았다.

"홍대는 어쩐 일이야?"

그의 목소리를 듣고 싶어서, 아무 질문이나 던졌다.

"거기엔 몇 가지 이유가 있지. 첫 번째, 유형진이 죽은 장소를 한 번 더 봐두기 위해. 두 번째, 오. 브이가…… 괜찮아, 브이 타령?"

재인과 잡지 않은 쪽의 손가락 두 개를 올린 성현이 조심스레 물었다.

"괜찮지 않다고 하면 안 하게?"

"내 매력이 반감되겠지만, 여왕님이 싫다면 자제할게."

"그런 짓을 하는 게 본인의 매력이라고 생각하는 이유가 뭐야?"

"사람이 너무 평범하면 매력이 없잖아."

"당신은 좀 평범해야 할 필요가 있어."

"이런, 이런. 내 여왕님은 질투가 심하군."

"질투?"

"하지만 여왕님, 알아둬. 내 매력은 좀 평범해진다고 해서 사라지지 않아."

말을 말자.

재인은 그냥 내버려 두기로 했다. 그것을 동의로 받아들인 듯 성현이 흡족한 미소를 지었다. 그걸 보며 재인은 생각했다.

아무리 사랑해도 얄미워 보일 수 있구나.

"그래도 걱정 마. 내 눈에 여왕님 외의 다른 여자가 들어오는 일은 없을 테니까."

그의 음성이 만들어 내는 감미로운 말이 기쁜 한편, 민망했다.

"됐으니까 이유나 계속 말해 봐."

"두 번째, 난 최근 자신감 하락 상태였어. 무엇이든 해야 할 필요가 있었지. 이번 토막 시체 사건에 대한 생각을 정리하고 있었어. 세 번째, 나는 고민 중이었어. 여왕님과의 관계를 어떻게 회복시켜야 할지."

"당신도 그런 고민을 해?"

"당연하잖아. 사실은 네 생각만 하고 있었어. 다른 해결해야 할 것들을 해결해야 자신감이 회복될 텐데, 이 머릿속엔 그저 여왕님 생각뿐이라서…… 자신감은 점점 떨어지고 바보가 되어가더군."

그의 솔직담백한 말은 그 어떤 사랑고백보다도 감미로웠다.

"이제 자신감 좀 채워졌어?"

"아니, 여전해. 지금도 난 무서워. 여왕님이 정말로 나를 사랑하는 건지, 아니면 알에서 깨어난 병아리가 가장 처음 본 상대를 어미로 생각하듯, 내게 익숙해진 마음을 사랑이라 착각하는 건지…… 그런 생각들이 날 혼란스럽게 해."

"민성현 씨. 난 바보 아냐."

"물론 여왕님이 바보라는 말은 아냐. 하지만…… 왜 이렇게 무섭지?"

그가 재인을 돌아봤다. 재인은 눈을 올려 그의 눈동자를 바라봤다.

"그건 아마도 민성현 씨가 나만 보고 있어서일 거야. 한 걸음 물러서서 넓게 보면 잘 보일 거야. 내가 민성현 씨 앞에서 어떻게 행동하는지, 다른 사람을 대할 때와 어떻게 다른지, 이 얼굴이 얼마나 빨개지는지, 얼마나 허둥거리는지, 그리고 얼마나 내 감정을 자주 드러내는지."

말을 하는 와중에 얼굴이 붉어지는 것이 느껴졌다. 하지만 재인은 구태여 고개를 숙이지 않고, 성현을 똑바로 응시했다.

지금 이 순간만큼은 그에게 여과 없이 보여 주고 싶었다. 감추고 모르는 척해서 또 다른 오해로 괴로워하고 싶지 않았다.

"아직도 안 보여?"

대답이 없는 그에게 물었다. 성현의 눈이 초승달 모양으로 가늘어졌고, 붉은 입술 끝이 살짝 올라갔다. 성현의 얼굴이 가까워지는가 싶더니, 그의 입술이 재인의 이마에 가벼운 낙인을 찍었다.

"잘 안 보이지만 하나는 알겠어."

"뭐, 뭘?"

그와 키스를 한 사이인데도, 그의 가벼운 입맞춤이 여전히 두근거린다는 사실에 놀라며 물었다.

"내 여왕님은 볼 때마다 점점 예뻐져서, 이제는 보는 것조차 황송하다는 거."

"원래 그렇게…… 오버를 잘해?"

"오버라니. 무슨 그런 실례의 말씀을."

성현이 씩 웃으며 다시 걷기 시작했다.

"난 그저 솔직한 것뿐이야. 이제 내 마음을 감춰서 여왕님을 힘들게 하고 싶지 않거든. 내 마음이 힘든 것도 싫고."

"당신도 힘들었어?"

"7살 때 이후로 이렇게까지 힘든 건 처음이야."

"대체 당신 7살 때, 무슨 일이 있었던 거야?"

"지금 듣고 싶어?"

"말하기 곤란한 거라면 하지 않아도 돼."

"곤란한 건 아냐. 하지만 유쾌한 이야기가 아니라서. 여왕님의 마음을 불편하게 만들고 싶지 않아."

"나는."

재인은 걸음을 멈추고 성현의 손을 꼭 잡았다. 그가 왜 그러냐는 듯 재인을 돌아봤다. 그런 그의 얼굴을 똑바로 올려다보며, 재인은 분명한 목소리로 말했다.

"당신에 대해 알고 싶어. 유쾌한 것, 불쾌한 것, 전부 다."

영주는 담배를 꺼내 입에 물었다. 강성파의 부두목이자 구형진의 형인 구형리는 독한 술이 담긴 잔을 손가락으로 빙글빙글 돌리고 있었다.

"그래서……."

구형리가 입을 열었다.

"유 사장 딸내미 때문이다, 그건가?"

구형리는 구형진과 달리 다루기 힘들었다. 그는 구형진과 형제라는 것이 믿어지지 않을 만큼 차분하고 생각이 깊었다. 그래서 혈혈단신으로 시작해 강성파의 부두목 자리까지 차지한 것이리라.

"그래요, 아마도요."

구형리가 영주를 찾아온 이유는, 갑자기 시작된 회계 감사 때문이었다. 강성파는 힘을 키운 후부터 강성 주식회사라는 이름으로 활동을 하고 있었다. 건축, 금융업계에 손을 뻗고 있었는데 이번에 갑자기 회계감사가 시작되었다고 했다.

"그 애는 처음부터 나랑 그이를 의심했어요. 우리가 제 부모를 죽였을 거라고."

"흐음."

"어릴 때는 힘이 없으니 조용히 있었겠지요. 저도 그 애한테 할 만큼 했고 해서, 그 애도 잊고 잘 살 줄 알았어요. 하지만 아니더군요."

"아니겠지. 제 부모를 죽인 연놈들을 어떻게 잊고 살겠는가."

"저는!"

목소리가 높아졌다는 것을 깨닫고, 영주는 얼른 감정을 내리눌렀다.

"아무도 죽이지 않았어요."

"흐응. 그럼 내 동생은 누군가를 죽였다는 말인가?"

"그런 게 아니라⋯⋯."

"그래서? 부모도 없는 어린 계집이 어떻게 우리 회사에 압력을 넣을 수 있게 된 거지?"

"저도 그간 연락을 안 하고 지내서 자세히는 모르겠지만, 여기저기 연줄이 있는 것 같더라고요."

"연줄이라⋯⋯ 그래, 결국 연줄이 있어야 힘도 생기는 거지. 그런데? 왜 제수씨와 내 동생의 문제를 가지고 우리 회사에 압박을 넣는 거지?"

"강성 건설이⋯⋯ 원래는 재인이 아버지의 것이었으니까요."

"음⋯⋯ 이제 슬슬 돈 욕심이 생길 나이이긴 하군. 이제 와서 제 아버지 회사를 되찾고 싶다, 그건가?"

"아마 그런 거겠죠."

영주는 구형리가 불편했다. 무슨 생각을 하는지 도통 알 수 없었기 때문이다. 회사를 넘긴 대가로 영주에게 친절하기는 했지만, 정말로 영주의 편인지는 가늠할 수가 없었다.

"뭐, 좋아. 어린 계집애의 발버둥 정도는 내가 어떻게든 해 보지. 그 계집애가 제수씨에게 소중한가?"

"소중하지 않으면⋯⋯ 죽이시게요?"

그러마, 라는 대답을 기대했다. 하지만 구형리는 의미를 알 수 없는 미소를 짓고는 대화를 마무리 지었다. 올 때처럼 말없이 돌아가는 그의 뒷모습을 보며, 최영주는 간절히 소망했다.

구형리가 유재인을 처리해 주기를.

동래 아파트, 어두운 놀이터의 벤치에 두 사람은 나란히 앉아 있었다. 재인은 그와 있을 땐 추위가 느껴지지 않는 것이 신기했다. 아마도 온 신경이 성현에게로 향해, 추위도 소음도 느껴지지 않는 것이리라. 그의 달콤한 향기와 체온은 또렷하게 느껴짐에도.

"나는 슬럼프였어. 해커인 친구에게 부탁을 했지. 재미있는 걸 찾아달라고. 마음 넓은 내 친구는 여기저기 뒤지기 시작했고, 널 찾아냈어. 타인의 마음을 읽는 여자."

한국의 사건 해결 확률이 비약적으로 높아진 것을 이상하게 여긴 은우가 더 뒤져본 결과 유재인이라는 이름이 등장했다. 자세한 사정을 모르는 은우는, 유재인이 재미있는 이야깃거리가 될 거라고 생각하고 성현에게 알렸다.

"네 정보는 친구에게 들어서 알고 있었어. 난 네 앞에 멋지게 등장할 기회를 엿보고 있었지."

"……그래서 치킨을 주워 먹은 거야?"

"아니, 어떻게 등장할지 고민하느라 밥 먹는 걸 잊었어."

잊을 걸 잊어야지. 황당했지만 굳이 지적하지 않았다. 느릿하게 상황을 설명하는 그의 음성이 듣기 좋아서, 끊고 싶지 않았다.

"네 얼굴은 사진으로 봐서 알고 있었어. 하지만 기계 문명이, 한 여인의 아름다움을 오롯이 담아낼 수 없다는 것에는 생각이 미치지 못했지."

사진보다 실물이 낫다, 라는 말을 성현은 참 길게도 풀어서 설명했다.

"깜짝 놀랐어. 너무 예뻐서. 하지만 그때만 해도 나는 널 똑바로 볼 수 있었지. 네가 쌓은 성이 보였고, 그 성안이 얼마나 공허하고 황량한지도 보였어. 너는 금방이라도 흩어질 환영 같았지. 그게 어찌나 안쓰럽고 불안한지…… 어떻게든 널 그곳에서 끄집어내 주고 싶었어."

성현이 재인의 손을 꽉 잡았다.

"네 능력을 파악하기 위해 날아온 초기의 목적은, 널 보는 순간 잊었어. 나는 그저, 내 하나뿐인 여왕의 궁전을 세상에서 가장 화려하고 유쾌한 곳으로 바꿔주고 싶다는, 그런 소망을 품게 된 거야. 널 처음 본 그 순간부터."

절대로 놓지 않겠다는 듯 깍지 낀 손에 힘을 주고, 성현은 그동안 말해 주지 않았던 것들을 천천히 이야기하기 시작했다.

"부유한 집안에서 태어나 부족한 것 없이 살았지. 나란 존재에 대해 자각하기 전에 미국으로 보내졌고, 그곳에서 3살 터울의 누나와 함께 살았어. 유모가 우리를 보살폈지. 많은 것을 꿈꿨고, 많은 것을 해냈지. 나는 머리가 좋고 얼굴이 잘생겨서, 어디를 가나 환영을 받았어. 난 원하는 건 뭐든 손에 넣을 수 있는, 철부지 소년이었어."

성현의 음성이 낮아졌다. 잡은 손에 힘이 들어가는 것을, 재인은 느꼈다. 그가 7살 때 벌어진 일을 말하려 한다는 것을 깨달았고, 그것이 그다지 유쾌한 일이 아니리라는 것을 알 수 있었다.

"내 나이 7살 때, 누나가 살해당했어."

쿵―

그의 묵직한 음성이 재인의 심장에 파문을 일으켰다. 놀란 눈으로 그를 쳐다봤다. 그는 정면을 향해 담담한 시선을 던지고 있었다.

"유모가 범인이었지. 이유는, 내 누나의 귀걸이를 훔친 걸, 누나에게 들키는 바람에."

그는 높낮이가 없는 어조로 말했다.

"나나 내 누나에게는 큰 가치가 없는 귀걸이였어. 유모가 달라고 했으면, 누나는 아까워하지 않고 줬을 거야. 왜냐하면 우리는 유모를, 어머니처럼 생각했으니까. 하지만 유모에게 있어서 우리는, 운 좋게 부유한 가정에 태어난 얄미운 아이들이었던 거야."

"……."

"나는 그때 여러 가지를 생각하게 되었지. 나에게는 별것 아닌 물건이 어떤 사람에게는 살인을 불사할 만큼 대단한 물건이 될 수도 있다는 것. 내가 누군가를 아껴도, 그 누군가는 나를 아끼지 않을 수 있다는 것. 사람의 마음만큼은, 내가 아무리 노력해도 마음대로 움직일 수 없다는 것."

성현이 천천히 고개를 돌려 재인을 응시했다.

"나는 타인의 마음을 내 손에 넣고 주무르고 싶었어. 그리고 널 만나기 전까지는, 거의 비슷한 경지에 이르렀지. 그게 오만이었다는 걸, 널 만나면서 깨달았어."

"……."

"역시나 사람은, 가장 갖고 싶은 사람의 마음만큼은 멋대로 가지고 놀 수가 없더라."

"하지만 결국…… 가졌잖아."

"그런 걸까?"

"응, 민성현 씨. 그런 거야. 알잖아. 내 마음이 얼마나 얼어붙어 있었는지. 그걸 녹여준 것도, 녹인 후에 가져간 것도, 당신이야."

"나는, 재인아."

성현이 재인의 볼에 살며시 손바닥을 가져다 댔다.

"널 사랑하게 된 후, 내 자신에 대해 몰랐던 부분들을 하나, 하나 알아가고 있어. 날 가장 놀라게 만든 건, 내 안에 있는 소유욕이야."

"소유욕……?"

"나는 내가 이렇게나 소유욕이 강한 인간인지 몰랐어. 내가 널 볼 때마다 어떤 생각을 하는지 알게 되면, 넌 날 경멸할 거야."

"어떤 생각을 하는데?"

"나는……."

그의 시선이 옆으로 비켜갔다. 재인을 똑바로 보고 말하기 힘들다는 듯. 하지만 곧 다시 재인에게 고정되었다. 그 검은 눈동자는 어둠 속에서도 불타는 듯 뜨겁게 빛나고 있었다.

"나는 너를 누구에게도 보이고 싶지 않아. 내 세계 안에 가두고, 나만을 보게 만들고 싶어. 네 아름다운 눈을 보는 것도, 네 멋진 목소리를 듣는 것도, 이 세상에 오로지 나 하나뿐이기를 바라고 있어. 얼마나 간절히 원하느냐 하면…… 지금 당장이라도 널 작게 만들어서, 내 품 안에 넣고 다니고 싶어."

이 얼마나 강렬한 애정 표현인지. 재인은 괜히 웃음이 나왔다. 참으려고 했는데 그만 표정에 드러난 모양이다. 성현이 눈썹을 늘어뜨렸다.

"우습지?"

"아니, 우스운 게 아니라…… 뭔가 기뻐서."

"기뻐? 내가 이런 탐욕스러운 남자인데?"

"그런 게 탐욕스러운 거라면, 나도 탐욕스러운 여자겠네. 당신을 볼 때마다, 나 역시 같은 생각을 하게 되니까."

성현의 눈이 커졌다가 가늘어졌다. 고양이 같은 그의 눈이 가늘어지는 것을 보는 것이, 재인은 좋았다.

"이거 참, 내 여왕님은 날 우쭐해하게 만들어 주는군."

"이걸 걸로 우쭐해져?"

"당연하지. 나는 네가 원한다면 작아져서 주머니 속에 쏙 들어갈 수도 있어."

"제발 오버하지 좀 말아 줘."

성현이 작게 웃으며 재인의 어깨를 감싸 자기 쪽으로 끌어당겼다. 그에게서 풍기는 초콜릿 향기가 재인을 아늑하게 에워쌌다.

불과 몇 시간 전까지만 해도 될 대로 되라는 심정이었다. 그런데 단지 그의 고백을 받은 것만으로 모든 것이 달라졌다. 심장의 울림조차도 아까와는 다른 느낌이었다.

"이제 괜찮아?"

그에게 물었다.

"뭐가?"

"누님 일."

"아아. 나는 괜찮아. 하지만 우리 어머니는 괜찮지 않으시지. 우리를 미국에 보낸 건, 부모님의 결정이었어. 더 넓은 세계에서 더 많은 것을 배우고 오게 해 주자. 그런 심정이셨겠지, 아마도."

그의 목소리가 어두워지는 것이 마음에 걸렸다. 누나의 죽음을 이야기할 때도, 그의 목소리는 이토록 어둡지 않았다. 하지만 재인은 내색하지 않고 가만히 그의 이야기를 들었다.

"누나는 어머니가 고른 유모의 손에 죽었어. 그건 어머니 탓이 아니지. 그런 식으로 잘잘못을 따지면 이 세상에 죄인이 아닌 사람이 어디에 있겠어? 하지만 어머니는 그것을 본인의 탓으로 여겼고, 아버지 역시 그걸 어머니 탓이라고 비난했지. 그래서 어머니는 괜찮지 않아."

"그럼……?"

"마음이 살짝…… 아프셔. 누나의 몫까지 내게 집착하게 됐고, 그 집착이 지나쳐서 나를 당신의 마음대로 움직일 수 있는 인형으로 여기게 됐어. 그래서 난 한국에 돌아오고 싶지 않았지."

"부모님은 한국에 계신 거야?"

"응."

"만나 뵀어?"

"아니. 내가 한국에 있는 걸 아시면, 나는……."

그가 미간을 좁혔다.

"네 옆에 있을 수 없을 거야."

그의 음성에 섞인 한숨이, 그것이 얼마나 무거운 짐인지 알려 주었다.

심장이 욱신거렸다.

그가 곁에 없는 것을 상상하는 것만으로도 눈앞이 흐릿해졌다. 하지만 재인은 그에게 우는 소리를 할 때가 아니라는 것을 알았다. 그의 부재가 두렵다는 이유로, 그에게 짐을 하나 얹어주고 싶지 않았다.

"리젤과의 약혼은 지금 바로 해결하기 힘들 것 같아."

성현은 자신의 소유욕을 부끄러워했지만, 부끄러워할 쪽은 자신이라고, 재인은 생각했다. 그의 입에서 '리젤'이라는 이름이 나오는 것만으로도 심장이 옥죄었으니까. 그의 목소리가 다른 여자의 이름을 만들어 내는 것이 끔찍이도 싫었다.

"어머니가 리젤을 좋아해. 나와 리젤의 약혼을 굉장히 흡족해하셨지."

"……그래."

괜찮아, 당신이 그 문제를 해결할 때까지 기다려 줄게, 라는 말이 나오지 않았다. 그를 안심시켜 주고 싶은데, 그 말을 하기 힘든 자신을 경멸했다. '나는 지독히도 이기적인 여자였구나.' 그런 생각이 들어 창피했다.

"리젤은 내게 매달리고 있어. 내가 억지로 약혼을 파기하면 내 한국행을 어머니에게 알릴 거고, 여러 가지로 골치 아파질 거야."

"응⋯⋯."

"하지만 네가 원한다면."

성현이 재인을 똑바로 응시하며 말했다.

"지금 당장 모든 문제를 해결하겠어."

"그러면 당신이 곤란하겠지?"

"내게 있어서 가장 곤란한 문제는 너야, 유재인. 네 기분, 네 감정이 제일 중요해."

"나는, 괜찮아."

성현이 해 준 많은 것들을, 재인은 알고 있었다. 그리고 그가 얼마나 정확한 남자인지도 알았다. 그중에서도 가장 잘 아는 것은, 그가 재인에게 거짓말을 하지 않으리라는 점이었다.

재인은 성현을 믿었다. 그의 옆에 '약혼녀'라는 이름의 여자가 있어도 그의 마음이 흔들리지 않으리라는 것을. 그리고 재인이 입만 열면 언제든 그를 둘러싼 문제를 해결하고 곁에 있어 주리라는 것을. 믿기에, 괜찮다고 말할 수 있었다.

"정말로 괜찮아, 민성현 씨."

"그럼 이제 내가 자신감을 좀 끌어올려도 되는 거야?"

"너무 끌어올리지는 마. 귀찮으니까."

"이거 참, 내 여왕님은 매정하기도 하지."

말과는 달리 그는 웃고 있었다. 참 좋구나, 이 남자의 웃는 얼굴.

어두운 곳에서도 성현은 반짝반짝 빛이 났다. 그것이 아무 어둠

없이 자란 사람이라 그런 줄 알았다. 하지만 아니었다. 그에게도 나름의 아픔이 있었고, 어둠이 있었다. 그는 단지 자신만의 힘으로 그 문제를 극복해 왔고, 그것이 그를 더욱 빛나게 해 준 것이리라.

한 순간이라도 그의 밝음을 질투하며, 별것 아닌 것으로 치부했던 자신의 옹졸함이 부끄러웠다.

"안 추워?"

부끄러움을 감추기 위해 질문을 던졌다.

"그러고 보니 좀 쌀쌀하군. 여왕님은 어때?"

"추워. 들어가서 얘기할까?"

"그건 안 돼, 여왕님. 이제부터는 자제가 안 될 예정이거든."

"자제?"

"몇 주 전으로 리플레이 해 봐, 여왕님. 내가 분명히 말했잖아. 남자는 품 안의 여자가 버둥거리면 덮치고 싶어지는 동물이라고."

그 말의 의미를 깨달은 재인이 얼굴을 붉혔다.

그때는 미친 인류의 헛소리로 치부했는데, 서로의 마음을 확인한 지금은 다른 의미로 다가왔다.

'나, 제정신이 아니었구나.'

지금껏 성현과 단둘이 밀폐된 공간에서 보냈던 일들이 하나하나 떠올랐다. 심지어 성현이 있는데도 샤워를 하고 잠을 잤다.

"넌 절대 모를 거야. 내가 지금 무슨 생각을 하고 있는지."

무슨 생각을 하느냐고 묻지 않았다. 궁금했지만, 물어보면 돌이킬 수 없는 일이 벌어질 것 같았다.

"경고는 이번 한 번이야, 여왕님. 다음에 또 집으로 나를 청하면 일이 어떻게 흘러갈지는, 나도 장담 못 해."

"무서워 죽겠네."

재인이 중얼거리자 성현이 짓궂은 미소를 지었다. 장난스러운 미소를 띤 그는 나이보다 훨씬 어려 보였다.

"그럼 여왕님, 이제 사라진 능력에 대해서 얘기 좀 해 볼까?"

은우는 끊임없이 울리는 휴대폰을 노려보며 고민했다.

'휴대폰, 해지해 버릴까?'

이 모든 문제의 근원은 민성현이었다. 리젤에게 시달린 지 몇 시간 후에, 메리의 전화 때문에 골머리를 앓았다. 그리고 지금, 그 근원인 성현에게서 전화가 걸려왔다.

가까이 있다면 한 대 후려치고 싶다고 생각하며, 결국은 전화를 받았다.

[팀! 내 자신감이……!]

"네 여왕님이 네 마음을 받아 줬냐?"

[어떻게 알았지? 내 옆에 사람이라도 붙여 둔 거야? 난 집착 많은 남자는 별론데.]

"네 목소리만 들어도 알겠다! 그딴 거 일일이 보고할 필요 없어!"

[여왕님은 내가 생각했던 것보다 훨씬 단단해. 이제 슬슬 움직여도 될 것 같아.]

"그러든가 말든가."

[내가 부탁한 건?]

"금성의 일 말이지? 일단 메일로 보내두긴 할 텐데…… 꼭 그렇게까지 해야겠냐?"

[내 여왕님이 황송하게도 내 마음을 받아 줬어. 다른 여자 문제로 여왕님의 마음을 상하게 하고 싶지 않아.]

"네 눈엔 유재인만 보이냐? 리젤은 널 진심으로 사랑해."

[리젤의 마음은 리젤이 알아서 해결해야 할 문제야. 나는 애초에 분명하게 선을 그어 뒀으니까.]

"넌 정말 냉정한 놈이야, 에디."

[냉정한 게 아니라 현명한 거라고 말해 줘. 주위의 다른 여자들을 챙기느라 내 여자의 마음을 무시하는 것만큼 어리석은 일은 없거든.]

"이제 처음 사랑을 시작한 놈이 말은 잘하네. 몇 시간 전까지만 해도 여왕님 마음을 모르겠다고 발발 떨었으면서."

[그런 사소한 일은 잊었어.]

"잊지 마! 사소한 일 아니니까! 그리고 메리한테 또 연락 왔어. 사람을 써서라도 네 행방을 알아낼 작정인 것 같아."

[한국에 있는데도 알아낼까?]

"아마도? 메리도 작정하면 무서우니까."

[이거 참, 여러 가지로 곤란한 일투성이군. 알겠어, 염두에 두지.]

"염두에 두지만 말고 메리에게 직접 연락해서 설명을 하는 건 어때?"

[아직은 안 돼. 마음이 동하지가 않아서.]

"에디, 넌 정말 제멋대로야. 난 네놈이 정말 싫어."

[한국에 와, 팀. 여왕님을 직접 보면, 내가 왜 이렇게 몰입하는지 알게 될 테니까.]

전화를 끊은 후, 은우는 눈을 감았다.

성현을 만나기 전에는 참으로 평화로웠다. 그 평화는 성현을 알게 된 11살 때 산산조각이 났다. 그를 알게 된 후, 단 한순간도 '평화' 혹은 '자유'를 누리지 못했다.

'유재인이라.'

대화 한 번 해본 적 없는 재인이 안쓰러웠다.

'그 여자도 불쌍하게 됐군. 민성현과 얽히다니.'

재인이 왜 얼굴 빼고 볼 거 없는 성현의 마음을 받아 줬는지, 도통 알 수가 없다.

'취향 참 특이하네.'

라연과의 통화 내용을 떠올렸다.

재인을 보고 온 그녀는 재인이 예쁘다고 했다. 라연이 다른 여자를 보며 예쁘다는 말을 하는 건 처음 들어봤다. 라연은 철딱서니가 없는 만큼, 질투와 시기가 많은 여자였다.

'예쁘다라…… 도대체 얼마나 예쁘기에.'

궁금했다.

사진으로만 봤을 때는 어디서나 볼 수 있는, 예쁘장한 얼굴일 뿐이었는데. 대체 무슨 매력이 있어서 민성현처럼 자기애가 강한 남자의 마음을 사로잡고, 라연처럼 질투 많은 여자에게서 예쁘다는 말을 이끌어낸 걸까?

'어차피 귀찮을 거라면, 한국에나 갈까?'

*　　*　　*

성현의 마음을 알게 되었으니, 사라진 능력이 다시 돌아올 줄 알았다. 하지만 아니었다.

복도에서 마주친 영민의 마음을, 재인은 읽을 수가 없었다. 그나마 다행인 것은, 재인이 영민의 성격을 어느 정도 알게 되었다는 점이었다. 재인은 영민의 순수함을 알았기에, 그를 대하는 것이 불편하지 않았다.

"누나, 오늘 아침 뉴스 보셨어요?"

재인은 쓰레기를 버리러 내려가는 중이었고, 영민은 PC방에 가는 길이라고 했다. 엘리베이터에서 영민이 묻는 말에, 재인은 고개를 저었다.

"아니. 무슨 일 있어?"

"저번에 우리 아파트에서 토막 시체 발견된 거 있잖아요. 요번에 또 발견됐나 봐요."

"아파트에서?"

"아뇨. 이번에는 금천 쪽이라던데. 세 번째 희생자인 것 같대요."

"벌써?"

그래서 성현이 오늘 아침에 찾아오지 않았나 보다.

며칠 전, 성현과 서로의 마음을 확인했다. 그 후로 성현은 매일 아침 재인의 집 앞에서 신문을 건네주는, 무의미하지만 즐거운 행위를 다시 시작했다.

"피해자들의 신원이 밝혀졌는데, 아직까지는 서로 연관이 없대요. 아무래도 무차별 살인인 것 같다는 말이 있던데, 누나 조심하세요."

"응, 그래. 너도 조심해."

쓰레기를 버리고 올라와 씻고 나갈 준비를 했다. 한선과 성현이 매달려 있는 사건이 마음에 걸렸다. 용의자일지도 모르는 사람을 봤으면서도, 그에게서 아무것도 발견하지 못한 자신이 한심했다.

하지만 재인이 어쩔 수 있는 문제가 아니었다. 그가 수상하다는 것을 미리 알았더라도, 재인의 힘으로는 그를 막을 수 없었을 것이다.

연쇄살인, 특히 무차별 살인의 경우는 용의자를 붙잡기 전까지 재인이 도울 수 있는 일이 하나도 없었다. 그것도 이젠 능력이 없어서 불가능하겠지만.

때문에 재인에게 토막살인 사건은 먼 세상의 이야기였다. 적어도 그날 아침까지는.

쪽쪽쪽—

쿠콰카카카카—

빨대로 쪽쪽 빨아마시던 초코우유가 거의 비어가자 괴상한 소리가 났다. 아까부터 꾹 참는 기색이 역력했던 혜란이 결국 폭발했다.

"그 빌어먹을 초코우유 좀 나중에 마실 수는 없는 거야? 벌써 몇 개째야?"

"이거, 이거. 정 박사님. 진작 말씀하시지 그랬습니까? 여기 정 박 사님의 몫도 있습니다."

성현이 코트 주머니에서 새 초코우유를 하나 꺼내 건넸다.

혜란은 초코우유를 노려봤다. 생글생글 웃는 얼굴은 일종의 가면 이었다. 싫은 사람들, 짜증 나는 행동들을 앞에 둬도 흔들리지 않는 모습을 보이고 싶었다. 하지만 그 가면은 성현에게까지 통하지 않았 다. 성현은 정말이지, 예의상의 미소조차 나오지 않을 정도의 짜증 유발자였다.

"초코우유, 먹고 싶다고 한 적 없어. 부검실에서 초코우유를 마시 는 저의가 뭐야?"

"저의라니요. 여기에는 여러 가지 이유가 있습니다. 첫 번째."

"브이 타령, 닭발 타령하지 말고 간단하게 요약해서 말해."

"정 박사님은 운치가 없군요. 빠른 성공도 좋지만 때로는 여유를 즐기며 시라도 한 수 읊는 게 어떨까요? 조선시대엔 말입니다."

"민 교수, 능지처참 당해볼래?"

혜란이 메스를 들어 올리며 말했다. 성현은 얄미울 정도로 근사 한 미소를 지으며, 혜란에게 주려던 초코우유에 빨대를 꽂았다.

"나중예요. 일단 이게 세 번째 피해자라는 거지요?"

"그래. 세 번째 피해자가 완성됐어."

성현은 앞으로 더 빠르게 토막 시체가 버려질 거라고 예측했고, 그것이 들어맞았다.

"가까이서 봐도 되겠습니까?"

"얼마든지."

혜란은 옆으로 비켜서서 연구복 주머니에 두 손을 찔러 넣었다. 성현은 허리를 살짝 굽히고 천천히 시신을 살펴봤다. 다리가 긴 성현은 시체를 관찰하는 모습조차도 그림 같았다.

입만 다물고 있으면 참으로 근사한 남자일 텐데.

"재인이 능력은 어때? 아직도 안 돌아왔어?"

"네, 뭐."

"민 교수랑 약혼녀 때문에 능력이 사라졌다고 생각했는데……."

"아마 그럴 겁니다."

"그 문제가 해결됐는데, 왜 아직도 안 돌아오는 거지?"

"글쎄요. 그게 초능력 같은 게 아니라, 재인이의 뛰어난 통찰력과 관찰력에서 비롯된 능력이니까요. 한 번 어긋나니까 다시 제자리를 찾기 힘든 걸 수도 있고, 아니면……."

"아니면?"

"이건 제 개인적인 소망이 담겨 있는 가설이긴 합니다만, 안심해서가 아닐까 싶기도 합니다. 애초에 그 능력이 갑자기 극대화된 것이 어머님의 죽음을 통해서였으니까요. 아마 자신을 보호하기 위한 방편이었을 겁니다. 그런데 지금은 그렇게까지 날을 세워야 할 필요가 없어진 거죠."

성현이 허리를 펴고 혜란을 마주 보며 씩 웃었다.

"제가 옆에 있으니까."

"민 교수 같은 사람이 옆에 있으면 더 날을 세워야 할 것 같은데?"

"무슨 그런 서운한 말씀을. 제가 재인이를 보면서 허구한 날 덮칠 생각만 하는 줄 아십니까?"

"……그런 뜻으로 한 말은 아닌데, 그러고 있나 보네. 대체 그 머릿속은 어디까지 음란한 거야?"

"음란하다니요. 사랑하는 여자를 덮치고 싶어 하는 건, 남자라면 누구나 가지고 있는 욕망, 욕구, 소망! 이라고 생각합니다."

"덮칠 생각만 하는 거 아니라며?"

"이거 참, 예리하시군요. 정 박사님."

"됐으니까 얼른 나가."

"이번에도 약물 반응은 없는 거죠?"

"응, 저번이랑 똑같아. 교살 후 토막을 낸 거야. 아, 맞다. 세 번째 피해자는 한동안 묶여 있었던 것 같아. 손목에 결박당했던 흔적이 있어."

"그렇군요. 알겠습니다."

"뭔가 알아낸 게 있는 거야?"

"일단은요. 그럼 다음에 뵙겠습니다."

성현은 중세유럽의 연극배우처럼 과장된 인사를 하고는 부검실에서 나갔다. 혜란은 인상을 찌푸리고 부검대 위에 누워 있던 피해자의 시신을 응시했다.

"대체 뭘 알아낸 거지?"

　　　　＊　　　　＊　　　　＊

　수영은 거실에 서서 베란다를 지그시 응시했다. 그리 넓지 않은 베란다에는 말라 죽어 가는 화분 몇 개와 청소기, 먼지 쌓인 자전거가 세워져 있었다.

　몇 년 전, 재인은 이곳에서 살았다.

　재인에게 너무 가혹했다는 것을 모르는 건 아니었다. 다만 재인이 그런 일을 겪는 것이 당연하다고만 생각했다.

　'왜 그랬을까?'

　부모를 잃고 수영의 집에 맡겨진 재인. 처음에는 수영도, 수영의 엄마 희라도 재인에게 잘해 주려고 노력했다. 달래 주고 얼러 주고 이것저것 챙겨 주었다.

　'걘 어린애 같지 않았어.'

　슬픔도, 분노도, 기쁨도, 재인은 표현하지 않았다. 무엇을 해 주어도, 그곳에 없는 사람처럼 행동했다. 그런 와중에 영주가 집을 빼앗아 갔다. 졸지에 아무것도 없는 어린애가 된 재인은, 희라에게 눈엣가시가 되었다.

　'엄마가 미워하니까, 왠지 나도 걔가 미워졌고.'

　그래서 괴롭혔다. 하지만 아무리 괴롭혀도 재인은 울지 않았다. 부당한 괴롭힘에 화가 나서 노려보는 행위조차도 하지 않았다. 재인은 그야말로 감정이 없는 인형 같아서, 더 많이 괴롭혀도 된다는 어두운 감정이 수영의 가족을 지배했다.

'아냐, 그때까지만 해도 나는 그렇게 괴롭히지 않았어. 내가 걜 괴롭히기 시작한 건, 아마…… 초등학교 3학년 때부터.'

재인은 어딜 가나 눈에 띄었다. 투명하고 흰 피부, 남들보다 색이 옅은 연갈색 눈동자. 인형처럼 예쁜 생김새도 눈에 띄는데, 공부도 잘했다. 희라는 가끔 수영을 재인과 비교했고, 수영은 재인이 미워지기 시작했다. 그리고 초등학교 3학년 때 짝사랑하던 아이가 재인을 좋아한다는 것을 알게 된 후, 그녀에 대한 미움이 폭발했다.

괴롭혀도 된다고 생각했다. 아파하지도, 힘들어하지도 않으니까. 어차피 재인에게 있어서 타인은 있으나 없으나 아무래도 좋은 존재니까. 제 잘난 맛에 사는, 그런 애니까. 더 괴롭혀도 괜찮다고, 수영은 생각했었다.

'내가 왜 이런 생각을 하고 있는 거지?'

몇 년 만에 재인을 다시 만났을 때도 미움밖에 없었다. 하지만 며칠 전 목격한, 재인을 둘러싼 허무. 황량한 사막 가운데 홀로 서서 모래바람을 맞는 듯한 그녀의 모습이, 머릿속에서 떠나질 않았다.

게다가 잊고 있던 기억 하나가 수면 위로 드러났다.

"어떤 아줌마랑 아저씨가 우리 부모님을 죽였어."

언제였더라. 재인이 수영에게 그 말을 해 준 것이.

"있잖아, 수영아. 어떤 아줌마랑 아저씨가 우리 부모님을 죽였어. 그래서 나는……"

그다음에 그 애가 무슨 말을 했더라.

머리가 아파왔다. 이내 수영은 고개를 저었다.

'설마…… 최영주, 그 아줌마가 이모랑 이모부를 죽인 건 아니겠
지? 재인이, 그 계집애가 괜히 과장해서 말한 걸 거야. 하지만……
만약 그렇다면 최영주는 왜 재인이의 뒷조사를 하라고 한 거지? 내
약점까지 잡아가면서?'

아랫입술을 잘근잘근 깨물며 고민했지만 답이 나오질 않았다.

'이모부가 꽤 큰 건설 회사를 운영하고 있긴 했어. 하지만…… 사
람을 죽이면서까지 빼앗을 만큼 대단한 회사는 아니지 않았나?'

이런저런 생각들이 머릿속을 헝클어뜨렸다. 수영은 휴대폰을 꺼
냈다. 어지간하면 재인과의 만남을 피하고 싶었다. 하지만 계속 이
대로 있다가는 재인에 대한 생각에서 벗어날 수가 없을 것 같았다.

수영은 잔뜩 찌푸린 얼굴로 휴대폰의 전화번호부를 뒤졌다.

"누나."

오늘 일 끝나고 만나자는 수영의 문자에 답을 하던 재인은, 진혁
의 부름에 고개를 들었다. 오늘 일하는 날이 아닌 진혁은 사복 차림
이었다. 회색 면바지에 검은색 후드티셔츠, 까만 패딩을 입은 진혁
은 고등학생처럼 어려 보였다.

"놀러왔어요."

진혁이 해사한 미소를 지으며 말했다.

"응, 잘 왔어. 혼자 온 거야?"

"네, 혼자요. 누나한테 서비스 좀 받아 볼까 하고요."

"그래. 자리, 안내 받았어?"

"누나가 안내해 주세요."

재인은 메뉴판을 들고 안쪽으로 걸어갔다.

"누나, 다음 학기에 수업 뭐 들으세요?"

"음, 글쎄. 아직 생각 못 해봤는데…… 넌?"

"전 누나랑 같은 거요."

"아……."

재인은 말문이 막혔다. 성현과의 일 때문에 깜빡 잊고 있었다. 진혁이 재인과 입맞춤을 했다는 사실을.

"이런, 제가 너무 들이댔나요?"

재인이 난처해한다는 것을 눈치챈 진혁이 조심스레 물었다. 재인은 어떻게 대답할까 고민했다. 예전이었다면 단호하게 끊어냈을 것이다.

그래, 너무 들이댔어. 이런 거 불편해. 난 너랑 그런 관계가 될 생각 없어.

하지만 지금은 그것이 쉽지 않았다. 짝사랑하는 마음을, 이번에 알게 되었다. 그것이 얼마나 쓰리고 저린지 알아 버렸다. 상대의 작은 행동 하나에 일일이 반응하는 그 예민한 마음을 알기에, 섣부른 대답을 내뱉을 수가 없었다.

진혁이 싫지 않았다. 그래서 그의 마음에 상처를 안기기 싫었다.

"진혁아, 나는……."

"에고. 나중에요."

진혁이 서둘러 재인의 말을 끊었다. 전에 입맞춤을 했을 때처럼.

"나중에 들을게요."

진혁의 눈초리가 살짝 아래로 내려갔다. 재인의 대답을 알고 있다는 듯이. 그래서 재인은 이제 확실하게 답해야 한다는 것을 깨달았다.

그에게 상처주고 싶지 않아서, 그에게 나쁜 여자가 되고 싶지 않아서 머뭇거리다가는, 그의 마음이 더 커지고 깊어지리라. 그때가 되면 너무 늦는다. 나쁜 계집이 되는 한이 있더라도 빨리 말하는 것이 나았다.

"지금 들어."

목소리가 낮아졌다.

"아뇨, 누나."

"아니, 지금 들어, 진혁아."

마음을 견고히 하고 무표정하게 진혁을 올려다봤다. 강아지 같은 진혁의 눈이 흔들리는 게 마음에 걸렸지만, 모르는 척 말했다.

"나는 사랑하는 사람이 있어."

"……."

"앞으로도 쭉, 그 사람만 사랑할 것 같아."

"……그 사람도, 누나를 사랑해요?"

"그렇대. 하지만 그 사람이 날 사랑하지 않아도 상관없어. 문제는 너와 나야. 나는 네게 아무 감정도 품을 수가 없어."

"……아무 감정도요?"

"응. 네가 날 사랑한다고, 내가 오해한 거라면 미안해. 하지만 만약 그게 사실이라면, 나는 그 마음을 받아 줄 수 없어. 내 마음이 너와 같아지는 일은 없을 거야."

"세상에 절대로 변하지 않는 건 없는 거잖아요."

"가끔은 있더라."

"그게 저에 대한 마음이고요?"

"고맙다고 생각해. 좋은 사람이라고도 생각하고. 하지만 이성간의 문제가 되면 달라. 나는 널 그냥 같은 수업을 듣는 학생 중 한 명이라고 생각하고 있어."

"우와, 누나 정말…… 냉정하시네요."

진혁이 아무렇지도 않은 척하기 위해 노력하는 것이 똑똑히 느껴졌다. 그래서 더 미안했다. 그는 애써 웃으려 했지만, 그의 입가의 근육은 바르르 떨릴 뿐, 미소를 만들어 내지 못했다. 몇 번을 노력하던 진혁이 결국 포기하고 크게 한숨을 뱉어 냈다.

"그렇게 분명하게 말씀해 주시니까, 오히려 속이 시원해졌어요."

"그래."

"으아, 나 차였구나."

"……."

"고마워요, 누나. 딱 잘라서 거절해 주셔서."

"그래."

"그런데…… 생각해 보니까 내가 누나한테 직접 고백을 한 적은 없네요."

"응."

"내 마음이 그렇게까지 티가 났어요?"

"……응. 그때 병실에서 입맞춤도 했잖아."

"아, 그랬지. 그냥 바람둥이 놈팡이가 한 짓이라고 생각하고 넘어갈 수도 있는 거잖아요."

"넌 그런 남자가 아니잖아."

잘 견디고 있던 진혁의 눈가가 붉어졌다.

"에이, 누나. 그건 반칙이죠. 그렇게 날 믿어 주는 말을 하면……갖고 싶어지잖아요."

마지막 말은 무척이나 작았지만 재인의 귀에는 똑똑히 들려왔다. 재인은 밝은 척하기 위해 노력하는 그가 안쓰러워서 안아주고 싶었다. 하지만 그러지 않았다. 그것이 진혁의 마음을 더 흔들리라는 것을 알았기 때문이다.

무표정한 재인의 얼굴을 물끄러미 응시하던 진혁이 쓴웃음을 짓더니 돌아섰다.

"갈게요, 누나. 갑자기 해야 할 일이 생각나서요."

"그래, 잘 가."

진혁은 대답하지 않았다. 화가 나서가 아니라 창피하기 때문이었다. 누군가를 먼저 좋아한 것도, 거절을 당한 것도 처음 있는 일이었다. 그나마 다행인 것은 재인이 거절할 때 하는 뻔한 말을 하지 않았다는 점이었다.

좋아해 줘서 고마워, 하지만 나는 널 좋아하지 않아. 난 네게 부족해. 넌 더 좋은 여자 만날 거야. 미안해.

그런 말을 들었더라면 더 비참했을 것이다.

'되게 아프네.'

심장이 욱씬욱씬 쑤셨다. 크게 심호흡을 해도 통증이 가라앉지 않았다. 가게 문을 열려고 하는데, 밖에서 누가 먼저 문을 열었다. 고개를 들자 아는 얼굴이 보였다. 성현이었다.

성현은 슬쩍 눈을 내려 진혁의 얼굴을 확인하고는 옅은 미소를 지었다. 그의 당당한 모습을 보자, 어쩐지 더욱 초라한 기분이 들었다. 재인이 말한 '사랑하는 사람'이 누군지 알 것 같았다.

'역시 민 교수님이었구나.'

이런 남자가 옆에 있으니 진혁이 눈에 안 차는 것도 당연했다. 성현은 진혁에게 살짝 고개를 숙여 보이고는 안쪽으로 성큼성큼 걸어 들어갔다. 진혁은 성현과 재인이 만나는 장면을 보고 싶지 않아, 도망치듯 가게를 빠져나갔다.

"어쩐 일이야?"

테이블에 물컵과 메뉴판을 내려놓으며 재인이 물었다.

"힘을 얻고 싶어서. 자신감도 얻고 싶고."

"날 보면 자신감이 떨어지는 거 아니었어?"

"여왕님 일에는 자신감이 떨어지지만, 다른 일을 할 땐 역시 이게 필요하지."

성현이 재인의 손목을 가볍게 잡아들어 올리더니, 손등에 입을 맞췄다. 따뜻하고 촉촉한 입술이 손등에 닿자, 척추 부근에 오싹한 충격이 전해졌다.

"일하는 데서 이러지 좀 마."

손을 빼내며 말했다. 성현이 장난스러운 미소를 지으며 다시 재인의 손목을 잡았다. 빼내려고 했지만 이번에는 꽉 잡고 있어서 그럴 수가 없었다. 성현은 재인의 손가락 끝과 손바닥과 손목에 순서대로 입을 맞췄다.

"일하는 데서 하는 거야말로 은밀한 묘미가 있지."

"그런 데서 은밀한 묘미를 찾지 좀 말고."

"그 친구는 잘 거절한 거야?"

"그 친구?"

"김진혁."

"어떻게 알았어?"

"그 친구가 내 여왕님에게 관심이 있다는 것은 이미 알고 있었지. 방금 전 나가는 걸 마주쳤는데 아주 울상이더군."

"그런 건 좀 모르는 척해 주면 안 돼?"

"다른 때라면 모르는 척해 줄 텐데 이번 같은 경우에는 힘들어."

"이번 같은 경우가 어떤 경운데?"

"내 여자를 가슴에 품은 경우."

'내 여자'라는 호칭은 강렬했다. 안 그래도 성현과 함께 있으면 빠르게 뛰는 심장에 큰 파문이 일었다.

성현을 앞에 두면 안절부절못하게 되는 마음을 감추기 위해 더 무표정하게 있으려고 노력했는데, 그게 다 소용없어졌다. 얼굴이 화끈거렸다. 아마 어마어마하게 빨개졌으리라.

"이거 참. 내 여왕님은 이렇게 갑작스럽게 귀여운 모습을 보여줘서 사람 마음 싱숭생숭하게 만든단 말이야."

홍조 띤 재인의 얼굴을 보며 성현이 중얼거렸다.

"나도 당신 정신상태 때문에 싱숭생숭해."

재인은 메뉴판을 들어 얼굴을 가리며 말했다. 성현이 메뉴판을 잡아 옆으로 치웠다.

"가리지 마. 얼굴 보러 온 거야."

"뭐든 내 뜻대로 아니었어?"

"여왕님 뜻이 내 뜻이지, 뭐."

"그런 게 어디 있어?"

"그래? 그럼 지금 여왕님의 뜻은 뭐지?"

"나는……."

재인은 주위를 둘러봤다. 식사 시간이 아니라서 손님이 거의 없었다. 이쪽을 보는 사람이 없다는 것을 확인한 후, 재인은 얼른 허리를 굽혀 성현의 이마에 쪽 소리가 나게 입을 맞췄다.

'아, 내가 무슨 짓을 한 거지?'

이런 행동을 할 생각은 없었는데, 그를 조금 놀려주고 싶었다. 하지만 그는 스킨십에 익숙하니까 이런 걸로 놀라지 않으리라.

그렇게 생각하며 몸을 똑바로 세운 재인의 눈에, 깜짝 놀란 듯 눈을 크게 뜨고 얼어붙은 성현의 얼굴이 보였다. 성현은 재인의 기대 이상으로 놀랐고, 그것을 온몸으로 표현하고 있었다.

"이거 참."

뒤늦게 정신을 차린 성현의 얼굴에 감미로운 미소가 번졌다.

"이런 깜짝 선물을 해 주다니, 너무나 감개무량해서……."

성현이 천천히 일어났다.

"우쭐해지잖아. 이 우쭐함이 사라지기 전에 얼른 가 봐야겠어."

"어디 가는데?"

"사건 해결하러. 그럼 수고해, 여왕님."

성현은 재인의 머리를 가볍게 쓰다듬어주고는 가게를 빠져나갔다. 그가 나간 후, 재인은 그의 입술이 닿았던 손을 올려 물끄러미 응시했다. 재인의 체온을 음미하듯 천천히 눌리던 그의 입술의 감촉을 떠올리자 또다시 심장이 뛰기 시작했다.

이 손, 오늘은 씻지 말아야지.

"구형진의 인간관계 말인데."

수사본부 사무실로 향하며 한선이 입을 열었다.

"웨이러미닛."

복도를 성큼성큼 걸어가며 성현이 한선의 말을 끊었다.

"먼저 해결해야 할 일이 있잖아."

그의 자신감 넘치는 태도에 한선의 눈이 커졌다.

"설마…… 너, 용의자를 특정지은 거냐?"

"몇 가지 떠오른 게 있어서. 사무실엔 아무도 없겠지?"

"다들 나갔으니까."

"좋아, 형은 내 곁에 있어 줘."

"제발 그런 말할 때 목소리 좀 낮추지 말아줄래?"

"부탁하는 주제에 언성을 높일 수는 없잖아."

"차라리 언성을 높여!"

툭탁거리며 걸어가는 한선과 성현을 향해, 여경들이 수상쩍다는 시선을 보냈다.

사무실로 들어가자마자 성현은 서울 지도를 가지고 와 넓은 책상에 펼쳤다. 그리고 빨간색 펜으로 점과 선을 긋기 시작했다. 각 토막 시체의 부위가 발견된 지점이었다.

"형, 각 피해자들의 주변 인물들 조사했지?"

"어, 하긴 했는데…… 겹치는 인물이 없어. 아무래도 무차별 연쇄 살인인 것 같다는 결론이야."

"흐음. 일단 주변 인물 파일과 인터뷰 내용 좀 알 수 있을까?"

"기다려 봐."

한선은 노트북에서 자료를 불러왔다. 성현은 그동안 경찰들이 조사한 피해자들의 주변 인물 정보와 인터뷰 내용을 확인했다.

다리를 꼬고 느긋한 자세로 자료를 보는 성현의 모습은, 재미있는 영화를 보는 사람처럼 여유로웠다. 저러다가 콧노래를 부르는 게 아닐까 싶을 정도였다.

'뭘 하는 거야, 대체?'

경찰들은 똥줄 타게 뛰어다니는 마당에 저러고 있는 성현이 얄미운 한편, 그가 무언가를 알아낼지도 모른다는 희망이 생겼다. 성현은 나사 하나 빠진 것처럼 굴지만, 어째서인지 신뢰가 가는 그런 남자였다.

얼마나 지났을까. 성현의 한쪽 입꼬리가 부드러운 원을 그리며 위로 올라갔다. 한선은 눈을 크게 뜨고 상체를 앞으로 기울였다.

"알아낸 거냐?"

"수상한 사람은 두 명."

성현이 노트북 화면을 한선 쪽으로 돌렸다.

"이 두 명 중 한 명일 거야."

겨울의 해는 짧았다. 그리고 수영이 선택한 골목은 더욱 어두웠다. 원래는 인적이 드문 곳을 좋아하지 않았다. 하지만 최근에는 항상 사람이 없는 곳으로만 다녔다. 누군가가 지켜보는 듯한 느낌이 들었기 때문이다.

착각이 아니라는 것을, 최영주를 만났을 때 확신했다. 최영주는 사람을 써서 수영의 뒷조사를 했고, 지금도 그러지 않으리라는 법이 없었다. 또 다른 협박거리를 잡기 위해 수영을 감시하고 있을지도 모른다.

재인에게 만나자는 문자를 보냈을 때, 왜 그런 데서 보느냐고 물어볼 법도 했다. 하지만 재인은 아무것도 묻지 않고 그러마고 대답을 해 왔다. 그 문자를 보자 또다시 재인의 공허한 눈동자가 떠올랐고, 물에 젖은 솜처럼 기분이 무겁게 가라앉았다.

약속 시간보다 2시간 일찍 나왔지만 걸음을 서둘렀다. 누군가 지켜보고 있을지도 모른다는 생각에 두리번거리며 걷던 수영은, 어느 집 앞에 서성이는 사람의 형체를 발견했다. 남자처럼 보였고, 손에는 커다란 봉지를 들고 있었다.

쓰레기를 버리러 나온 사람인가 보다, 라고 생각하는데 마침 고개를 든 남자와 눈이 마주쳤다. 남자는 모자를 눌러쓰고 있었는데, 깊은 챙 아래에 있는 검은 눈이 묘하게 번뜩거렸다.

아마 착각이리라고 생각했다. 이렇게 어두운데 모자 아래에 있는 눈이 자세히 보일 리 없으니까.

하지만 다음 순간 남자가 갑자기 달려오기 시작했다.

탁탁탁탁탁탁—

빠르게 달려오는 남자를 멍하니 쳐다봤다. 너무 갑자기 벌어진 일이라 대응해야 할 생각을 하지 못했다. 뒤늦게 상황을 깨닫고 도망치려 했지만, 남자는 이미 코앞에 와 있었다.

퍽—

뒤통수에 강한 충격이 느껴지는 순간, 눈앞이 까맣게 흐려졌다. 그리고 목소리 하나가 들려왔다.

오래전, 수면 아래로 가라앉아 잊고 있던 목소리.

"있잖아, 수영아. 어떤 아줌마랑 아저씨가 우리 부모님을 죽였어. 그래서 나는 사람이 무서워. 사람을 믿는 게 너무 무서워."

불안하게 떨리는, 재인의 목소리. 도와 달라고 말하는 듯한, 어린 재인의 간절한 목소리.

재인은 한숨을 내쉬었다.

'장난이었나?'

무슨무슨 역 몇 번 출구로 나와서 오른쪽으로 쭉 걷다가 세 번째 보이는 골목으로. 거기서 쭉 걸어 들어가다 보면 뭐가 나오는데, 어쩌고저쩌고.

그런 식의 문자가 왔다. 이상하다고는 생각했지만, 일단 알겠다고 대답을 했다. 이유가 무엇이든 재인에게 손을 내미는 척했던 수영이, 이제 와서 재인을 골탕 먹일 이유가 없으니까. 그것도 이런 유치한 방법으로.

혹시나 싶어 휴대폰으로 전화를 걸었다. 신호는 갔지만 전화를 받지는 않았다.

'역시 장난이었나 보네. 나랑 친한 척하는 건 관두기로 했나?'

늦게나마 전화를 받을지도 모른다는 생각에 휴대폰을 귀에 대고 걸어갔다. 어둡고 조용한 건물이었다. 나직하고 허름한 주택이 즐비했지만, 아마 대부분 사람이 살지 않는 집이리라.

'나도 참…… 미련을 못 버리는구나.'

전화를 받을 수 없어, 라는 여자의 목소리로 넘어간 후 다시 통화를 시도하는 자신의 모습이 우스웠다. 가족은 이제 없다고 생각했다. 피가 좀 통했다고 해서 가족이 아니라는 것을 잘 알고 있다고 생각했다. 하지만 아니었다.

수영이 내민 손이 거짓이라는 것을 알면서도, 무언가 꿍꿍이가 있다는 것을 알면서도, 혹시나 하는 기대를 버리지 못하는 자신이 한심했다.

반짝거리는 빛이 눈에 들어온 것은, 전화를 막 끊으려고 할 때였다. 골목길 바닥에서 무언가 반짝반짝 빛나고 있었다.

'뭐지?'

휴대폰일 거란 생각은 못했다. 뭔가가 빛나네, 뭘까, 라고 무심히 생각하며 계속 걸었다. 그렇게 걷고 있을 때, 또다시 '전화를 받을 수 없어……'라는 멘트가 흘러나왔다. 그와 동시에 반짝거림도 사라졌다.

두근, 심장이 불쾌하게 움직였다.

'뭔가…… 이상해…….'

스멀스멀. 어둠이 움직여 발목을 휘감았다. 재인은 그 자리에 멈춘 채 다시 통화 버튼을 눌렀다. 신호음이 들렸고, 또 무언가가 반짝거렸다.

발목을 잡은 어둠을 떼어 내듯한 걸음, 한 걸음, 그것을 향해 움직였다. 그리고 그것 앞에 멈췄다. 그것이 잡으면 안 되는 무서운 것이라도 되는 듯, 재인은 가만히 그걸 노려봤다.

신호음은 계속 울렸고, 가까운 곳에서 본 반짝거림은 좀 더 또렷한 형체로 재인의 눈동자에 각인되었다. 네모난 빛, 그리고 거기에 떠오른 이름.

[유재인]

수영의 휴대폰이었다.

찌르는 듯한 두통을 느끼며 정신을 차렸다. 움직이려 했지만, 무언
가가 몸을 꽉 조이고 있었다. 무슨 일이 벌어진 건지 알 수 없었다.

눈을 꿈뻑거리자 뿌연 시야가 조금씩 또렷해지기 시작했지만, 어
두워서 아무것도 보이지 않았다. 아까부터 후각을 자극하는 역한 냄
새에 구역질이 났다. 입안이 바싹 말라 있었다. 마른침을 삼키며 고
개를 숙였다.

수영은 의자에 앉은 채 빨랫줄에 칭칭 묶여 있었다. 얼마나 세게
묶었는지 빨랫줄이 피부를 파고들 것만 같이 아팠다. 움직여보려고
했지만 불가능했다.

'나…… 어떻게 된 거야? 이게 뭐야? 여긴 어디지?'

반사적으로 비명을 지르려다가 입에 테이프가 단단히 붙어 있다
는 것을 깨달았다. 공포에 심장이 옥죄었다. 몸을 뒤흔들었다.

쿠당! 의자가 흔드는 힘을 이기지 못하고 쓰러졌다. 덕분에 묶여
있던 수영도 함께 쓰러졌다. 한쪽 팔에 느껴지는 격통에 신음이 흘
러나왔다. 하지만 테이프로 막혀 있어서 큰 소리는 아니었다.

몸을 움직일 수 없고 소리를 낼 수 없는 답답함. 그 상태로 낯선
곳에 갇혀 있다는 공포가 수영을 덮쳤다. 수영은 패닉에 빠져 한참
을 덜덜 떨었다.

그녀는 꽤 시간이 흐른 후에야 정신을 차렸다. 한 번 그렇게 떨고 나니 주위를 둘러볼 여유가 생겼다. 그리 넓은 공간은 아니었다. 공기가 조금 눅눅하고 역한 냄새가 났다. 방음이 잘되는 듯, 주변이 조용했다.

어둠에 익숙해진 눈에 갇혀 있는 곳이 조금씩 비치기 시작했다. 그리고 가장 먼저 눈에 들어온 그 끔찍한 광경에, 수영은 기절하고 말았다.

재인은 쭈그리고 앉아 수영의 휴대폰을 손에 꼭 쥐었다. 머리가 혼란스러워서 생각을 정리할 수가 없었다.

'생각해, 유재인. 생각해. 생각해야 돼.'

만나기로 한 장소 근처에 수영의 휴대폰이 떨어져 있다. 재인을 골탕 먹이기 위해 한 짓은 아닐 것이다.

'아니, 어쩌면…… 그럴지도 몰라. 이런 식으로 날 당황시켜서…….'

오랜 시간 수영에게 괴롭힘을 당한 재인은, 안 좋은 쪽으로만 생각을 하게 됐다.

'아니야. 일단 그 생각은 버리자. 수영이에게 무슨 일이 생겼다는 걸 전제로 생각하는 거야. 아무 일 없으면 다행이지만, 진짜로 신변에 무슨 일이 생긴 거면 큰일이니까. 생각하자.'

재인은 눈을 감았다. 그리고 천천히 생각하기 시작했다.

수영이 누군가에게 끌려간 것은 분명했다. 갑작스러운 일이었을 것이다. 수영에게도, 수영을 납치한 사람에게도. 만약 계획적인 납치였다면, 이런 곳에 수영의 휴대폰을 떨어뜨리고 가는 실수를 범하지는 않았겠지.

'아니, 진짜로 거슬리는 건 이게 아냐.'

무언가 신경에 거슬리는 것이 있는데, 그것이 무엇인지 확신할 수가 없었다.

'뭐지? 뭘까?'

느리게 호흡하며 생각을 집중하던 재인은 벌떡 일어나, 방금 걸어온 길로 달려가기 시작했다. 그리고 어느 집 앞에 멈췄다. 그곳에 검은색의 커다란 봉지가 하나 놓여 있었다.

재인은 그것을 열어보지 않고도, 그 안에 들어 있는 것이 무엇인지 알 수 있었다. 그래서 망설이지 않고 한선에게 전화를 걸었다.

사이렌 소리가 들리고 경찰들이 왔다. 그 모든 것을, 재인은 가만히 지켜봤다.

"이번 건 얼려서 보관하지 않았어. 사후 6시간도 안 됐을 거야."

혜란이 말했다.

"수영이일 가능성도 있나요?"

"아니, 남자야."

"그래요."

"괜찮아?"

혜란이 걱정스럽게 물었다.

"네, 괜찮아요."

"난 제대로 검시하러 가 봐야 돼. 무슨 일 있으면 연락하고."

"네. 감사합니다, 박사님."

혜란이 토막시체와 함께 그곳을 떠났다. 한선은 형사들과 무언가 대화를 나누는 중이었다.

재인은 가만히 서서 검은 봉지가 떨어져 있던 곳을 노려봤다. 거길 본다고 답이 나오는 것은 아니지만, 그것 외에 할 수 있는 일이 없었다.

"인느님."

대화를 마친 한선이 재인에게로 걸어왔다.

"민 교수는 지금 수사본부에 있어. 거기로 가자."

"거기 뭐가 있는데요?"

"용의자."

"용의자요? 용의자가 벌써 나왔어요?"

"민 교수가 두 명을 지정했어. 그런데…… 형사들은 긴가민가 하는 분위기야. 증거가 있는 것도 아니고, 피해자들과의 연결고리가 있는 것도 아니라서. 민 교수는 아직 아무것도 설명해 주지 않고 있고. 인느님이 봐주면 형사들도 좀 더 적극적이 되겠지만…… 아직 능력이 안 돌아왔지?"

"네."

재인은 가만히 주먹을 쥐었다. 가장 필요한 순간에 능력이 사라지다니.

"하지만 전에 동래 아파트 근처를 서성이던 남자의 얼굴은 기억해요. 아마 그 남자겠죠."

"그래. 그럴 가능성이 높지. 일단 출발하자."

수영은 정신을 차렸다. 역한 냄새를 맡자마자 다시 기절하고 싶어졌다. 이 모든 것이 꿈이기를 간절히 소망했다.

이런 일은 영화 속에서나 벌어지는 일인 줄 알았다. 설령 현실의 일이더라도 자신에게 벌어질 일은 아니라고 생각했다.

최근 시끄러운 토막시체 살인 사건이 떠올랐다. 아마도 수영이 본 그 남자는 그 사건의 범인인 것 같다.

'그 봉투 안에 든 건…… 팔다리였구나. 내가 그걸 목격한 거고.'

수영은 눈을 질끈 감았다. 의자에 묶인 채 쓰러진 수영의 눈앞에 있는 것은, 조각조각 잘린 남자의 시신이었다. 이 역한 냄새는 피가 썩어가는 냄새이리라.

현실을 깨닫고 나니 오히려 마음이 차분하게 가라앉았다. 공포가 극에 달해, 일종의 소강상태가 된 것 같다.

'나는…… 죽겠지?'

죽고 싶지 않았다. 하고 싶은 일이 많았다. 더 많은 것을 누리고 싶었다.

'난 정말 일만 했는데…….'

재인을 따라잡기 위한 삶이었다는 것을, 지금에 와서야 깨달았다. 재인은 예쁘고 공부를 잘했다. 그녀를 이기고 싶어서 항상 노력하고, 또 노력했다. 그저 그거 하나뿐이었다.

유재인보다 낫다는 말을 듣고 싶어.

'나도 참…… 별거 없는 인생을 살았네. 질투심에 사로잡혀서 살아왔다니. 생각해 보면, 걔는 부모님도 안 계시고 우리 집에서 구박만 받고…… 걔가 보기엔 내가 더 괜찮은 삶을 사는 것처럼 보였을 텐데.'

지끈. 지끈. 가슴이 아팠다.

'어린애였지, 그 당시의 유재인은.'

어째서일까. 언제 죽을지 모르는 다급한 상황인데, 왜 유재인을 생각하고 있는 걸까? 재인을 만나려고 하다가 이런 일이 생겼기 때문일까?

'정말 어린애였는데…… 우리 가족은 걔만 놔두고 외식을 하고, 걜 베란다에서 재우고…… 그랬던 거야.'

볼이 따뜻했다. 눈물이 흐르고 있다는 걸 뒤늦게 자각했다.

'걔는 정말…… 공허할 만했구나.'

허무에 감싸인 연갈색 눈동자. 그 눈이 행복하게 빛나는 것을 본 적이 단 한 번도 없었다. 예쁘고 공부를 잘했지만, 남자애들에게 인기가 많았지만, 그래도 재인은 행복한 적이 없었다.

'그런 애한테 난 무슨 짓을 한 거지?'

지끈. 지끈. 자꾸 눈물이 나왔다. 곧 죽게 될 자신보다 재인이 불쌍해서, 그렇게 20년을 살아온 그 애가 안쓰러워서, 가슴이 뜯기듯 아팠다.

"저기 있잖아, 수영아."

어느 날엔가. 재인이 수영을 조심스레 불렀다. 수영과 재인, 단둘이 집에 있을 때였다.

"저기, 그러니까……."

당당하진 않아도 말을 얼버무리는 성격은 아니었다. 그런 재인이 머뭇거리는 게 이상해서 가만히 귀를 기울였다.

"이모부가…… 저…… 이모부가 밤에 내 방에 찾아와."

가슴이 찢어지는 것 같은 격통에, 수영은 이를 악물었다. '내 방'이라는 단어가, 이토록 아픈 단어인 줄 몰랐다.

내 방이라니. 겨울이면 찬바람이 고스란히 들어오는, 여름이면 벌레가 날아다니는, 그 베란다가 '내 방'이라니. 수영은 결국 생각을 멈추고 흐느꼈다. 눈물이 멈추질 않았다. 후회가 밀려왔다.

더 잘 지낼 수도 있었을 것이다. 엄마가 무일푼으로 들어온 재인을 귀찮아할 수는 있었다. 하지만 수영은 그럴 이유가 없었다. 수영이 번 돈으로 재인이 먹고 사는 건 아니었으니까. 사실은 양육비도 받았으니까.

그러니까 수영만 마음을 열었더라면, 좀 더 잘 지낼 수 있었을 것이다. 수다를 떨면서, 좋아하는 남자애에 대해 이야기하면서, 실연을 당한 일에 대해 털어놓으면서, 공부 좀 가르쳐달라고 귀찮게 졸라대면서, 나중에 커서는 진로 고민을 나누며, 독립을 하고 싶다고 투덜거리며…… 그렇게 좋은 사촌으로, 친한 친구로, 잘 지낼 수 있었을 것이다.

'나만 열등감이 없었더라면 그 애가…….'

그렇게 공허한 눈빛을 하지 않았을 텐데. 테이프 안의 입술이 쓴 웃음을 담아냈다. 수영은 눈을 뜨고 눈앞에 펼쳐진 끔찍한 광경을 직시했다.

'나는 정말 죽어 마땅한, 못된 계집애야.'

성현은 다리를 꼬고 앉아 맞은편에 앉은 남자를 지그시 응시했다. 용의자일 거라고 생각한 두 명 중 한 명과는 대화를 끝냈다. 그 쪽은 범인이 아닐 거라고 확신했다.

그리고 지금 눈앞에 앉아 있는 이 남자. 20대 후반의 회사원으로, 시골에서 막 상경한 듯 순박한 외모의 소유자였다.

강진철이란 이름의 남자는 신기하다는 표정으로 취조실을 둘러보다가, 성현의 시선을 느끼고는 움찔 몸을 떨었다. 겁에 질린 듯한 그는 토막 살인이라는 끔찍한 사건을 저지를 것 같지 않았다.

'이놈인 것 같은데…….'

대화에서 수상한 점이 발견되어야 수색영장을 받아 낼 수 있었다. 아직은 강진철의 집을 수사할 만한 단서가 없었다. 강진철을 지적한 것은 여러 상황을 고려하고 끼워 맞춘 성현의 추측이었는데, 그 정도만으로는 강진철을 범인이라 확정할 수가 없었다.

'보통이 아닌 놈이군.'

이곳에 오는 순간 경찰이 자신을 용의자라 생각한다는 것을 눈치챘을 것이다. 하지만 강진철은 그런 기미를 전혀 드러내지 않았다. 아무것도 모른다는 듯, 짐작도 할 수 없다는 듯 순진하게 굴며, 경찰에게 협력했다.

아마 보통의 심문으로는 놈에게서 아무것도 캐낼 수 없을 것이다.

'재인이의 능력이 있다면 좀 더 수월했을 텐데⋯⋯.'

성현은 통찰력이 뛰어나긴 했지만 재인처럼 참과 거짓을 확신할 정도는 아니었다. 상대의 눈빛과 말투, 행동을 통해 추리하는 수밖에 없었다.

'일단 해 볼까?'

성현은 은근한 미소를 지으며 양쪽 팔꿈치를 책상에 올렸다.

차를 타고 가며 재인을 주먹을 꽉 쥐고 정면을 노려봤다. 수영을 납치한 사람은 토막 살인의 범인일 것이다. 아닐지도 모른다는 가정은 하지 않기로 했다. 그 골목에서, 재인은 분명하게 느꼈다. 아주 잠깐이지만 사라진 능력이 돌아온 것 같았다.

걸어가는 수영, 저 멀리 무언가를 버리고 있는 남자, 마주친 눈, 별일 아니라고 생각한 수영, 다가오는 남자, 갑작스러운 공격, 기절. 그곳에서 있었을 일들이 재인의 머릿속에 똑똑히 그려졌다.

'알아내야 돼.'

성현이 용의자로 선택한 남자가 살인을 저질렀는지, 저지르지 않았는지. 그것은 중요치 않았다. 재인은 반드시 알아내야만 했다. 그 남자가 수영을 죽였는지, 죽이지 않았는지. 죽이지 않았다면 어디에 가뒀는지.

'제발 한 번만 더.'

수영과 함께 했던 시간은 끔찍했다. 하지만 그녀가 죽기를 바란 적은 없었다.

'한 번만 더 알아내자. 제발.'

어떤 식으로 타인의 거짓말을 알아냈었는지 기억조차 나지 않았다. 애초에 의식하지 않아도 저절로 읽어 낼 수 있었으니, 방법이 떠오르지 않는 게 당연했다.

"인느님."

재인의 초조함이 전해진 듯, 한선이 입을 열었다.

"괜찮아."

그가 부드러운 목소리로 재인을 다독였다.

"알아내지 못해도 괜찮아."

"안 돼요, 형사님. 알아내야만 해요. 수영이를 죽게 할 수 없어요."

"인느님."

"전요…… 전부 수영이 탓이라고 생각했어요. 걔가 못 돼서, 걔가 열등감이 많아서, 걔가 이모한테 감화돼서…… 그래서 저한테 못되게 구는 거라고, 그렇게 생각했어요. 혼자만 고고한 척하면서, 전부

다 개의 인격이 못돼먹은 탓이라고, 그렇게 생각해 왔어요."

"……."

"지금에 와서 그런 생각을 해요. 만약 제가 마음을 열었더라면 어땠을까. 그 애가 괴롭힐 때 괴롭다고, 그 애가 날 미워할 때 미워하지 말아달라고, 부모님이 보고 싶을 때 그렇다고 말을 했더라면…… 그 애에게 차분히 제 마음을 드러냈더라면 어땠을까."

"……."

"수영이를 찾아내야만 해요."

"그래, 인느님. 찾아낼 거야."

"정말요? 정말 그럴 수 있을까요?"

"응. 인느님이 못 하면 내가 할게. 내가 못 하면 민 교수가 할 거고. 그러니까 인느님, 불안해하지 마."

"죽였을까 봐……."

재인은 한 손으로 입을 가렸다. 불안함에 목소리가 심하게 떨렸다.

"벌써 죽었을까 봐……."

"아니야, 그렇진 않을 거야. 살아 있을 거라고 믿어야 돼, 인느님. 벌써부터 죽음을 가정하면 정말로 아무것도 볼 수 없게 돼."

"전 이미 아무것도 볼 수 없게 됐어요. 난 지금 류 형사님이 하는 말이 날 안심시키기 위한 거짓말인지, 진짜 살아 있다고 믿어서 하는 말인지조차 가늠할 수가 없어요."

"내 거짓말 따위는 아무래도 좋잖아."

한선이 재인의 허벅지를 꽉 움켜쥐었다. 지금껏 한선이 이런 식으로 접촉을 해 온 것은 처음이었다. 재인은 놀란 눈으로 한선을 돌아봤다.

짙은 눈썹 아래에 자리 잡은, 부리부리하고 강한 눈이 흔들림 없이 재인을 향하고 있었다. 그 눈은 말하고 있었다.

난 널 믿어. 네가 민 교수를 믿듯이.

"인느님이 파악해야 할 것은 나나 민 교수의 마음이 아니야. 범인의 마음이지."

"범인의 마음."

"공부했잖아. 실습도 했고. 단순히 인느님의 능력에만 기대서 살아온 게 아니잖아. 그러니까 마음을 가라앉혀. 김수영의 생존을 믿어. 그러고 나서 용의자를 마주해. 어떻게 해야 그놈의 입을 열게 할지, 그놈의 거짓말을 알아낼 수 있을지."

재인의 눈빛이 변했다. 연갈색 눈동자는 더 이상 흔들리지 않았다. 무엇이든 흡수하려는 듯 서늘하게 빛나는 눈동자. 한선은 오싹함을 느꼈다.

재인은 항상 허무에 감싸여 있었다. 살인범의 거짓말을 간파할 때도 텅 빈 눈으로 상대를 응시하곤 했다. 하지만 지금 재인은 누군가를 떠오르게 만든다.

'민성현. 네가 유재인을 완전히 너만의 여왕으로 만들어 버렸군.'

재인의 분위기는 성현과 비슷했다. 티끌 하나 없는 순수한 얼음 결정. 무엇이든 벨 수 있을 것 같은 날카로운 칼날. 그렇기에 매혹적인 모습으로, 재인은 걷고 있었다.

취조실 옆방에는 몇 명의 형사들이 모여 있었다. 그들은 숨을 죽이고 유리창 너머로 보이는 취조실의 광경을 구경하는 중이었다.

"광신도가 벌인 짓으로 위장할 생각이었겠지요."

성현이 말했다. 강진철은 여전히 어리둥절한 표정이었다.

"어떻게 되어 가고 있습니까?"

한선이 묻자, 형사 한 명이 대답했다.

"강진철이 저놈, 보통이 아냐. 계속 저 표정이야. 민 교수가 어르고 달래고 찔러도 표정이 안 변해."

"말도 안 하고요?"

"가끔 몇 마디 하기는 하는데, 사건이랑 전혀 관계가 없는 말이라서……."

한선과 형사가 대화를 나누는 동안, 재인은 강진철에게 시선을 고정했다.

'읽어내야 돼. 저 남자의 거짓말과 살의를.'

"하지만 내 눈은 못 속입니다, 강진철 씨. 광신도가 벌인 짓에는 좀 더 열정이 담기거든요. 그런데 당신이 죽인 시체에는 감정이 없더군요. 당신은 한 명만 죽이고 싶었을 겁니다. 하지만 그랬다가는 당신에게 혐의가 돌아갈 수도 있으니, 다른 살인으로 위장하자고 생각한 거겠지요."

"저…… 무슨 말씀을 하시는지 정말로 모르겠는데요."

"첫 번째 희생자와 회사 동료이자 연인 관계였죠. 공개된 관계였고요. 결혼을 준비 중이었는데, 상대가 이별을 고했죠. 사랑하는 남자가 생겼다면서. 당신은 사회적 위치와 사람들에게 보여지는 모습을 굉장히 중요시하는 사람입니다. 아마 그녀와의 이별로 인해 받게 될 동정의 시선과 뒷말들이 두려웠을 겁니다. 살인을 계획할 정도로."

"형사님."

성현의 이야기를 가만히 듣던 재인이 한선을 불렀다.

"저기, 들어가 봐도 돼요?"

재인이 취조실에 들어가고 싶다고 요청을 해 온 것은 처음이었다. 몇몇 형사들이 눈빛을 주고받았다. 재인에게 많은 도움을 받기는 했지만, 재인은 민간인이었다. 취조실에 아무나 들여보낼 수는 없는 노릇이었다.

"할 수 있겠어?"

"저는 수영이를 찾아내야겠어요. 부탁드려요."

재인이 다른 형사들을 돌아보며 말했다. 형사들은 난처한 표정으로 눈치를 봤고, 한 형사가 조용히 CCTV를 껐다. 재인은 꾸벅 인사를 하고는 방을 나갔다.

달칵—

취조실 문이 열렸다. 성현과 강진철의 시선이 동시에 재인에게로 향했다. 재인은 담담히 걸어가 성현의 옆에 섰다. 성현이 비켜주려 했지만, 재인이 그의 어깨를 꽉 눌러 앉아 있게 만들었다.

"저, 누구신지⋯⋯?"

강진철이 의아하다는 듯 물었다. 재인의 입가에 미소가 걸렸다.

"경찰이세요? 여경?"

"그런 건 알 거 없고. 오늘 점심 뭐 먹었어?"

"네?"

"오늘 점심 메뉴, 뭐였냐고."

"저기…… 갑자기 그런 건 왜……?"

"감추는 게 없다면 대답해."

재인의 음성은 단조로웠다. 그래서 더욱 강렬하게 들려왔다. 강진철은 인상을 찌푸렸다. 용의자로 불려왔다는 것은 알고 있었다. 하지만 아무 말도 하지 않으면 들킬 리 없다고 생각했다.

살인을 저지른 곳도, 시체를 보관해 뒀던 곳도, 이들이 예상치 못한 곳이니까. 증거가 없으면 잡아넣지도 못한다. 경찰들이 갖고 있는 것은 심증뿐이었다.

실제로 한 시간 넘게 대치하고 있는 잘생긴 남자도 같은 말만 계속 되풀이했을 뿐이었다. 중간중간 욱해서 휘말릴 뻔한 적은 있었지만, 잘 참아 냈다.

그런데 갑자기 등장한 이 여자, 왜 점심 메뉴 따위를 묻는 걸까? 강진철은 재인의 의도를 알 수가 없었지만, 일단 고분고분 행동하기로 했다.

"설렁탕을 먹었는데요."

"거짓말."

"네?"

"설렁탕이 아냐. 국 종류? 아니, 밥 종류. 아니, 당신은 오늘 점심을 걸렀어. 적당한 곳에 시체를 버릴 생각에 긴장한 상태였으니까."

남자는 심장이 덜컥 내려앉았다. 어떻게 알았지?

재인은 떠보는 말투가 아니라 확신하는 말투였다.

"어제저녁은 뭘 먹었어?"

"저기……."

"대답해."

"제가 먹은 메뉴가 그렇게 중요한가요?"

"흐응."

재인의 입가에 옅은 미소가 번졌다. 상당히 예쁜 얼굴이었고, 위협이 되지 않을 만큼 작고 마른 체구의 여자였다. 그런데도 강진철은 심장이 옥죄어올 만큼 무서워졌다. 재인은 현실적이지 않은, 무언가가 있었다.

"그럼 다른 이야기를 해 볼까? 그 옷은 어디서 샀어?"

"네?"

"지금 입고 있는 그 옷 말이야, 어디서 샀느냐고."

"그런 건 일일이 기억을 못 하는데……."

"거짓말."

"이보세요."

"그 옷, 산 지 얼마 안 됐잖아. 인터넷……은 아니고, 회사 근처도 아니고…… 집 근처 대형마트에서 산 거지?"

"……제가요. 일개 회사원에 불과하긴 하지만, 이런 데서 시간 버릴 만큼 한가한 사람은 아닙니다. 그래도 살인 사건에 도움이 되었으면 해서 참아주고 있었는데, 이건 무슨 장난입니까, 대체!"

"옷 이야기도 싫다면 다른 이야기를 해 볼까?"

"제 말 안 들었습니까?"

"당신과 연인이었던 그 여자, 누가 먼저 고백했어?"

"이보세요! 계속 이럴 거라면 난 갈 겁니다. 어차피 당신들은 날 잡아둘 증거도 없잖아요!"

"당신이 먼저 했구나. 회사에서? 아니, 커피숍……은 아니고…… 아, 좀 더 트인 곳. 한강에서 늦은 밤에. 맞지?"

강진철은 입안이 바싹바싹 말랐다. 이 여자, 대체 뭐지?

"난 가겠습니다."

더는 앉아 있고 싶지 않았다. 재인이 알고 있는 것은 주변 인물들을 조사하면 알아낼 수 있는 것이기는 했다. 하지만 그런 식으로 알아낸 것이 아닐 거란 생각이 들었다. 남들보다 흐린 그녀의 눈동자가 슬금슬금 머릿속으로 파고들어오는 듯한 느낌이 들었다.

"알겠어, 그럼 사건 이야기를 좀 해 보자. 아, 범인이라면 가도 좋고."

"이봐요!"

"범인이 아니라면, 끔찍하게 살해당한 연인을 위해 시간을 내줄 수 있잖아. 아니면…… 당신이 죽여서 딱히 시간을 내고 싶지도 않은 거야?"

"물어볼 거 있으면 물어봐요! 또 점심 메뉴 따위를 물어보면……."

"오늘 시체를 버리다가 한 여자에게 목격 당했을 거야."

덜컥— 또 심장이 떨어졌다.

강진철은 마른침을 삼키는 것조차 할 수 없었다.

"그 여자를 납치했지. 어디에 가둬놨어?"

"나는……."

"1층, 2층, 3층…… 지하실. 그래, 거기서 살인도 저질렀었군. 아무도 살지 않는 집. 폐건물. 하지만 전기는 들어오는 곳. 서울, 번화가는 아닐 거고. 오늘 시체를 버린 장소 근처인가?"

강진철은 패닉에 빠졌다. 재인은 강진철의 생각을 정확하게 읽어내고 있었다. 아니, 생각조차 하지 않으려고 노력하는 것들을 알아냈다.

목을 조르고 싶었다. 하지만 아직 이성을 잃진 않았다.

괜찮아. 그곳이 어딘지, 정확한 주소는 모를 거야.

"지붕의 색깔은 빨간색? 파란색? 그래. 파란색. 대문의 색깔은 녹색. 아니야? 그럼 빨간색……도 아니군. 하지만 그 비슷한 색깔. 갈색. 그래."

"너……."

재인의 입가에 미소가 떠올랐다. 아까보다 또렷하고 차가운 미소였다.

"알려줘서 고마워."

말을 끝낸 재인이 휙 돌아섰다. 강진철은 무슨 일이 벌어졌는지 알 수 없다는 듯, 멍한 표정으로 재인의 뒷모습을 쳐다봤다.

탁—

취조실의 문이 닫히자 기묘한 침묵이 내려앉았다. 누군가에게는 무겁고, 누군가에게는 즐거운 침묵이었다.

성현은 가늘어진 눈으로 강진철을 지그시 응시하며 말했다.

"너 이제 큰일 났네요."

"그 지역은 재개발구역이라 생활하는 가구가 없어. 냉장고가 돌아가고 수도를 사용했을 테니, 그쪽에 사용 기록이 나오는 곳이 있는지 찾아봐."

형사들이 일사불란하게 움직이는 동안, 재인은 한선과 함께 수사본부를 나왔다.

그 여느 때보다도 오감이 예민해져 있었다. 옆에 있는 한선의 심장소리까지도 정확하게 들려올 만큼. 스쳐 가는 바람의 움직임이 느껴질 만큼.

머릿속에 장면이 그려졌다. 축 늘어진 수영을 끌고 가는 강진철. 자, 그럼 어느 집으로 들어갔을까?

'생각해.'

강진철이 저지른 첫 번째 살인. 배신한 연인을 살해하고, 그 살인을 덮기 위한 위장 살인들.

처음에는 조심스러웠을 것이다. 토막시체를 가져다버리는 장소도, 시간도 꼼꼼히 점검을 하고 가져다버렸겠지. 하지만 수사범위가 자신에게까지 미치지 않으니, 점점 대담해졌을 것이다. 어쩌면 경찰을 조롱하고 싶어졌는지도 모르겠다.

"인느님, 우리 어디로 갈까?"

"시체가 발견된 곳에서 아주 가까운 곳이요."

"그 근처일까?"

"네, 그럴 거예요."

한선이 운전했다. 사이렌을 켜고 빠르게 달렸다. 조수석에 앉아 있던 재인은 한선의 옆모습을 돌아봤다. 그는 진지하게 정면을 보고 운전하고 있었다.

"류 형사님, 감사해요."

"뭐가?"

"절 믿어 주셔서요."

"인느님은 날 믿어?"

"네, 믿어요."

망설이지 않고 대답했다. 예전에는 어땠는지 모르겠지만, 지금은 한선을 믿고 있었다. 때때로 바보 같은 짓을 하지만, 가끔은 너무 귀찮지만, 그래도 재인을 지켜 주기 위해 노력해 온 한선을, 재인을 향한 마음을 조용히 품고만 있었던 한선을, 믿지 않을 수가 없었다.

한선이 씩 웃었다.

"그래, 그럼 쌤쌤이네."

생각지도 못한 말에 피식 웃음이 나왔다.

"나도 널 믿고, 너도 날 믿고. 그럼 됐지, 뭐."

한선이 별일 아니라는 듯 말했지만 그의 얼굴엔 옅은 홍조가 떠올라 있었다. 한선이 무슨 생각을 하는지, 재인은 눈치챘다. 그의 심장이 얼마나 뛰고 있는지, 그리고 그 심장박동의 속도가 무엇을 의미하는지도, 재인은 알 수밖에 없었다.

그러나 한선이 감추고 싶어 하기에, 재인도 모르는 척 그의 얼굴에서 시선을 떼어 냈다.

'고마워요, 류 형사님. 그리고 미안해요. 이 마음을 줄 수 없어서……'

삶을 포기하니 도리어 마음이 편해졌다. 생각해 보면 대단할 것없는 인생이었다. 재인을 향한 열등감 때문에, 그녀를 이길 것만을생각하며 살아온 인생이었다. 대기업인 금성제당에 입사했을 때도,가장 먼저 떠올린 것이 재인이었다.

이것 봐, 유재인. 난 이런 회사에 입사했어. 넌 지금 어디서 뭘 하고 있니? 그때의 자신을 떠올리자, 어찌나 유치하고 바보 같은지 피실피실 웃음이 새어 나왔다.

'미안했었다고……'

하나 아쉬운 점이 있다면.

'말할 수 있었더라면 좋았을 텐데.'

지난번 만났을 때 사과했던 것, 친해지고 싶다고 말했던 것. 그 말들을 재인은 진심으로 받아들였을까? 아마 아닐 것이다. 진심이 아니었으니까. 지금 운 좋게 살아나 사과를 하면, 재인은 진심이라고받아들일까?

'아니겠지. 난 그 애의 진심을 한 번도 받아 준 적이 없으니까.'

"좋다는 게 어떤 건지 모르겠어."

모래바람 같은 황량한 음성이 떠올랐다.

언제였더라. 그래, 수영이 짝사랑했던 남자애에게 고백했다가, 재인을 좋아한다며 거절당했을 때였다. 그때, 재인의 머리채를 휘어잡고 물어봤다.

'좋냐? 좋아?' 딱히 궁금해서 묻는 말은 아니었다. 비아냥거리는 의미로 던진 말이었다. 그런데 재인은 대답했다.

"좋다는 게 어떤 건지 모르겠어."

그녀의 대답을 들을 생각은 없었다. 재인이 어떤 마음으로 그런 대답을 했는지 생각해 보지도 않았다.

왜 그렇게 아무렇지도 않게 넘겨버렸던 사소한 일들이 자꾸만 떠오르는 걸까? 그리고 난 왜 그때 그렇게 잔혹하고 무심했을까? 수영은 울고 싶어졌다.

쾅―!

그때, 굉음이 울렸다.

수영은 화들짝 놀라 소리가 들린 곳을 쳐다봤다. 문이 있는 곳이었다.

쾅―!

철문은 단단했다. 밖에서 누군가 두드려대는데도 꿈쩍도 하지 않왔다.

'누구지?'

납치범이라면 굳이 문을 두드리진 않을 것이다.

'아니, 나한테 겁을 주려고 저러는 걸지도 몰라. 열쇠를 잃어버렸거나.'

어차피 입이 막혀서 도움을 청할 수도 없는 상황이었다. 수영은 이를 악물고 문을 노려봤다. 아마 저 문은 곧 열릴 것이다. 죽을 때 죽더라도, 죽이는 사람의 얼굴은 똑똑히 확인하고 죽고 싶었다.

'재인이한테는 이상한 능력이 있어. 걔가 날 위해 움직여 주지는 않겠지만, 그래도…… 그래도 혹시 모르니까…… 날 죽인 사람을 찾아내려고 해 줄지도 모르니까…….'

마지막 발악은 하고 죽자고, 그렇게 생각했다. 아주 짧게 느껴지면서도 영원처럼 길게 느껴지는 시간이 흘러갔다. 문에 무언가를 하는 소음이 들려왔고, 곧 문이 열렸다.

번쩍이는 손전등 불빛이 수영의 얼굴을 비췄다. 눈이 부셨지만 감지 않았다.

'얼굴을 보여.'

놈의 얼굴을 확인해야만 한다. 이 눈이 갑작스러운 빛에 찌를 듯한 고통을 느끼더라도, 살인범의 얼굴을 봐둬야만 한다.

"수영아!"

그렇게 생각할 때, 예상치 못한 목소리가 들려왔다.

수영은 쓴웃음을 지었다.

'내가 진짜 유재인 생각을 많이 하긴 하나 보네. 걔가 이렇게 다급한 목소리로 내 이름을 불러줄 리가 없는데.'

"수영아!"

또다시 들려오는 목소리.

탁탁탁―

이쪽을 향해 달려오는 발소리. 그리고 볼에 닿는 차가운 손바닥.

"수영아, 괜찮아? 깨어 있는 거야?"

눈동자를 움직였다. 재인의 목소리를 내는 형체를 향해.

손전등 불빛 때문에 흐릿했던 시야에 서서히 상이 맺히기 시작했다. 얼굴이 보였다. 어둠 속에서도 희게 보이는 자그마한 얼굴. 커다란 눈과 작고 오뚝한 코, 도톰하고 파리한 입술.

'왜 그렇게 핏기가 없어? 원래 되게 새빨간 입술인데. 그래서 정말 부러워했었는데.'

재인의 얼굴을 보며 상황과 어울리지 않는 생각을 했다. 어릴 때부터 쭉 부러워했던 연갈색의 투명한 눈동자가 흔들리고 있었다.

수영이 아무리 괴롭혀도 흔들리지 않았던 눈동자다. 반짝임을 잃지 않는 보석 같은 눈동자가 부럽고 탐나서, 더 많이 괴롭혔었다. 언젠가 그 눈에 눈물이 가득 고이고, 흔들흔들 흔들리는 모습을 보고 말겠다는, 이유 없는 각오까지 했었다.

그런데 그 눈동자가 촉촉이 젖어 흔들리고 있었다.

찌이이익― 입술에 붙어 있던 테이프가 떨어져 나갔다.

"미안, 아프지?"

재인이 걱정스레 물었다.

내가 더 많이 아프게 했잖아. 나는 항상 널 아프게만 했잖아. 그런데 왜 이런 일로 그런 표정을 지어?

"무서웠지?"

네가 더 많이 무서웠잖아. 부모도 없이, 못된 이모네 가족과 함께 사는 네가, 그 추운 베란다에서 잠을 자는 네가 더 많이 무서웠잖아.

"여기서 나가자."

나는 한 번도 네게 나가자고 말해 준 적 없잖아. 그 베란다에서 벗어나자고, 내 아빠가 드나드는 그 집에서 나가자고 말해 준 적 없잖아.

그런데 왜 너는, 나 때문에 더 심한 고통을 느껴야만 했던 너는.

"밧줄 풀어 줄게. 조금만 기다려."

왜 그렇게 따뜻하게 말하는 거야?

눈물이 흘렀다. 고맙다고, 미안하다고. 하고 싶은 말이 너무 많은데 목이 콱 메어 아무 말도 할 수가 없었다. 끅끅, 딸꾹질 같은 소리를 내며 흐느끼기만 했다. 이런 상황에서도 아무 말도 못하는 자신이 한심했다.

"무서워하지 않아도 돼. 널 여기로 납치한 놈은 경찰서에 있어. 널 해칠 수 있는 건 아무것도 없어."

수영의 우는 것을 공포 때문이라고 오해한 재인이, 담담한 목소리로 중얼거렸다. 높낮이가 불분명한 그녀의 목소리에 담긴 걱정을, 수영은 알 수 있었다. 예전에는 몰랐는데, 이제는 알겠다. 그 미묘한 차이를.

재인은 감정이 없는 인형이 아니었다. 아무리 무표정하게 앉아 있어도, 그 목소리가 담담해도, 그 눈동자가 흔들리지 않아도. 그녀의 안에는 수많은 감정이 존재했다. 다만 드러내지 않았을 뿐이다. 받아주는 사람이 없어서.

"재인아……."

간신히 목소리를 끄집어냈다. 이제 죽지는 않을 테지만, 앞으로 말할 수 있는 날들이 많을 테지만, 꼭 지금 하고 싶은 말이 있었다.

"응."

"널 믿어……."

밧줄을 풀던 재인의 손이 멈췄다.

"거짓말…… 아니야……."

힘겹게 짜낸 말. 재인의 입가에 옅은 미소가 떠올랐다가 사라졌다.

"응, 알아."

재인의 손이 다시 움직이기 시작했다. 손목의 통증이 가시는 것을 느끼며 수영은 까무룩 정신을 잃었다.

한선이 정신을 잃은 수영을 안아 들었다. 축 늘어진 사람을 안는 것은 상당히 힘든 일인데도, 한선은 그다지 힘들어 보이지 않았다.

한 발 늦게 도착한 형사들이 지하실로 들어왔고, 그 안의 참상을 보며 혀를 내둘렀다.

"이거야, 뭐…… 빼도 박도 못하겠군."

토막살인의 모든 증거가 지하실 안에 있었다. 아직 버리지 못한 시체도 남아 있었다.

한선과 함께 지하실 계단을 올라가며, 재인이 말했다.

"수영이한테 무슨 일이 생긴다고 해서 제가 걱정할 일은 없을 거라고 생각해 왔어요. 그런데 걱정이 되더라고요. 수영이가 저한테 했던 짓들, 그게 제 삶을 더 힘들게 만들었었는데…… 그런데 저 안에서 혼자 떨고 있었을 수영이를 생각하니까, 그게 얼마나 안타깝고 걱정되는지…….

"핏줄이란 거겠지."

"그러게요."

구급차에 수영을 태우고, 한선과 재인이 함께 올라탔다. 구급차가 달리는 동안, 재인은 간이침대에 누워 있는 수영의 얼굴을 빤히 응시했다.

"절 믿는 대요."

"그래."

"류 형사님도, 민성현 씨도, 정 박사님도…… 전부 절 믿어 주신다고 했잖아요. 기뻤어요, 정말 기뻤는데…… 참 이상하죠?"

손을 뻗어 땀에 젖은 수영의 머리를 뒤로 쓸어 넘겨주었다.

"애한테 들은 그 말이 가장 기뻐요."

15장
마음을 받아 주다

수영의 입원수속을 밟고, 이모에게 연락을 한 후 집으로 돌아왔다. 아직은 이모를 대면할 자신이 없었다.

집에 돌아와 소파에 등을 기댔다. 모든 것이 꿈만 같았다.

성현을 만나기 전엔 매일 같은 삶이었다. 학교에 갔다가 집에 돌아와 신문을 읽고, 공부를 하고, 최영주와 부모님을 떠올리고…… 이렇게 수많은 타인과 관계되고 감정의 요동을 경험하게 될 줄은 몰랐다.

'하긴…… 그런 남자가 이 세상에 있을 줄, 누가 상상이나 했겠어?'

값비싼 정장을 입고 복도에 떨어진 치킨을 주워 먹는 남자. 성현과의 첫 만남을 떠올리자 피식 웃음이 나왔다. 그때는 너무 황당해서 웃기는 상황이라는 것도 인지하지 못했는데.

이제 와서 생각해 보니 참으로 성현다운 행동이었다.

'보고 싶다.'

불과 몇 시간 전에 봤는데도 그가 그리웠다. 이런 감정이 드는 것이 신기하기도 하고 두렵기도 했다.

'이렇게 잠깐 못 봤다고 보고 싶으면…… 앞으론 어떨까? 만약 두 번 다시 못 만나게 되면 난…….'

딩동—

초인종 소리가 재인을 상념에서 끌어냈다. 재인은 고개를 흔들고 표정을 갈무리했다. 이런 시간에 찾아올 사람은 성현뿐이겠지만, 지난번 박명진의 사건도 있었던 터라 조심하기로 했다.

"누구세요?"

"나야."

낮고 부드러운 음성이 들려왔다. 문을 열자마자 달콤한 향기가 혹 밀려들어 왔다. 왔느냐고 묻기도 전에, 그의 단단한 팔이 재인의 허리를 감쌌다.

"칭찬을 해 줘야겠군."

"칭찬?"

"문을 열기 전에 누구냐고 물어봤으니까."

"아아."

그러고 보니 성현이 늘 문단속에 대해 지적을 했었다.

"그래, 그럼."

재인이 순순히 대답하자 성현이 놀란 듯 눈을 크게 떴다. 재인은 그가 놀라는 표정을 보는 것이 좋았다.

"어디 한 번 칭찬해 봐."

"이거 참. 내 여왕님께서 그렇게 당돌하게 멍석을 깔아 주면."

그의 입술이 재인의 이마에 살며시 닿았다가 떨어졌다.

"덮치고 싶어지잖아."

"……대체 왜?"

"리플레이 해 보지, 여왕님. 남자란 말이야……."

"예쁜 여자가 멍석 깔아 주면 덮치고 싶어지는, 욕망의 동물이라고?"

성현의 얼굴에 해사한 미소가 번졌다. 그의 미소를 볼 때마다 느끼는 거지만, 참 예쁘게도 웃는다.

"그럼 덮쳐도 돼?"

"얘기가 왜 그렇게 되는 거야?"

"여왕님이 멍석을 깔아줬고, 그게 남자의 욕망을 자극하는 행위라는 걸 알고 있으니까."

"제발 좀."

재인은 작게 한숨을 내쉬며, 다가오는 그의 얼굴을 손바닥으로 밀어냈다. 성현이 키득거리며 재인을 놔줬다. 재인은 소파로 걸어가며 물었다.

"그놈은 어떻게 됐어?"

"내 앞에서 딴 남자 얘기하지 마."

"……."

"왜? 방금 이 대사, 여자들이 설레어하는 대사 아냐? 심장 좀 뛰지 않았어?"

"너무 뛰어서 멈출 지경이야. 제발 그만 설레게 하고 그놈 어떻게 됐는 지나 말해 줘."

"그래, 내 여왕님의 심장이 멈추면 곤란하니까."

성현이 재인의 옆에 앉았다.

"처음에는 부정했지. 하지만 지하실에서 놈의 체모와 지문이 다수 발견되었고 결국 폭발하더군. 여왕님 덕분이긴 한데……."

그가 싱긋 웃으며 자신을 빤히 응시하는 재인의 볼에 손을 댔다.

"왜 그렇게 반짝반짝 빛나는 눈으로 날 쳐다보는 거지? 키스? 아니면…… 침대로?"

"역시 안 보여."

가까이 다가오는 그의 얼굴을 밀어내며 말했다.

"뭐가?"

"당신의 감정."

"보고 싶어?"

"보고 싶어. 하지만 무섭기도 해. 만약 당신이 뛰어난 거짓말쟁이면 어떻게 하지?"

"그렇다면 여왕님은 평생 뛰어난 거짓말쟁이를 옆에 두고 살게 되겠지."

장난스러운 그의 말에 심장이 두근거렸다. '평생'이라니. 성현은 정말로 재인과의 '평생'을 염두에 두고 있는 걸까?

그 누구의 마음보다도 성현의 마음을 알고 싶었다. 그를 믿었다. 신뢰하기에 더욱 불안해지는 마음을, 무어라 표현해야 하는지 알 수 없었다.

꾸르르륵—

그때, 위장이 요동치는 소리가 조용한 거실에 울려 퍼졌다. 성현이 눈썹 끝을 내리고 재인을 응시했다.

"여왕님, 배 많이 고파?"

"……이거 당신 배에서 난 소리거든?"

"에이, 그럴 리가. 나는 7살 때 이후로 배가 고파본 적이……."

꾸르르르륵—!

"없어."

"지금이 7살 때 이후로 배가 고파지는 순간인가 보네."

"이럴 수가. 여왕님 면전에서 체통머리 없이 허기를 드러내다니."

"뭐라도 먹으러 나가자."

성현이 일어서는 재인의 허리를 감싸 끌어당겼다. 재인은 그 힘을 이기지 못하고 그의 허벅지에 풀썩 걸터앉았다. 그 상태로 재인을 꼭 끌어안은 성현이 귓가에 속삭였다.

"나는 여왕님을 원하는데."

그의 숨결이 귓불을 간질였다. 그 은밀한 감촉에 재인은 질끈 눈을 감았다. 그가 이런 식의 장난을 칠 때마다 예민하게 반응하는 육체가 민망했다.

"이런 짓 좀 하지 마."

머리를 옆으로 치우며 말했다. 그러자 귓불에 닿았던 숨결이 목덜미를 스쳤다. 간지러우면서도 전기가 통하는 듯 찌릿했다. 재인은 주먹을 꽉 쥐고 신음을 삼켰다.

"그만 나가자."

"그래, 여왕님. 나가자."

좀 더 이러고 있자고 고집을 피울 줄 알았는데, 성현은 순순히 재인을 놔주었다. 그의 팔에서 힘이 빠지자마자, 재인은 벌떡 일어났다. 단지 숨결이 묻었을 뿐인데 온몸의 감각이 예민해져서, 옷 너머로 느껴지는 그의 체온마저도 야한 자극을 가지고 재인의 피부에 닿았기 때문이다.

황급히 현관문으로 향하는 재인의 뒷모습을 눈으로 좇던 성현은, 크게 한숨을 내뱉고는 옷걸이에서 재인의 점퍼를 집어 들었다.

'이거 참⋯⋯.'

난처했다.

'둘이 있을 땐 스킨십도 못하겠군.'

재인을 보면 만지고 싶고 키스하고 싶고 안아 주고 싶었다. 하지만 단둘이 있을 때 그런 짓을 하면 그보다 더한 것을 원하게 되었다.

'앞으론 공개적인 장소에서만 해야 하나?'

재인이 알면 경악할 만한 생각을 하며, 성현은 복도에 서 있는 그녀의 어깨에 점퍼를 걸쳐주었다. 재인이 성현을 올려다보며 옅은 미소를 지었다. 최근 그녀의 미소를 심심치 않게 목격했지만, 볼 때마다 참으로 사랑스러웠다.

새하얀 얼굴에 언뜻 떠올랐다가 사라지는, 신기루 같은 그녀의 미소가 좋았다. 성현은 재인의 머리를 쓱쓱 쓰다듬고는 그녀의 작은 손을 꼭 붙잡았다. 그리고 당당하게 요구했다.

"기가 막히게 맛있는 곳으로 안내 부탁해, 여왕님."

포장마차에서 무뼈닭발과 사이다를 시켰다. 재인은 맵게 양념된 닭발을 입에 넣고 우물우물 씹으며 성현을 쳐다봤다. 성현은 무척이나 곤란하다는 표정으로 닭발이 담긴 접시를 노려보고 있었다.

"안 먹어?"

"응, 난 배가 불러서."

"좀 전까지 엄청 꾸르륵거렸잖아."

"여왕님, 이젠 환청도 듣는구나. 예로부터 환청에는 여러 가지 이유가 있다고……."

"닭발, 못 먹겠어?"

정곡을 찔렸나 보다. 한참 떠들어대기 위해 준비 중이었던 성현이 낯빛을 바꾸고, 테이블을 한 손으로 호기롭게 내리쳤다.

탁―

"무슨 그런 서운한 말씀을. 난 편식 따위를 하는, 그런 남자가 아냐."

"응, 그럼 먹어."

"그래, 그것이 여왕님의 뜻이라면 얼마든지 먹어 주겠어."

"허구한 날 닭발 타령을 해서 좋아하는 줄 알았는데."

"타령을 하는 것과 좋아하는 건 또 다르지. 도라지타령을 한다고 해서 도라지를 좋아하라는 법은 없잖아!"

"도라지를 좋아하는 사람이 흥얼거리다가 도라지타령이 생긴 거 아닐까? 아무튼 닭발 못 먹는 게 부끄러운 일은 아니니까, 다른 거 먹고 싶으면 말해. 오뎅탕 시킬까?"

"닭발은 콜라겐이 풍부해서 피부미용에 좋지."

"……그래서?"

"난 더 이상 내 피부미용에 신경 쓰고 싶지 않아. 여기서 더 빛나면 곤란하잖아."

"그래, 곤란하기도 하겠네. 사장님, 여기 오뎅탕이랑 계란말이 하나씩 추가해 주세요."

성현이 더 떠들어대기 전에 얼른 추가 주문을 했다. 여유가 생긴 성현이 느긋하게 다리를 꼬며 중얼거렸다.

"후후. 닭발, 먹어보고 싶었는데."

이 남자를 진짜!

"나는 말이야. 언제 어디에서나 야식을 즐길 수 있는 한국의 식문화가 참으로 놀라워. 게다가 이렇게 다양한 종류를 팔다니. 오돌뼈를 파는 곳에서 오징어 회까지 파는 이 메뉴의 다양화. 믿어져?"

"난 그냥 당신이란 존재가 세상에 존재한다는 게 안 믿어져."

"그것도 그럴 거야. 하지만 알아둬, 여왕님. 한 세기에 한 명쯤은,

월등히 우월한 인간이 태어나기도 한다는 거."

군이 알아 두고 싶지 않아서 그냥 무시하기로 했다. 곧 계란말이와 오뎅탕이 나왔고, 성현은 그제야 숟가락을 들었다. 작고 불편한 의자에 앉아 열심히 먹는 그를 가만히 지켜봤다.

고급 스테이크나 썰게 생긴 외모로, 오뎅탕을 맛있게 먹는 그가 귀여웠다.

'별 게 다 귀엽네. 이런 게 콩깍지라는 건가?'

"여왕님의 사촌이랑은 대화를 해봤어?"

성현이 물었다.

"응, 뭐……."

"후련해 보이는데…… 내가 잘못 본 건가?"

그가 재인과 눈을 맞추고 조심스레 물었다.

"아니, 제대로 본 거 맞아."

"그거 다행이군. 여왕님의 감정을 읽어내는 데는 확신이 안 생겨서 말이야."

"내 감정, 읽어내려고 하지 마. 나도 당신 감정 안 읽잖아."

"하지만 난 여왕님이 화를 내면 무서운걸."

"내가 언제 화를 냈다고 그래?"

"저번에 교수님이라고 불렀잖아."

"그게 왜 화를 낸 거야? 정중하게 부른 거지."

"정중함을 유지하려고 하는 건 결국 거리를 두겠다는 거야. 거리를 둔다는 건 화가 났다는 거고."

"그럴지도 모르겠지만, 꼭 그런 건 아니야. 나는 그저…… 무서워서."

"뭐가 무서웠는데?"

"당신이 없는 삶."

계란말이를 쪼개던 성현의 손이 멈췄다. 성현은 멍한 표정으로 재인을 쳐다봤다. 그의 얼굴이 서서히 붉어지는 걸, 재인은 똑똑히 목격했다. 그는 한 손으로 입가를 가리고는 고개를 옆으로 돌렸다.

이제는 알겠다. 그가 쑥스러울 때마다 저런 행동을 한다는 것을.

"이거 참. 공개적인 장소라고 안전한 건 아니었군. 덮칠 뻔했어."

"당신 머릿속엔 그 생각뿐이야?"

"그거야 여왕님이 너무 사랑스러운 탓이잖아!"

"아니, 당신이 음란한 걸 가지고 왜 나한테 화를 내?"

"내가 시도 때도 없이 음란한 건 아니니까! 난 여왕님을 상대로만 음란하다고!"

"그렇게 당당하게 고백할 일은 아닌 것 같은데."

"당당하지 못할 게 뭐가 있어? 사랑하는 여자만 덮치고 싶어 하는 게 부끄러울 일은 아니잖아!"

이번에는 재인의 얼굴이 붉어졌다.

아무렇지도 않게 나온 '사랑하는 여자'라는 말이 무척이나 달콤했다.

"어서 오세요."

분홍빛 공기에 감싸여 있는데, 포장마차 주인이 누군가를 향해 인사했다. 들어온 사람을 확인한 성현의 얼굴이 차갑게 굳어졌다. 고개를 돌려 뒤를 확인한 재인은, 두 손으로 핸드백을 꼭 쥐고 서 있는 라연을 발견했다.

무릎까지 오는 연분홍색 코트와 부드러워 보이는 밍크 목도리, 값비싼 핸드백을 들고 있는 라연은 포장마차와 어울리지 않았다. 마치 그녀만 딴 세상에 있는 것 같았다.

라연은 조용히 재인을 쏘아보다가 또각또각 걸어왔다. 뻔뻔하게 도 재인과 성현의 테이블에 앉은 라연이 성현을 향해 빙그레 미소 를 지었다.

"지나가는 길에 출출해서 들어왔는데, 오빠가 있었네. 마침 잘 됐다, 안 그래도 토요일 파티 건으로 할 이야기가 있었는데."

"리젤."

"나 너무 배고파. 얘기는 이따가 해. 사장님, 여기 세팅해 주세요."

"이런 데선 세팅, 직접 하는 거예요."

라고 말하며, 재인이 숟가락과 젓가락을 꺼내 라연의 앞에 놔주 었다. 라연은 입술을 비쭉거렸지만 아무 대꾸도 하지 않았다. 재인 을 무시하기로 작정한 모양이었다.

"내일 저녁때 뭐해?"

"리젤, 내가 분명히……."

"난 아직 오빠 약혼녀야."

라연이 성현의 말을 끊으며 말했다.

"날 무시하지 않는 게 좋아."

"리젤."

"이 여자를 사랑해?"

라연이 재인을 돌아보지도 않고 말했다.

"사랑하고 싶으면 마음껏 해. 오빠가 곁에 두는 여자 하나둘쯤, 참고 넘어가 줄 수 있어. 하지만 결혼은 나랑 해야 돼. 그게 오빠한 테도 좋을 거야."

"날 화나게 하지 말라고 했을 텐데."

성현의 음성이 낮아졌다. 냉기가 묻어나는 그의 음성을 들을 때 마다, 재인은 그가 그렇게 화를 낼 수도 있다는 사실이 놀라웠다. 항상 속없이 즐거워만 하는 남자처럼 보이는데.

"그 말, 오빠한테도 그대로 돌려줄게. 날 화나게 하지 마. 나는 최 대한 오빠 사정에 맞춰 주려고 하고 있어. 하지만 계속 이런 식으로 날 무시하고 떼어 내려고 하면, 그때는 나도 가만히 안 있을 거야."

"아, 그래? 그럼 그렇게 해. 여왕님, 미안하지만 오늘의 야식은 여 기서 끝내야겠어. 그만 돌아가자."

라연에게 말을 할 때와 재인에게 말할 할 때, 성현의 목소리는 확 연하게 차이가 났다. 순식간에 달콤해지는 그의 음성과 눈빛에, 라 연의 표정이 어두워졌다.

성현이 재인을 향해 손을 뻗었다. 단 한 번도 라연을 향해 내밀어 준 적 없는 크고 예쁜 손. 라연은 재인이 그 손을 잡으리라 생각했 다. 이것 봐, 정라연. 이 남자는 내 남자야. 네가 사랑해서 질척거릴 정도로 매달리는 이 남자의 손, 이건 내 거야.

그렇게 보란 듯이 그의 손을 잡을 줄 알았다. 하지만 재인은 그 손을 잡는 대신, 그의 손 위에 숟가락을 올려 주었다.

"당신 때문에 시킨 오뎅탕이랑 계란말이, 아직 많이 남았어."

"여왕님."

"먹어. 다 먹고 일어나."

"……"

"음식 남길 생각하지 마."

재인의 단조로운 말에 성현은 작게 한숨을 내쉬었지만, 결국 그녀의 뜻에 따라 오뎅 국물을 떴다.

라연은 울컥 화가 치밀었다. 재인이 보란 듯이 그의 손을 잡는 것보다, 이 상황을 보는 것이 더 괴로웠다. 항상 제멋대로 행동하는 성현이, 미국의 대학 교수들조차 혀를 내두르게 만드는 그 민성현이, 이런 여자의 한 마디에 오뎅 국물을 뜨고 앉아 있다니. 최악이다.

"정라연 씨도 드세요."

재인이 담담하게 말했다.

"배고프다면서요."

라연은 흔들리는 눈으로 재인을 노려봤다. 어쩜 이렇게나 감정을 드러내지 않을까? 둘이 있는 상황에 갑자기 등장하면 재인이 당황할 줄 알았다. 하지만 그녀의 얼굴에는 아주 약간의 동요조차 떠오르지 않았다. 그야말로 인형 같은 얼굴로, 재인은 담담히 라연을 응시하고 있었다.

"갈게. 토요일 저녁 6시에, 우리 아파트 앞으로 데리러 와."

성현은 대답하지 않았다. 라연은 잠시 그를 노려보다가 휙 돌아섰다. 포장마차를 나가는 그 순간에도, 재인의 맑고 투명한 연갈색 눈동자가 따라오는 것처럼 느껴졌다.

그 눈동자에 담긴 것이 비난이 아니라서, 오히려 라연을 안쓰럽게 여기는 감정이라서, 라연은 더 화가 나고 비참했다.

"기분 상하게 해서 미안해."

집으로 돌아가며 성현이 말했다.

"정말 미안해. 앞으로 이런 일 없을 거야."

그렇게 덧붙이는 그의 음성에 무거운 각오가 서렸다. 재인은 가만히 그의 손목을 붙잡았다.

"못된 짓 하지 마."

"못된 짓이라니."

"당신, 정라연 씨한테 못된 짓 할 생각이잖아."

재인의 말에 성현은 움찔했다. 어떻게 알았을까?

일찍이 금성제당의 뒷조사를 해 두었다. 라연이 계속 귀찮게 굴면 압력을 가할 생각이었다.

"그런 짓 하지 마."

"여왕님, 나는 여왕님의 기분이 최우선이야. 리젤 때문에 여왕님이 불쾌해지는 거, 내가 못 견뎌."

"내가 불쾌해 보였어?"

재인이 걸음을 멈추고 성현을 올려다봤다. 가로등 불빛에 비치는 그녀의 새하얀 얼굴을, 성현은 물끄러미 응시했다.

모르겠다. 자신감은 어느 정도 돌아온 것 같은데, 여전히 재인의 감정을 읽어 낼 수가 없었다. 하지만 보통은 이런 상황에서 불쾌할 것이라고 생각했다. 사랑한다고 말하면서 약혼녀를 정리하지 못한 남자라니. 정말이지 형편없다.

"불쾌하지 않았어. 화가 나지도 않았고. 그러니까 그런 표정 짓지 마."

재인이 담담하게 말하며 다시 걷기 시작했다.

"정라연 씨는 자신의 행동을 충분히 부끄러워하고 있었어. 게다가…… 슬퍼하고 있었고."

"그래, 그랬지."

"당신도 알고 있었구나?"

"내가 모르는 건 여왕님의 기분뿐이야."

"그럼 정라연 씨가 당신을 얼마나 사랑하는지 알면서, 어떤 기분으로 찾아왔는지 알면서, 못된 짓을 하려고 한 거야?"

"말했잖아. 난 여왕님을 위해서라면 뭐든 할 수 있다고."

"당신은 굉장히 어른스러운 사람인데, 가끔 보면 아무것도 모르는 어린애 같아."

"사랑을 하면 유치해진다고 하지. 내 눈에 너만 보이고, 내 머리가 네 생각만 하니까, 다른 부분에 대해 깊이 생각할 수가 없어."

"그거 정말 달콤하네."

"비아냥거리는 거야?"

"아니, 정말 달콤해서. 그거 알아? 당신이랑 같이 있으면 늘 달콤한 향기가 나. 나는 매일 구형진의 스킨 냄새를 떠올렸었어. 아무도 없는 집에 들어가도, 마치 그날로 돌아간 듯 그 남자의 스킨 냄새가 나를 짓눌렀어. 그런데 당신을 만나고 나서, 매일 달콤한 향기를 맡게 돼."

"······."

"당신이 나만 생각해 주니까, 내가 정라연 씨를 좀 생각할게."

"그렇게 번거로운 짓까지 해 줄 필요 없어. 나는······."

"민성현 씨. 사랑에 빠진 여자를 무시하지 마. 사랑에 빠진 여자는."

재인은 걸음을 멈추고 성현을 마주 봤다.

"무슨 짓이든 할 수 있어. 날 보면 알잖아. 나는······ 당신을 사랑하게 되면서 이렇게나 많이 변했어."

재인이 성현의 뺨을 쓰다듬었다.

"정라연 씨는 그저 당신을 사랑할 뿐이야. 그 사랑을 무시하는 것도 모자라서 짓밟으려 하면, 정라연 씨는 무슨 짓이든 할 수 있는 여자가 될 거야. 그저 당신을 사랑했을 뿐인데, 한 여자가 망가지는 거. 나는 원하지 않아."

그렇게 말하는 재인의 눈동자는 그 여느 때보다도 강하게 빛나고 있었다.

많이 변했다는 재인의 말을 실감할 수 있었다. 재인의 눈동자는 맑게 빛나기는 했지만 이렇게까지 강하지는 않았다. 자칫 잘못하면 산산이 부서질 것 같은 위태로움이 있었다.

하지만 이제 그녀의 눈동자는, 누가 무슨 짓을 해도 꿈쩍하지 않을 만큼 견고했다. 그녀의 성장이 기쁜 한편, 아쉽기도 했다. 성현은 그녀를 자신의 울타리 안에만 두고 싶은 옹졸한 소유욕을 꾹꾹 접어 누르며, 그녀의 반듯한 이마에 입을 맞췄다.

"그렇다면 여왕님 명에 따르도록 하지."

수영은 큰 상처가 있는 것은 아니지만 심리적인 안정을 찾기 위해 병원에 입원해 있었다. 경찰들이 찾아 왔고 기자들도 찾아왔다. 병원에 입원해 있어도 쉬는 것 같지가 않았다.

일주일쯤 지나 또 다른 큰 사건이 일어났고, 기자들의 방문이 뜸해졌다. 슬슬 퇴원을 해야겠다고 생각할 때, 생각지도 못한 인물이 병문안을 왔다. 최영주였다.

새빨간 장미꽃과 비타민 음료를 사들고 찾아온 영주를, 수영은 물끄러미 응시했다.

'이 여자가 이모랑 이모부를 죽였어.'

오싹했다. 아직 재인에게 자세한 이야기를 듣지 못했다. 재인이 찾아와 줄 줄 알았는데, 그녀는 아직 병문안을 와주지 않았다. 기자나 경찰들의 눈을 의식해서인지, 아니면 수영을 만나고 싶지 않아서인지 알 수 없었다. 아마 후자일 거라고 생각했다.

'그렇게 쉽게 용서받지는 못하겠지. 내가 한 짓이 있으니까.'

퇴원을 하면 재인을 찾아가서, 그녀가 받아 줄 때까지 사과하겠다고 결심했다. 하지만 이렇게 최영주가 올 줄 알았더라면, 미리 전화해서 이 부분에 대한 이야기라도 들어둘 걸 그랬다. 그래야 대비책을 마련했을 텐데.

'괜찮아. 보는 눈이 많으니까 이 여자가 여기서 날 죽이진 못할 거야. 그러니까…… 모르는 척하자. 아무것도 모르는 척, 그리고 유재인을 여전히 미워하는 척.'

영주와 눈이 마주쳤다. 돈 때문에 사람을 몇 명이나 죽인 여자의 어두운 눈동자. 등줄기에 땀이 배어 나왔다. 하지만 수영은 아무것도 모르는 표정으로 상체를 일으켰다.

"얘기 들었어. 무서운 사건에 휘말렸었더구나."

영주가 꽃다발을 침대 위에 내려놓았다. 수영은 힘없는 미소를 지었다.

"그런 일이 생길 줄은 몰랐어요. 뉴스에서 봤을 때만 해도 딴 세상의 일이라고 생각했는데."

"그러게. 늘 위험은 가까이에 있지."

"잘 지내셨어요?"

"나야 뭐…… 남편도 없이 직장이랑 집만 오가는데 무슨 일이 있겠니? 네가 큰일이지. 몸은 괜찮은 거지? 다친 곳은 없고?"

"네, 괜찮아요. 약간 트라우마가 생겨서, 밤에 불 끄고 자질 못해요."

"그래, 많이 힘들겠네. 다음에 백화점에 한 번 놀러와. 갖고 싶은 거 있으면 직원가로 해서 구해 줄게."

"네, 이모. 아, 거기 앉으세요. 의자는 좀 불편하지만."

영주가 침대 옆 간이의자에 앉았다. 40대 후반인데도 늘씬한 몸매를 가진 그녀는, 우아하게 다리를 꼬고 앉아 수영을 물끄러미 응시했다. 수영의 속을 캐내려는 듯 날카롭게 빛나는 시선이었지만, 수영은 눈을 피하지 않았다.

붉은 립스틱을 바른 영주의 입꼬리가 슬며시 올라갔다.

"재인이랑은 많이 친해졌니?"

한선은 심기가 불편했다. 성현이 갑자기 강력팀 사무실에 들이닥친 것까지는 괜찮았다. 이번 연쇄살인범을 잡을 때, 성현이 많은 도움을 줬다. 게다가 공치사를 바라지도 않고 뒤로 빠졌다. 덕분에 살인범을 잡은 공이 모조리 강력팀에 돌아갔다. 성현은 환영할 만한 인물이었다.

"형아!"

라고 외치며 한선에게 와서 안기지만 않았더라면.

기겁하는 한선을 기어코 붙잡아 끌어안은 성현이, 한선의 귀에 대고 속삭였다.

"형아가 필요해. 시간 좀 내줘."

"뭐든 다 내줄 테니까 이 팔 좀 풀고 말해!"

성현은 한선의 허리를 양팔로 옥죄듯 끌어안고 있었다. 성현의 목소리는 한선에게만 들릴 정도로 작았고, 한선의 목소리는 사무실 안에 쩌렁쩌렁 울릴 정도로 컸다.

'뭐든 다 내줄 테니까!' 발언에, 형사들이 경악한 표정으로 두 남자를 쳐다봤다. 하지만 한선은 오롯이 성현에게만 집중해 있어서, 자신을 향해 쏟아지는 의심과 경악의 시선을 느끼지 못했다.

"나가자, 형. 두 시간, 아니, 세 시간 정도 걸릴 거야."

"어디든 같이 가줄 테니까, 이 팔 좀 떼라고!"

'뭐든 다 내줄 테니까!'에 이어 '어디든 같이 가줄 테니까!'라니. 형사들은 벌어진 입을 다물지 못했다.

형사들의 시선을 한 몸에 받으며, 성현과 한선은 사무실을 빠져나왔다. 건물을 나오자마자 담배를 입에 문 한선이 말했다.

"제발 좀 평범하게 찾아와서 평범하게 요청할 수 없는 거냐?"

"이 정도면 평범하지 않았어? 난 형에게 부탁을 하는 입장이잖아. 애교쯤은 부려 줘야지."

"빌어먹을 부탁, 막 해도 되니까 애교는 집어치우라고! 이 끔찍한 자식아!"

"흐응, 그래?"

성현의 입가에 떠오른 미소. 한선은 아차 싶었다. 이 말을 끄집어낼 생각이었구나!

"그 말 기억해 둘게, 형. 앞으로 빌어먹을 부탁, 망설이지 않고 뿌려 주겠어."

"넌 진짜 얄미운 놈이야."

"이상하게 지인들이 나한테 그런 평가를 내린단 말이야."

"뭐가 이상해? 딱 적당하구만!"

"언성 좀 낮춰, 형. 남들이 보면 우리가 사랑싸움하는 줄 알겠어."

"그런 오해받고 싶지 않으면 느닷없이 나타나서 끌어안지 좀 말라고!"

평소에는 담배를 피우면 부글거리는 속이 가라앉곤 했다. 하지만 성현과 함께 있을 때는 그게 통하지 않았다. 담배 연기는 물론이거니와 진정제를 맞아도 가라앉지 않을 것 같다.

"그런데 시간은 왜? 어디 가는데?"

택시를 타며 물었다.

"기사님, 강남으로 가주세요."

성현이 기사에게 요청한 후, 한선에게 말했다.

"우린 이제부터 근사한 바에 갈 거야."

"바?"

한선이 오만상을 찌푸렸다.

"우리 둘이 바를 간다고? 내가 아는 그 바가 맞는 거지?"

"형이 아는 바가 뭔지는 모르겠지만, 칵테일을 즐기는 곳을 말하는 거라면 맞아. 우린 그 바를 가."

"일하는 사람 찾아와서 시간 좀 내달라더니, 고작 간다는 게 바냐? 술 마시고 싶으면 다른 사람을 찾아! 기사님, 세워주십쇼!"

"최영주와 공모한 바텐더."

택시가 멈췄다. 문을 열려고 손을 뻗던 한선이 성현을 돌아봤다. 성현은 진지한 표정으로 정면을 응시하고 있었다.

"이제부터 그놈을 만나러 갈 거야. 기사님, 계속 가 주세요."

택시가 다시 출발했다.

"그놈이 최영주와 공모한 게 확실하다고 보냐?"

"나는 최영주가 직접 구형진을 죽였다고 확신해. 그런데 그 시각 최영주가 강남에 있었다고, 바텐더 문호철이 증언했지."

"그래. 그놈 뒷조사는 해 뒀어. 하지만 통장은 깨끗하고 돈을 펑펑 쓰고 다니는 기색도 없어."

"최영주는 똑똑한 여자야. 돈은 현금으로 건넸을 거고, 여러 가지로 조언을 해 줬을 거야."

"확신해?"

"확신해. 여왕님이 최영주를 대면했을 때 읽어냈으니까."

"아, 그랬군."

"최영주는 직접 찔러봐야 아무것도 뱉어내지 않을 거야. 그 정도의 패기는 있는 여자거든."

"그럼 주변 인물들을 건드려야겠군. 초조해지도록."

"그렇지. 아마 지금도 애가 탈 거야. 우리가 어디까지 아는지를 모르니까. 하지만 한편으로는 안심하고 있기도 하겠지. 그 여자는 내가 아무것도 할 줄 모르는, 돈 많은 여자 뒤꽁무니나 따라다니는 놈팡이라고 생각하거든."

"어쩌다?"

"그럴 일이 좀 있었지. 그렇게 안심하고 있을 때, 형사인 형이랑 같이 훅 찌르고 들어가면 당황할 거야. 인간은 당황하면 자신도 예상치 못한 일을 저지르는 법이지."

택시가 강남역 부근에 멈췄다. 계산을 하고 내린 성현이 허리를
쭉 펴고 말했다.

"자, 그럼 가 볼까?"

한선은 성현이 대체 왜 저렇게 잘난 체하는 표정을 짓는 건지 알
수 없었지만, 묵묵히 그의 뒤를 따라갔다.

오픈을 하자마자 찾아온 두 남자는 척 보기에도 범상치 않았다.
명품 코트를 입은 곱상한 외모의 남자와 낡은 야구점퍼를 걸친 강
한 외모의 남자. 착 달라붙어서 들어오는 두 남자를, 호철은 게이일
거라고 생각했다.

"혼자 일해?"

바에 앉은 곱상한 남자가 손에 턱을 괴고 비스듬히 앉은 자세로
물었다.

"죄송하지만 전 그쪽 취향이 아닙니다, 손님."

최대한 정중하고 부드럽게 대꾸하자, 남자의 얼굴에 옅은 미소
가 번졌다. 침이 꼴깍 넘어갈 정도로 매혹적이면서도, 무언가 섬뜩
한 느낌이 드는 미소였다. 검은 눈동자가 어찌나 깊은지, 계속 쳐다
봤다가는 빠져들지도 모른다는 생각이 들었다.

"이쪽 취향이 아니더라도 관심을 가져야 할 거야."

라고 말한 쪽은 강한 외모의 남자였다. 그는 주머니에서 무언가
를 꺼내 호철의 앞에 내밀었다.

"서울지방경찰청 강력팀의 류한선이다. 이쪽은 민성현이고."

심장이 콱 옥죄었다. 진정해, 라고 호철은 생각했다.

'내가 잘못한 건 없어. 살인을 저지른 건 그 여자고, 난 알리바이만 제공했을 뿐이야. 게다가 그 여자가 살인을 저질렀는지, 처음엔 알지도 못했잖아.'

최영주는 우아한 여자였다. 품격 있는 행동과 말투, 다채로운 지식이 그녀의 나이를 잊게 만들었다. 그래서 호철은 이모뻘의 최영주를 사랑하게 되었다.

최영주가 천만 원을 안겨 주며 거짓증언을 해 달라고 요청할 때까지만 해도, 호철은 그녀를 사랑하고 있었다. 그녀를 위해서라면 거짓증언뿐 아니라, 살인도 저질러 줄 수 있는 심정이었다.

그러나 사람이 죄를 짓고는 살아가기 힘들다는 것을 뒤늦게 깨달았다. 호철은 열심히 일하며 평범하게 살아온 젊은이였다. 실제로 살인을 저지르지는 않았지만, 살인범을 감싸준다는 죄책감이 계속 호철을 따라다녔다.

게다가 무섭기도 했다. 경찰이 갑자기 들이닥치면 어쩌지? 내가 돈을 받았다는 걸 알아내면 어쩌지? 내가 취중에 해서는 안 될 말을 내뱉으면 어떡하지?

비밀이 호철의 심장을 태우기 시작했다. 하루, 하루가 비밀에 짓눌려 숨이 막혔다. 사는 게 사는 게 아니다, 라는 말을 그 어느 때보다도 실감했다.

누구에게라도 털어놓고 싶었지만 돈을 받은 상황에서 그럴 수는 없었다. 게다가 최영주의 뒤에는 '강성파'가 버티고 있었다. 언젠가 바에서 최영주와 친밀한 대화를 나누던 남자는 분명 강성파의 부두목이었다.

"강력팀 형사님이 무슨 일로 절 찾아오셨는지요?"

호철은 최영주를 배신할 수 없었다, 아직은.

어차피 증거도 없을 것이다. 최영주에게 현금으로 받은 돈은 아직 사용하지 않았다. 여차하면 돈을 가져다가 버리고, 협박을 받았었다고 신고하면 될 일이다.

위증죄로 처벌을 받을지도 모르겠지만, 실제로 살인을 저지른 건 아니니까 큰 처벌을 받진 않겠지.

"내가 할까, 네가 할래?"

한선이 주머니에서 담배를 꺼내며 성현에게 물었다. 성현은 손바닥에 턱을 괸 자세로 씩 웃었다.

'이런 잘생긴 남자가 왜 형사 같은 걸 하는 거지? 연예인을 해도 성공했을 텐데.'

라는, 상황과 어울리지 않는 생각을 하는데, 성현이 말했다.

"당신은 그 돈을 평생 사용할 수 없을 겁니다."

쨍그랑—!

들고 있던 잔을 놓쳤다. 바닥에 부딪쳐 산산조각이 난 유리파편을, 호철은 멍하니 응시했다.

대단한 말을 들은 것도 아닌데 손에서 힘이 빠진 이유는, 그의 목소리가 심장에 콱 박혔기 때문이었다. 그는 다 알고 있다는 '듯' 말하는 것이 아니라, 다 알고 있었다.

"2년쯤 지나 사용하라고 했죠. 2년만 참으라고. 하지만 문호철 씨. 당신은 평생 그 돈을 사용할 수 없을 겁니다."

옆에서 지켜보고 있었던 걸까?

'아니, 그럴 리가 없지. 우리 집에서 얘기한 거니까. 이 남자가 우리 집을 알 리가 없잖아. 그때는 사건이 벌어지기도 전이었고. 분명 나를 떠보는 걸 거야.'

하지만 뭘까. 저 꿰뚫는 듯한 눈빛은. 다 안다는 듯한 미소는.

"무슨 말씀이신지 모르겠는데요."

그의 시선을 피하고 싶어서 쭈그리고 앉아 유리파편을 줍기 시작했다.

"당신은 건실하고 평범한 사람입니다, 문호철 씨. 그런 사람은 죄를 저지르면 두 발 편히 뻗고 잘 수가 없죠. 매일이 지옥일 겁니다. 그 돈을 받은 후, 친구들과 만나도 편하게 웃고 떠들 수가 없죠?"

유리파편의 날카로운 부분에 손을 베었다. 꽤 깊이 베인 모양이다. 피가 뚝뚝 바닥으로 떨어졌다.

"당신이 저지른 짓은 아니니까 지금 위증을 했다고 말하면 작은 처벌로 끝날 겁니다. 뭐, 처벌이랄 것도 없죠. 경고 수준으로 끝날 거예요. 하지만 범인이 잡힌 후엔 늦습니다."

성현의 음성은 결코 강압적이지 않았다. 감미롭게 들려오는 목소리가 호철의 긴장을 풀어 주었다.

'이 남자라면.'

호철은 생각했다.

'이 남자라면 날 부당하게 대하지 않을 거야.'

최영주를 사랑한다고 생각했던 적이 있었다. 하지만 그것은 착각이었다. 그녀를 동경했지만, 그것은 그녀가 살인을 저지르는 여자라는 것을 알기 전까지였다. 최영주는 돈 때문에 남편을 죽이는, 그런 여자였다.

"민성현 형사님이라고 하셨죠."

라고 말하며 몸을 일으켰을 때였다.

호철의 맞은편, 성현과 한선이 등지고 있는 출입구. 문에 달린 뿌연 창문에 인영 하나가 어른거리다가 사라졌다. 호철은 그 인영의 주인공이 최영주인 것 같다고 생각했다.

"곧 손님들이 들어올 테니, 제가 다음에 찾아뵙겠습니다. 서울지방경찰청으로 가면 되나요?"

조용히 듣고만 있던 한선이 명함을 꺼내 호철에게 건넸다. 호철은 그것을 주머니에 집어넣고, 오늘 일이 끝나는 대로 연락을 해야겠다고 다짐했다.

지옥 같은 생활을, 이제는 끝내고 싶었다.

오늘 성현은 한선과 함께 바텐더를 만나러 갈 거라고 했다. 무슨 이야기를 하고 돌아올까? 수확은 있을까? 그런 생각을 하느라 일에 집중할 수가 없었다.

간신히 일과를 끝내고 집으로 돌아오는 길. 동래 아파트 입구에 오도카니 서 있는 여자를 발견했다. 그 여자가 수영이라는 것을 깨닫기까지는 오랜 시간이 걸리지 않았다. 재인은 걸음을 멈추고 수영을 응시했다. 수영도 가만히 이쪽을 보고 있었다.

'왜 온 거지?'

방문의 이유를 알 수 없었다. 고맙다는 말을 하려고 온 걸까? 아니면 다른 꿍꿍이가 있어서?

그날, 수영이 정신을 잃기 전 내뱉은 '널 믿어.'라는 말은 진심이었지만, 그 마음이 쭉 이어지리라는 법은 없었다.

사람의 마음은 쉽게 움직이니까. 공포의 상황에서 느닷없이 튀어나온 진심은 그만큼 쉽게 사라질 것이다. 그래서 재인은 기대하지 않기로 했다.

다시 걸음을 옮겼다. 수영은 여전히 그 자리에서 재인을 기다리고 있었다. 무시할까, 아니면 아는 척 정도는 할까. 고민을 하는데, 수영이 먼저 말을 걸어왔다.

안녕이라던가, 그날 고마웠어, 따위의 말이 아니었다.

"늘 네가 부러웠어. 너와 비교되는 나는, 정말 열등했어. 어찌나 열등한지, 나는 내 모습을 한 번도 똑바로 본 적이 없었어."

"……."

"믿고 싶지 않았어. 아빠니까. 내 아빠잖아. 그러니까 아빠를 믿고 싶었어. 아빠를 믿고 싶어서, 네가 더 미웠어. 네 잘못은 하나도 없다는 걸 아는데, 널 원망하고 미워하면 아빠를 믿을 수 있게 될 것 같아서……."

재인은 멍하니 수영을 응시했다. 그녀의 눈에 고였던 눈물이 볼을 타고 흐르는 것을, 영화라도 보는 기분으로 지켜봤다.

"그런데 못 믿겠더라. 믿을 수가 없으니까 괜히 너에게 분풀이를 하게 되더라. 그걸 인정하고 싶지 않아서, 그래서……."

수영이 질끈 눈을 감았다가 떴다. 젖은 눈동자로 재인을 응시하며, 그녀는 천천히 말했다.

"미안해, 재인아."

"……."

"진심이야."

덧붙인 수영의 말에, 재인은 현실로 돌아왔다. 지금 이 상황은 영화 따위가 아니었다. 진짜였다. 오래전 재인이 꿈꿨던, 그러나 곧 포기했던 상황이 실제로 일어나고 있었다.

"그래."

재인의 입가에 옅은 미소가 떠올랐다.

"알아."

"이런 집에서 사는구나."

재인의 집에 들어서며 수영이 안을 쭉 둘러봤다. 왜인지 그녀의 얼굴에 안도감이 서려 있었다.

"마음에 걸렸어. 이제 와서 이런 말 하면 우습겠지만, 네가 우리 집에 있을 때 생활했던 곳이…… 그랬잖아."

"우습지 않아."

라고 재인은 말했다. 부끄러운 듯한 수영을 똑바로 응시하며, 재인은 다시 한 번 말했다.

"네 솔직한 마음을 듣는 거, 난 우습지 않아."

소파에 나란히 앉았다. 문득 어린 시절의 기억이 떠올랐다. 부모님이 살아계실 때의 명절. 그때는 수영과 사이가 좋아서, 이렇게 나란히 앉아 만화영화를 봤었다.

그래, 그런 일도 있었지. 아무것도 없는 줄 알았는데, 드문드문 떠오르는 기억이 가슴을 적혔다.

"우리 어릴 때, 이러고서 만화영화 봤던 거 기억나?"

수영이 물었다. 그녀도 같은 추억을 떠올리고 있었던 모양이다.

"응, 기억나."

"그때만 해도 우리 참…… 아무것도 몰랐지."

"그러게. 정말 아무것도 몰랐지."

인생에 쓴맛이 있다는 것을 모르는 시기였다. 당연히 옆에 있어주던 부모님이 한 순간 사라질 수도 있다는 걸, 집안을 가득 채운 온기와 소음이 순식간에 무(無)가 될 수도 있다는 걸, 전혀 모르고 마냥 행복했던 시기.

"최영주가 이모랑 이모부를 죽였다고 했지?"

수영의 질문에 재인을 현실로 끌어냈다.

"응, 그 여자가 우리 부모님을 죽였어."

"그 여자가, 나를 찾아왔었어."

"역시……."

"그 여자는 나한테 네가 뭘 알고 있는지, 뭘 하고 있는지 알아내라고 했어."

"초조해하고 있나 보네."

"응, 그럴 거야. 나를…… 협박했거든."

"뭘 가지고?"

"뭐겠니?"

라고 되물으며 수영이 쓴웃음을 지었다. 재인은 더 이상 캐묻지 않았다. 딩동— 초인종이 울린 것은 바로 그때였다.

왜 일이 이렇게 된 걸까? 수영은 어리둥절했다.

"저기……."

호화로운 호텔 연회실 구석에 우두커니 서 있던 수영이, 옆에 서 있는 재인을 불렀다.

"이거…… 괜찮은 거야?"

불과 두 시간 전만 해도, 수영은 재인의 집에 있었다. 최영주에 대한 심도 있는 대화를 나누려고 할 때, 초인종이 울렸다.

누군가 방문하기에는 늦은 시간이었다. 최영주의 이야기를 하고 있던 터라, 그녀가 습격해 온 걸지도 모른다는 바보 같은 상상을 했다. 하지만 열린 현관문으로 들어온 것은, 상상도 못 한 인물들이었다.

"우리 대학 특강 강사 민성현 교수님, 그리고 서울지방경찰청 강력팀의 류한선 형사님이야. 여긴 제 사촌 수영이에요. 김수영."

수영은 지금껏 자신이 재인에게 한 일이 있기에, 그녀의 지인들이 자신을 따스하게 맞아줄 리 없다고 생각했다. 그러나 예상과 달리 흔히 볼 수 없는 두 미남은 수영을 향해 근사한 미소를 지으며 인사를 건네 왔다.

"여왕님, 나한테 너무 심한 거 아냐?"

수영과 인사를 끝낸 성현이 재인을 돌아보며 서운하다는 듯 말했다. 재인은 무표정하게 성현을 올려다봤다.

"여왕님의 사촌이 찾아왔는데 나한테 알려 주지도 않다니. 하마터면 내가 매너 없는 인간이 될 뻔했잖아."

"당신, 대체 뭘 할 생각이야?"

재인이 덤덤하게 물었다. 눈부시게 잘생긴 남자가 몹쓸 짓을 저지를지도 모른다는 투였다. 수영은 재인을 이해할 수가 없었다. 하지만 성현의 옆에 서 있는 한선도 오만상을 찌푸리고 성현을 노려보는 중이었다. 마치 성현이 곧 '몹쓸 짓'을 저지르려고 한다는 듯이.

성현의 눈이 가늘어지며 반달 모양으로 휘어졌다. 그는 자신을 정신병자라도 보는 듯 쳐다보는 두 사람을 한 번씩, 그리고 아직 이 상황에 어리둥절해하는 수영을 한 번 쳐다보더니 입을 열었다.

"내 여왕님의 사촌과 정식으로 인사를 하는 이 자리, 예의를 차려야지. 아주 근사하게."

"관둬."

"하지 마!"

재인과 한선이 동시에 말했다. 하지만 성현은 빙글 몸을 돌리더니 휴대폰을 꺼냈다. 누군가와 통화를 하는 동안, 재인과 한선이 그를 말리려 했다. 그는 미꾸라지처럼 능숙하게 그들의 손을 피하며 통화를 마무리 지었다.

"좋아."

전화를 도로 코트 주머니에 집어넣으며, 성현이 말했다.

"이걸로 난 내 매너를 지킬 수 있게 됐어."

그 후, 동래 아파트 앞 허름한 골목에 번쩍거리는 긴 리무진이 세워졌다. 일행은 양치기 개에게 내몰리는 양떼처럼 성현에게 내몰려 리무진에 올랐고, 호텔 앞에 내렸다.

호텔 연회실에 들어갔을 때, 먼저 온 손님이 있었다.

혜란이었다. 일을 하다가 불려나온 듯, 연구복 차림의 그녀는 타박타박 성현의 앞까지 걸어와 그의 멱살을 움켜쥐었다. 그리고 생글생글 웃는 얼굴로 말했다.

"너, 나한테 죽어볼래, 민성현 교수? 응?"

"하하하하. 정 박사님은 아픈 데만 콕콕 찔러 죽일 것 같아서 사양하고 싶은데요."

"너한테 사양할 권한 없어. 사람 일하는데 이게 뭐 하는 짓이지? 그 검은 양복 입은 놈들은 뭐야?"

"물론 정 박사님을 안전하게 모시기 위한 경호요원들이죠."

"경호요원 좋아하시네. 덕분에 조폭한테 쫓기고 있다는 오해를 하게 생겼다고. 유재인, 너! 네 남자 관리 똑바로 안 할래?"

혜란이 성현의 멱살을 쥔 채로, 재인을 돌아보며 말했다. 무심히 그 광경을 지켜보던 재인이 느릿하게 입을 열었다.

"죄송합니다만, 정 박사님. 저 아직 그 인간을 제 남자라고 인정한 적 없습니다."

단호한 재인의 말에 성현이 큰 충격을 받은 듯한 손을 이마에 대고 비틀거렸다. 그러다가 고개를 설레설레 젓더니 씩 웃으며 말했다.

"후후후. 이거 참, 여왕님. 내가 충격 받을 줄 알았다면 오산이야. 애초에 내가 단번에 여왕님의 남자로 승격했을 거란 건방진 기대 따위 한 적 없거든. 조금도 충격 받지 않았어."

누가 봐도 충격 받은 표정으로 말하는 성현을 보며, 수영은 물었던 것이다.

"저기…… 이거…… 괜찮은 거야?"

재인이 작게 한숨을 내쉬었다. 아주 잠깐이지만 재인의 얼굴에 난처하다는 표정이 떠올랐다.

"늘 이래."

그리고 곧바로 눈동자를 채운 또 다른 감정. 행복? 즐거움? 어쩌면 그 두 개 전부.

"저 남자, 항상 이래."

'그렇구나.'

수영은 재인의 얼굴에 표정이 묻어 나오는 것을 보는 건 처음이었다.

'저 남자였구나. 저 남자가 널 둘러싼 허무를 걷어 낸 거구나.'

옛날이었다면 질투했을 것이다. 이번에도 운 좋게 잘생긴 남자를 옆에 꿰차고, 그의 도움을 받는 재인이 얄밉기만 했을 것이다.

하지만 이제는 알고 있다. 재인이 결코 운이 좋은 것이 아니라는 걸. 사실은 무척이나 고되고 고독한 삶을 살아왔다는 걸. 그 끝에 만난 행운이라는 걸 알기에, 질투나지 않았다.

'그나저나 뭐하는 남자이기에 이런 시간에 호텔 연회실을 빌릴 수 있는 거지? 아까 그 리무진도 그렇고…… 원래 대학 강사가 돈을 그렇게까지 많이 버나?'

새벽 1시가 넘은 시간이었다. 이런 시간에 유명한 호텔의 연회실을 빌리고, 출장 뷔페까지 부르려면 상당한 돈이 들었을 것이다. 혹은 그게 가능한 권력자이거나.

'대학 특강 강사 민성현 교수님'이라고 소개를 받기는 했지만, 정체를 알 수 없는 성현을 향해 미심쩍은 시선을 보내는데, 재인이 말했다.

"우리도 뭔가 먹을까?"

그러고 보니 다들 뷔페를 즐기고 있었다. 수영과 재인도 음식을 담아 테이블로 향했다. 넓은 연회실에 준비된 테이블은 단 한 개뿐이었다.

재인의 지인들과 한 자리에 앉아 식사를 하는 것이, 수영은 불편했다. 재인과 화해를 하고 싶긴 했지만, 그날 바로 그녀의 지인들을 만나 즐거운 시간을 보낼 수 있을 만큼 뻔뻔하진 않았다.

하지만 식사를 시작하고 얼마 되지 않아, 이 자리가 '즐거운 모임'

만을 위한 자리가 아니라는 것을 깨닫게 되었다.

"오늘 바텐더는 잘 만났어?"

혜란이 한선에게 물었다.

"명함을 건네주고 오긴 했지. 나중에 일 끝나고 연락하겠다더라."

"마음이 이쪽으로 기운 것 같아?"

"그건 두고 봐야겠지. 하지만 그놈이 멍청한 놈이 아니라면 얼른 진실을 말하고 발을 빼는 편이 좋다는 걸 알 거야."

"흐응…… 최영주가 먼저 알게 되면 손을 쓸 것 같은데."

"그래?"

"기분 나쁜 여자야, 그 여자. 자신의 안전을 위해 무슨 짓이든 할 수 있을 걸?"

"네 삐삐머리보다 기분 나쁠…… 아프잖아!"

"내 헤어스타일을 신경 쓰기 전에 그 야구점퍼 좀 어떻게 하지 그래? 한겨울에 입고 다니기엔 너무 얇잖아."

"신경 끄셔."

"그럼 류 형사도 내 헤어스타일에서 신경 꺼."

혜란과 한선이 티격태격했다. 그런 두 사람을 지켜보는 성현의 입가에 흐뭇한 미소가 떠올랐다. 한선이 콧등을 찡그리며 포크로 성현을 삿대질했다.

"네놈이 무슨 생각하는지 아는데, 그 생각을 입 밖으로 끄집어내지 마라."

"에이, 형아."

성현이 싱글싱글 웃으며 자신의 포크를 한선의 포크에 끼워 아래로 꾹 눌러 내렸다.

"앙탈은……."

"그 빌어먹을 단어 선택 좀 제대로 하라고!"

한선이 버럭 성질을 냈다. 혜란이 피식 웃었다.

"단어 선택 제대로 했네. 류 형사, 앙탈 좀 그만 부려."

"앙탈 타령하지 말라고! 난 지금 앙탈을 부리는 게 아니라 분통을 터뜨리는 거다!"

"민간인 앞에서 소리 좀 그만질러. 많이 무서웠죠, 김수영 씨?"

성현이 파리한 안색의 수영을 향해 물었다. 그동안 아무 말도 못하고 상황을 지켜보던 수영은 말해 주고 싶었다. 류 형사의 고함 소리보다, 당신의 '형아' 타령과 '앙탈' 타령이 더 무섭다고.

재인이 수영의 마음을 안다는 듯 그녀의 허벅지에 살며시 손을 얹더니 고개를 설레설레 저었다. 말해 봐야 소용없다는 뜻이라는 걸, 수영은 깨달았다. 그래서 입을 꾹 다물고 있는데, 성현이 잔을 들었다.

"그럼 김수영 씨의 두려움을 가시게 해달라는 의미로, 건배 한 번 할까요?"

민성현이라는 사람과 통성명을 한 지 3시간쯤 되는 지금, 수영은 확신했다.

'이 남자, 제정신이 아니구나.'

재인은 홀짝홀짝 샴페인을 마셨다. 성현은 수영에게 묻고 있었다.

"김수영 씨, 최영주를 만났죠?"

그가 수영에게 최영주 이야기를 꺼낸다는 것은, 수영을 신뢰하고 있다는 뜻이다. 수영이 말해도 되냐는 듯 재인을 돌아봤다. 재인이 가볍게 고개를 끄덕이자, 수영이 말했다.

"네, 만났어요. 나한테 재인이가 뭘 알고 있는지 알아내라고 하더라고요."

"그렇군요."

"오늘도 병원에 찾아왔어요. 재인이랑 많이 친해졌냐고 묻더라고요."

"그래서 뭐라고 답했습니까?"

"일단 옛날 일에 대해 사과는 했고, 조금씩 친해지는 중이라고 말해 뒀어요. 달리 들은 거 없냐는 말에는, 아직 들은 게 없다고 해 뒀고요."

"그래요, 잘했습니다."

"정말 잘한 걸까요? 그 여자가 또 찾아와서 물어볼 텐데. 게다가 저한테 감시하는 사람을 붙여놓은 것 같더라고요. 제 뒷조사도 하고……."

"그럼 김수영 씨는 인느님이랑 만나는 걸 자제하는 게 좋지 않나? 위험한 일에 사람을 잔뜩 끌어들여서 좋을 게 없으니까."

한선이 끼어들었다.

"최영주가 김수영 씨를 선택하는 순간, 김수영 씨는 이미 위험한 일에 개입하게 된 거야. 김수영 씨가 중간에 빠지겠다고 하면 오히려 최영주를 자극하는 꼴이 되겠지. 김수영 씨에게 감시를 붙여 둔 지금이, 차라리 딱 좋아."

"감시를 붙였는데도?"

혜란이 물었다.

"네, 정 박사님. 박사님도 보셔서 알겠지만, 최영주는 머리가 좋고 계산적인 여잡니다. 여왕님이 그녀를 상대로 뭔가 하려고 한다는 것을 깨닫자마자 금액을 계산했을 겁니다. 돈을 어느 정도 사용해야 적당할까?"

"얼마나 쓸 거라고 봐?"

"최영주의 재정 상태를 미루어보았을 때, 5천만 원에서 1억 원 안팎."

"그 여자가 돈이 그렇게 많아?"

혜란의 질문에 성현이 고개를 끄덕였다.

"상당히 많은 편이죠. 재인이 아버님의 회사를 강성파에 넘긴 후 매달 수익금 중 얼마를 받고 있고, 백화점에서 일하면서 버는 돈도 고스란히 모아뒀고. 구형진이 유흥으로 상당한 돈을 탕진하기는 했지만, 그래도 남은 돈이 꽤 많아요."

혜란에게 설명한 성현이 수영을 돌아봤다.

"심부름센터는 뭐든 다 해 주지만 살인대행까지 해 주진 않죠. 살인청부업자를 고용하려면 돈 몇 백으로는 불가능해요. 예산으로 잡은 돈의 반 이상을 써야 할 텐데, 그 돈까지 써가며 김수영 씨를 죽이려고 하진 않을 겁니다. 그러니까 안심해도 됩니다."

"죽이진 않지만…… 납치 같은 걸 할 수도 있잖아."

조용히 샴페인만 마시던 재인이 처음으로 입을 열었다.

"걱정 마, 여왕님. 납치는 굉장히 번거로운 일이야. 얼굴을 들킬 수도 있거든. 최영주에게 있어서 김수영 씨는 납치까지 해야 할 만큼 위험인물이 아니야. 굳이 납치를 해야 한다면 여왕님을 하겠지. 물론 여왕님은 내가 지킬 거지만."

"그럼 난…… 그냥 이대로 있어도 되는 거예요?"

"김수영 씨는 어떻게 하고 싶죠?"

수영의 질문에 성현이 되물었다. 그녀는 자신을 향한 시선을 느꼈다. 성현도 한선도, 그리고 혜란도 노골적으로 수영을 응시하고 있었다. 하지만 정작 재인은 수영을 보고 있지 않았다. 네가 그 어떤 선택을 해도 비난하지 않겠다는 듯이. 네 선택을 못 들은 척, 못 본 척하겠다는 듯이.

"늘 괴롭히기만 했어요."

수영은 손을 뻗어 재인의 손을 잡았다.

"열등감에 찌든 못된 계집애라서, 나만 혼자 불행하다고, 얘는 정말 재수가 좋다고…… 그런 멍청한 생각을 하면서 살아왔어요."

고개를 돌리자, 수영을 향하고 있는 재인의 커다란 눈망울이 보였다. 연갈색의 투명한 눈동자. 똑바로 보는 것이 버겁기만 했던 그 맑은 눈동자를 응시하며, 수영은 말했다.

"네가 진짜로 행복했으면 좋겠어. 진심이야."

그 말에 재인이 미소 지었다.

"응, 알아."

앞으로의 계획을 들으며 샴페인을 홀짝홀짝 마시던 재인이 결국 취하고 말았다. 꾸벅꾸벅 졸다가 아예 테이블에서 잠든 재인을 향해, 성현은 애정이 듬뿍 담긴 시선을 보냈다.

"술버릇이 자는 거라니…… 이거 참, 아쉬운걸."

"어떤 술버릇을 바란 거냐?"

"알잖아, 형. 은밀하고……."

픽—

"네놈은 대체 왜 그렇게 은밀한 걸 좋아해? 욕구불만이냐?"

"형이야말로 욕구불만이야? 왜 이렇게 까칠해? 내 아밀라아제라도 건네줘야 너그러워지겠어?"

"아밀……."

아밀라아제가 뭔지 한참 생각하던 한선이 뒤늦게 그 의미를 깨닫고 벌떡 일어났다.

"너, 이 자식!"

가차 없이 날아드는 한선의 주먹을 슬쩍 피하며 성현이 말했다.

"자, 그럼 갈까? 형이 정 박사님 좀 챙겨 줘."

"네놈이 끌고 왔으니까 네놈이 데려다 줘! 나한테 떠넘기지 말라고!"

제멋대로인 성현이 한선의 절규를 들어줄 리 만무했다. 성현은 재인을 번쩍 안아 들고 수영과 함께 나가버렸고, 한선은 혜란과 둘이 남게 되었다.

술에 취한 것은 재인만이 아니었다. 재인이 샴페인을 마시는 동안, 혜란은 성현에게 앙갚음을 하겠다는 듯이 값비싼 양주를 어마어마하게 마셔댔다. 결국 술 냄새를 풀풀 풍기며 잠든 혜란을, 한선은 못마땅한 눈으로 노려봤다.

"하여간 사람 귀찮게 하네. 이 여자야, 세상에서 제일 한심한 게 뭔지 알아? 자기 주량 이상으로 술을 마시는 거야!"

그 한심한 짓을 '인느님'도 했건만, 한선은 그 부분을 깨끗이 무시했다.

"아, 진짜. 귀찮아 죽겠네. 어젯밤 꿈자리가 뒤숭숭하더니, 이걸 예고한 건가?"

혜란을 업고 나왔더니 호텔 앞에 리무진이 대기하고 있었다. 재인만 챙겨서 가버린 줄 알았던 성현이 이 정도의 배려는 해 주기로 한 모양이었다. 리무진은 둘을 혜란의 집 앞까지 안전하게 모셨다.

"어이, 정 박사. 너네 집에 다 왔다."

혜란의 어깨를 흔들었지만 그녀는 일어날 기미를 보이지 않았다. 한선은 새근새근 숨소리를 내는 혜란을 노려보다가, '제길.' 작게 욕설을 내뱉고는 혜란을 안아 들었다.

혜란의 집은 고층의 고급 오피스텔이었다. 오피스텔 입구는 비밀번호를 눌러야 들어갈 수 있었다.

"정 박사. 비밀번호 뭐야?"

축 늘어진 혜란에게 물어봐야 대답이 돌아올 리 없었다.

"야, 정 박사. 뱀 여자. 어이, 뱀. 큰 뱀. 보아뱀. 좀 일어나라고!"

혜란이 발끈하며 일어날 만한 호칭들을 사용해봤지만, 그녀는 꿈쩍도 하지 않았다. 아무리 힘 좋은 한선이라지만, 50키로 정도 되는 여자를 안아 들고 한참 서 있기에는 역부족이었다. 슬슬 팔에서 힘이 빠지기 시작했다.

"아, 진짜 미치겠네."

한선은 투덜거리며 돌아섰다. 일단 벤치에라도 가서 앉아 있어야겠다고 생각하며 한 걸음 옮겼을 때였다.

"으으……."

한선은 깰 기미를 보이는 혜란을, 그냥 바닥에 내려놔 버렸다. 바닥이 차가워서인지, 그녀는 신음을 흘리다가 비틀거리며 일어났다.

"여기…… 어디……?"

한쪽 머리끝을 잡고 어리둥절한 표정을 짓는 혜란에게,

"야, 너네 오피스텔 비밀번호……."

까지 말했을 때였다. 혜란이 갑자기 한선의 멱살을 잡아끌어 당긴 것은. 대비하지 못하고 있던 터라 기우뚱 몸이 앞으로 쏠렸다. 그리고 입술이 부딪쳤다.

한선은 곧바로 몸을 떼어 내려고 했다. 하지만 혜란이 그렇게 놔두지 않았다. 한선의 멱살을 꽉 쥔 그녀는 그 상태로 키스를 시작했다.

부드러운 입술이 벌어지는가 싶더니 따스하고 촉촉한 것이 한선의 입술을 살며시 핥았다. 무척이나 자극적인 느낌에 한선은 저도 모르게 입을 벌리고 말았다. 그 순간 밀려들어온 그녀의 혀가 한선의 입안을 훑었다.

길고 농밀한 키스가 이어졌다. 뜨거운 숨결이 섞였다. 양주 향이 섞인 숨결이 한선을 자극했다. 잠시 이성의 끈이 끊겼다. 한선은 본능적으로 혜란의 잘록한 허리를 감싸 끌어당겼다. 몸이 바짝 밀착해, 그녀의 체온이 전해졌다.

"하아……."

잠깐 입술이 떨어지며 그녀가 신음 섞인 호흡을 뱉어 냈다. 그제야 한선은 퍼뜩 정신을 차리고 혜란의 양어깨를 잡아떼어 냈다.

'내가 무슨 짓을……!'

큰일 날 뻔했다. 이곳이 혜란의 집 앞이라는 것도 잊고 있었다. 혜란은 반쯤 감긴 눈으로 한선을 올려다보고 있었다.

'정 박사 속눈썹이 이렇게 길었나?'

정신이 없는 와중에도 그런 생각이 들었다.

"류 형사……."

혜란이 중얼거리며 한선의 볼에 손을 얹었다.

"왜 류 형사가 여기 있지?"

"야, 이 여자야. 네가……!"

"아, 졸려 죽겠네."

혜란은 답을 들을 생각이 없었다는 듯 몸을 휙 돌리더니, 입구에 설치된 도어락의 비밀번호를 눌렀다.

삑삑삑삑—

한선은 새된 기계음을 혜란의 뒷모습을 노려봤다.

이내 입구의 문이 열렸고 혜란이 그 안으로 들어갔다. 한선이 따라 들어가야 하는지 말아야 하는지 망설이는 틈에, 문이 닫혔다. 혜란은 돌아보지도 않고 한 손을 올려,

"바이바이."

라고 중얼거리고는 휘청휘청 걸어갔다. 1층에 멈춰 서 있던 엘리베이터를 타는 혜란을, 한선은 멍하니 지켜봤다. 엘리베이터 문이 닫히고 그녀의 모습이 보이지 않게 되었지만, 한선의 입술엔 여전히 그녀의 향기가 묻어 있었다.

양주 향기와 이름 모를 꽃향기가 섞인 냄새. 썩 괜찮은 향기였다.

성현은 수영을 집에 데려다준 후 동래 아파트로 향했다. 재인은 조수석에 기대어 새근새근 자고 있었다. 그녀의 고른 숨소리가 좋았다. 재인은 이제 마냥 괴로운 표정을 지으며 자지 않게 되었다. 편안하게 잠든 그녀의 모습에 성현은 안심했다.

주차장에 차를 세우고 조수석 쪽으로 돌아가 재인을 안아 들었다.

'밥 좀 더 먹여야겠어.'

안을 때마다 느끼는 거지만, 너무 말랐다.

재인의 집에 들어가 침대에 조심스레 재인을 눕혔다. 단둘만 있는 공간에서 잠든 재인을 보다 보면 이성이 끊어질 것 같아서, 서둘

러 돌아섰다.

덥석―

하지만 미처 한 걸음 떼기도 전에 재인이 성현의 코트 자락을 잡았다. 잠결에 잡는 거겠지, 라고 생각하며 살며시 떼어 내려 하는데, 재인이 웅얼거렸다.

"싫어, 가지 마……."

"안 돼, 여왕님. 가야 돼."

"가지 마, 민성현. 가지 마."

재인이 칭얼거리는 건 처음 있는 일이었다. 그녀의 표정을 보고 싶어서 얼른 뒤를 돌아봤다. 재인은 눈을 감은 채 성현의 옷자락을 잡고 있었다.

"이러지 마, 여왕님. 다른 때라면 얼마든지 함께 있어주겠지만."

성현은 재인을 쓰다듬고 싶어서 손을 뻗었다가 도로 거두었다. 한 번 만지기 시작하면 도중에 멈출 수 없을 것 같았기 때문이다.

"지금은 위험해."

"뭐가……?"

"여왕님을 덮칠지도 몰라."

긴 속눈썹이 파르르 떨리는가 싶더니, 감겨 있던 눈꺼풀이 서서히 들어 올려졌다. 보석 같은 연갈색 눈동자가 완전히 드러나는 그 순간은, 아침에 해가 뜨는 광경과 비슷했다. 이 여자의 눈동자는 어쩜 이토록 깨끗할까?

성현은 꿀꺽, 마른침을 삼켰다. 그저 눈이 마주친 것뿐인데도, 재인을 안고 싶다는 욕망이 꿈틀거렸다.

"괜찮은데……."

붉은 입술 사이로 흘러나온 그녀의 목소리가 성현을 가격했다.

"덮쳐도 괜찮은데……."

또다시 꿀꺽, 성현은 침을 삼켰다. 술김에 하는 소리다. 말려들면 안 된다.

"난 당신이라면 좋아. 괜찮아."

"하아. 이거 참."

성현은 어깨가 움직일 정도로 깊은 한숨을 내쉬었다. 그리고 침대 옆에 쭈그리고 앉아, 재인의 손등에 입을 맞췄다.

"내 여왕님의 술버릇은 참으로 곤란하네. 날 이렇게나 감개무량하게 만들다니."

성현은 재인의 가느다란 손가락 끝에 하나, 하나 입을 맞췄다. 성현의 입술이 닿을 때마다 그녀의 손이 움찔움찔 떨렸다. 그것이 성현의 은밀한 욕망을 더욱 거세게 자극했다.

"하지만 여왕님. 이런 식으로는 안 할 거야. 이런 방식으로 여왕님을 안을 수는 없지."

성현은 재인의 손을 꽉 쥐고 다른 손으로 재인의 눈가를 덮었다.

"얼른 자, 여왕님. 더 이상 날 자극하지 말고."

"하지만 난…… 당신이랑 같이 있고 싶어."

"걱정 마. 여왕님이 깰 때까지 옆에 있어 줄 테니까."

"정말?"

"응, 정말."

"중간에 안 갈 거야?"

"응, 안 가."

"그럼 옆에 누워서 잘 거야?"

"아니. 여기 앉아서 손잡아 줄게."

"불편하잖아."

"내 여왕님은 취한 와중에도 배려심이 남다르기도 하지."

"민성현……."

"응?"

"당신은 나보다 나이 많아."

"응, 알아. 하지만 난 놀랍도록 동안이지."

"……내가 막 반말을 사용해서 기분 나쁘지 않아?"

"뭐야, 여왕님. 그런 걸 고민하고 있었던 거야?"

"당신은 늘 내가 원하는 대로 해 주는데…… 당신은 나한테 원하는 거 없어?"

"많지. 어마어마하게."

"뭔데?"

"일단 자, 여왕님. 나중에 하나하나 알려 주고, 하나하나 얻어낼 예정이니까."

술에 취한 재인은 말이 많고 솔직하고 귀여웠다. 혹시라도 성현이 돌아갈까 싶어, 칭얼칭얼 말을 걸어오는 그녀가 사랑스러웠다.

성현은 재인의 손을 꼭 감싸 쥐고, 그녀가 잠들 때까지 계속해서 그녀의 의미 없는 말에 대답해 주었다. 이윽고 점점 느려지던 그녀의 목소리가 완전히 멈췄고, 곧 새근새근 고른 숨소리로 바뀌었다.

그래도 성현은 손을 놓지 않고 침대에 등을 기댄 채 앉아 있었다. 재인과의 약속을 지키기 위해.

눈을 뜨자마자 성현의 뒤통수가 눈에 들어왔다. 부드러워 보이는 그의 검은 머리카락을 보며, 재인은 생각했다.

'이게 뭐지?'

침대 옆으로 벗어난 손이 성현의 손에 잡혀 있었다. 꿈인가 싶어서 눈을 감았다가 다시 떴다. 하지만 손에 느껴지는 따스함은 사라지지 않았다.

지끈, 머리가 아파왔다. 문득 어젯밤의 일이 떠올랐다. 느닷없이 호텔 연회실로 끌려갔고, 샴페인이 맛있어서 계속 마셨고, 그 후로 기억이 없다.

'아…… 이런. 취했었나 보네.'

재인은 다시 눈을 감았다. 숙취 때문에 시야가 일렁거려서 속이 매스꺼웠다.

'주량을 모르니까…….'

남들과 어울려 술을 마셔본 적이 없었다. 그래서 본인의 주량을 알지 못했다. 샴페인이 취하는 술이라는 것도 몰랐다.

'이상한 짓을 하진 않았겠지?'

본인의 술버릇이 뭔지 모르기에, 재인은 오싹해졌다. 술에 취하면 평소와 완전히 다른 행동을 하는 사람들도 많이 있다. 얌전한 사람인 줄 알았는데 취하면 옷을 벗는다든가, 춤을 춘다든가……

반사적으로 옷을 입었는지 확인했다. 다행히 어제와 같은 옷차림이었다.

쪽—

그때, 손등에 성현의 따스한 입술이 닿았다가 떨어졌다.

"깼어?"

성현의 목소리가 들려오자, 재인은 천천히 눈을 떴다. 일렁이는 시야 안에 한가득 들어오는 그의 새까만 눈동자. 깨어나자마자 보이는 것이 흑진주 같은 눈동자라는 것이 기뻤다.

"응, 깼어."

목소리가 잔뜩 쉬어 있었다. 재인은 흠흠, 헛기침을 했고, 성현은 그런 재인을 귀엽다는 듯 지켜봤다. 그의 눈 안에 가득한 애정이 재인에게도 고스란히 전해졌다. 괜히 가슴이 간질간질했다.

"앞으로는 말이야."

성현이 또 재인의 손등에 쪽 소리가 나게 입을 맞추고 말을 이었다.

"내 앞에서만 술 마셔, 여왕님. 여왕님은 정말 곤란한 술버릇이 있으니까."

"곤란해? 나, 이상한 짓 했어?"

"응, 굉장히 곤란해. 그러니까 술 취한 모습, 다른 사람들에게는 보여 주지 않는 게 좋겠어."

"그 정도야?"

"응, 그 정도야."

"어떤데?"

"호오. 정말로 알고 싶어?"

성현이 의미심장한 미소를 지었다. 재인은 눈을 가늘게 뜨고 그를 노려보다가 고개를 저었다.

"아니, 그냥 모르는 편이 좋겠어. 앞으로 술을 안마시면 되겠지."

"내 앞에서라면 마셔도 된다니까."

"곤란한 모습, 당신한테 제일 보여 주기 싫거든."

"난 여왕님이 어떤 모습을 보여도 사랑해."

사랑해, 라는 말을 처음 듣는 것도 아닌데, 심장이 거세게 뛰었다. 발그레 상기된 재인이 사랑스럽다는 듯, 성현이 머리를 쓰다듬었다. 녹아내릴 만큼 다정한 손길이었다.

"머리 아프지?"

"응."

"속은 어때?"

"좀 매스꺼워."

"토할래?"

"아니, 그 정도는 아니야."

"그럼 잠깐 더 누워 있어. 내가 해장국 끓여줄게."

"번거롭잖아."

"이런, 여왕님. 서운하게 그런 말 하지 마. 이 몸은 여왕님의 남자

자리를 호시탐탐 노리고 있는 충실한 노예. 해장국을 끓이는 정도로 번거로워할 리 없지."

성현이 일어나자 그의 몸에서 두둑거리는 소리가 났다. 그제야 재인은 성현이 밤새도록 그런 불편한 자세로 앉아 있었을지도 모른다는 데에 생각이 미쳤다.

"민성현 씨, 설마…… 몇 시간 동안 계속 여기 앉아 있었던 거야?"

걱정스레 묻는 재인을 내려다보던 성현이 싱긋 웃으며 재인의 손등에 입을 맞췄다.

"언제든지, 얼마든지, 언제까지라도. 여왕님이 원한다면."

"이 자식아! 아주 폐병에 걸리자고 결심이라도 했냐? 지금 담배를 얼마나 피우는 거야? 담배 연기로 호흡 하냐, 너? 엉?"

앉은 자리에서 열 개비 째 담배를 꺼내다가, 주학에게 뒤통수를 맞았다. '으아, 아프겠다.'라는 생각이 절로 들 만큼 세게 맞았는데, 한선은 묵묵히 담배를 입에 물었다. 평소와 다른 한선의 반응에 주학이 인상을 찌푸렸다.

"야, 인마. 너 왜 아무 소리도 안 해? 너, 진짜 어디 아픈 거 아니냐?"

"선배."

"어?"

한선이 짐짓 심각하게 부르자 주학이 뒷걸음질을 치며 대답했다.

"술을 마시면 키스를 하는 술버릇에 대해 어떻게 생각하십니까?"

"뭐어? 야, 이 꼴통 놈아! 한껏 분위기 잡더니 키스 타령이야? 엉?"

"술을 마시면 키스를 한다. 이런 술버릇 가진 사람들, 많겠죠?"

한선은 여전히 심각했고, 주학은 주눅이 들었다.

"어, 뭐…… 심심치 않게 있다고 들었다만."

"그럼 말입니다. 아무 감정이 없는 남자한테도, 술김에 키스를 할 수 있을까요?"

한선이 뜨거운 시선에, 주학은 슬금슬금 뒷걸음질을 쳤다.

"야, 인마. 나한테 키스할 생각이면 관둬라."

"내가 만약 취한 상황이면, 선배가 그렇게 제안한다고 해서 관둘까요?"

"너…… 진짜 미쳤냐? 야, 인마. 폐암에 걸리든 말든 신경 끌 테니까, 피우고 싶은 만큼 피워! 집에 가고 싶으면 가버리고!"

주학이 파랗게 질린 얼굴로 후다닥 흡연구역을 떠났다. 하지만 한선은 개의치 않았다. 어차피 주학과 대화를 나눌 기분도 아니었다.

'뭐였지, 그건?'

간밤에 한숨도 못 잤다. 그런데도 피곤하지 않았다. 머릿속을 가득 채운 고민, 그리고 입술에서 사라지지 않는 감촉 때문이었다. 양주 맛이 났던 그 키스.

'대체 뭐였던 거야, 그건!'

정혜란이라는 여자에 대해 그런 쪽으로 생각해 본 적은 단 한 번도 없었다. 한선에게 있어서 혜란은 속을 알 수 없는 뱀 같은 여자였다. 그래서 혜란이 '키스'라는 행위를 하는 '인간'이라는 자각조차 없었다.

그런데 키스를 해 버렸다. 그것도 아주 진하게. 심지어 중간에 이성까지 잃었다.

'큰일 날 뻔했어.'

혜란이 잘은 숨을 내뱉지 않았더라면 더 충격적인 행위까지 해버렸을지도 모르겠다. 그만큼 그녀의 키스는 감미롭고 유혹적이었다.

'그런 어린애 같은 얼굴로 그런 키스를 하다니! 말이 안 되잖아! 게다가 왜 나냐고! 왜 나한테 키스를 했느냔 말이야!'

머리를 쥐어뜯으며 고민을 해도 답이 나오질 않았다.

'아니, 물론 할 수 있지. 술주정으로 할 수도 있어. 그런데 왜! 그냥 키스 한 번 한 건데! 난 왜 잠까지 설쳐가면서 그 여자 생각을 하고 있느냐고! 왜······.'

한 팔에 감기던 잘록한 허리.

'그 감촉을 되새기고 있느냔 말이야. 키스 한 번 가지고.'

도망쳤던 주학이 다시 흡연구역으로 달려온 것은, 한선이 혜란의 허리를 감았던 자신의 팔을 내려다보고 있을 때였다.

빠악—

"야, 이 꼴통 놈아! 너 대체 뭔 짓을 하고 다니는 거야? 전화도 안 받고!"

"아, 선배. 방금 건 진짜 아팠어요. 그리고 같은 건물에 있는데 전화는 무슨 전 니까? 이 정도 거리는 좀 걸으세요."

"내 전화 말고 이 자식아!"

주학이 한선의 야구점퍼 주머니를 뒤져 휴대폰을 꺼냈다. 주학의 표정이 심상치 않아서, 한선은 멍하니 그의 얼굴을 쳐다봤다. 휴대폰을 확인한 주학이 인상을 찡그리며 한선을 향해 휴대폰 액정을 돌렸다.

부재 중 전화 14통. 전화번호부에 등록되지 않은 번호.

"너, 인마. 문호철이라고 알아?"

"네? 아, 그 바텐더……."

"뭐야? 진짜로 아는 거야?"

"……그놈은 갑자기 왜요?"

"문호철이 죽었다. 네 명함을 손에 꽉 쥐고."

성현이 끓여준 맑은 콩나물국을 먹고 있을 때였다. 문호철이 죽었다는 연락을 받은 것은.

"이렇게 빨리 움직일 줄이야."

성현은 조금 충격을 받은 표정이었다.

"적어도 며칠은 두고 볼 줄 알았는데."

"어디서 죽였대?"

"문호철의 집에서. 아직 완벽하게 조사한 건 아니지만, 현장에서 나온 지문이나 머리카락 같은 것은 없는 모양이야."

"어떻게 죽였대?"

"독살."

"……최영주가 한 짓이겠지? 이번에도 전혀 흔적이 없을까?"

"어딘가에 있겠지. 하지만 쉽게 찾아낼 수는 없을 거야. 흔적을 아예 안 남겼을 수도 있고."

"류 형사님은 괜찮을까?"

"괜찮겠지. 한선이 형이 문호철을 죽일 이유가 없으니까 금방 오해가 풀릴 거야. 문제는 내 판단미스로 안 죽어도 될 사람이 죽었다는 거야."

"하지만 당신 탓이 아니잖아. 그 여자가 이렇게 빨리 움직일지 누가 알 수 있겠어?"

"나는 알았어야만 했어. 문호철에게 자수를 권하는 순간, 그의 목숨이 위험할 수도 있다는 걸 염두에 뒀어야 했는데…… 자만했어. 최영주의 행동패턴에 대해 잘 안다고."

성현이 사건과 관련해서 이렇게 초조해하는 모습은 처음 봤다. 그럴 만도 했다. 지금껏 어떤 사건이든 그가 의도한 대로 흘러갔으니까. 식탁을 톡톡 내리치는 그의 검지를 조심스럽게 감싸 쥐고 가만히 그를 응시했다.

"당신이 모든 것을 알 수 있는 건 아냐. 당신도 알잖아."

재인의 묵직한 음성에 성현이 눈썹 끝을 늘어뜨렸다.

"이거 참, 내가 여왕님 앞에서 못난 모습을 보였군. 한심스러운 모습을 보여서 미안해, 여왕님."

"뭔가 오해를 하는 모양인데, 당신은 늘 나한테 못난 모습을 보여. 지금이 제일 평범한 사람 같아 보였어."

"이런, 이런. 여왕님이 아직 내 매력을 발견하지 못한 것 같군. 내 매력은 말이지, 범상치 않음에 있어. 타인과 약간 다른 그 모습이야 말로, 나를 가장 멋있어 보이게 만들지."

"……당신이 잘못 알고 있는 게 있는데, 당신은 타인과 '약간' 다른 게 아냐."

"그럼 비슷해?"

성현이 다시 눈썹 끝을 늘어뜨렸다. 주인에게 혼나는 강아지 같은 표정의 성현을 보며, 재인은 피식 웃음을 흘렸다.

"무슨 소릴 하는 거야?"

재인은 성현의 옆으로 다가가 그의 이마를 검지로 쿡 눌렀다.

"당신 같은 인류는 처음이야. 그래서 홀딱 빠져 버린 거고."

"호오."

성현의 표정이 대번에 밝아졌다. 그는 눈을 가늘게 뜨고 재인의 손목을 낚아채 끌어당겼다.

풀썩―

재인은 성현의 힘을 이기지 못하고 그의 허벅지에 걸터앉았다. 그는 재인의 잘록한 허리에 팔을 휘감고 목덜미에 입을 맞췄다.

목덜미에 닿는 촉촉한 감각에 재인은 움찔 몸을 떨었다. 그 반응이 만족스러운 듯, 성현이 작게 웃었다. 짓궂은 웃음소리가 얄미워서 일어나려 했지만, 성현의 팔을 풀 수가 없었다.

"홀딱 빠졌단 말이지? 이 나한테."

"아니, 취소할래."

"취소하지 마, 여왕님. 나 지금 하늘을 나는 기분이니까, 그 기분을 좀 더 느끼게 해 줘."

목덜미에 입술을 파묻은 채 성현이 나직하게 말했다. 그의 감미로운 음성이 재인까지도 우쭐해지게 만들었다. 고작 홀딱 빠져 버렸다는 말 때문에 하늘을 나는 기분까지 느낀다니.

'이래서야 내가 뭐라도 되는 사람 같잖아.'

어쩌면 말을 해도 이렇게 예쁘게 할까, 라는 생각을 하다가 깨달았다. 최영주와 관계된 사건이 벌어졌는데도, 더 이상 초조해하지 않는 자신을.

16장
자극하지 마

"꿈자리가 뒤숭숭했어. 그게 정 박사와의 키…… 아니, 아니. 아무튼 다른 일 때문인 줄 알았는데 아니었어. 문호철의 죽음에 엮일 줄이야."

한선이 담배를 피우며 중얼거렸다. 문호철이 죽으면서 한선의 명함을 쥐고 있기는 했지만, 그것 때문에 한선이 의심을 받을 이유는 없었다. 다만 문호철과의 관계, 그리고 만남의 이유 따위를 설명해야 했을 뿐이었다.

"괜찮으신 거죠?"

재인의 질문에 한선이 고개를 끄덕였다.

"어, 괜찮아, 인느님."

"정말요?"

"아니, 사실은 안 괜찮아."

재인을 속일 수 없다는 것을 떠올린 한선이 솔직하게 말했다.

"아주 화가 나고 모멸감이 느껴져. 날 얼마나 우습게 봤으면 내 명함을 그놈 손에 쥐어 준 거지?"

"일부러 쥐어 준 걸까요?"

"정 박사…… 말로는 그렇대."

재인은 한선의 눈동자가 '정 박사'라는 호칭을 말할 때 미묘하게 흔들리는 것을 봤지만, 구태여 지적하지 않았다. 하지만 성현은 재인처럼 마음 씀씀이가 깊지 않았다.

"오호, 형! 정 박사님이랑 했구나?"

"푸헥……! 쿨럭, 쿨럭!"

마침 담배를 빨아들이던 한선이 사래 걸려 세차게 기침을 해 댔다.

"그래, 그렇게 될 줄 알았지. 축하해. 한국은 이런 일로 축하할 때 보통 뭘 해 주지? 육첩반상을 지어주나?"

"이, 이 자식아! 축하는 뭘! 나랑 정 박사 사이에는 아무 일도 없었어!"

"거짓말."

이라고 중얼거린 것은 재인이었다. 한선이 벌게진 얼굴로 재인을 흘끗 쳐다봤다. 재인은 점퍼 주머니에 두 손을 찔러 넣은 자세로 한선을 빤히 응시하고 있었다.

한선은 두 손으로 얼굴을 가렸다.

"내 마음 읽으려고 하지 마, 인느님."

"여왕님, 여기서 이럴 때가 아니었어. 우리 얼른 육첩반상을……."

"아무 일도 없었다고, 이 자식아!"

한선이 발끈해서 성현의 멱살을 움켜쥐었다.

"거짓말."

이번에도 재인이 중얼거렸고, 한선은 다시 두 손으로 얼굴을 가렸다.

"내 마음 읽지 말라고!"

"뭐가 그렇게들 재미있어?"

그때, 이 소동의 주인공이 등장했다. 혜란은 감색 코트를 입고 총총총 걸어와 일행에 합류했다.

"류 형사가 바텐더의 죽음에 얽혔다고 들었는데, 그건 괜찮아진 거야?"

"네, 정 박사님. 안 그래도 지금……."

"하지 말라고!"

한선이 성현의 입을 틀어막고 이글이글 타는 눈으로 노려봤다. 성현의 눈이 가늘어졌고, 한선의 미간에는 깊은 주름이 생겼다. 재인은 무표정하게 그 광경을 지켜보고 있었다.

"왜들 그래? 류 형사는 가끔 민 교수에 대한 애정을 이런 식으로 폭발시키더라."

사정을 모르는 혜란이 재미있다는 듯 중얼거렸다.

"애정은 개뿔! 내가 이런 놈한테 애정이 있을 것 같냐? 내 애정은 오로지!"

"정 박사님한테만 있나요?"

"아, 인느님까지 왜 그래? 내 마음 알잖아."

"네, 압니다."

재인이 건성으로 고개를 끄덕일 수 있었던 이유는, 정말로 한선의 마음을 알기 때문이었다.

언제부터였더라. 아마 크리스마스 부근쯤이었을 것이다. 그 무렵부터 한선의 눈에 담겨 있던 뜨거운 열망 같은 것이 서서히 희미해지는 것을 발견했다.

재인의 마음이 성현에게 향해 있다는 것을 알게 된 후, 한선은 본인도 모르는 사이에 재인에 대한 사랑을 조금씩 정리한 것이다.

물론 재인을 향한 애정은 여전했지만, 그 애정의 의미가 달랐다. 전에는 '여자'를 보는 눈이었다면, 최근에는 '여동생'을 보는 눈으로 바뀌었다. 그래서 재인은 다행이라고 생각하고 있었다.

"무슨 소리야? 류 형사 애정이 나한테 있다니?"

혜란은 정말 모르겠다는 표정으로 고개를 갸우뚱했다. 양 갈래 머리를 하고 감색 코트를 입은 혜란은 고등학생처럼 보였다.

"잘못 들은 거다, 정 박사. 내 애증이 너한테 있는 거야!"

한선이 서둘러 수습했다.

"흐응. 그래? 그거참 고맙네. 난 그저 증오뿐인데."

"뭣이?"

"그렇잖아. 류 형사 때문에 자꾸 귀찮은 일만 하게 되고, 아, 재인

아. 네 일 때문에 귀찮다는 건 아냐. 민 교수한테 시달리느라 귀찮아졌다는 거지. 아무튼 이래저래 휘둘리는 느낌이라 기분이 별로야."

"야, 휘둘리는 건 나도 마찬가지라고!"

"류 형사가 민 교수에게 휘둘리는 건, 민 교수한테 애정이 있어서잖아. 지금도 그렇게 찰싹 달라붙어서는."

성현의 입을 막아야 한다는 생각만 하느라, 두 사람이 어떤 자세로 있는지 깨닫지 못하고 있었다. 한선은 성현의 목을 꽉 끌어안고, 다른 쪽 손으로는 그의 입을 틀어막고 있었다. 개미 한 마리 들어갈 틈도 없이 찰싹 달라붙어서. 뒤늦게 깨닫고 기겁한 한선이 성현을 밀어냈다.

"으악!"

비명을 지르면서.

"이거 참. 형, 이런 식으로 남들 앞에서 스킨십을 할 건 없잖아. 여왕님한테 딴 남자랑 부둥켜안고 있는 모습은 보이고 싶지 않았는데."

"너, 인마! 그 빌어먹을 단어 선택 제대로 해! 부둥켜안긴 누가 부둥켜안았다는 거야?"

"류 형사님이요."

"헉!"

한선은 '브루투스, 너마저.'를 내뱉었던 시저와 같은 표정으로 재인을 쳐다봤다. 재인은 어째서인지 이 상황이 유쾌했다. 즐거울 것은 조금도 없는 흐름인데, 왜 이런 기분이 드는 걸까?

"뭐, 류 형사가 말려들었다고 해서 와 봤는데 별일 없으면 됐어. 재인이 머리 많이 길었네, 더 길면 예쁘겠다. 그럼 다음에 봐."

"정 박사님, 이왕 오신 거 함께 만찬이라도 즐기시죠."

미련 없이 돌아서는 혜란에게 성현이 제안했다. 혜란은 돌아보지도 않고 대꾸했다.

"미쳤어? 난 민 교수랑은 두 번 다시 만찬을 즐기고 싶지 않아."

혜란이 쌩하니 돌아간 후, 성현과 재인, 한선은 '만찬'을 즐기기 위해 감자탕집에 들어갔다. 보글보글 끓는 감자탕을 뒤적거리며 성현이 물었다.

"그래서…… 정 박사님이랑은 어쩌다가 한 거야?"

"우리…… 문호철 사건 이야기하러 온 거 아니었냐?"

"아아, 그건 됐어. 지금 시점에서 우리가 할 수 있는 일이 없거든."

"인마, 우리가 찾아가서 한 사람이 죽었어."

"우리가 찾아가지 않아도, 최영주는 문호철을 죽였을 거야. 지금 폭주 상태거든."

"폭주?"

"응. 최영주는 사람을 죽이는 걸 아무렇지도 않게 생각하는 여자야. 자기 손을 더럽히기 싫어서 자제하고 있었지만, 구형진을 죽이면서 한 번 손을 사용했지. 뭐든 처음 한 번이 어렵지, 두 번째는 더 쉬워."

"하지만 우리가 찾아가지 않았다면 바텐더와도 문제가 없었을 거고……."

"뉴스가 나갔어. 희생자가 될 뻔하다가 구출된 K양의 사촌 Y양이 사건 해결에 큰 도움을 줬다고. 게다가 Y양은 그전에도 많은 사건에 도움을 준 것으로 알려져 있다고."

"아아."

그런 뉴스가 나긴 했지만 아주 잠시였다. 경찰에서 바로 제재가 들어가 큰 이슈가 되지 않았다.

"최영주는 그 뉴스를 봤을 거야. 구출된 K양에 대해서는 계속 떠들어 대고 있으니까. 김수영 관련 기사를 보다가 Y양에 대해서도 알아냈겠지. 그게 여왕님이라는 것도 눈치챘을 거고. 많이 먹어, 여왕님."

성현이 고기가 잔뜩 붙은 뼈를 재인의 접시에 덜어 주며 말을 이었다.

"최영주는 여왕님이 할 수 있는 게 아무것도 없을 거라고 생각해 왔을 거야. 하지만 여왕님이 심심치 않게 사건에 도움을 주었다는 것을 알게 됐고, 깨달았겠지. 여왕님이 더 이상 아무것도 할 줄 모르는 어린애가 아니라는 걸."

"자신의 범죄에 대해 아는 사람은 다 죽여야만 한다고 생각했겠군."

"맞았어, 형."

"첫 번째가 바텐더. 두 번째는……."

한선이 눈을 감았다가 떴다.

"너, 아니면 나?"

"어쩌면 둘 다 동시에."

"인느님은 가장 마지막에 죽이려고 하겠지? 그런 여자니까."

"그래, 그런 여자야."

"단지 인느님이 슬퍼하는 모습을 즐기려는 게 아니라…… 지금 우리 중에서 인느님이 가장 약하니까."

"응. 우리만 없애면 남은 인느님은 어떻게든 할 수 있을 거라고 생각한 거겠지."

"하지만 날 처리할 목적으로, 문호철에게 명함을 쥐어준 건 너무 약한데? 어차피 관계가 없으니 이렇게 쉽게 풀려나리라는 걸……."

거기까지 말한 한선이 입을 꾹 다물었다. 그의 미간에 깊은 주름이 생겼다. 한선은 크게 한숨을 내뱉었다.

"강성파를 움직일지도 모르겠군. 등 뒤를 조심해야겠어."

"응, 등 뒤를 조심해. 뭐, 최영주가 강성파를 그렇게 쉽게 움직일 수는 없겠지만…… 강성파 쪽에서도 이익이 된다 싶으면 최영주의 뜻대로 움직여줄 거야."

"그래. 넌 어쩔래?"

"난 들어야겠어."

"뭘?"

"정 박사님이랑은 어쩌다가 한 건지."

"이 자식아, 지금 그게 중요한 게 아니잖아! 네놈도 신변이 위험하다며?"

"중요한 건 내 신변이 아니야. 형이랑 정 박사님의 신변이지."

성현이 짐짓 심각한 어투로 말했다. 한선은 오만상을 찌푸리고 성현을 노려보다가 도움을 청하듯 재인을 바라봤다. 하지만 재인은 눈을 동그랗게 뜨고 흥미진진한 표정을 짓고 있었다.

쿠궁ㅡ!

재인에게마저 배신당한 한선은 그야말로 '브루투스, 너마저!'를 부르짖고 싶은 기분이었다.

어째서! 하필이면! 혜란과 그런 일이 있었던 이튿날, 가장 남의 속을 잘 읽는 이 두 사람을 마주하는 사태가 벌어졌단 말인가. 꿈자리가 뒤숭숭했던 것은 이 일을 예고했던 것인지도 모르겠다.

한선은 성현과 재인이 이 문제로 평생 자신을 괴롭히리라는 것을 예감했다. 그래서 어쩔 수 없이 젓가락을 들어 깍두기를 쿡 찍으며 말했다.

"정 박사가 취해서 나한테 키스했어. 그리고 너무 취한 중에 있었던 일이라 그 일을 기억 못 하는 것 같고. 내가 할 말은 이게 다야."

"흐응. 생각보다 스펙터클하진 않네."

"그래서 아무것도 아니라고 했잖아!"

"괜히 시간 낭비 했네."

한선은 성현을 한 대 후려치고 싶었다. 하지만 전처럼 음식점에서 난동을 부리는 사태를 일으킬 수는 없기에 간신히 참았다.

그래, 말했으니까 된 거다. 더 이상 이걸로 괴롭히진 않겠지. 그렇게 생각하며 감자탕을 먹으려는데, 한선의 얼굴에서 떨어지지 않는 재인의 시선이 마음에 걸렸다. 한선은 속마음을 읽힐지도 모른다는 생각에, 그녀와 눈도 마주치지 못하고 물었다.

"왜, 왜 그렇게 쳐다 봐, 인느님?"

재인은 한선을 빤히 응시하며 담담해서 더 날카롭게 들리는 목소리로 물었다.

"정 박사님이 기억하지 못하셔서 서운하세요, 류 형사님?"

"차 세워라."

뒷좌석에 느긋하게 앉아 있던 구형리가 낮은 음성으로 중얼거렸다. 차가 갓길에 서는 동안, 구형리의 날카로운 눈은 백미러를 향하고 있었다.

아까부터 거슬리는 차량이 한 대 있었다. 아니, 아까부터가 아니다. 상당히 오래전부터 누군가 구형리의 뒤를 따라다닌다는 느낌을 받았었다. 거슬리던 검은색 차량은 그대로 구형리의 차를 스쳐 지나갔다.

'내가 예민해졌나?'

구형리는 작게 한숨을 내쉬며 다시 움직이라고 지시하고, 안주머니에 있던 지갑을 꺼냈다. 지갑 안에는 작은 열쇠가 하나 들어 있었다.

강성파의 수많은 부두목 중 한 명으로 그럭저럭 버티고 있을 때, 최영주가 꽤나 잘 운영되고 있던 건설 회사를 통째로 가져다가 바

쳤다. 그 건설 회사로 쏠쏠한 재미를 볼 수가 있었고, 현재 강성파
의 두목은 구형리를 눈여겨보기 시작했다.

강성파 두목의 든든한 오른팔로 자리 잡게 된 것은 최영주 덕분
이라고 해도 과언이 아니었다.

"흐음."

구형리는 도통 나이가 들지 않는 것 같은 최영주를 떠올리며, 손
안의 열쇠를 응시했다. 이것은 오래전에 구형진이 구형리에게 맡긴
열쇠다.

"난 어쩌면 형보다 일찍 죽을지도 몰라."

돈이나 축내는 버러지지만, 그래도 피붙이라서 아들처럼 아꼈던
동생이었다.

"그때 열어봐. 은행 비밀금고 안에 넣어뒀어. 날 죽인 인간
의 정체를."

구형진은 바보 같은 구석이 있고, 피해망상도 있었다. 그래서 구
형리는 구형진이 또 헛소리를 한다고만 생각했다. 하지만 열쇠를
맡길 때의 표정이 너무 진지해서 그것을 받아 두는 수밖에 없었다.

"비밀금고의 비밀번호는?"

"그건 나중에 알려 줄게. 지금 알려주면 형은 당장 열어보러 갈 것 같으니까."

결국 비밀번호를 말해 주기 전에, 구형진은 죽었다.

말할 기회가 없었던 것은 아니다. 이 열쇠를 받은 것이 벌써 10여 년 전이니까. 다만 잊고 있었을 뿐이다. 구형진과 나누었던 대화를.

구형진이 죽은 몇 달 전에야 열쇠에 대해 떠올렸고, 서랍 구석에 대충 넣어 둔 것을 찾아냈다. 하지만 비밀금고의 번호를 알아낼 방법이 없었다.

'자길 죽인 인간의 정체는 무슨…… 또 괜한 장난질을 친 거겠지. 그 녀석은 만취한 상태에서 추락사한 것뿐이니까.'

구형리는 또다시 깊은 한숨을 내쉬었다. 나이가 들어서일까? 하나뿐인 핏줄이 사라졌다는 생각에 가슴이 쓰렸다. 이렇게 약한 마음으로 살아오지 않았는데.

'하지만 만약 정말로 널 죽인 놈이 있다면, 그땐 내가 갈가리 찢어 주마, 형진아.'

* * *

과하지도 부족하지도 않은 단정한 흰색 원피스에 연회색 코트를 입었다. 검은색 모피 목도리를 두르고, 검은색 필박스 해트로 포인트를 주었다. 누구라도 한 번씩 돌아볼 법한 사랑스러운 모습이었지만, 라연의 속은 부글부글 끓고 있었다.

토요일 저녁에 파티가 있다고 전해 됐다. 중요한 자리니까 꼭 나오라고 문자까지 보냈다. 하지만 성현과 연락이 되지 않았다.

"성현이는 안 왔니?"

라연의 모친인 최 여사가 다가왔다. 라연은 애써 미소를 지으며 말했다.

"응, 대학 일 때문에 바쁜가 봐."

"지금 방학 중 아닌가?"

"그렇긴 한데…… 오빠가 원래 이래저래 바쁘잖아."

"모처럼 한국에 들어왔나 싶었는데 만나지도 못하고 아쉽네. 사돈댁은 아직도 성현이 한국에 있는 거 모르고?"

"응. 오빠 일 때문에 들어온 거라서 당분간 시간 내기가 많이 힘든가 봐. 일 정리되는 대로 인사드린다고, 잠깐 비밀로 해 달라고 했어."

"그래, 성현이 오면 말해 줘."

"응."

라연은 최 여사가 눈치채지 못하도록 코트 자락을 꽉 움켜쥐었다. 라연의 가족들은 성현을 완전히 사위로 생각하고 있었다. 이제 와서 약혼을 깬다는 이야기를 하면, 여러 가지로 문제가 될 것이다. 어떤 식으로 이야기를 꺼내야 할지도 알 수 없었다.

'아니, 절대로 약혼이 깨지는 일 없어.'

그날 포장마차에서 성현에게 한 이야기는 진심이었다. 성현에게 달리 사랑하는 여자가 있어도 상관없었다. 어차피 재인은 민성현이라는 사람과 그 집안을 감당하지 못할 것이다.

'즐길 만큼 즐겨, 오빠. 그 여자를 사랑하고 싶은 만큼 사랑해. 언젠가 질릴 날이 올 테니까.'

아마 그날은 머지않아 올 것이다. 남자란 그런 동물이니까. 지금은 재인을 완전히 손에 넣지 못해 더 끌리는 것일 뿐, 그녀를 손에 넣고 나면 딱히 새로울 것도, 즐거울 것도 없다는 것을 깨닫게 되리라.

라연은 입 안쪽의 살을 잘근잘근 씹다가 파티장에서 나왔다. 잠시 머리를 식히고 들어가야겠다. 표정 관리도 잘 해야지.

연회실 밖의 조용한 복도를 걸어가 지상으로 올라갔다. 주차장이 있는 호텔 뒷문을 막 열었을 때였다.

"리젤."

몹시 듣고 싶었던 낮은 음성이 들려왔다. 라연은 문을 붙잡은 채로 눈을 크게 뜨고, 목소리가 들려온 쪽을 돌아봤다. 그곳에 그토록 원했던 성현이 서 있었다.

라연은 성현이 앞머리를 뒤로 쓱쓱 넘긴 그 헤어스타일을 좋아했다. 그의 반듯한 이마와 가지런한 눈썹, 그 아래로 보이는 기름한 눈을 무척이나 사랑했다.

성현에게도 그 이야기를 몇 번 한 적이 있기에, 오늘 그의 헤어스타일이 라연의 초대에 응한 증거라고 생각했다.

"오빠! 와줄 줄 알았어."

마음 같아서는 달려가서 안기고 싶은데, 라연은 그러는 대신 우아한 미소를 지었다. 철부지처럼 행동하고 싶지 않았다.

라연이 본 '유재인'은 감정을 잘 드러내지 않는 무덤덤한 여자였고, 성현은 그런 여자를 사랑하게 되었다. 성현의 취향이 어른스러운 여자일지도 모르겠다는 생각이 들었다.

"혼났거든. 내 여왕님에게."

성현이 코트 주머니에 양손을 찔러 넣은 채 말했다. 순간 라연의 표정이 일그러졌다. 그는 그것을 봤으면서도 모르는 척 말을 이었다.

"일단은 약혼녀니까 그만큼의 예의를 차리는 게 옳다고 하더군. 대차게 혼났지."

"그 여자가…… 그런 말을 했다고? 내가 불쌍하니까 잘해 주라고?"

"그런 식으로 왜곡해서 받아들이지 마, 리젤. 내 여왕이 그런 성격이 아니라는 거, 너도 잘 알잖아."

라연은 주먹을 꽉 쥐었다. 알고 있었다. 알아서 더 싫었다. 재인은 투명하고 맑은 눈동자를 가지고 있었다. 그리고 라연은, 그런 보석 같은 눈동자를 가진 사람들 중 나쁜 사람이 없다는 것을 알고 있었다.

재인은 좋은 여자였고, 라연은 그 사실을 인정하고 싶지 않았다.

"나는 리젤, 내 여왕님의 심기를 조금도 거스르고 싶지 않아. 그래서 온 거야."

"내가 전에도 말했지만……."

"네 마음을 다치게 하고 싶지도 않아."

성현의 음성이 부드러워졌다. 라연은 하려던 말을 멈추고 주먹을 꽉 쥐었다.

"너는 내가 무엇을, 어디까지 할 수 있는지 알 거야. 네가 날 계속 귀찮게 하면 나는 끝까지 갈 생각이었어. 내 여왕님이 불쾌하지 않도록, 나는 금성제당까지 적으로 돌릴 예정이었지."

성현의 담담한 설명에 등줄기가 오싹해졌다.

금성제당. 라연의 할아버지가 평생을 바쳐서 이룩한 터전.

거대한 만큼 한 번 무너지기 시작하면 얼마나 빠르게 무너질 수 있는지, 라연은 잘 알고 있었다. 그리고 성현에게 그럴 능력이 있다는 것도.

"그래서 여왕님한테 혼났어. 난 아무래도 좋은데, 여왕님은 안 된다더라고."

지끈, 가슴이 찢어질 듯 아팠다. 라연은 낯선 사람을 보듯 성현의 조각 같은 얼굴을 올려다봤다.

이 남자는 알까? 자신이 얼마나 잔혹한지. 저 부드러운 음성으로 하는 말들이, 얼마나 날카롭게 이 가슴을 찢어놓는지.

"며칠 전에 내가 자수를 권했던 사람이 살인범의 손에 죽었어. 최영주. 그 여자가 죽였지. 나는 내가 진작 그 사실을 염두에 두지 못했다는 사실에 당황했고, 절망했지. 그때, 여왕님이 내 손을 잡고 말하더라."

성현이 자신의 손을 들었다.

"내가 모든 것을 알 수는 없다고."

"……."

"너도 알지? 그 말이 내가 가장 많이 들은 말이고, 내가 가장 인정하지 않는 말이라는 거."

물론 알고 있었다. 미국에서 성현이 어떠한 사건에 개입할 때마다 항상 듣는 말. 당신이 모든 것을 알 수 있는 건 아냐.

그때마다 성현이 하는 말. 아니, 나는 모든 것을 알고 있어. 그리고 성현은 모든 것을 알기 위해 노력했다. 강박증에 걸린 사람처럼. 아니, 실제로 강박증에 걸려 있었다. 모든 것을 알아야만 하고, 자신이 개입한 사건이 절대로 틀어지지 말아야 한다는 강박증.

그렇게나 오만하고, 그 오만함마저 아름답게 바꾸는 남자였다. 민성현은.

"여왕님에게 그 말을 듣는 순간, 나는 인정했어. 내가 모든 것을 알 수 없다는걸."

쿵— 라연은 무언가 부서지는 소리를 들었다.

"순식간에 인정했지."

성현의 얼굴에 희미한 미소가 떠올랐다.

"그만큼이나 나는 내 여왕님을 사랑하는 거야."

보는 사람을 녹일 듯 다디단 미소. 라연은 깨달았다.

저 미소는 아마도 영원하리라는걸. 민성현이라는 남자는 유재인이라는 여자를 떠올릴 때마다, 저런 미소를 지으리라는걸. 그리하여 저 남자를 향한 마음이 쿵, 쿵, 부서지고 있다는걸. 부서지고 또 부서져서 눈물이 흐르게 되었다는걸.

"날 향한 집착, 그거 싫지 않아. 하지만 리젤, 적당히 해야 돼. 내가 이렇게 내 마음을 설명해 줄 때, 적당히 하고 뒤로 물러서."

라연은 손등으로 눈물을 슥 닦아 냈다. 성현은 어쨌든 자신의 약혼녀인 여자가 서럽게 눈물을 흘리는데도, 닦아 줄 생각하지 않고 가만히 서 있기만 했다.

"하나만 물어볼게."

"그래."

"왜 유재인이야? 유재인의 어느 부분이 특별한 건데?"

"흐음. 그러게."

성현이 중얼거리며 검지로 자신의 턱을 톡톡 두드렸다. 잠시 생각하던 성현이 단호하게 말했다.

"처음 딱 보는 순간. 머리부터 발끝까지 여왕님이었어. 내 유재인은."

문호철과 최영주의 사이를 연결시킬 만한 고리는 하나도 없었다. 문호철이 죽은 지 며칠이 지났지만, 경찰에게서 연락이 오지 않았다. 그제야 영주는 마음을 내려놨다.

'그래, 머리카락 한 올 떨어뜨리지 않았으니까.'

한선과 성현이 바에 있는 것을 발견했을 때는 철렁했다. 혹시나 싶어서 들른 건데, 그런 광경을 목격하게 될 줄이야.

'하늘은 내 편이야.' 라고, 영주는 생각했다.

'그놈이 날 배신하지만 않았어도 죽일 생각은 없었는데.'

꼬리가 길면 밟힌다. 하지만 긴 꼬리를 잘만 움직이면 밟히지 않을 가능성도 충분히 있었다. 영주는 자신의 꼬리를 잘 이용할 자신이 있었다.

'난 이제야 좀 평화로워졌어. 이 평화를 방해하는 놈들은, 다 죽이는 수밖에 없지.'

20년 전의 일이 이렇게 꼬리를 잡으려고 다가올 줄은 몰랐다. 유재인 부모의 일은 수사가 종결된 시점에서 끝난 일이라고만 생각했다.

'뭐, 문호철도 죽었으니 유재인 그 계집애가 날 구형진의 죽음이랑 엮어 넣을 방법은 없을 거야.'

살인도 하다 보면 익숙해지는 걸까? 구형진을 죽였을 때는 일주일 넘게 악몽에 시달렸는데, 문호철을 죽인 후에는 큰 변화가 없었다. 간혹 그의 일을 떠올리는 것을 빼면 잠도 잘 자고, 먹기도 잘 먹는다.

남들보다 조금 늦게 퇴근을 하고 백화점을 나올 때였다.

"아줌마."

귀에 익은 목소리가 들려왔다. 영주는 걸음을 멈추고 소리가 들린 쪽으로 고개를 돌렸다. 수영이었다.

"어머, 수영이 왔니? 몸은 괜찮고?"

"네, 괜찮아요. 걱정해 주셔서 감사해요."

"어쩐 일이야?"

"저번에 병원에서 말씀드린 건으로 찾아왔어요."

수영의 말에 영주의 눈동자가 반짝 빛났다.

"성공……한 거니?"

수영이 씩 웃었다. 자신만만한 미소였다.

"네, 제가 말씀드렸잖아요. 유재인, 그 계집애는 가족들의 사랑에 목말라서, 내가 굽히고 들어가면 넙죽 받아 줄 거라고. 게다가 이번 일로 고마워하는 척 좀 했더니, 의기양양해져서는 주절주절 다 늘어놓더라고요."

"그래? 무슨…… 얘기를 하든?"

"음……."

수영은 거기서 말을 끊고 눈을 굴렸다. 수영이 뭘 원하는지 깨달은 영주는 짜증이 확 치밀었다. 하지만 지금은 굽히고 들어가는 수밖에 없었다. 유재인이 어디까지 아는지, 그리고 김수영이 어디까지 알게 되었는지 알아내는 게 우선이었다.

"아 참, 수영아. 뭐 필요한 거 있니? 가방이나 구두 같은 거."

"아이참, 그런 거 안 주셔도 되는데."

"아니야. 내가 우리 수영이 조카처럼 생각하는 거 알잖아. 꼭 좀 챙겨주고 싶어서 그래."

"그래요? 그럼 저…… 갖고 싶은 화장품이 몇 개 있는데요."

도와 달라는 요청을 받고 경찰청에 방문한 재인은, 일이 끝난 후 바로 돌아갈 수가 없었다. 한선이 붙잡았기 때문이다.

"할 얘기가 있어."

한선의 눈빛은 진지했다. 그의 검은 눈동자를 빤히 올려다보던 재인이 고개를 끄덕였다.

"네, 하세요."

"여기 말고, 딴 데서."

"네, 그래요."

한선은 재인의 한쪽 손목을 붙잡고 근처의 커피숍을 향해 걷기 시작했다. 재인은 그에게 잡힌 손목을 응시하며 걸었다.

전에 한선은 재인을 함부로 건드리지 못했다. 그녀의 몸에 살짝 손을 대는 것조차도 조심스러워했다. 지금 이렇게 아무렇지도 않게 덥석덥석 잡을 수 있다는 것은, 재인을 향한 마음을 거의 정리했다는 뜻이리라. 아니, 어쩌면 깨끗이 정리했을지도.

음료를 시킨 후 마주 보고 앉았다. 한선은 한참이 지나도록 입을 열지 못했다. 뭔가 하려는 말이 있는 것은 분명한데.

재인은 닦달하지 않았다. 성현은 약혼녀가 초대한 파티에 갔고, 아르바이트도 없는 날이다. 한가하니까 여기서 시간을 때우는 것도 나쁘지 않겠다.

"나는……."

이윽고 한선이 입을 열었다. 재인은 창밖을 향하고 있던 시선을 돌려 한선을 마주 봤다. 그는 진지한 눈으로 재인을 응시하며 말했다.

"나는 널 사랑해, 재인아."

재인은 조용히 한선을 응시했다. 한선의 눈동자는 조금도 흔들리지 않았다. 입술을 굳게 다물고 있는 그를 보다가, 재인은 말했다.

"네, 알아요."

"그래, 아는 거지?"

"네, 알아요. 예전과 다른 마음이라는 거."

"달라졌다니!"

한선의 표정이 어두워졌다.

"조금도 달라지지 않았어. 난 여전히 인느님을 위해서 죽을 수도 있다고!"

그의 음성에 진심이 묻어 나왔다. 재인의 입가에 옅은 미소가 떠올랐다.

"그거 참……."

거기까지 말하고 재인은 잠시 입을 다물었다. 성현이 기쁘거나 난감할 때마다 내뱉는 '이거 참'이라는 감탄사와 비슷한 말버릇이라는 걸 깨달았던 것이다.

"되게 기쁘네요."

한선은 미소 띤 재인의 얼굴을 홀린 듯 바라봤다. 잘 안 웃는 재인이라서 그런지, 때때로 웃는 얼굴을 보일 때마다 그야말로 '감개무량'해졌다.

항상 이렇게 웃었으면 좋겠다. 이 아이의 얼굴에 언제나 웃음이 묻어 있었으면 좋겠다. 그렇게 생각하다가 깨달았다. 재인에게 '이 여자'가 아닌 '이 아이'라는 호칭을 붙이고 있다는 걸.

그리고 알게 되었다. 재인이 말한 '다른 마음'이 어떤 의미인지.

커다란 손으로 입가를 가렸다. 미간에 깊은 주름이 생기는 것을, 한선 본인도 똑똑히 느꼈다. 재인을 똑바로 볼 수가 없어서 시선을 옆으로 비켰다. 그는 창밖을 내다보며 중얼거렸다.

"아아, 그런가?"

"네, 그래요."

여자치고는 한 톤 낮은 재인의 음성에 어째서인지 유쾌함이 묻어 있었다.

"그렇게 됐더라고요."

"언제부터?"

"글쎄요. 아마도 크리스마스 이후로 서서히?"

"그렇게 빨리? 이런…… 나 진짜 헤픈 놈이군. 이래서야 인느님이 내가 아닌 민 교수를 선택한 걸로 슬퍼할 수도 없겠어. 보는 눈이 있었던 거니까."

"아니, 그런 게 아니에요."

"그런 게 아니긴. 민성현이었다면, 인느님이 날 선택했어도 그 마음 변하지 않았을 거야."

"……그런 게 아닌데."

그런 문제가 아니었다. 한선의 마음이 더 작기에, 혹은 한선이 헤프기에 이렇게 빠르게 마음을 정리한 것이 아니라는 걸, 재인은 알 수 있었다.

아마도 한선은 자신의 마음이 계속 재인을 향해 있으면, 재인이 불편해할 것이라고 여겼을 것이다. 그의 강직한 성격대로, 그는 그 자신도 모르는 사이에 노력했을 것이다. 재인을 향한 마음을 정리하기 위해. 재인과 성현의 사랑을 질투 없이 축하해 줄 수 있는 입장에 서기 위해.

그런 부분들을 어떻게 설명해야 좋을지 몰라, 재인은 난처했다.

"그런 표정 짓지 마, 인느님. 나 못난 놈인 거, 내가 더 잘 알고 있으니까."

"아뇨, 류 형사님. 정말 그런 거 아니에요."

"하아. 진짜 한심하네."

한선이 한 손으로 얼굴을 쓸었다. 이대로는 안 되겠다 싶어, 재인은 벌떡 일어나 그의 옆자리로 옮겼다. 갑자기 다가온 재인 때문에 놀란 한선이 눈을 크게 떴다.

재인은 그의 손목을 꽉 붙잡았다. 그리고 그를 똑바로 응시하며 말했다.

"한심하지 않아요, 절대."

"……."

"제가 혼자일 때 늘 곁에 있어 주셨잖아요. 제가 밀어내는데도 계속 옆에 있어 주셨잖아요. 그리고 지금도 이렇게 제 옆에 있고요. 제가 정말로 신뢰하는 사람이에요, 류 형사님은."

한선이 쓸쓸한 미소를 지으며 재인의 머리를 쓰다듬었다.

"인느님은 정말 좋은 여자야."

혜란은 연구복 주머니에 두 손을 찔러 넣은 채로 성현을 빤히 올려다봤다. 감색 코트를 입고 머리를 뒤로 넘긴 성현은 싱글싱글 웃고 있었다.

"우리 정 박사님께서 왜 그렇게 열렬한 눈빛을 보내시는 걸까요?"

만나고 나서 한참이 지났는데도 혜란이 말이 없자, 성현이 먼저 입을 열었다. 혜란은 잠시 시간을 주었다가 어깨가 살짝 움직일 정도로 한숨을 내쉬고 물었다.

"민 교수, 요새 재인이랑은 어때?"

"어떨 것 같습니까?"

"모르니까 물어보잖아."

"척 보면 아셔야지요, 정 박사님. 제 얼굴이 유독 눈부신 것을 보면 답이 나오지 않습니까?"

"……대체 본인 얼굴이 눈부실 거란 자신감은 어디서 나오는 거야?"

"그거야 여러 가지로 설명할 수 있죠. 첫 번째."

"아니, 그런 설명은 듣고 싶지도 않아. 아무튼 잘 지낸다니까 됐어."

혜란이 말을 마치고는 휙 돌아섰다. 하지만 몇 걸음 옮기기도 전에 걸음을 멈출 수밖에 없었다. 어느새 따라온 성현이 그녀의 앞을 막아섰기 때문이다. 혜란은 한숨을 크게 내쉬며 성현을 올려다봤다.

"왜 이래?"

"제게 하고 싶은 말이 더 있을 텐데요."

"민 교수한테는 미안한 말이지만, 난 재인이가 아니야. 그런 식으로 떠볼 생각하지 마."

"떠보다니요, 정 박사님. 그렇게 말씀하시면 서운합니다. 저는 늘 냉철한 판단과 추리를 통해 상대의 마음을 알아냅니다. 초조한 눈빛, 한 번씩 물어뜯는 아랫입술, 주머니 안에서 움찔거리는 손가락, 그리고…….."

"그래, 민 교수 추리 능력 뛰어난 거 잘 알았으니까, 좀 비켜 줄래?"

"굳은 표정."

"……."

"정 박사님 얼굴에서 미소가 사라진 건 처음 보는 것 같습니다. 항상 웃는 얼굴을 하고 마음을 드러내지 않으려고 하는데, 오늘은 표정이 굳어 있네요. 그것은 미소로 마음을 포장할 여유도 없다는 뜻이겠지요."

혜란이 반박할 새도 없이 성현이 말을 이었다.

"그렇다면 무엇이 박사님의 여유를 앗아간 걸까요? 일? 아니요, 그건 아닙니다. 박사님은 일 때문에 힘들면 힘들수록 여유로운 척 웃는 타입일 테니까요. 그렇다면 역시…….."

"티나?"

성현의 입에서 듣고 싶지 않은 말이 나오기 전, 혜란이 선수를 쳤다. 초조한 듯한 혜란을 내려다보며 성현이 빙그레 웃었다.

"네, 티납니다."

"엄청?"

"뭐…… 저야, 눈치를 채죠. 여왕님도 눈치를 챘고."

"재인이까지 눈치를 챘다고?"

"여왕님이 저보다 빨리 눈치챘을걸요. 재인이 능력 아시잖습니까. 굉장히 오래전부터 알고 있었던 것 같던데요."

"아, 재인이까지 눈치를 챘다니!"

혜란이 두 손으로 얼굴을 감싸더니 풀썩 쭈그리고 앉았다. 언뜻 보이는 그녀의 귓불이 붉었다. 성현은 그런 혜란을 가만히 내려다봤다. 한참 그러고 있던 혜란이 눈을 빠끔 들어 올리고 물었다.

"그런데…… 굉장히 오래전부터 알고 있었다니. 그게 무슨 뜻이야?"

"정 박사님 처음 봤을 때부터 눈치챘다고 하더라고요."

"처음 봤을 때라니…… 내가 류 형사한테 이런 기분을 느끼게 된 건 며칠 전의 일이거든?"

"그렇지 않을 텐데요."

"내 마음인데 내가 더 잘 알지 않겠어? 난 류 형사가 재인이를 사랑하는 걸 알았지만, 아무렇지도 않았다고!"

"흐음. 그거야 정 박사님이 본인의 마음을 인정하지 않으려고 노력했기 때문이겠죠. 솔직히 툭 까놓고 말해봅시다."

"아니, 난 민 교수랑 툭 까놓고 말하고 싶지 않아. 할 얘기 끝났으니까 얼른 돌아가."

"아뇨, 정 박사님. 뭔가 오해를 하시는 것 같은데…… 부를 땐 정 박사님 마음대로 부를 수 있지만, 보낼 땐 마음대로 되지 않을 겁니다. 전 아주 찰거머리 같은 남자거든요."

"질척거리는 성격이라는 걸, 그렇게 잘난 척하면서 말하지 좀 마!"

"질척거리다니요! 이건 그저 집착이 심할 뿐입니다! 집착이 심하고 아주 집요하죠."

"……그래, 뭐가 다른지 모르겠지만."

혜란은 다시 일어나더니 어깨가 움직일 정도로 크게 한숨을 뱉어 냈다.

"뭐, 아무래도 상관없어. 어차피 류 형사랑 어떻게 해 보고 싶은 마음이 있는 것도 아니고."

"아무튼 툭 까놓고 말해봅시다."

혜란은 자신이 성현을 너무 쉽게 봤다는 것을 깨달았다. 이 남자, 진짜 집요하다. 그렇다면. 혜란은 성현의 마음이 풀릴 때까지 상대해 주기로 했다.

어디 한 번 해 보고 싶은 만큼 해 보라지. 그런 심정으로 가슴 앞에서 팔짱을 끼고 성현을 올려다봤다. 짐짓 심각한 표정으로 혜란을 내려다보던 성현이 물었다.

"류 형사가 사귀자고 하면 사귈 겁니까?"

"푸핫! 무슨 소리를 하는 거야, 대체?"

생각지도 못한 질문에 실소가 터져 나왔다. 하지만 성현은 웃음기 없는 표정을 유지했다. 남들이 보았더라면 생명과 관계된 심각한 이야기라도 하고 있는 줄 알 것이다.

"하아…… 난 류 형사를 그런 쪽으로 생각해 본 적 없어."

"그렇다면 지금부터 생각해 보시는 게 좋을 겁니다."

"적당히 좀 해, 민 교수. 이런 농담 재미없으니까."

"이런 농담이 재미없는 이유는, 정 교수님 마음을 차지한 류 형사의 크기가 크기 때문이겠지요."

"류 형사의 크기가 크긴 크지. 그 체구가 보통 체구야?"

"그래서 더욱 매력 있지 않습니까? 남자는 역시 어깨가 넓어야죠."

"난 어깨로 남자를 판단하지 않아."

"하지만 이왕이면 어깨 넓은 남자가 좋지 않습니까? 옷을 입어도 모양이 좋고."

"하아. 내가 왜 민 교수랑 남자 어깨에 대해 논하고 있어야 하는 건지 모르겠네."

"그거야 정 박사님 마음을 꽉 채운 남자의 어깨가 넓긴 때문이겠죠."

'해 보고 싶은 만큼 해 보라지.'라는 생각은 사라졌다. 막상 멍석을 깔아 주면 못한다는 말은 성현에게 통하지 않았다. 민성현이라는 인간은, 멍석을 깔아 주면 그 위에서 춤도 추고, 잠도 잘 자는 부류였다.

혜란은 몇 번째인지 모를 한숨을 내쉬며 손을 휘이휘이 저었다.

"됐으니까 가. 가서 재인이랑 놀아."

"앗, 그렇군요! 그럴 시간이 되었네요."

손목시계로 시간을 확인한 성현이 몸을 휙 돌렸다. 이제야 가는구나, 하고 안심하는데, 그가 다시 혜란을 돌아봤다.

"한 가지만 분명하게 알아 두세요, 정 박사님. 관계에 있어서 누군가를 먼저 사랑하게 되거나, 더 많이 사랑하게 되는 것은 자존심 상할 일이 아닙니다. 창피할 일도 아니고요."

"나는……!"

"웨이러미닛."

성현이 손가락 하나를 들어 혜란의 말을 끊었다.

"더욱 심도 있는 대화를 나누고 싶지만, 여왕님을 영접해야 할 시간이 가까워져서요. 그럼 이만."

"야, 이 자식아! 네 할 말만 하고 가 버리냐?"

결국 폭발했다. 버럭 성질을 냈지만, 성현은 돌아보지도 않고 훌쩍 그곳을 떠났다.

'내가 류 형사를 좋아했었다고? 예전에도? 정말?'

성현의 모습이 보이지 않게 되자, 혜란은 차분하게 그와 나누었던 대화를 되새겼다.

'대체 왜? 내가 류 형사를 좋아할 리가 없잖아. 나는 차분하고 냉정한 느낌을 풍기는 남자가 이상형이라고!'

한선은 아무리 좋게 봐줘도 차분한 느낌은 아니었다. 물론 재인에게 차이고, 성현의 미친 짓에 시달리면서 전보다는 정상인의 범주에 들어오긴 했다. 하지만 그렇다고 해서 그가 이상형이 되었다는 뜻은 아니었다.

한선을 알게 된 지 얼마나 되었더라. 처음 그를 봤을 때, '성난 곰' 같다고 생각했다. 가해자를 죽이겠다고 길길이 날뛰는 모습이 조금은 멋있다고 생각했는지도 모르겠다. 그러나 딱 그뿐이었다.

한선은 알면 알수록 다혈질 바보였다. 그와의 로맨스를 상상조차 할 수가 없었다. 작은 일에도 버럭 성질을 내는 류한선이라는 남자가 과연 누군가를 다정하게 보듬어 줄 수 있을까?

대답은 No. 그럴 수 없으리라.

하지만 아니라고 생각하면서도 문득 상상되는 그의 다정한 모습에, 심장이 쿵 내려앉았다.

"아, 어떡하지?"

혜란은 작게 신음을 흘리며 두 손으로 얼굴을 감쌌다. 작은 손 밖으로 보이는 얼굴이 붉게 물들어 있었다.

"어떡해, 정말."

수영이 이야기를 시작한 지 3시간이 훌쩍 지나갔다. 영주는 단 한 번도 수영의 말을 끊지 않았다. 그녀의 날카로운 눈동자는 수영의 머릿속을 파헤치려는 듯 고정되어 있었다. 하지만 수영은 낯빛을 바꾸지 않고 이야기를 끝냈다.

수영의 이야기 덕분에 재인이 어느 학교를 다니는지, 누구와 친하게 지내는지, 어디서 아르바이트를 하는지, 그리고 민성현, 류한선이라는 남자와 어떤 관계인지 전부 알게 되었다.

"그렇구나. 재인이가 녹음파일에 대해서 알고 있단 말이지?"

"네, 그렇더라고요. 어디에 감춘지도 대충 아는 것 같던데요."

수영이 식어 버린 커피를 마시며 말했다. 영주는 자신의 표정이 굳어 있다는 것을 깨닫고 애써 미소를 지었다.

"그래, 그 애는 여전히 망상이 심하네."

"망상, 아닌 것 같던데요."

"뭐?"

"재인이는 어릴 때부터 유별난 구석이 있었어요. 이상할 정도로 남의 거짓말을 잘 알아챘거든요."

"그래서?"

"아줌마가 정말로 재인이네 부모님을 죽인 거 아니에요?"

수영이 머그컵을 손에 쥐고 영주를 응시하며 물었다.

'어머나, 이걸 어떡하지?' 라고, 영주는 생각했다.

'이 애는 어떻게 죽일까?'

몇 가지 방법을 떠올리며, 영주는 눈을 가늘게 떴다.

"그렇다면 어쩔 건데?"

"뭐, 저야 아무래도 좋아요. 어차피 아줌마한테 재인이 양육비 명목으로 들어온 돈을 받은 것도 있고…… 가방도 받았고, 화장품도 받았고……."

"흐응."

"어릴 적부터 재인이가 싫었어요. 걘 가만히 앉아서 제가 좋아하는 걸 다 빼앗아갔거든요. 하지만 아줌마한테는 받은 게 많죠. 제가 걔보다 아줌마를 택하는 게 당연하지 않겠어요?"

영주는 수영의 얼굴을 꼼꼼히 살펴봤다. 욕심과 심술이 가득한 수영의 얼굴에서는 거짓말하는 기색을 찾아볼 수가 없었다.

"그러니? 그런데 어쩌나. 난 걔네 부모를 죽이지 않았거든."

"아줌마가 그렇다면 그렇게 믿을게요. 이제 와서 증거를 찾아낼 수 있는 것도 아니고…… 재인이가 말한 그 녹음파일이라는 것도, 어쩌면 걔가 꾸며낸 말일 수도 있잖아요."

"넌 재인이를 정말로 미워하는구나? 그래도 네 사촌인데."

"사촌이 뭐 가족인가요. 안 만나면 남남이지."

"무서운 애네."

"제가 어릴 때부터 배운 게 하나 있다면, 옆에 둘 사람만큼은 제가 정하라는 거예요. 유재인, 걔는……."

수영의 눈동자가 차갑게 빛났다.

"제 옆에 있어봐야 하나도 도움이 안 돼요. 해가 되면 해가 됐지."

열등감으로 똘똘 뭉친 수영의 생각에, 영주는 조소가 흘러나오려 하는 것을 간신히 참았다. 열등감에 사로잡힌 사람을 다루는 건 아주 쉬운 일이다.

'죽이는 건 좀 나중으로 미뤄도 되겠네. 어쨌든 쓸모 있는 정보를 물어다 줄 것 같으니까.'

문제는 유재인이 알고 지내는 두 남자였다. 미국에서 프로파일러로 활동 중이라는 민성현과 강력팀 형사인 류한선. 재인 혼자서는 힘들겠지만 그 둘이라면 무언가를 해낼 수 있을지도 몰랐다.

수영은 대화가 끝났다고 생각했는지, 쇼핑백 안에 들어 있는 화장품을 꺼내 요리조리 살펴보고 있었다. 오늘따라 유독 멍청해 보이는 수영을 지그시 응시하며, 영주는 고민했다.

'어디서부터 어떻게 손을 대야 하나?'

어두운 주차장에 흐릿하게 보이는 인영을 발견하자마자 성현이라는 것을 알아차렸다. 재인은 오토바이를 세우고 헬멧을 벗었다. 결 좋은 머리가 찰랑거리며 흘러내려, 그녀의 흰 얼굴 위를 덮었다. 어느새 곁으로 다가온 성현이 재인의 머리를 가지런히 정돈해 주었다.

얼굴에 슬쩍슬쩍 스치는 손가락의 차가움이 좋았다. 재인은 충동적으로 그의 손을 잡아 손바닥에 볼을 비볐다. 갑작스러운 재인의 애정 어린 행동에, 성현의 눈이 커졌다가 가늘어졌다. 그는 눈을 반달 모양으로 접고 재인의 손등에 입을 맞췄다.

"잘 다녀왔어?"

"응. 당신은 어디 다녀오는 길이야?"

"정 박사님 만나고 왔어."

"아아."

"정 박사님은 한선이 형을 사랑하고 있더라."

"응, 그렇지. 류 형사님은 멋진 남자니까."

"나보다?"

성현의 눈썹 끝이 아래로 휘어졌다. 금세 울상이 된 그를 보며 재인은 옅은 미소를 지었다.

"당신은 멋진 남자는 아니지."

"이거 참. 여왕님이 뭘 모르는군. 난 미국에 있을 때……."

주절주절 설명하려는 그의 넥타이를 잡아끌어 당겼다. 스르륵 다가오는 그의 입술을, 재인의 입술이 막았다. 밖에서 오래 기다린 듯, 그의 입술은 차가웠다. 재인은 아이스크림처럼 차고 달콤한 그의 입술을 한 번, 두 번, 핥은 후에 떨어졌다.

아쉽다는 듯 입맛을 다시는 성현에게 말했다.

"당신은 그냥 사랑스러운 남자일 뿐이야."

성현의 얼굴에 환한 미소가 떠올랐다. 어쩌나 해사한지, 재인은 순간 자신이 태양을 마주 보고 있다고 생각했다.

"이거 참, 내 여왕님은 날 우쭐해지게 만드는 재주가 있다니까."

"그거 참, 큰일이네. 거기서 더 우쭐해하면 감당하기 힘든데."

"감당하기 힘들다고 버리면 안 돼. 난 이제 여왕님 없이 못 사는 몸이 됐으니까."

성현이 두 손으로 재인의 볼을 감싸며 말했다.

"너무 무거운 짐을 지우는 거 아냐?"

"어쩔 수 없어. 난 소유욕이 강하고 집착이 심한 남자거든."

"어이구, 무서워라."

성현이 키득키득 웃으며 재인을 번쩍 들어 오토바이에서 내려 주었다. 그의 큼지막한 손이 재인의 손을 꽉 쥐었다.

"수영이는?"

"우리 집으로 오기로 했어. 거의 도착했을걸?"

"그럼 수영이 오기 전에 요리를 좀 해 볼까?"

"오늘은 시켜먹자."

"여왕님, 난 시켜먹는 음식 안 좋아해. 입이 고급이라."

"간장치킨 시킬 건데도?"

"여왕님이 알아 둬야 할 게 두 가지 있어. 첫 번째, 난 늘 간장치킨에 열광하는 건 아냐. 두 번째, 지금 굳이 간장치킨을 먹고 싶다면 여왕님 뜻에 따르겠어."

"……그냥 먹고 싶으면 먹고 싶다고 간단하게 대답할 수는 없는 거야?"

"그건 멋이 없잖아."

"말했지? 당신은 멋진 남자가 아니라 그냥 사랑스러울 뿐이라고."

그런 대화를 하며 집으로 들어갔다. 치킨집에 전화해서 간장치킨 한 마리를 주문하는데 옆에서 성현이 손가락 세 개를 들어 보였다.

내키지 않는 척하더니. 재인은 쯧, 혀를 차고는 간장치킨 세 마리로 주문을 변경했다. 주문 전화를 끊고 얼마 지나지 않아, 딩동, 초인종이 울렸다.

"한국의 배달 문화는 정말 놀라워. 이렇게 빨리 배달을 해 주다니."

라고 중얼거리며 현관문을 연 성현은, 찾아온 인물이 배달원이 아닌 수영이라는 것을 확인하고는 실망 어린 표정을 지었다.

"뭐야, 너였어?"

"네, 아쉽게도 저였네요. 누구 기다리고 있었어요?"

"응, 간장치킨."

"제가 간장치킨에게 밀릴 정도로 형편없는 위치에 있다는 걸 잘 알았으니, 좀 비켜 주시겠어요?"

수영이 목도리를 벗으며 안으로 들어왔다. 소파에 앉아 있던 재인이 일어나 수영에게 다가갔다.

"괜찮아? 위험하진 않았고?"

재인의 질문에 수영이 쓴웃음을 지었다.

"위험할 게 뭐가 있어? 그냥 만나서 네 얘기를 하고 온 것뿐인데."

수영은 들고 있던 쇼핑백을 재인에게 건넸다.

"그 여자한테 받아 온 거야. 네 얘기를 해 주는 대가로 받고 싶은
게 있다고 했더니, 아낌없이 사주더라. 어지간히도 다급했나 봐."

"나는……."

재인의 미간을 모으고 쇼핑백을 노려봤다.

"그 여자가 주는 거 필요 없어."

"받아 둬. 어차피 그 여자는 네가 이걸 받았다는 걸 몰라."

"하지만……."

"생각해 봐. 그 여자는 이 화장품으로 내 입막음을 하고 네 뒤통
수를 칠 기회를 얻었다고 생각하겠지. 하지만 넌 뒤에서 이 상황을
조종하고 그 여자를 비웃으며, 이 화장품을 사용하는 거야."

"……."

"이용할 수 있는 건 다 이용해. 비웃을 수 있을 때 비웃고. 그거야
말로, 네가 원한 거 아니었어?"

까칠한 말투지만, 재인은 수영이 자신을 배려하고 있다는 걸 알
수 있었다. 다른 걸 선택할 수도 있었는데 굳이 화장품을 받아 온
이유는, 로션과 스킨만 있는 재인의 화장대를 봤기 때문이리라.

"그래, 고마워."

재인이 쇼핑백을 받아 들자 수영이 피식 웃었다.

"고맙긴. 네 양육비 명목으로 받아먹은 돈이 얼만데."

"그런 건 잊었어. 아니, 애초에 욕심낸 적도 없어."

재인이 별일 아니라는 듯 말했지만 수영의 눈에 떠오른 죄책감은 옅어지지 않았다. 아마도 다른 사람은 모르겠지만, 타인의 감정을 읽을 수 있는 재인이기에 그녀의 죄책감이 또렷하게 보였다.

거실에 앉아 색조 화장품의 사용 방법에 대해 이야기하고 있을 때, 간장치킨이 배달되었다. 식탁으로 자리를 옮겨 치킨을 먹으며, 성현이 수영에게 물었다.

"그 여자 반응은 잘 살펴봤어?"

"너무 뚫어져라 살펴보면 티가 날 것 같아서……."

"본 것만 말해 줘."

성현의 말투는 부드럽지만, 그의 눈빛은 날카로웠다. 속을 꿰뚫어 보는 듯한 그의 눈동자를 보며, 수영은 지난번 성현이 이번 계획을 이야기해 줄 때를 떠올렸다.

"네가 거짓말하고 있다는 걸 들키면, 최영주는 널 죽일 거야."

수영이 해야 하는 거짓말은 하나였다. '재인을 속였다. 나는 당신 편이다.'라는 거짓말. 나머지는 최영주에게 전부 이야기하라고 했다. 재인이 알고 있는 것, 계획하는 것, 재인의 자잘한 인맥까지도.

"들키지 마. 세상에서 가장 멍청하고 가장 속된 여자가 되
도록 해. 최영주에게 어떻게든, 뭐든 뜯어내려는 비열한 여자
가 되어야만 해."

어떻게 해야 비열한 여자가 될 수 있을까, 고민하다가 깨달았다.
불과 얼마 전까지만 해도, 자신이 그런 여자였다는 것을.

얼굴이 화끈거릴 정도로 창피했다. 남의 마음을 읽을 수 있을 리
도 없는데, 성현은 그런 수영을 향해 단호하게 말했다.

"창피해할 거 없어. 중요한 건 현재고, 넌 지금 그런 여자가
아니니까."

성현과 재인은 비슷한 구석이 있다고, 수영은 생각했다. 그래서
인가 보다. 두 사람이 서로에게 끌린 것은.

"민 교수님이랑 류 형사님에 대해 이야기할 때, 웃음이 사라졌어
요. 얘기가 다 끝났을 때 손바닥을 허벅지에 문질렀고. 다리를 꼬고
앉아 있었는데, 몇 번이나 위치를 바꾸더라고요."

그 외에도 몇 가지 목격한 움직임을 이야기했다. 성현은 닭다리
를 열심히 뜯어먹으며 수영의 이야기를 들었다.

진짜 잘 먹네, 라고 생각하는데, 성현이 심각한 표정으로 중얼거
렸다.

"이 닭다리에는 양념이 잘 안 베여 있어. 주방장에게 무슨 일이

생긴 걸까?"

이 인간이 진짜! 수영은 자신의 목숨이 왔다 갔다 하는 심각한 상황에서, 닭다리의 양념과 주방장의 안위를 걱정하는 성현을 한 대 후려치고 싶었다. 더 기가 막힌 건, 그런 성현을 사랑스럽다는 듯 응시하는 재인의 태도였다.

'야, 유재인! 이 남자, 잘생기긴 했는데 방금 그 언행은 진짜 별로였다고! 그렇게 사랑스러운 눈으로 응시할 만한 언행이 아니었단 말이야!'

하지만 과거에 재인에게 한 짓이 있는지라, 수영은 격하게 끓어오르는 감정을 꾹 억눌렀다. 덜 밴 양념과 주방장의 기분에 대해 한참을 논하던 성현이, 치킨 무를 쿡 찍어 수영의 입에 밀어 넣었다. 수영이 인상을 찌푸리자, 성현이 말했다.

"걱정 마. 고민 중이니까."

"내 생각 함부로 읽지 마세요, 민 교수님."

"민 교수라니. 그거 참, 서운한 호칭인걸? 오빠라고 불러."

"……그런 호칭은 재인이한테나 부탁하지 그래요?"

"물론! 여왕님이 나를 오빠라고 불러 주면, 난 감개무량해서 며칠 동안 잠도 못 잘 거야. 아마 그날을 '오빠 데이'로 지정하고 평생 추억하겠지. 하지만 내가 감히 먼저 여왕님께 '오빠'라는 호칭을 요구할 순 없는 거잖아."

그렇게 말하며, 성현이 은근슬쩍 재인을 돌아봤다. 하지만 재인은 성현의 간절한 시선을 깨끗이 무시했다.

"불러 주길 바라면, 그냥 오빠라고 불러 달라고 말해요. 그렇게 길게 풀어서 설명하지 말고."

수영이 퉁명스럽게 말했다. 성현은 수영을 한 번, 치킨을 한 번 돌아보며 머뭇거렸다. 그러다가 재인을 돌아보며 조심스레 입을 열었다.

"여왕님, 부디……."

"싫어."

그의 제안이 입술 밖으로 채 나오기도 전에, 재인이 단호하게 거절했다. 성현의 눈썹이 아래로 축 내려갔다. 그는 힘없이 수영을 보며 볼멘소리를 냈다.

"너 때문에 나만 상처받았잖아."

"그게 왜 나 때문이에요?"

"네가 내 욕망을 밖으로 끌어내게 시켰으니까. 난 간신히 참고 있었다고."

"……민 교수님이랑은 말하기 싫어요. 울화통만 터지니까."

"민 교수라는 호칭은 서운하다니까?"

"알겠어요, 아저씨."

"……이봐, 김수영 씨."

"왜요? 나도 그쪽한테 오빠라는 호칭은 도무지 안 나온다고요. 그럼 부를 수 있는 게 민 교수님이랑 아저씨밖에 더 있어요? 둘 중 하나를 선택하세요."

"자꾸 그러면 나도 널 아가씨라고 부를 거야."

"그러든가 말든가."

"아, 이 아가씨. 진짜 까칠하네."

"아저씨도 남의 속 터지게 만드는 데 일가견이 있네요. 박수라도 쳐 드릴까요?"

성현과 수영은 호칭을 가지고 '아저씨', '아가씨' 시끄럽게 투닥거렸다. 재인은 묵묵히 치킨을 뜯으며, 속으로 한숨을 삼켰다.

'민성현 씨의 미침이, 수영이한테까지 옮았어.'

세 사람이서 치킨 세 마리는 무리였다.

"결국 한 마리 남겼네."

재인의 말에 성현이 뭘 모른다는 듯 검지를 까딱까딱 움직였다.

"여왕님. 내 요리 실력을 무시하지 마. 남은 치킨으로 만들 수 있는 요리가 100가지는 된다고."

"그래? 그럼 어디 한 번 100가지를 말해 봐."

재인의 담담한 요청에 성현이 난처한 표정을 지었다.

"그랬다가는 오늘 밤이 다 지나갈 텐데. 수영이한테 최영주에 대한 이야기도 해야 하고……."

"수영아, 너 오늘 가야 하니?"

재인이 수영을 돌아보며 물었다. 수영이 어깨를 으쓱했다.

"아니. 내일 쉬는 날이니까."

"수영이는 괜찮대."

성현이 도움을 청하듯 수영을 바라봤지만 수영은 무시했다.

"정말 내 100가지 레시피를 듣고 싶은 거야? 요리에 관심 없는 여왕님에겐 좀 지루할 수도 있는데."

"난 지루한 거 좋아해. 알잖아, 혼자서 시간 잘 보내는 거."

"……."

"100가지 아니지?"

"……."

"인정해, 민성현 씨."

"……그래, 100가지는 아냐. 한 7가지 정도?"

"앞으로 책임지지 못할 허풍은 치지 좀 마."

"이거 참, 내 여왕님 성품은 대쪽 같기도 하지."

"칭찬이야?"

"물론."

호되게 당한 주제에, 성현은 해사한 미소를 지으며 재인의 정수리에 입을 맞췄다. 재인이 귀찮다는 듯 고개를 저었지만, 그게 더 사랑스럽다는 듯 쪽쪽쪽.

수영은 집에 가고 싶어졌다.

"최영주는 나랑 류 형사가 가장 위험인물이라고 생각할 거야."

재인을 소파에 앉힌 성현이, 수영에게도 그 옆에 앉으라고 손짓하며 말했다. 수영이 재인의 옆에 앉자, 성현이 두 사람을 마주 보고 섰다.

정신은 좀 이상한 듯하지만, 외모만큼은 참으로 근사하다고 생각하며, 수영은 그의 말에 귀를 기울였다.

"하지만 우리만큼 다루기 쉬운 인물들도 없다고 생각하겠지."

"다루기 쉽다니? 아저씨를? 강력팀 형사를?"

수영의 중얼거림에 성현이 씩 웃었다.

"최영주는 인간과 인간 사이의 신뢰, 정, 영원한 감정 따위를 믿지 않아. 나와 류 형사가 여왕님에게 붙어 있는 이유는, 그저 여왕님이 '예쁜 여자'이기 때문이라고 생각할 거야. 여왕님만 사라지면 우리가 여왕님을 도울 이유도, 우리의 모든 것을 버리고 여왕님의 복수를 할 이유도 없다고 여기겠지. 실제로 나는 다른 여자와 함께 있는 모습을 최영주에게 보여 주기도 했고."

"아아."

"최영주의 표적은 단 하나. 여왕님뿐이야."

"수영이는?"

"여왕님을 처리한 후에."

그 순간, 공포가 수영의 눈동자를 흐릿하게 물들였다. 살인마에게 잡혀 꼼짝도 못 했던 때가 떠올랐기 때문이다. 재인이 수영의 손을 감싸 쥐는 것조차, 그녀는 느끼지 못했다. 성현이 허리를 굽혀 수영의 관자놀이 부근을 손가락으로 톡톡 두드렸을 때에야 정신을 차렸다.

"걱정 마."

정신을 차리자마자, 성현의 흑진주 같은 눈동자가 보였다.

"누구도 최영주 손에 처리되는 일은 없을 테니까."

"모든 게 아저씨 뜻대로 움직일 거라고 생각하세요? 아저씨 말대로 걱정하지 않다가, 재인이한테 무슨 일이라도 생기면 어쩌려고요? 죽진 않더라도 크게 다칠 수도 있잖아요."

책망하는 말이 저절로 튀어나왔다.

"지금 아저씨가 하는 행동은 재인이를 위험에 빠뜨리는 거예요. 이럴 줄 알았으면 그 여자한테 재인이에 대해 다 말하지 않았을 거예요."

"괜찮아, 수영아."

재인이 말했다.

"괜찮아, 나는."

"괜찮긴 뭐가 괜찮아? 이 아저씨가 네게는 믿을 만한 사람이겠지. 하지만 사람은 신이 아니야. 이 아저씨가 아무리 능력이 있어도, 틀릴 때도 있는 거야. 만약 틀리는 게 이번 일이라면…… 넌 정말 위험해지는 거고."

"그래, 하지만 난…… 이 아저씨가 하라는 대로 했더니."

재인마저 '아저씨'라고 하자, 성현은 하늘이 무너진 듯한 표정을 지었다. 하지만 누구도 그에게 신경을 쓰지 않았다. 재인은 수영을 똑바로 응시하며 말했다.

"점점 행복해지고 있어."

"……."

"게다가 꿈도 꾸지 못했던, 이런 순간을 보내고 있어. 내가 상상이나 했을까? 네가 이렇게, 진심으로 내 걱정을 해 주는 날이 올 거라고."

"재인아……."

"그러니까 난 이 아저씨를 믿어. 믿을 수밖에 없게 됐어."

"걱정이다, 정말. 믿을 수밖에 없는 사람이, 이런 이상한 아저씨라니."

"그러게. 하지만 어쩌겠어? 나도 모르는 새에 신뢰하고, 사랑하게 되어 버렸는데."

"사람 일은 모르는 거라더니. 넌 정말 예쁘고 인기도 많았는데, 하필이면 이런 아저씨한테."

"저기요, 두 아가씨. 저 아직 여기에 있습니다만?"

없는 사람 취급을 받던 성현이 참지 못하고 한 손을 흔들었다. 하지만 두 '아가씨'는 여전히 그를 무시했고, 성현은 결국 한 손으로 이마를 짚으며 중얼거렸다.

"이거 참, 내 나이 7살 때 이후로 이렇게 무시를 당하는 건 처음이네."

성현의 계획을 들은 후, 수영이 집에 가기 위해 일어났다.

"자고 가도 되는데."

재인이 말했지만 수영은 단호하게 거절했다.

"아니, 집에 가서 잘래. 그럼 아저씨, 재인이랑 좋은 시간 보내세요."

"이 아가씨가 뭘 좀 아네."

성현이 흡족한 미소를 지더니 검지를 세웠다.

"웨이러미닛."

"왜요? 나 차 끊기기 전에 가야 돼요."

성현은 수영의 말에 대답하지 않고 휴대폰으로 어디론가 전화를 걸었다.

"아직 안 잤지? 1분 안에 여왕님 댁으로 튀어와."

누굴 부르는 걸까? 수영은 의아해하며 재인을 쳐다봤다. 재인은 누군지 알겠다는 듯 깊은 한숨을 내쉬었고, 1분도 되지 않아 딩동, 초인종이 울렸다. 문을 열자, 전에 맘모스 레스토랑에서 봤던 소년이 숨을 헐떡이며 서 있었다.

"혀, 형님! 1분 안 지났죠?"

"간당간당했어. 앞으로는 분발하도록."

밤 12시가 넘은 시간에 사람을 부른 주제에, 성현은 당당했다.

"인사해, 옆집 사는 주영민이라고 해. 영민아, 내 사촌 김수영이야. 전에 한 번 봤지?"

성현의 느닷없는 행동에 익숙할 대로 익숙해진 재인이, 두 사람을 인사시켰다. 좋은 일로 봤던 것이 아닌지라, 둘은 떨떠름한 표정으로 인사를 나눴다.

"내 충성스러운 불량소년이여. 이 아가씨를 집까지 안전하게 모셔다 주도록."

"네, 형님!"

전에 영민에게 안 좋은 인상을 남겼던 수영은, 영민이 거절할 거라고 생각했다. 하지만 영민은 왕의 명령을 받는 신하처럼 단번에 수락했다.

"부탁 좀 할게, 영민아. 일이 이렇게 돼서 미안해."

재인이 성현을 노려본 후, 영민에게 말했다. 영민이 헤헤 웃었다.

"에이, 아닙니다. 형님 부탁이라면 언제든 콜이지요. 게다가 누님까지 부탁을 하셨으니, 안전하게 모시겠습니다."

"그래, 고마워. 나중에 꼭 보답할게."

사실 수영은 거절하고 싶었다. 영민과는 불편한 사이니까. 하지만 전에 살인마에게 납치당했던 기억 때문에, 늦은 시간에 혼자 가는 것이 불안했다.

'아아. 그거 때문에 민 교수님이 일부러 이 애를 부른 건가 보네.'

고마운 마음에 성현을 향해 살짝 고개를 숙였다. 성현이 빙그레 웃었다.

"그럼 부디 편안한 귀환이 되기를."

엘리베이터를 타고 1층으로 내려오는 동안, 수영은 숨이 막혔다. 뭐든 이야기를 하고 싶은데 뭐라고 말을 꺼내야 좋을지 알 수 없었다.

"저기……."

"저기요……."

1층에서 내리자마자 동시에 입을 열어서 더 민망한 상황이 되어버렸다.

"아, 먼저 말해."

"아뇨, 누님 먼저."

"음…… 굳이 안 데려다 줘도 돼. 요 앞에서 택시타면 되니까."

"아닙니다. 제 일을 제대로 해내지 않으면, 형님한테 죽어요."

"대체 왜?"

"그 형님, 진짜 무섭단 말이에요."

"……넓은 의미로 무서운 사람이긴 하지만, 설마 누굴 죽이기야 하겠어? 게다가 넌 청소년이잖아. 청소년보호법에 기대서 한 대 후려치지 그래?"

"물론 그런 생각을 안 해본 건 아니죠. 하지만…… 그 형님, 가만히 보고 있으면 말이에요. 법도 통하지 않을 인물처럼 보인단 말이죠."

"그래?"

"네! 누님은 못 느끼셨어요? 그 살기, 냉혹함, 미침."

"아, 미침은 느꼈어. 아주 분명하게."

"그죠? 원래 미친 사람한테는 법이 안 통하잖아요. 전 그 형님한테 반항해서 시끄러워지느니, 그냥 순순히 명령에 따르는 게 나을 것 같더라고요."

"그래, 그러는 편이 나을지도 모르겠다."

"게다가 재인이 누님 부탁도 있었고."

"재인이도 무섭니?"

"아뇨. 재인이 누님은 무섭다기보다는……."

"민성현 교수님 애인이라서?"

"아뇨, 그보다는 음…… 뭐라고 해야 하나."

살인마를 만났을 때처럼 어두운 골목길이지만, 무섭다는 생각이

들지 않았다. 영민과의 대화에 심취했기 때문이었다.

"재인이 누님이랑 성현이 형님이랑 닮은 구석이 있어요."

"아, 그런 면이 좀 있지."

"네. 둘 다 사람을 정말 똑바로 쳐다봐요. 게다가 그 눈빛이 뭐라고 해야 되지? 되게 차가운 것 같으면서도, 다정해요. 나를 믿는 눈빛이라고 해야 하나?"

"음……."

"특히 재인이 누님은 최근에 정말…… 뭔가 반짝반짝 빛나서 거부할 수가 없어요."

"그 정도야?"

"네. 재인이 누님이 잘 안 웃잖아요. 그런데 가끔, 정말 가끔 웃거든요. 그게 진짜 예뻐요. 그래서…… 그냥 그 누님 웃는 것 좀 보고 싶어요."

"하긴…… 나도 좀 그렇긴 해."

"그렇죠? 재인이 누님, 진짜 예쁜 것 같아요. 요새 더 예뻐졌고."

"사랑의 힘이겠지."

"맞아요. 여자는 사랑을 하면 예뻐진다던데."

"쬐끄만 게 여자에 대해 뭘 얼마나 안다고?"

"누님보다는 큽니다. 계속 자라고 있는 중이고요."

그렇게 이야기를 하다 보니, 어느새 큰 도로까지 나왔다. 도로에는 아직 오가는 사람들이 있었다.

"이제 됐어. 여긴 사람 많으니까 혼자 가도 돼."

전철까지 따라올 기세인 영민에게 말했지만, 그는 기겁했다.

"누님은 되더라도 전 안 됩니다. 진짜 집 앞까지 모셔다드릴게요."

"민 교수님한테는 네가 집 앞까지 데려다줬다고 말해 줄게."

"재인이 누님은 거짓말하는 거 알잖아요. 안 돼요."

"아아, 맞다. 그런데 너…… 알고 있는 거야? 그 능력?"

"네, 당연히 알죠."

어째서인지 영민이 의기양양해했다.

"괜찮아? 재인이한테 그런 능력이 있는데도 알고 지내는 거."

"네, 오히려 그래서 더 편해요. 어차피 들킬 거, 솔직하게 다 말해도 되는 거잖아요. 허세부리는 것도 재인이 누님 앞에서는 안 해도 되고."

"그렇게 생각할 수도 있구나."

"누님은 안 그래요?"

"나는…… 재인이한테 잘못한 게 많아서, 뭔가 또 잘못하게 되지 않을까 무서울 때도 있어."

'내가 왜 이 어린애한테 이런 소리를 늘어놓고 있는 걸까?'

라고 생각하면서도, 수영은 말을 멈출 수가 없었다.

"혹시 내가 말실수하지 않을까, 내가 하는 말에 나도 모르는 거짓말이 섞여 있진 않을까. 그런 생각이 들곤 해. 그걸 재인이가 눈치챌 것 같아서, 또다시 걱정이 되고."

"에이, 그런 건 당연하죠. 사람이니까 자기도 모르게 툭 거짓말을 할 수도 있는 거고. 재인이 누님이라면 그 정도는 이해할 겁니다."

"그래서 싫은 거야. 그 애한테 상처를 많이 입힌 만큼, 이해받기만을 요구하긴 싫어. 또 미안한 일을 하게 되는 거잖아."

"그런 생각도, 재인이 누님이라면 알고 있지 않을까요?"

영민이 호쾌하게 말했다. 건성으로 말하는 것처럼 들리지만, 그래서 더 진실성 있게 다가오기도 했다.

수영은 쓴웃음을 흘리며 중얼거렸다.

"그래, 정말 그랬으면 좋겠다."

거실 안에 커피 향기가 가득했다.

흥얼거리며 커피를 타는 그의 뒷모습을 응시했다. 넓은 어깨와 단단해 보이는 등과 잘록한 허리, 긴 다리. 뒷모습조차도 완벽하다고 생각하는 자신의 모습에 웃음이 나왔다.

몇 달 전까지만 해도 그저 '미친 인류'였을 뿐인데, 사람의 마음이라는 것은 참으로 신기하다. 그 '미친 인류'가 이렇게나 사랑스러워질 줄 누가 알았을까?

성현이 재인의 앞에 머그컵을 내려놓고, 식탁 맞은편에 앉았다.

"마지막으로 한 번 더 물어볼게, 여왕님."

성현이 방금 전까지 흥얼거리던 사람답지 않게, 진지한 표정으로 말했다.

"정말로 괜찮겠어? 난 여왕님이 싫다고 하면 다른 방법을 찾을 거야."

"괜찮아, 정말로."

"아니, 그렇게 쉽게 대답할 문제가 아냐."

"당신이 제안한 방법이잖아."

"수영이 말대로, 난 신이 아니야. 내 방법이 틀릴 수도 있어."

"당신이 낸 방법인데 뭘 그렇게 불안해해? 7살 때 이후로, 틀린 적 없었던 거 아냐?"

"물론 그렇지. 하지만…… 난 지금 불안해죽겠어. 여왕님을 사지로 밀어 넣는 것 같아서. 내 방법이 옳은지 확신할 수가 없어졌어."

"만약 당신이 말해 준 그게, 내 일이 아니라면? 그래도 확신이 안 생겼을까?"

"……."

"나한테서 한 발자국 떨어져, 민성현 씨. 객관적으로 판단해 줘. 그래도 아니다 싶으면 나도 다시 한 번 고민할게."

재인의 차분한 음성에 성현은 크게 숨을 들이마시더니 눈을 감았다. 그의 긴 속눈썹이 눈 아래에 그늘을 드리웠다. 심각한 상황인데도 그의 높은 콧등과 입술에 입을 맞추고 싶었다.

재인은 커피를 홀짝이는 걸로, 충동을 잠재웠다. 이윽고 눈을 뜬 성현이 묵직하게 고개를 끄덕였다.

"응, 확신해."

"그래, 그럼. 그렇게 해."

"여왕님은 그게 문제야. 날 너무 믿어."

"그럼 믿지 말까?"

"그건 더 문제가 될 것 같아."

"뭘 어쩌라는 건지 모르겠네."

"부디 믿어 줘, 여왕님. 여왕님이 신뢰할 만한 노예가 될 테니까."

재인의 입가에 옅은 미소가 번졌다. 보기 힘든 만큼, 볼 때마다 감개무량해지는 미소. 옅지만 찬란한 그 미소를, 성현은 늘 그랬듯 넋을 잃고 바라봤다.

"당신은 내 노예 아니야."

재인의 붉은 입술이 움직였다.

"내가…… 사랑하는 남자지."

꿀꺽, 성현의 목울대가 묵직하게 움직였다. 재인만을 향해 있던 그의 눈동자가 살짝 옆으로 비켜갔다.

"이거 참."

성현이 한 손으로 입가를 가렸다.

"여왕님의 고백은 들을 때마다 달콤함을 더해서."

그가 잠시 말을 멈추고 심호흡을 하더니, 벌떡 일어났다.

"안 되겠다. 나 갈게, 여왕님."

도망치듯 나가려는 그의 손목을 붙잡았다. 재인이 눈만 올려 그를 바라봤다.

"갑자기 왜 그래?"

"유재인. 남자라는 짐승은 말이야, 욕망이 불쑥불쑥 찾아오거든."

"응?"

"그러니까……."

그가 재인을 흘끗 내려다봤다가 다시 시선을 돌렸다.

"나 지금 널 덮치고 싶다고."

"아……."

"그러니까 이 손 좀 놔줘. 위험해."

"아……."

"음…… 놔주는 게 좋겠는데. 정말 위험해. 지금 너무 감격해서."

"당신은…… 감격하면 덮쳐?"

"몰랐는데, 그런 성격인가 봐."

"당신도 모르는 게 있어?"

"당연하지. 내가 아닌 타인을 사랑해 보는 건 이번이 처음이라서…… 모르는 것투성이야. 그래도 하나, 하나 배워가는 중이니까 안심해."

"응, 그런 부분엔 늘 안심하고 있어."

"그럼…… 좀 놔줄래, 재인아?"

그가 낮은 음성으로 물었다. 곤란한 듯 애원하는 그의 음성이 듣기 좋았다. '나한테 가학 성향이 있었나?' 싶을 정도로, 그의 난처한 표정을 보는 것이 즐거웠다.

"안 놔줄래."

짓궂은 목소리로 말했더니 그가 끄응, 신음을 흘렸다.

"이거 참, 내 여왕님은 장난기가 넘치기도 하지. 그래도 놔주는 게 좋아. 이래봐야 너만 손해야."

"내가 왜 손해야?"

"왜냐하면…… 하아, 재인아. 제발…… 나 좀 곤란하게 하지 마."

"당신은 늘 나를 곤란하게 했잖아. 이 정도도 못 견뎌?"

"물론! 견딜 수 있지. 여왕님을 위해 내가 못 하는 게 뭐가 있겠어?"

"그렇지? 그럼 견뎌."

"재인아, 제발."

"내가 큰 걸 바라는 것도 아니잖아. 이제 욕망 좀 가라앉지 않았어?"

"아니. 지금 네가 너무 사랑스러워서, 더 커졌어."

"이렇게 놀리는 데도 사랑스러워?"

그의 키스는 갑작스러웠다. 손목을 잡고 있던 쪽은 재인인데, 어느새 상황이 바뀌었다. 그가 재인의 손목을 단단히 움켜쥐고 끌어당겨, 그녀의 입술에 거칠게 입을 맞췄다. 밀어내려 했지만, 그의 팔이 허리를 감고 있어서 꼼짝도 할 수가 없었다.

그의 입술은 재인의 도톰한 입술이 사탕이라도 된다는 듯 움직였다. 부드럽고 섬세하고, 그러면서도 강렬했다. 붉은 입술을 탐하던 성현의 숨결이 떨어져 나가는가 싶더니, 재인의 가느다란 목덜미로 향했다.

무방비한 목에 닿은 그의 입술은 무척이나 뜨겁게 느껴졌다. 그 입술이 낙인을 찍듯 재인의 목을 지분거렸다.

"읏……!"

아무에게도 허락한 적 없는 피부가, 생각지도 못한 자극을 강렬하게 받아들였다. 찌릿, 전기가 퍼지는 느낌이었다. 재인은 숨을 삼키며 그의 어깨를 꽉 움켜쥐었다.

"내가……."

한동안 재인의 목덜미를 지분거리던 그의 입술이 재인의 귓가에 머물렀다. 뜨거운 숨이 귓불을 타고 안으로 흘러들어왔다.

"자극하지 말라고 했잖아."

겁이 날 줄 알았다. 한 번도 해 보지 못한 행위이기에, 아무리 성현을 사랑한다고 해도 그 순간이 오면 두려워질 거라 예상했다. 하지만 아니었다.

두렵지 않았다. 그를 향한 마음이 커서, 또한 자신을 향한 그의 마음을 믿어서. 재인은 그를 오롯이 받아들일 준비가 되어 있었다.

그의 숨결도, 체온도, 향기도, 전부 다 가지고 싶었다.

간신히 이성을 되찾고 떨어지려는 그의 허리를, 이번에는 재인이 끌어안았다. 그의 근육이 놀란 듯 긴장하는 것이 느껴졌고, 그것이 재인을 기쁘게 했다. 민성현이, 이 잘난 남자가 자신의 포옹이 반응한다는 사실이 즐거웠다.

"자극하면 어쩔 건데?"

"하아, 재인아. 나 좀 그만 놀려. 내가 잘못했으니까."

"놀리는 거 아닌데."

재인이 고개를 들어 그를 올려다봤다. 그의 눈동자에 전에 없던 열기가 서려 있었다.

"놀리는 거 아냐, 민성현 씨."

"……여기서 더 놀리면 나 진짜로 못 참을지도 몰라. 난 네가 생각하는 것보다 훨씬 참을성이 없다고."

"뭔가 오해하는 모양인데, 난 당신이 참을성 많은 남자라고 생각한 적 없어."

"흐음, 그 말은 꽤나."

성현이 미간을 모으고 재인을 휙 끌어 벽에 밀어붙였다. 두 팔 안에 그녀를 가둔 성현이 타는 듯한 눈동자로 그녀를 응시했다.

"내 승부욕을 자극하는군."

"그래?"

"그래, 유재인. 이게 마지막 기회야."

성현이 눈을 질끈 감았다가 뜨며 말을 이었다.

"내가 아직 이성을 붙잡고 있을 때, 내 팔 안에서 벗어나."

품 안에서 잠든 재인을, 성현은 시간 가는 줄 모르고 지켜봤다. 그는 하얗고 매끈한 이마에 흐트러진 연갈색 머리카락을, 조심스레 뒤로 쓸어 넘겼다.

"으응……."

손길을 느낀 재인이 뒤척거려서, 성현은 얼른 숨을 멈췄다. 다행히 재인은 깨지 않고 다시 잠에 빠져들었다.

'이거 참.'

그녀와의 시간은 꿈만 같았다. 재인은 성현을 밀어내지 않았고, 그의 팔에서 벗어나지도 않았다. 오히려 도발적인 눈빛을 보내왔다. 그래서 성현은 그런 모습이 숨겨져 있다는 사실에 놀랄 여유조차 챙기지 못했다.

'큰일이군. 진짜로 정신을 못 차리겠어.'

더 이상 사랑할 수 없을 만큼 사랑하고 있다고 생각했다. 그런데 착각이었다. 더 사랑할 부분이 남아 있었다.

'내 여왕님은 정말이지 팔색조라고 해도 과언이 아니야. 이 작은 몸에 어떻게 이렇게 여러 가지 매력이 숨어 있는 거지?'

유혹적으로 빛났던 재인의 연갈색 눈동자를 떠올리자, 또다시 심장이 빠르게 뛰기 시작했다. 성현은 잠시 눈을 감고 마음을 가라앉히기 위해 노력했다. 7살 때 이후로, 기분이 이렇게까지 날뛰는 것은 처음이다.

'아, 진짜 어떡하나.'

성현은 인생 최대의 위기에 빠진 기분이었다.

'청혼하고 싶어 죽겠네!'

'내가 미쳤지!'

라고, 재인은 생각했다.

눈을 뜨자마자 보이는 성현의 가슴, 그리고 후각을 자극하는 그의 달콤한 향기. 간밤의 일이 떠오르며 재인의 머릿속을 헤집었다.

'내가 미쳤어!'

자신이 무슨 짓을 했는지, 이제야 깨달았다.

'내가 어쩌자고!'

성현과의 밤을 후회하는 건 아니었다. 성현은 시종일관 다정했다. 그래서 무섭지 않았고, 오롯이 사랑을 받는 기분까지 느꼈다.

문제는,

'나 진짜 음란하잖아!'

너무 적극적으로 성현을 유혹했다는 사실이었다.

사람을 유혹하는 데 있어서 성별이 중요한 것은 아니다. 하지만 아무래도 적극적으로 유혹한 쪽이, 정신을 차렸을 때 민망해지는 것은 어쩔 수 없었다.

'아, 진짜…… 어떡하지?'

차마 성현의 얼굴을 못 보겠다.

'깨지 마, 민성현 씨.'

그와 눈을 마주칠 수 있을 것 같지가 않았다.

'계속 자. 영원히 자.'

그게 얼마나 무서운 말인지 생각할 여유도 없었다.

'나한테 그 예쁜 눈동자 보이지 마.'

그 와중에도 재인은 성현의 눈동자를 예쁘다고 생각했다.

"굿모닝."

느닷없이 들려온 그의 아침 인사에, 재인은 총소리를 들은 것처럼 벌떡 몸을 일으켰다.

"잘 잤어, 여왕님?"

그가 눈을 뜨려고 하기에, 재인은 손바닥으로 철썩, 그의 눈가를 덮어 버렸다.

"이거 참. 아침 인사가 너무 격한걸?"

"눈뜨지 마."

"응."

"정말로 뜨지 마."

"알잖아. 늘 여왕님 뜻대로인 거."

"약속이야?"

"응, 약속."

재인은 후다닥 침대에서 내려와 욕실로 향했다. 일부러 온수를 틀지 않았다. 얼음장처럼 차가운 물로 샤워를 하며 머리를 식혔다.

'괜찮아. 뭐 어때. 성인남녀잖아. 게다가 서로 사랑하고. 부끄러운 일 아냐.'

하지만 부끄러웠다. 차가운 물로 샤워를 하는데도 화끈거림이 가라앉지 않았다.

평소보다 길게 샤워를 하고 거실로 나왔더니, 고소하면서도 달콤한 냄새가 거실을 가득 채우고 있었다.

"잘 씻었어?"

주방에서 무언가를 만들던 성현이 물었다. 돌아보려고 하기에 후다닥 달려가, 그를 등 뒤에서 끌어안았다.

"어이쿠. 아침부터 너무 적극적인데."

"돌아보지 마."

"왜?"

"부끄러우니까."

"왜?"

"그거야 당연히!"

목소리가 커졌다는 것을 깨닫고, 재인은 말을 멈췄다.

후후. 성현이 바람 부는 듯한 웃음소리를 냈다.

"웃지 마. 놀리지도 마."

"나는 여왕님 안 놀려. 내가 어떻게 여왕님을 놀려?"

"그거야……."

"어젯밤에 나는 진지했고, 오늘도 진지해. 그 일에 대해 놀릴 생각도, 변명할 생각도, 조롱거리로 만들 생각도 없어. 당연히 그럴 리가 없잖아."

성현이 진지하게 말했다.

"난 여왕님 얼굴 못 보면 죽는 병에 걸렸어. 얼굴 보게 해 줘."

재인은 팔에서 힘을 풀었다. 성현이 천천히 돌아서 재인을 마주 봤다. 어제보다 더 빛나는 그의 미소에 눈이 부셨다. 가늘게 눈을 뜬 재인의 콧등에, 성현이 가볍게 입을 맞췄다.

"어제보다 더 사랑스럽네. 내일은 또 얼마나 더 사랑스러워지려나."

"뭐 만들어?"

쑥스러워서 주제를 돌렸다. 재인을 배려하려는 듯, 성현이 순순히 대답했다.

"토스트. 계란이랑 햄, 토마토를 곁들일 예정이야."

"그런 건 다 언제 준비했어?"

"여왕님이 공들여서 씻는 동안."

"그렇게까지 공들이진 않았어."

"그래. 근데 손가락 끝이 쭈글쭈글해졌어."

성현의 말에 손을 펼치고 내려다봤더니, 손가락이 물에 불어 쭈글쭈글해져 있었다. 재인은 주먹을 쥐고 바지 주머니에 손을 집어넣었다. 그런 재인이 귀여운지 성현이 작게 웃었다.

"케첩 괜찮아?"

"응. 난 다 잘 먹어."

성현이 노릇노릇하게 구워진 식빵 위에 계란프라이를 올렸다. 그다음에는 얇게 자른 햄 두 장과 토마토, 그 후에 케첩. 그 모든 과정이 요리사가 하는 것처럼 능숙하게 진행됐다.

"오늘 일정은?"

"아르바이트, 다음 학기 준비."

"아아, 그러고 보니 곧 학기 시작이네."

성현과 아침을 먹는 것은 자주 있는 일인데, 오늘의 아침은 다른 느낌이었다. 그의 얼굴과 입술을 볼 때마다 간밤의 일이 떠올랐다. 지난밤의 성현은 똑같으면서도 달랐다.

다정하지만 열기를 띤 눈동자와 거친 숨결, 뜨겁고 촉촉한 입술, 애정 어린 손길. 재인은 수시로 끼어드는 생각들을 털어 내려고 애쓰며, 성현과의 대화에 집중했다.

"당신은 이제 강사 일 끝난 거지?"

"강사 일은 끝났지."

내심 안도했다. 성현을 사랑하지만 같은 대학에 있는 것은 또 다른 문제였다. 그는 너무나 눈에 띄었고, 사실 조금은 귀찮은 구석도 있었다. 게다가 주위의 시선을 조금도 신경 쓰지 않고 행동해서 곤란했다.

그가 재인에게 했던 행동들이, 언젠가는 지탄받을지도 모른다. 아니, 어쩌면 벌써 문제가 되었을지도 모르겠다.

"걱정 마, 여왕님."

재인이 먹는 걸 멈추고 고민하는 모습에, 성현이 입을 열었다. 뭘 걱정하지 말라는 거지? 언젠가 지탄받을지도 모르는, 그 행위들을 뒷수습 해 놨다는 걸까? 그래, 이 남자라면 그랬을지도 몰라. 기대를 품은 재인에게, 성현이 청천벽력 같은 선포를 했다.

"나, 다음 학기부터 정식 교수로 들어갈 예정이야."

재인을 보고 싶으면서도 보고 싶지 않다는 모순된 감정을, 진혁은 품고 있었다. 아르바이트를 그만둔 것은 재인 때문이었다. 평소처럼 그녀를 대할 자신이 없었다.

재인이 미운 건 아니었다.

'이 세상 모든 여자들이 날 사랑해야만 하는 건 아니니까. 게다가…… 누나한테는 민 교수님도 있고.'

성현은 멋진 남자였다. 때때로 이상한 행동을 하긴 하지만, 전체적으로 봤을 때 완벽했다. 어떤 남자라도 성현을 앞에 두면 '졌다.'라는 생각이 절로 들 것이다.

'시간이 좀 지나면 괜찮아지려나?'

생각보다 이 마음이 큰 것이 문제였다. 다시 한 번 도전해볼 수도 없을 만큼 제대로 차였다. 이런 경우 보통은 아파하다가 차근차근 마음을 정리하게 된다는데, 그게 잘되지 않았다. 재인을 향한 마음의 크기가 도통 줄어들지 않았다.

'이런 와중에도 보고 싶다니. 진짜 미치겠네.'

맘모스 레스토랑 앞을 기웃거리다가 결국 발길을 돌렸다. 들어가면, 재인은 아마도 담담히 맞아줄 것이다. 하지만 그녀를 보면서 웃을 용기가 없었다.

'아마도 난 찡그릴 거야. 그럼 재인이 누나 마음이 무거워지겠지. 감정은 잘 안 드러내지만, 사실은…… 마음이 약한 사람이니까.'

몇 번째인지 모를 한숨을 내쉬며 걸었다. 고개를 푹 숙이고 걸어서, 맞은편에서 누군가 걸어오는 것을 깨닫지 못했다. 시야에 청색 하이힐이 들어왔고, 그것이 우뚝 멈춘 후에야 누군가 앞에 섰다는 것을 깨달았다.

부딪치기 전 걸음을 멈추고 고개를 들었다. 처음 보는 여자였다. 나이는 서른 중반쯤 되었을까? 연예인이라고 해도 믿을 만큼 아름답고 우아했다. 살짝 올라간 눈초리와 붉은 입술이 매혹적이었다. 입고 있는 옷은 여자 옷을 잘 모르는 진혁이 보기에도 고급이었다.

"김진혁 학생, 맞죠?"

"네, 그런데…… 누구시죠?"

"재인이 일로 찾아왔어요. 재인이랑 친하다고 들었거든요."

"아…… 그렇게 친한 건 아닌데."

"그래도 같은 수업을 듣고, 같이 아르바이트를 하지 않았나요?"

"네, 그건 그렇죠. 재인이 누나 지인이세요?"

"어머니……라고 해야겠죠?"

"아, 어머님이세요?"

재인의 가족 관계에 대해서는 듣지 못한 진혁이었다. 진혁과 재인의 관계에 대해 잘 알고 있는데다가, 담담한 말투나 행동이 재인과 비슷한 구석이 있어서, 진혁은 그녀를 믿을 수밖에 없었다.

꾸벅 인사하는 진혁을 보며, 영주는 조소를 흘렸다. 진혁이 다시 고개를 들었을 때, 영주의 입가에 묻어 있던 비린 웃음은 사라지고 없었다.

"재인이 일로 진지하게 할 이야기가 있는데…… 여기선 좀 그렇고. 시간 좀 내주겠어요?"

"성현이는."

저녁을 먹는 중에 들려온 그의 이름에, 심장이 쿵 내려앉았다. 동시에 욱씬, 칼로 베인 듯 아파왔다.

라연은 그 기분을 드러내지 않으려고 노력하며, 어머니인 최 여사를 응시했다.

"왜 저번에 인사도 하지 않고 돌아갔다니?"

"바쁘대."

"그래?"

"응."

"성현이랑 무슨 문제 있는 건 아니고?"

"문제는 무슨. 그런 거 없어."

"정 의원님이 걱정이 크더라."

최 여사는 남편을 꼬박꼬박 '정 의원'이라고 불렀다. 라연은 그런 부모님을 보는 게 달갑지 않았지만, 구태여 지적하지 않았다. 지적한다고 달라질 사이가 아니기 때문이었다.

"무슨 걱정을 하는데?"

"약혼한 지 꽤 됐는데, 성현이는 아직 미국에서 그러고 있고. 애가 워낙 다루기 힘드니까 사돈댁도 난감해하는 것 같고. 이러다가 약혼이 무산될 것 같기도 하고. 아니면 성현이가 미국에 들어앉아 버릴지도 모르고. 그런 것들 걱정하시지."

"어차피 내 남자 문제인데, 그걸 왜 아빠가 걱정해?"

"이게 그냥 네 남자 문제니? 가족 전체의 문제지."

"……나는 성현이 오빠를 진짜 사랑해서 결혼하려는 거야."

"누가 뭐래니?"

심장이 싸늘하게 식었다. 부모님은 정략결혼을 했다. 사랑이라는 감정은 조금도 없는, 서로가 얻을 이익만을 계산해서 진행한 결혼. 둘은 2세를 얻기 위한 행위와 남에게 보이기 위한 동행을 제외하고는, 함께 시간을 보내지 않았다.

냉랭한 시선이라도 나누면 차라리 나았을 것이다. 하지만 같은 집에 살면서도 서로가 없는 것처럼 행동하는 부모님의 모습은, 라연의 마음을 병들게 만들었다.

'나는 그런 결혼 싫어.'

결혼을 한다면 죽고 못 살만큼 사랑하는 남자와 하고 싶었다. 부모님처럼 살고 싶지 않았다. 여자의 행복은 사랑을 하는 것과 받는 것이라고, 라연은 생각해 왔다.

그러다가 성현을 사랑하게 되었고, 있는 힘껏 유혹했다. 문제는 사랑을 하게 되었을 뿐, 받지는 못하는 관계였다는 점이었다. 그래도 기다리다가 보면, 언젠가는 그의 마음이 자신에게 올 것이라고 생각했다.

그러나 지난번 파티에서 성현의 거절을 듣는 순간, 모든 것이 다 부질없었다는 것을 깨달았다.

'오빠 절대로 날 사랑하지 않을 거야.'

그걸 깨닫고 나자 성현을 향한 마음을 정리할 수 있었다. 집착할 때와 떨어져야 할 때를 모를 만큼 바보는 아니었다.

'난 할 만큼 했어. 그래도 안 되면 돌아서야지. 그러지 않으면…… 우리 부모님처럼 될 테니까.'

할아버지와 아버지를 내세워 억지를 부리면 어떻게든 될지도 모르겠다. 하지만 그렇게 얻은 성현은 빈껍데기일 뿐이다. 라연이 사랑하는 그의 자유분방한 사고방식과 다정함은 따라오지 않을 것이다.

그러니까 마음을 접자고, 민성현이란 남자가 사랑하게 된 여자에게로, 유재인이라는 이름을 가진 그 보석 같은 여자에게 보내 주자고 마음먹었다.

'그래야 나도 또 다른 사랑을 시작하지. 이번에는 날 사랑해 주는 남자로. 나만 봐주는 남자로.'

이 세상에 진실된 사랑은 단 한 번뿐이라고 생각할 만큼, 라연은 어리석지 않았다. 한 번의 사랑이 끝났으면, 가슴앓이를 실컷 한 끝에 다른 사랑을 찾으면 그만이었다.

'큰일이네.'

문제는 부모님과 할아버지였다.

'큰문제가…… 되진 않겠지? 어차피 성현이 오빠가 알아서 하겠지만. 아니, 성현이 오빠가 알아서 하는 게 문제야. 부모님은 아직 성현이 오빠가 어디까지 할 수 있는지 몰라. 어쩌면…… 우리 집안이 위험해질 수도 있어.'

라연은 속으로 한숨을 삼켰다.

'아, 짜증 나! 아직 차인 상처도 아물지 않았는데, 내가 왜 성현이 오빠랑 그 여자의 사랑을 걱정하고 있어야 하는 거야? 아직은 민성현이라는 이름만 들어도 가슴 아파 죽겠는데!'

하지만 머뭇거릴 틈이 없었다. 성현을 만나서 이야기하고 양해를 구해야만 했다. 집안사람들이 조금 거칠게 굴더라도 이해해 달라고. 그러지 않으면 할아버지가 평생에 걸쳐 이룩한 '금성제당'이라는 제국이 무너질지도 모르니까.

17장
혼자가 아니잖아

"안 돼!"

저벅저벅 걸어가며, 재인은 말했다.

"절대 안 돼!"

"이미 결정된 일이야, 여왕님. 현실을 받아들여."

"절대 싫어."

"싫을 이유가 없잖아. 학교에서도 날 볼 수 있는 거라고!"

재인은 마중을 나온 성현에게 '정식 교수' 건에 대해 이야기를 하는 중이었다. 며칠째 이 부분을 확실하게 정리해야 한다는 생각만 하고 있었다.

"당신이 뭔가 오해하는 모양인데, 난 당신을 사랑하지만 학교에서까지 당신을 보고 싶은 건 아냐."

"에이, 내 여왕님은 거짓말쟁이네. 이 얼굴을 계속 보고 싶지 않다고? 난 아무리 봐도 질리지 않는 얼굴이라고."

"질려."

"헉!"

"질리니까 학교에서까지 그 얼굴 보이지 마."

"여왕님, 방금 그 말은 좀……."

"심하지 않아. 이 정도만 말했을 때 포기해. 내 뜻대로 해 주겠다며?"

"물론 난 여왕님 뜻에 따라주는 거야. 여왕님은 싫다고 하지만 속으로는……."

"내 속마음은 내가 더 잘 알아."

재인이 걸음을 멈추고 성현을 똑바로 응시했다.

"내 눈을 봐. 내가 거짓말하는 것처럼 보여?"

재인의 눈을 진지하게 살펴보던 성현의 눈썹 끝이 아래로 내려갔다.

"뭐야, 여왕님. 진짜로 날 보기 싫은 거였어?"

"보고 싶어. 하지만 학교에서는 아니라고."

"매정해. 여왕님, 이렇게까지 피도 눈물도 없었어?"

"응, 없어."

"하지만 그 말에는 어폐가 있어. 사람은 피가 없으면 못 살 거든."

"당신이 뱉은 말이잖아."

"내가 그 말을 한 시점에서, 여왕님은 단호하게 그 부분을 지적했어야 돼. 여왕님은 아직 멀었어."

"그래, 그러니까 우리 더 멀어지자. 집에서도 보고, 아르바이트 하는 데도 찾아오고, 그런데 학교에서까지 보자고?"

"좋잖아. 난 24시간을 봐도 부족하다고 느껴지는데."

"난 아냐. 충분해."

"여왕님, 그거 알아?"

성현의 음성이 은밀해졌다.

"하아."

재인은 한숨을 쉬며 걸음을 멈췄다. 그의 은밀한 음성이 결국 재인을 낚으려는 수작이라는 것을 아는데도 걸려들 수밖에 없었다.

재인의 앞으로 온 성현이 그녀를 마주 봤다. 그의 커다란 손이 재인의 볼을 감쌌다. 그의 손길이 좋은 이유는, 그 조심스러움 때문이었다. 그는 재인을 금방이라도 깨질 유리처럼 다뤘다. 섬세하고도 애틋한 그의 손길이, 그 마음의 크기를 알려 주었다.

"내 여왕님은 명령을 내릴 때가 가장 아름답다는 거."

"당신은 변태 성향이 좀 있는 것 같아."

"이거 참, 내 여왕님은 평가가 가혹하다니까."

성현은 이마에 손을 대고 고개를 절레절레 저었다. 연극적인 말투와 행동이 이토록 잘 어울리는 사람도 없을 거라고 생각하며, 재인은 다시 걸음을 옮겼다.

구형리는 담배를 꺼내 입에 물었다. 영주는 우아하게 미소를 지으며 구형리의 반응을 기다렸다.

강성파의 실세라고는 해도 결국은 고만고만한 조폭 중 한 명일뿐이다. 구형리가 강성파 두목의 신뢰를 받게 된 것도, 결국은 영주가 재인 아버지의 건설회사를 넘겨줬기 때문이었다. 그것이 아니었다면 구형리는 널리고 널린 조폭 중 한 명으로만 남게 되었을 것이다.

영주는 구형리를 자신의 뜻대로 움직일 자신이 있었다.

"그럼…… 그 미행이 날 의심하는 경찰 쪽에서 붙인 사람이란 말인가?"

구형리가 연기를 후욱 내뱉으며 물었다. 영주는 짐짓 심각한 표정을 지으며 고개를 끄덕였다.

"내 정보통 얘기로는 그래요. 경찰 쪽에서는 그이가 자살이 아닌 살해를 당했고, 그 범인이 아주버님이라고 생각하고 있어요."

"그건 좀 이상하지 않은가?"

구형리는 초조한 기색을 내보이지 않았다.

"내가 내 아우를 죽여서 얻을 이익이 뭐가 있겠는가? 내 핏줄이긴 하지만, 돈도, 뭣도 없는 녀석이었는데."

"그게……."

영주는 말하기 남세스럽다는 듯 시선을 아래로 내리깔았다. 구형리는 느긋하게 그녀의 입술이 열리기를 기다렸다. 한참 머뭇거리던 붉은 입술이 벌어졌다.

"절 사이에 둔 치정싸움이라고……."

"푸하하하하!"

구형리가 기가 막히다는 듯 웃음을 터뜨렸다. 영주는 모멸감을 느꼈지만, 드러내지 않기 위해 꾹 참았다.

"내가 제수씨를? 으하하하하하! 널리고 널린 젊은 여자들을 놔두고 제수씨를 얻기 위해, 내 하나뿐인 아우를 죽였다고?"

"그러게요. 정말 말도 안 되는 소리지만…… 아무래도 아주버님이랑 제가 일 때문에 따로 만나기도 했고…… 그런 것들을 목격당해서 의심을 사게 된 것 같아요."

"그거 참 기가 막히는군."

"그렇죠. 하지만 어쩌겠어요. 경찰들 머리통이 거기까지밖에 안 돌아가는걸."

"흐음."

구형리의 눈이 가늘어졌다. 영주가 전에 없던 거친 말투를 사용했기 때문이다. 하지만 그 부분을 지적하지는 않고 담배를 재떨이에 비벼 껐다.

"그럼 제수씨 생각엔 내가 어떻게 해야 하겠는가?"

"제가 뭐라고 아주버님께 조언을 드리겠어요? 아주버님께서 알아서 하시리라고 생각하고 있어요. 전 그저 이번에 이런 일을 알게 돼서 알려드리려고 온 것뿐이에요. 아주버님께 무슨 일이 생기면 저 역시 좋을 게 없으니까."

"난 그래도 제수씨의 지혜를 빌리고 싶은데? 제수씨는 똑똑한 여자잖아. 유 사장 딸년에 대해서도 잘 알고 있고, 누군지는 모르겠지만 정보통도 있고."

"글쎄요. 어떤 식으로 해결해야 좋을지 생각해 둔 것이 없는데……."

영주는 말끝을 흐렸다. 사실은 생각해 둔 방법만 열 가지가 넘었다. 하지만 처음부터 속을 내보일 수는 없었다. 구형리는 무슨 생각을 하는지 알 수 없는 표정으로 영주를 응시하고 있었다.

'너구리 같은 놈.'

남자는 다 똑같다고 생각하지만, 그중에서도 다루기 힘든 부류가 있다. 구형리가 그런 부류에 속했다.

"아, 방금 하나 떠올랐어요. 하지만…… 이게 과연 괜찮은 방법일지는…… 좀……."

"말해 봐."

"하지만…… 아니에요. 이건 아주버님 손을 더럽혀야 하는 거라서 권하기 그러네요."

"괜찮으니까 말해 봐. 난 이 자리를 지키기 위해 못 할 것이 없거든."

"그럼…… 이건 그냥 흘려들으셔도 돼요. 들어보시고 영 아니다 싶으면 그냥 무시하세요."

"무슨 방법인데 그렇게 뜸을 들이나? 말해 봐."

영주가 한참을 머뭇거리자 구형리가 짜증을 드러냈다. 영주는 속으로 비웃음을 날리며 설명했다.

집으로 돌아온 영주는 침대에 누워 눈을 감았다.

"영주 씨 마음은 고맙지만, 이러지 말아 줬으면 좋겠어."

낮고 우직한 음성이 떠올랐다.

"난 아내와 딸이 있어."

온몸을 부딪치는 영주를, 재인의 아버지인 유진석은 단호하게 밀어냈다. 짙은 눈썹과 곧은 눈빛을 가진 사내였다. 남자에게 거부를 당하는 건 처음이라서 무척이나 당황했었고, 강한 수치심을 느꼈다. 그때였다. 유진석을 죽이고 모든 것을 빼앗겠다고 결심한 것은.

'당신이 날 받아 줬더라면 죽진 않았을 거야. 난 그냥 당신 부인 자리만 꿰차는 걸로 만족했을 텐데.'

유진석을 처음 만났을 때, 부드럽게 웃는 그를 보며. 참 다정한 사람이구나. 라는 생각을 했다.

'저런 사람에게 사랑을 받으면 기분 좋겠다. 사랑하는 여자를 얼마나 달콤하게 응시할까?'

그런 생각도 했던 것 같다.

'당신은 멍청했어. 당신 마누라도 멍청했고. 사람은 자신의 이익을 위해 뭐든 할 수 있는 동물이야. 가장 냉정하고 이기적인 동물이지. 날 믿지 말았어야 했어.'

유재인의 부모를 죽인 일에 대해 단 한 번도 후회한 적 없었다.

그로 인해 편한 생활을 할 수 있게 되었고, 강성파 부두목인 구형리의 예쁨까지 받을 수 있었다.

하나 후회되는 것이 있다면, 그때에 유재인을 함께 죽이지 않은 것. 아무것도 없는 어린 계집애라고 무시한 것이 이런 식으로 큰일이 되어 돌아올 줄은 몰랐다. 자칫 잘못했다가는 그동안 쌓아 온 모든 것이 무너지리라.

게다가.

'구형리, 그놈은 자기 동생을 너무 아껴. 내가 구형진을 죽인 걸 알게 되면, 날 갈가리 찢어놓고도 남을 놈이야.'

하지만 자신 있었다. 현재 구형리는 영주를 믿고 있고, 재인이 무슨 소리를 떠벌려도 그녀의 말을 믿지 않을 것이다. 이미 포석을 깔아 뒀으니까.

'일단 그 계집애를 납치해서 입을 막아둬야겠어. 죽이는 건 내가 해도 상관없겠지만…… 구형리가 죽여야 나 혼자 덤탱이 쓰는 일이 없겠지.'

영주가 직접 재인을 죽이면, 구형리는 그것을 약점 삼아 영주를 쥐락펴락하려고 들 것이다. 구형진이 그랬던 것처럼.

'반드시 구형리가 그 계집애를 죽이도록 만들어야 돼.'

구형리는 영주의 계획에 혹한 것 같으니, 아마 자기가 직접 하든, 부하를 시키든 재인을 죽이기는 할 것이다. 그때 영주는 한 발 뒤로 물러나 있을 예정이었다.

'동영상을…… 남겨둬야겠어. 소형카메라를 사 둬야지. 이게 언

젠가 구형리로부터 나를 보호해 줄 거야.'

영주는 내일 당장 소형카메라를 사기로 결심했다.

'문제는…… 누구를 시키냐는 건데. 김수영, 고 계집애는 바보 같지만 욕심이 많아. 게다가 유재인의 친척이기도 하고…… 유재인에 이어서 사촌까지 죽으면 경찰들도 의심하겠지.'

영주는 이번에 이용한 사람을 죽일 예정이었다. 그 편이 약점도 안 잡히고 훗날 위협이 되지 않기 때문이다.

'그렇다면 역시…….'

얼마 전 만났던 진혁을 떠올렸다. 아이돌처럼 귀여운 생김새에 순진한 눈빛을 가진 청년. 진혁은 재인을 좋아해서 한참 따라다니다가 차인 적이 있다. 그에 관한 건 이미 조사를 끝내 뒀다.

'유재인한테 차였으니 감정이 썩 좋지만은 않을 거야. 게다가 고학생이기도 하고.'

진혁은 아르바이트로 버는 돈으로는 부족해서 학자금 융자를 많이 받았다. 집에 빚도 꽤 있는데, 공부 욕심이 있어서 대학원을 포기하지 못하고 있었다. 돈을 주면 뭐든 할 것이다.

'김수영은 자기 몸을 걱정해서 나불나불 떠들 타입이지만, 김진혁은 유재인이 죽었다는 걸 알아도 한동안 입을 다물고 있을 거야. 자기 죄도 있다고 생각할 테니까. 사건이 좀 잠잠해졌을 때 처리하면 돼.'

생각을 정리하고 나니 마음이 편안해졌다. 최근 며칠 제대로 잠을 자지 못했는데, 오늘은 푹 잘 수 있을 것 같다.

'세상 사는 거, 참 쉽단 말이야.'

영주의 입가에 옅은 미소가 떠올랐다.

'사람은 역시 머리가 좋아야 돼.'

＊　　＊　　＊

"어서 오세요, 맘모스……입니다."

기계적으로 인사를 하다가 들어온 사람을 확인하고 잠시 말을 멈췄다. 연회색 코트에 흰색 머플러를 하고 또각또각 걸어 들어온 사람은 라연이었다.

"여기 매니저 좀 불러 주시겠어요?"

재인과 눈이 마주쳤지만, 라연은 다른 종업원에게 말했다. 라연의 명령 아닌 명령을 받은 종업원은 당황한 듯 두리번거렸다.

"매니저, 불러 달라고요."

라연이 다시 한 번 강경하게 말했다.

라연은 척 보기에도 평범한 여자처럼 보이진 않았다. 옷도, 신발도, 들고 있는 가방도 고가의 제품. 게다가 풍기는 분위기 자체가 '나 권력가의 딸이야.'라고 주장하고 있었다.

"네, 잠시만 기다려 주세요."

종업원이 기어들어가는 목소리로 중얼거리며 어디론가 사라졌다.

'왜 찾아온 걸까?'

라연이 이제 와서 재인을 찾아올 이유가 없었다. 포장마차에서

라연을 봤을 때, 그녀가 성현을 사랑하는 한편 두려워하고 있다는 것을 똑똑히 읽어냈다. 이런 식으로 몰래 재인을 찾아와봐야 성현의 분노만 사게 되리라는 것을, 그녀도 알고 있으리라.

"고객님, 뭔가 불편하신 점이라도 있으신가요?"

허겁지겁 불려온 매니저가 저자세로 물었다. 라연은 매니저를 위아래로 훑어본 후, 핸드백에서 봉투 하나를 꺼내 매니저에게 건넸다.

"100만원 넣었어요. 이 종업원 좀 빌릴게요."

라연이 가리킨 것은 재인이었다. 매니저와 종업원들이 시선이 재인에게로 향했다. 재인은 무덤덤하게 그 시선을 받아 냈다.

"아, 저…… 고객님…… 그건 좀……."

"어디로 끌고 가려는 거 아니에요. 이 가게에서, 얘기를 하려고 하는 거예요. 괜찮죠, 유재인 씨?"

"괜찮긴 하지만 제 하루 몸값으로 100만원은 좀 과한 것 같네요."

재인의 대답에 라연이 피식 웃었다.

"아뇨, 적당해요. 그럼 유재인 씨도 괜찮다고 하니, 빌려도 되겠죠?"

"난 이런 데서 파는 음식, 안 먹어요."

라고 말한 것치고는, 잘도 먹었다. 재인은 파스타를 오물거리는 라연을 물끄러미 응시했다.

"내가 배고프다는 거, 어떻게 알았어요?"

파스타를 반쯤 먹은 라연이 물었다. 라연이 극구 거부를 하는데도 억지로 파스타를 시킨 재인을 떠올리며 던진 질문이리라.

"그냥요."

"아, 뭔가 특이한 능력을 갖고 있다고 들었어요. 그걸로 알아낸 건가요?"

"그렇겠죠."

"그나저나 정말 표정 없네요. 좀 웃어 보지 그래요? 웃으면 예쁠 텐데."

그런 말을 듣게 될 줄은 몰랐다. 재인이 멍한 표정을 짓자, 한 방 먹인 라연이 즐겁다는 듯 웃었다. 늘 찡그리거나 거짓으로 웃는 라연의 미소만 보다가, 처음으로 '진짜 웃음'을 봤다.

환하게 웃는 라연은 나이보다 훨씬 어려보이고 귀여웠다. 이런 여자가 옆에 있는데도 사랑을 느끼지 못한 성현이 신기하게 생각될 정도였다.

"아무튼 배가 좀 찼으니 찾아온 이유를 말할게요."

"네, 그러세요."

"성현이 오빠 일로 찾아왔는데……."

거기까지 말하고 라연이 말을 멈췄다. 말하기 곤란한 듯 머뭇거리는 그녀를 지켜보다가 물었다.

"만나지 말아달라고요?"

"아니, 아니. 그게 아니고요. 그러니까…… 몇 가지 문제가 생겼어요. 유재인 씨한테 부탁하고 싶은 게 있어서 찾아온 거예요."

"저한테 부탁을요?"

"네."

"라연 씨 부탁을 들어 줄 수 있을 만큼 가진 게 많진 않은데요."

"가진 거 있잖아요. 민성현 마음."

"아……."

"아, 기분 나빠."

말과는 달리, 라연은 슬픈 표정이었다. 재인은 그녀가 성현을 포기했음을 읽어 낼 수 있었다. 하지만 아무것도 읽지 못한 척, 라연의 말을 기다렸다.

"민성현, 내가 가질 수 없다는 거 깨달았어요. 해볼 만큼 해봤으니 이제 됐어요."

"그렇군요."

"당신 가져요, 그 남자."

"고마워……해야 하는 건가요?"

"아뇨, 그런 건 됐어요. 어차피 내 거인 적, 한 번도 없었으니까. 가져가 버려요, 그런 바보 같고 제멋대로인 남자."

퉁명스러운 말투와 다르게 라연의 눈가가 촉촉이 젖어 들어갔다. 재인은 못 봤다는 듯이 시선을 옆으로 돌렸다. 사랑에 상처 받은 여자의 감정을 하나하나 읽어내는 것이 미안했기 때문이다.

"유재인 씨에게 부탁하고 싶은 건…… 하아. 그래요, 나는 민성현을 포기했지만 우리 부모님은 아니거든요. 부모님과 할아버지는 성현이 오빠를 놔주려고 하지 않을 거예요."

"아……."

"그게 아마 성현이 오빠를 분노하게 만들겠죠. 오빠가 화나면 우리 집 망해요."

재인은 라연이 무슨 소리를 하는지 알 수 없었다. 성현은 미국에서 프로파일러로 활동하고 있었다. 그런 남자에게 어느 집안을 망하게 할 만한 힘이 있을 수도 있는 걸까?

"금성제당은 우리 할아버지가 평생을 바쳐서 일으켜 세운 기업이에요."

'금성제당⋯⋯.'

있는 집 자식이라는 것은 알았지만, 금성제당 회장의 손녀일 줄은 몰랐다. 재인이 예상한 것보다 훨씬 어마어마한 배경이었다.

"엄마랑 아빠는 어찌 돼도 상관없지만, 금성제당은 안 돼요. 적어도 우리 할아버지 살아계실 때만큼은 금성제당이 무사했으면 좋겠어요. 그러니까 우리 집에서 좀 귀찮게 해도 참아달라고, 성현이 오빠한테 잘 좀 말해 주세요."

"민성현 씨에게 금성제당을 무너뜨릴 만한 힘이 있는 건가요?"

재인의 질문에 라연이 눈을 크게 떴다. 그녀는 황당하다는 듯 재인의 얼굴을 살펴보다가 물었다.

"당신⋯⋯ 성현이 오빠에 대해 하나도 모르는 거예요?"

"미국에서 프로파일러라고⋯⋯ 알고 있는데."

"하?"

라연이 기가 막힌다는 듯 헛웃음을 내뱉었다.

"그것뿐이에요? 다른 건 없고?"

"네."

"왜요? 물어봤는데 숨기던가요?"

"그런 건 아니지만……."

"그럼 묻지도 않았단 말이에요?"

"민성현 씨가 말해 줄 때가 되면 말해 줄 거라고 생각했어요."

"그건 너무 이상하지 않아요? 성현이 오빠는 당신에 대해 다 알고 있는데, 당신은 성현이 오빠에 대해 별로 궁금해 하지 않는 거잖아요."

"궁금하죠. 하지만…… 민성현 씨는 자기 이야기를 하는 걸 달가워하지 않았어요. 언젠가 말할 기분이 들면 말해 줄 거라고 생각했죠."

"유재인 씨는 당신의 그 이야기들, 달가워서 성현이 오빠한테 한 건가요?"

처음에는 질문의 의도를 깨닫지 못했다. 뒤늦게 '그 이야기'들이 재인의 과거와 관련된 이야기들이라는 것을 깨달았다.

성현이 라연에게 재인의 과거에 대해 말했다는 사실이 기분 나쁘지는 않았다. 성현은 그가 신뢰할 만한 사람들에게만 재인의 이야기를 했다. 라연에게 했다는 것은, 그가 그녀를 신뢰하고 있다는 뜻이리라.

다만 충격을 받았다. 라연의 말대로, 재인은 자신의 이야기를 하는 걸 달가워하지 않았다. 하지만 성현은 끊임없이 묻고 또 물어서 재인이 모든 것을 말하도록 만들었다.

그만큼 그는 재인을 알기 위해 적극적이었다.

"당신은 정말…… 성현이 오빠한테 받기만 하는군요. 관심도, 사랑도."

라연의 중얼거림이 두 번째 타격을 주었다. 재인은 잘근, 아랫입술을 깨물었다. 대꾸할 말이 없었다.

"뭐, 아무래도 좋아요. 성현이 오빠도 자기만의 생각이 있을 거고, 당신도 당신만의 생각이 있는 걸 테니까."

거기까지 말했을 때였다. 두 사람의 테이블 옆에, 누군가가 와서선 것은. 종업원일 거라고 생각하며 고개를 돌렸는데, 의외의 인물이 서 있었다. 진혁이었다.

"누나. 오랜만이에요."

진혁이 미소를 지었다. 쿵— 뒤통수를 얻어맞은 기분이었다.

진혁의 눈동자를 보는 순간, 재인은 자신의 심장이 떨어지다 못해 멀리 던져져 짓밟히는 것을 분명하게 느꼈다. 심장에 느껴지는 그 예리한 통증이, 진혁 때문인지, 성현 때문인지 알 수 없었다.

"잠깐…… 시간되세요? 드릴 말씀이 있는데."

"아…… 나는……."

이런 상황이 오리라는 것은, 성현에게 들어서 알고 있었다. 다만 그 상대가 진혁이라는 것을 몰랐을 뿐이다.

'민성현 씨는…… 알고 있었던 걸까?'

짧은 시간 오만 가지 생각이 스쳐 지나갔다.

'그러고 보면…… 민성현 씨는 신뢰할 만한 인물 중에 진혁이를

끼워 넣지 않았어. 이 애가 날 좋아한다는 걸 알면서도, 이 애를 믿을 수 없다고 판단한 거야.'

꿀꺽, 진혁이 눈치채지 못하게 마른침을 삼켰다.

'민성현 씨는, 내 주위 인물 중 얘가 돈 때문에 날 배신할 거라고 판단했던 거야.'

성현을 원망할 일이 아니었다. 배신한 것은 진혁이었고, 성현은 그 사실을 말해 주지 않았을 뿐이었다.

하지만 미리 언질을 주었더라면 어땠을까? 배신할 만한 인물이라는 걸 파악했을 때, 미리 진혁에게 '이러이러한 사정이 있어서 최영주란 여자가 접근할 거야. 제발 날 배신하지 말아 줘.'라고 말해 두었더라면 어땠을까?

그래도 진혁이 배신했을까?

'아니, 그런 게 아냐. 민성현 씨가 일부러 이 애를 몰아넣었을 리 없어. 다시 생각하자. 뭔가 다른 걸, 이 애한테서 찾아내야 돼.'

재인은 진혁의 눈을 똑바로 응시하며 대답했다.

"나한테 할 말이 있다고?"

"네, 누나."

"여기선 할 수 없는 말이야?"

"네, 좀…… 같이 꼭 가고 싶은 데가 있어서요."

"아아, 그래. 여기서 멀어?"

"네, 좀…….."

진혁의 시선이 라연에게로 향했다. 라연은 허벅지 위에 가지런히 두 손을 올리고 진혁을 올려다보고 있었다.

"친구분 계신데 억지 부려서 죄송해요."

"죄송하면 그냥 관두지 그래요?"

가만히 있던 라연이 까칠하게 말했다. 진혁은 쓰게 웃으며 살짝 고개를 숙였다.

"죄송합니다. 좀 급한 일이라서."

"그래, 급한 일이구나."

재인은 물을 마시려는 척 느릿하게 컵을 집었다.

방금 '급한 일'이라고 한 말은 진심이었다.

'얼른 상황을 구성해. 진혁이에게 무슨 일이 벌어진 거지?'

그려내야 했다. 방금 읽어낸 진혁의 눈빛과 행동, 말투로 그에게 벌어진 일을 구성해내야 했다. 재인이 천천히 물을 마신 시간은 단 10초도 되지 않았다. 그 짧은 시간 동안 재인의 뇌는 빠르게 회전했고, 진혁에게 있었던 일을 영화처럼 그려냈다.

"그래."

컵을 내려놓으며 재인이 말했다.

"가자."

"그럼."

테이블을 짚고 일어나는 재인의 손목을, 라연이 붙잡았다.

"나랑 화장실 좀 갔다가 가요. 화장실, 어디 있는지 몰라."

"아, 그래요. 화장실 갔다가 가도 되지?"

재인이 진혁에게 물었다.

"네, 가게 앞에서 기다릴게요. 저, 친구분께 정말 죄송합니다."

진혁이 다시 한 번 허리를 깊이 숙여 사과했다. 라연은 대답하지 않고 재인과 함께 화장실로 향했다.

탁― 화장실 문이 닫히자마자 라연이 재인에게 바짝 다가섰다. 그녀의 동그란 눈이 전에 없이 심각하게 빛나고 있었다.

"저 남자랑 같이 안 가는 게 좋겠어요."

라연이 한껏 목소리를 낮추고 말했다. 진혁이 화장실 앞에서 엿듣고 있을지도 모른다고 생각하는 것 같았다.

"느낌이 안 좋아요."

어떻게 안 거지? 재인은 진혁에 대한 라연의 판단이 놀라웠다. 진혁은 여자들이 딱 좋아할 만한 외모의 소유자였다. 끝이 살짝 내려간 눈매는 강아지 같아서 모성본능을 자극했다. 그런데도 라연은 진혁을 느낌이 안 좋다고 판단했다.

라연에게도 무언가가 있는 걸까? 성현이나 재인이 가지고 있는, 그런 무언가.

"난 다른 건 몰라도 돈 냄새는 잘 맡아요. 저 남자, 돈과 얽힌 문제가 있을 거예요."

재인이 의아해하는 것을 눈치챈 듯 라연이 말했다.

"그렇군요."

재인은 담담하게 중얼거리며 가방에서 작은 기계를 하나 꺼냈다. 이런 일을 대비해서 성현이 구해다준, 초소형 위치 추적기였다. 운동화를 벗어, 안쪽에 위치 추적기를 집어넣었다.

라연은 얼떨떨한 표정으로 재인이 하는 행동을 지켜보고 있었다.

"민성현 씨에게 전해 주세요. 다녀오겠다고."

"잠깐. 지금…… 무슨 소리를 하는 거예요? 설마, 이거 그 여자랑 관계된 일이에요?"

재인이 가볍게 고개를 끄덕였다. 라연은 경악한 표정이었다.

"설마…… 그 여자가 판 함정에 자기 발로 걸어 들어가려는 거예요?"

이번에도 재인은 고개를 끄덕였다. 대수롭지 않은 일이라는 듯한 재인의 태도에 라연이 인상을 찌푸렸다.

"미쳤어. 이봐요, 유재인 씨. 당신이 아무리 이상한 능력을 가지고 있어도…… 아니, 아니. 그게 아니고……."

라연이 말을 멈췄다. 동그란 눈매 안에 갇힌 그녀의 눈동자가 눈에 띌 정도로 흔들렸다.

"설마 이 일, 성현이 오빠가 생각한 거예요?"

재인이 고개를 끄덕이자, 라연이 신경질적으로 재인의 손목을 붙잡았다.

"미쳤어요? 아무리 성현이 오빠가 시킨 일이라도 그렇지. 자기 발로 불구덩이에 뛰어들어 가겠다고요? 그 여자에 대해 들었어요. 그 여자, 분명 당신을 죽일 거야."

"알아요."

"그런데도 가겠다고? 성현이 오빠가 뭐라고 말했는지 모르겠지만, 이거 미친 짓이에요. 그 오빠가 대단하긴 하지만, 그렇다고 모든 면에서 완벽하게 예측을 해내는 건 아니라고요."

라연의 말투에 담긴 걱정은 진심이었다. 재인을 미워할 줄로만 알았던 라연의 진심 어린 걱정이 놀랍기도 하고, 즐겁기도 했다. 사람들은 때때로 생각지도 못한 감정을 보여 주었다.

"죽지 못해 살아가는 인생이었어요."

라연이 진심을 보여주니까, 재인도 그러기로 결심했다.

"아무것도 없이 모래바람만 부는 사막을, 우적우적 걸어가고 있었어요. 물도 마시지 못하고 햇빛을 피하지도 못하고 잠도 자지 못하고, 그렇게 걸어가는 게 익숙해져서 그것이 고통스럽다는 느낌조차 받지 못했죠."

"……."

"어느 날 오아시스를 발견한 후에야 알게 되었어요. 내가 걸어온 길이 참으로 고되고 외로운 길이었다는 것을."

재인의 입가에 옅은 미소가 번졌다.

고독하게 걷다가 만난 오아시스가 떠올랐기 때문이다. 찬란한 미소와 달콤한 향기, 다정한 음성을 가진 한 남자.

재인의 얼굴에 묻어 나오는 미소를 보며, 라연이 중얼거렸다.

"성현이 오빠는, 당신의 오아시스군요."

"그래요. 식상한 표현이지만."

"당신한테는 식상하지 않겠죠."

"네, 상상도 못했으니까요. 이런 표현을 사용하게 되리라는걸."

재인이 화장실 문손잡이를 잡았다. 라연은 더 이상 재인을 붙잡을 수가 없었다. 그녀가 하는 말이 무슨 의미인지 알았기 때문이다.

성현은 재인의 오아시스였다. 끝없이 펼쳐진 드넓은 사막에 존재하는 단 하나의 오아시스. 그러므로 재인은 주위에서 아무리 떠들어 대도 성현을 믿을 수밖에 없는 것이었다.

"걱정해 줘서 고마워요."

문을 열기 전, 재인이 말했다. 그녀의 감사 인사는 다른 사람들이 으레 그러하듯 입에 발린 소리가 아니었다. 다른 여자들보다 한 톤 낮은 음성에 담긴 진심이, 라연의 가슴에 울렸다.

'그렇구나.'

또 한 번 깨달았다. 성현이 재인을 사랑할 수밖에 없었던 이유. 재인은 허투루 자신의 감정을 표현하지 않았다. 그 담담한 눈빛과 목소리에 담긴 감정이 항상 진심이기에, 그 진심이 무척이나 진하고 무겁기에, 성현은 재인에게 푹 빠진 것이리라.

재인이 나간 후, 라연은 휴대폰을 꺼냈다. 몇 번 울리지 않아, 성현이 전화를 받았다.

[오, 리젤. 어쩐……]

성현의 인사를 끊으며, 라연이 차갑게 말했다.

"오빠, 오빠 정말 최악이야."

[리젤, 약혼에 대한 이야기를 하려는 거라면……]

"어떤 남자가 유재인 씨를 데리고 갔어. 오빠는 분명 얼토당토않은 계획을 세웠겠지. 유재인 씨는 오빠를 철석같이 믿고 있고. 나는 사랑하는 여자를 위험 속에 아무렇지도 않게 밀어 넣는 남자, 정말 최악이라고 생각해. 나는 유재인 씨를 좋아하진 않지만, 오빠 정말 최악이야."

라연은 자신이 무슨 소리를 하는지도 모르는 채 속사포처럼 쏘아붙였다. 잠시 대답이 들려오지 않았다. 라연은 휴대폰을 꼭 쥐고 서서 거울을 노려봤다. 그 안에 성현이 서 있다는 듯이.

[알려줘서 고마워, 리젤.]

잠깐의 시간을 둔 후 들려오는 그의 음성은 낮고 부드러웠다. 하지만 성현을 오랫동안 봐 온 라연은, 그 음성 안에 도사린 날카로운 칼날을 느낄 수 있었다.

[나중에 봐. 그땐 지금보다 나은 남자가 되어 있을게.]

진혁은 가게 앞에 서 있었다. 부드러운 고수머리가 바람에 흔들렸다. 그의 전신에서 초조한 듯한 분위기가 흘렀다. 하늘을 올려다보고 있는 진혁은 재인이 나온 것도 눈치채지 못한 것 같았다.

"진혁아."

뒤에서 들려오는 재인의 음성에, 진혁이 소스라치게 놀라며 돌아봤다. 진혁의 눈동자가 흔들렸다.

"누나, 저……."

할 말이 있는 듯, 그의 입술이 벌어졌다가 닫히기를 반복했다. 재인은 그런 진혁을 가만히 응시하다가 밝은 목소리로 말했다.

"가자. 어디로 가면 돼?"

재인과 함께 걸어가며, 진혁은 이틀 전의 일을 떠올렸다.

최영주가 찾아왔다. 진혁은 그녀가 재인의 엄마라고 알고 있었다.

"재인이를 좀 만나고 싶은데."

라고 말하며, 최영주는 재인을 만날 수 없는 속사정을 밝혔다. 친엄마가 아니라고 했다.

"재인이 아버지가 나를 많이 사랑했단다."

그 말을 들었을 때부터, 진혁은 무언가 이상하다고 생각했다.

"그래서 그 애의 어머니와 이혼하고 나를 선택했지."

최영주는 아이를 낳을 수 없는 몸이라고 했다. 그래서 사랑하는 남자의 하나뿐인 딸인 재인을, 친딸로 여기고 있다고 말했다.

'하지만…… 이상해. 보통 이런 이야기들을, 잘 알지도 못하는 사람한테 하기도 하나? 이건 어쩌면 재인이 누나한테 큰 상처가 될지도 모르는 이야기인데?'

최영주의 말이 진실이라면, 재인의 아버지는 불륜을 했고 조강지처와 딸을 버린 셈이 되었다.

"어릴 땐 재인이도 깊은 사정을 모르니까 날 많이 따랐어. 우린 정말 모녀처럼 사이좋게 지냈지."

라고 말하며, 최영주는 눈시울을 붉혔다. 그때를 떠올리듯 허공을 응시하는 그녀는 무척이나 쓸쓸해 보였다.

'내가 너무 과민하게 생각하는 건가?'

고독해 보이는 최영주의 모습에, 진혁은 의심을 지우고 그녀의 이야기에 집중했다.

"재인이가 커가면서 어른들의 사정을 알게 됐고…… 그리고 나니 내가 새삼 미워졌던 모양이야. 그 애는 더 이상 나를 보고 싶지 않다고 했지. 많이 매달렸는데, 싫다더구나. 그이도 죽고, 내게 남은 건 재인이뿐이었는데."

최영주의 눈에 맺혀 있던 눈물이 툭, 툭, 떨어졌다.

"재인이가 너무 완강하게 거부해서, 그 애의 독립을 허락했어. 그런데 최근엔 정말…… 나도 나이가 들었는지 그 애가 참 보고 싶네. 어떻게든 그 애의 마음을 돌리고 싶어. 그 애가 날 만나 주기만 한다면."

"아, 그러시군요."

최영주의 진심이 전해졌다. 그래서 처음에 이상하다고 생각한 자신을 질책했다.

'이분은 그저 재인이 누나와 모녀처럼 지냈던 시간이 몹시 그리울 뿐이야.'

하지만 다음 순간, 최영주가 모든 것을 뒤바꿔놓았다.

"재인이와 자리를 좀 만들어 줄 수 있겠니?"

최영주가 부탁을 했을 때 바로 대답하지 못한 것은, 재인에게 제대로 차인 후 그녀와의 관계가 예전 같지 않았기 때문이었다. 최영주는 진혁과 재인이 무척 친하다고 알고 있지만, 사실은 그렇지 않았다. 어쩌면 타인보다도 못한 사이가 되었는지도 모르겠다.

그것을 진혁의 거절로 받아들인 최영주가 생각지도 못한 말을 내뱉었다.

"대가는 충분히 지불할게."

대가? 지불? 의아하게 생각하는 진혁의 눈에, 최영주가 내민 봉투가 보였다.

"넉넉히 넣었어. 대학원 한 학기 등록금을 내고도 남을 거야."

그 순간, 온몸에 소름이 돋았다. 이게 뭐야?

목덜미의 털이 곤두서는 것을 느꼈다. 남편이었던 남자의 딸을 만나게 해달라는 요청, 이해했다.

하지만 이건 아니다. 돈을, 그것도 몇 백만 원이나 되는 돈을 주면서 만나게 해달라니. 이건 역시 이상하다.

"자리, 만들어 줄 거지?"

최영주가 진혁을 빤히 응시하며 말했다. 이번에는 진혁도 확실하게 알 수 있었다. 최영주의 말이 요청이 아닌 명령이라는 것을. 이 돈은 재인과의 재회를 위한 대가가 아니라, 어느 범죄에 가담하는 것에 대한 비용이라는 것을.

'공범자가 되자고 하는 거였군. 대체 왜? 재인이 누나와 이 여자의 진짜 관계가 뭐기에? 어째서 이렇게 큰돈을 지불하면서까지 재인이 누나를 만나려고 하는 거지? 애초에 자기가 직접 만나러 가면 되는 거잖아. 나의 존재까지 알고 있으면서.'

거기까지 생각했을 때 두 남자의 얼굴이 떠올랐다.

'그래, 민 교수님과 그 형사 때문에 함부로 접근을 못 하는 거구나. 그래서 날 이용하려는 거야. 대학원 등록금 운운한 건, 내 집안 사정을 알고 있다는 거고. 그렇다는 건 내 뒷조사까지 했다는 건데.

그렇게까지 해가면서 재인이 누나를 만나겠다는 건…… 아마도 정말 위험한 짓을 저지르기 위해서겠지.'

아랫입술을 잘근 깨물었다가 뱉어 냈다. 최영주의 속셈을 알고 봐서인지, 그녀의 미소가 비릿하게 느껴졌다.

타인과 거리를 두고 지내는 재인이 범상치 않다는 것은 이미 알고 있었다. 하지만 이런 식으로 접근해오는 사람이 있을 줄은 꿈에도 상상하지 못했다.

'재인이 누나는 대체 어떤 일에 얽혀 있는 거지?'

어느 날부터인가 재인을 따라다니기 시작한 류 형사. 그저 재인을 좋아해서 따라다니는 건줄 알았는데 아니었던 모양이다. 어쩌면 재인이 큰 범죄의 증인이라서 보호하기 위해 붙어 있었던 걸지도.

'아니, 그런 것보단 지금 이게 문제지.'

진혁은 자신의 앞에 놓인 하얀 봉투로 시선을 고정시켰다.

'천만 원쯤 되려나?'

돈이 급하기는 했다. 아버지가 만든 빚 때문에 빚쟁이들이 찾아왔고, 어머니는 앓아눕는 바람에 병원비까지 나가게 생겼다. 다음 학기 등록은커녕, 대학원을 포기해야 할 상황이었다.

'이 돈을 받으면 빚을 반 이상 갚을 수 있어.'

재인에게 지켜야 할 의리는 없었다. 재인은 진혁과의 사이에 놓인 벽을 허물지 않았다. 그녀는 진혁을 밀어냈고, 진혁의 고백을 듣기도 전에 거절했다.

그 투명하고 맑은 눈동자에, 김진혁이라는 남자가 오롯이 담긴 적은 단 한 번도 없었다. 진혁은 알고 있었다. 재인과 자신의 사이는 '친구'라는 말조차 어울리지 않는, 거의 '타인'과도 같은 사이라는 것을. 자신이 매달리지 않으면 지속되지 않을, 흐릿하고 허망한 관계에 불과하다는 것을.

"이 돈……."

진혁은 봉투를 집어 들었다. 최영주의 미소가 짙어졌다.

"적어요."

예상치 못한 답이었는지, 최영주의 미간에 주름이 생겼다. 진혁은 봉투를 최영주의 앞으로 밀어내며 말했다.

"등록금은 될 수 있을지 모르겠지만, 내 자존심, 인격, 마음 같은 걸 버리라고 하기엔 너무 적어요."

"어머나. 그게 무슨 소리니? 자존심이나 인격을 버리라고 한 적 없어. 난 그저 재인이를 만나고 싶은 것뿐이야."

간신히 표정을 관리한 최영주가 느긋한 척 말했다. 하지만 진혁은 그녀가 초조해하고 있음을 알 수 있었다.

"아주머니께서 뭐라 말씀하시든, 전 그렇게 생각합니다. 이 돈, 너무 적다고."

"내 딸 같은 아이를 만나게 해 달라고 부탁하는 것뿐인데, 그 돈이 적다고? 넌 동정심도 없는 거니? 보통은 이런 부탁, 돈을 받지 않고도 들어주잖아."

"네. 보통은 그렇죠. 하지만 보통이 아니라면요?"

진혁의 눈동자가 차갑게 빛났다. 최영주의 표정이 굳어졌다. 진혁이 그녀의 의도를 깨달았음을 간파한 것이다.

"돈은 됐습니다. 이 돈 받으면 평생 후회할 것 같거든요. 후회할 일은 하지 말자는 주의라서."

"네가 뭔가 오해하는 것 같은데……."

"전 어차피 아주머니와 아무 관계가 없는 사람이니까요. 제 오해는 그냥 내버려 두셔도 괜찮을 것 같습니다. 잘 알지도 못하는 타인의 오해 따위, 아무래도 상관없잖아요."

진혁은 더 이상 최영주의 말을 듣고 싶지 않았다. 파충류 같은 그녀의 눈빛을 견디기 힘들었다. 서둘러 이 자리를 벗어나 재인에게 최영주에 대해 알리고 싶은 생각뿐이었다.

최영주는 변명할 틈도 주지 않고 벌떡 일어나 나가는 진혁의 뒷모습을 노려보며 휴대폰을 꺼냈다. 일이 이런 식으로 돌아갈 줄은 몰랐다. 빚에 시달리는데다가 재인에게 차이기까지 했으니, 돈 얼마쯤 쥐어 주면 좋다고 달려들 줄 알았다.

심지어 진혁은 최영주가 무슨 짓을 하려는지 간파한 것 같았다. 최영주를 보는 눈빛이 심상치가 않았다.

'내가 무슨 실수를 한 거지?'

아무리 되짚어 봐도 알 수가 없었다.

'어쨌든 이대로 보낼 수는 없어. 분명 유재인에게 나에 대해 이야기할 거야.'

[제수씨, 어쩐 일인가?]

구형리가 전화를 받았다. 진혁은 막 커피숍을 나가는 중이었다.

최영주는 진혁과 있었던 일을 간략하게 설명했다. 구형리가 웃음을 터뜨렸다. 최영주는 조롱이 담긴 웃음소리에 기분이 상했지만, 내색하지 않았다. 지금은 구형리의 환심을 사야 하는 때였다.

'웃고 싶으면 웃어. 마지막에 웃는 사람은 내가 될 테니까.'

[젊은 놈들은 아직 세상물정을 몰라서 돈보다 중요한 게 있다고 믿기도 하거든. 그런 놈들에게는 돈보다 중요한 걸 얼마나 쉽게 허물 수 있는지 보여 주는 게 중요하지.]

구형리가 느긋하게 말했다. 그따위 가르침을 받고 싶은 게 아니었다. 진혁이 재인에게 최영주와의 접촉을 알리기 전에 막아야만 했다. 비명이 나오려는 것을 삼켰다.

구형리의 환심을 사고는 싶지만, 그렇다고 해서 그에게 약점이 잡히고 싶은 것은 아니었다. 최영주는 부러 여유로운 척 물었다.

"어떻게 하는 게 좋을까요, 아주버님?"

[걱정 말게, 제수씨. 이럴 줄 알고 미리 손을 써뒀으니까.]

커피숍에서 나오자마자 휴대폰을 꺼냈다. 차여서 창피하다거나 어색하다는 생각을 할 때가 아니었다. 얼른 재인에게 이 일에 대해 말해 줘야 했다.

그러나 휴대폰의 전화번호부를 열기도 전에, 검은 옷을 입은 덩치 좋은 사내들이 진혁을 앞을 막아섰다. 진혁은 휴대폰을 손에 꽉 쥐었다. 그것이 무기라도 된다는 듯이.

하지만 평범한 대학원생이 휴대폰 하나로 상대하기에, 그들은 너무 건장하고 험악해 보였다. 진혁을 노려보는 눈에는 살기가 가득해서, 여차하면 이 자리에서 살인도 불사할 사람들이라는 것을 알 수 있었다.

고개를 돌려 커피숍 안, 최영주가 앉아 있는 자리를 확인했다. 그녀는 누군가와 통화를 하면서 이쪽을 보고 있었다. 그녀의 입가에 미소가 떠올랐는데, 그게 조롱의 의미인지 안도의 의미인지 알 수 없었다. 어쩌면 둘 다일지도 모르겠다.

어떻게 해야 할까? 도망칠까? 아니면 소리를 지를까?

고민을 하고 있는데, 바로 앞에 서 있던 남자가 주머니에서 무언가를 꺼냈다. 흉기를 꺼내드는 줄 알고 긴장했다. 하지만 그의 손에 들려 있는 것은 휴대폰이었다.

안심할 수는 없었다. 저걸로 뭘 하려는 거지?

의아하게 생각하는 진혁의 앞으로, 남자가 휴대폰을 내밀었다. 휴대폰 안에서는 영상이 하나 재생되고 있었다.

—사, 살려 주세요…… 제발……

허름한 창고로 보이는 배경, 의자에 묶여 겁에 질린 부부.

"엄마……."

진혁의 부모님이었다.

돈 때문에 재인을 위험에 빠뜨리고 싶지는 않았다. 하지만 가족이 걸리면 문제가 달라진다.

정체를 알 수 없는 '그들'은 재인을 불러와주기만 하면 부모님을 풀어주겠다고 했다. 부모님은 물론 진혁의 목숨까지 보장해 주겠다고 약속했다.

그들의 말을 믿는 건 아니었다. 하지만 일단 부모님을 구하고 봐야만 했다. 진혁은 아무것도 모르고 옆에서 걷는 재인의 옆모습을 훔쳐봤다. 긴 속눈썹 아래에 자리 잡은 눈은 옆에서 봐도 맑게 빛나고 있었다. 거짓도, 불안도 없는 눈빛. 오롯이 진혁을 신뢰하는 눈빛.

지끈, 가슴이 아팠다. 아마도 '그들'은 재인을 죽일 것이다. 그렇지 않다면 이렇게 번거로운 방법까지 사용해, 재인과 그녀 곁의 두 남자를 떼어 내려고 하지는 않았을 것이다.

'이제 저 눈을 못 보는 걸까?'

라고 생각하다가 쓴웃음을 지었다.

'아니, 내가 먼저 죽을지도.'

영화나 드라마에서, 이런 상황에 빠진 사람들을 볼 때마다 생각했던 것이 떠올랐다.

'어차피 죽을 거라면 주인공에게 도움이 되고 죽는 게 낫지 않아?'

내 삶의 주인공은 나라고 생각하며 살아왔다. 실제로도 어디를 가나 주목을 받고 사랑을 받았다. 하지만 지금 이 순간, 진혁은 이 상황의 주인공이 자신이 아닌 재인이라는 것을 깨달았다.

모든 것이 재인을 중심으로 돌아간다.

'그들'도, 민성현과 류한선도, 그리고 자신의 마음도.

이런 상황에서도 저 반짝거리는 눈빛이 흐려지는 것을 원치 않았다.

그 눈동자는 계속 빛났으면 좋겠다. 그리고 언젠가 저 무표정한 얼굴이 더 자주 미소를 지었으면 좋겠다. 그런 생각뿐이었다.

"돈은 없어도 되는데……."

벌어진 입술로 흘러나오는 음성이 제 것 같지 않았다. 하지만 진혁은 목을 가다듬지 않고 계속해서 말했다.

"부모님을 잡아갔어요."

그제야 재인이 고개를 돌려 진혁을 쳐다봤다. 그녀의 얼굴에는 놀란 빛이 없었다. 늘 그렇듯 무표정했고, 그것이 도리어 진혁을 안심시켰다. 그녀의 흔들림 없는 눈동자와 표정 없는 얼굴은, 진혁에게 이 모든 것이 '정상'이라고 알려 주는 것만 같았다.

"가지 마세요, 누나."

진혁은 재인을 만난 순간부터 계속해서 목구멍 안을 맴돌던 문장을 끄집어냈다.

"가지 마세요."

처음이 어렵지 두 번째는 쉬웠다.

"저랑 같이 가면 누난 죽을지도 몰라요. 그러니까 도망치세요. 절 밀치고 도망쳐요."

"내가 도망치면 네가 죽지 않을까?"

재인이 걷는 속도를 늦추지 않고 말했다. 그녀는 다시 정면을 보고 있었다.

"어차피 절 죽일 거예요. 입막음을 위해, 뭐든 할 수 있는 사람들처럼 보였거든요. 그렇다면…… 누나라도 사서야죠. 가서 민 교수님이랑 그 형사님에게 도움을 청하세요."

"최영주를 만났어?"

얼른 도망쳤으면 좋겠는데, 재인은 진혁의 속도 모르고 느긋하게 질문을 했다.

"네, 만났어요. 그 여자, 누날 죽일 것 같아요."

"그래, 그 여자는 날 죽이고 싶을 거야."

일순간 재인의 입가에 미소가 떠올랐다. 잘못 본 줄 알았는데 아니었다. 그 미소는 여느 때보다도 오랫동안 재인의 얼굴에 머물러 있다가 사라졌다. 사랑하는 여자의 미소임에도, 진혁은 그 순간 섬뜩함을 느꼈다.

"난 지금 내 인생에서 가장 보람을 느끼고 있어."

"……누나."

"난 이제 그 여자에게, '뭣도 없는 멍청한 계집애'가 아닌, '반드시 죽여야만 할 존재'가 된 거니까."

"……."

"그 여자가 우리 부모님을 죽였어. 그 후 나는 쭉 안개가 낀 거리를 걸어왔어. 아무것도 보이지 않고, 들리지 않았지. 그런데 지금 나는 내 주위에 있는 것들을 또렷하게 볼 수 있게 됐어."

재인이 걸음을 멈추고 진혁을 마주 봤다. 그녀의 연갈색 눈동자가 눈부시게 빛나는 것을, 진혁은 멍하니 응시했다.

"솔직하게 말해 줘서 고마워, 그리고 이런 일에 말려들게 해서 미안해."

"그런 말은……."

재인의 가느다란 손가락이 진혁의 입술을 막았다.

"걱정 마. 너도, 너희 부모님도 죽지 않을 거야. 그리고 나 역시 살아남을 거야. 나는 이제……."

재인이 싱긋 웃었다.

"이 세상을 똑바로 보며 걸어가고 싶어졌으니까."

강성파 두목 진철환은 앞에 앉아 있는 두 남자를 노려보고 있었다. 진철환의 얼굴에는 황당함과 모멸감, 그리고 분노가 떠올라 있었다. 하지만 그는 자신의 부하들에게 명령을 내릴 수가 없었다. 그들은 이미 경찰들에게 제압을 당한 상황이었기 때문이다.

진철환의 맞은편 소파에 앉아 담배를 꺼내며, 한선이 성현에게 물었다.

"너, 인마. 대체 이놈의 위치를 어떻게 파악한 거냐?"

"내가 좀…… 모르는 게 없거든."

"아니, 이번엔 들어야겠다. 너, 대체 정체가 뭐야? 대체 이놈이 왜 이렇게 쉽게 널 들여보내 준 건데?"

"흠. 내가 좀…… 잘생겼잖아. 이 얼굴은 남녀노소 안 먹히는 곳이 없지."

"네놈이랑 장난칠 생각 없거든?"

"그러게. 나도 지금은 장난칠 생각이 없어. 형, 어젯밤 꿈자리는 어땠어?"

"아주 푹 잘 잤다."

"그래, 그거 참 다행이네."

라고 말하며, 성현이 씩 웃었다. 진철환은 여전히 성현을 노려보고 있었다. 그의 매서운 눈빛이 무섭지도 않은지, 성현이 휴대폰을 꺼내 살랑살랑 흔들었다.

"진 회장님, 일이 이렇게 되어 버려서 죄송합니다. 하지만 이쯤은 이해해 주시겠지요?"

"너, 네놈!"

"고함은 나중에 지르시고, 일단 대화를 좀 하는 게 좋겠습니다. 회장님이랑 싸우려고 온 게 아니거든요."

그런 것치고는 굉장히 비아냥거리는 말투라서, 한선은 부들부들 떠는 진철환의 마음을 이해할 수가 있었다.

"진 회장님이 운영하는 회사들의 비리를 몇 가지 알고 있습니다. 게다가 회장님이 저지른 범죄도 몇 가지 알고 있죠. 아, 웨이러미닛. 아직 회장님에게 말해도 된다고 허락하지 않았습니다."

성현이 휴대폰을 흔들며 긴 다리를 꼬았다.

"증거가 있느냐, 고 묻고 싶으시겠죠. 그렇다면 대답은 예스입니다. 증거는 있지요. 지금 당장이라도 회장님의 제국과 인생을 끝장낼 만큼 증거가 쌓여 있습니다. 물론 이것은 협박이 아닙니다. 제가 이런 협박을 할 이유가 없다는 거, 회장님이 더 잘 아시겠지요."

진철환은 아무 말도 하지 않았고, 그것이 한선을 놀라게 했다.

며칠 전 성현이,

"조만간 강성파를 칠 준비해 둬. 이거, 형한테 도움이 되는 일 맞지?"

라고 말했을 때만 해도, '이놈이 또 헛소리를 하는구나.'라고 대수롭지 않게 넘겼다. 하지만 정말로 위에서 명령이 떨어졌고, 진철환은 성현에게 꼼짝도 하지 못했다.

새삼스럽게 성현의 얼굴을 살펴봤다.

'대체 이놈 정체가 뭐야?'

한선의 시선을 눈치챘을 텐데도 성현은 무시하고 말했다.

"한 가지만 해 주시면 회장님은 무사하실 겁니다. 물론 회장님의 제국도 건재하겠죠. 아, 그 뒤에 몇 명은 희생을 해야 할 것 같네요. 경찰 쪽에 도움을 받은 게 있어서, 보답으로 회장님 왼팔, 오른팔 정도는 넘겨주고 싶거든요. 부두목 두 명쯤은 잘려나가도 괜찮겠죠? 그러려고 데리고 있는 놈들일 테니까."

무서운 소리를, 성현은 아무렇지도 않게 했다. 진철환의 속을 살살 긁는 소리만 하는데도, 진철환은 아무 말도 하지 않았다. 그저 노기 띤 시선만을 보냈을 뿐이다.

성현은 계속 흔들어서 한선까지 거슬리게 만들었던 휴대폰을, 진철환에게 내밀었다.

"전화 거세요. 구형리한테. 그리고 말하세요. 유재인 죽이지 말고 이야기를 들으라고."

구형리는 자동차 안에서 눈을 감은 채 인상을 찡그렸다. 출발하기 전, 진철환에게 전화가 걸려왔다.

'대체 회장님이 유재인에 대해 어떻게 알고 있는 거지?'

이건 구형리와 최영주의 문제였다. 진철환의 귀에까지 들어갈 문제가 아니었다. 게다가 진철환은 재인의 이야기를 들으라고 말했다.

'유재인…… 대체 뭘 하는 계집이기에 우리 회장님까지 움직이는 거지?'

아무래도 최영주가 말한 것보다 훨씬 만만치 않은 상대인 것 같다.

'뭐, 어차피 죽일 생각은 없었지만.'

애초에 최영주의 말대로 움직여 줄 생각은 없었다. 최영주에게는 무언가 꿍꿍이가 있었고, 그것을 알아낼 때까지는 재인을 살려둘 생각이었다.

일을 할 때 사용하는 창고는 인적이 드문 곳에 있었다. 주위에 건물이 없어서, 안에서 아무리 비명을 질러도 듣는 사람이 없는 곳이었다.

크고 허름한 창고의 문을 열자, 비릿한 냄새가 혹 밀려 나왔다. 창고 가운데에 있는 의자에, 재인이 묶여 있었다. 그리고 최영주는 그 옆에 서서 미소 띤 얼굴로 재인을 내려다보고 있었다.

구형리가 재인을 실제로 보는 건 처음이었다. 조명이 밝지 않은 창고인데도 재인의 주위는 스포트라이트를 받은 것처럼 밝았다. 구형리는 저도 모르게 손등으로 눈을 슥슥 문질렀다.

밝은 것은 아마도 재인의 눈빛 때문이리라. 이런 곳에 갇혔으면서도 재인은 두려워하는 기색이 조금도 없었다. 오히려 즐거워하는 듯 보였다. 무표정한데도, 그 눈빛에서 즐거움을 읽어 낼 수 있으니 이상한 노릇이었다.

'흐음. 보통 계집은 아니군.'

마르고 자그마한 몸 안에 무언가 거대한 것이 도사리고 있음을, 구형리는 알 수 있었다. 최영주가 재인의 옆에 버티고 있는 프로파일러와 형사만 걱정한 것이 이해되지 않았다.

'아무래도 이 아가씨가 가장 위험인물인 것 같은데 말이야.'

라고 생각하며 안으로 들어갔다. 최영주가 환하게 미소를 지으며 구형리를 맞이했다.

"어머나. 먼 길 오시느라 고생하셨어요, 아주버님."

"제수씨는 오는 길 불편하지 않았는가?"

"네, 차를 보내 주신 덕분에 편하게 왔어요."

구형리는 순간 작게 동요했다.

'차? 난 차를 보낸 적이 없는데.'

하지만 내색하지 않았다.

'누군가…… 내 사람이 아닌 이가 이 안에 섞여 있군.'

창고는 넓고, 여기저기 수하물이 쌓여 있었다. 거기 어딘가 최영주를 데리러 간 사람이 숨어 있을 것이다.

'누구지? 경찰 쪽 사람인가? 아니면…… 프로파일러라는 놈이 보낸 인물?'

어느 쪽이 되었든 상황이 불리해졌다. 이제부터 말도, 행동도 조심해야 한다. 하지만 그 사실을 굳이 최영주에게 알려 주진 않았다.

"그나저나…… 이 아가씨가 유재인인가?"

"네, 아주버님. 아무래도 이 애는 아주버님과 협상할 생각이 없는 것 같아요. 괜한 소리를 지껄이기 전에 죽이는 게 좋을 것 같은데."

"흐음."

구형리는 팔짱을 끼고 재인을 내려다봤다. 두꺼운 테이프로 입이 막힌 재인은, 눈동자만 들어 구형리의 시선을 받아 냈다. 연갈색 눈동자가 무섭도록 맑았다.

"일단 얘기를 들어 봐야겠군. 나를 귀찮게 하는 이유가 뭔지."

"아주버님, 많이 바쁘신데 군이 시간 낭비를 하실 필요가 있을까요?"

"나는 예쁜 아가씨랑 시간 낭비 하는 걸 좋아하거든."

최영주의 반대를 모르는 척하며, 구형리는 재인의 입에 붙어 있던 테이프를 떼어 냈다.

찌이익— 거칠게 떼어 내서 아플 텐데도, 재인은 눈썹 한 번 꿈틀거리지 않았다. 섬뜩할 정도로 맑은 그녀의 눈동자는 흔들림 없이 구형리만을 향하고 있었다.

"아가씨, 내가 아가씨를 데리고 온 이유를 알고 있는가?"

"이 여자가 저를 잡아 오라고 했겠죠. 이유는 아마도…… 회사……와 얽힌 일이군요. 제가 아저씨를…… 곤란하게 만들고 있다고 했겠죠."

재인이 띄엄띄엄 말했다. 단지 말을 고르기 위해서가 아니라는 것을, 구형리는 알 수 있었다. 재인은 말을 하며 중간중간 무언가를 그려내는 것처럼 보였다.

"그래, 잘 알고 있구만. 나는 조용히 살고 있는데, 왜 나를 괴롭히는 거지? 내게 불만이라도 있는 건가? 아니면 아가씨 아버지의 것이었던 회사에 욕심이라도 생겼나?"

"아저씨는 이 여자를 믿으세요?"

재인은 대답 대신 질문을 던졌다. 맹랑한 태도였지만 그다지 불쾌하진 않았기에, 구형리는 순순히 대답해 주었다.

"당연히 믿지. 제수씨는 내게 많은 도움을 줬거든."

"거짓말."

재인이 단호하게 말했다. 구형리가 인상을 찌푸렸지만, 그의 얼굴에 고정된 재인의 눈동자는 움직이지 않았다. 구형리는 순간, 재인의 눈동자가 자신의 머릿속으로 들어온 것 같다는 느낌이 들었다. 하지만 착각이리라. 눈동자가 머릿속에 들어올 리 없지.

"아저씨는 동생을 사랑하셨나요?"

이번에도 재인이 상황과 전혀 관계없는 질문을 던졌다. 뭐 하자는 건지 알 수 없지만, 바쁜 것도 아니니 장단에 맞춰 주기로 했다.

"내 돈이나 까먹는 멍청한 동생놈, 사랑할 리가 있나? 귀찮기만 했지."

"거짓말."

"……아가씨. 내가 하는 말마다…….."

"어젯밤, 푹 주무셨나요?"

"3시간 정도 잤나?"

"그건 정말이군요."

"지금…… 나랑 뭘 하자는 거지?"

"부모님……을 잃으셨군요, 어린 나이에. 동생과 단둘이 어렵게 살아남았어요. 조직에 들어간 건 스물…… 아니, 열여덟…… 아니, 열아홉 살 때. 애인…… 이십 대…… 그래요, 스물쯤에 애인이 있었어요. 임신……을 했는데 버렸죠. 애인은 죽었군요."

오싹— 팔뚝에 소름이 돋았다. 스무 살, 그 어린 날에 단 한 번 사랑을 했고, 성공을 위해 사랑을 포기했다. 아이를 가진 채로 자살한 애인의 일은 아무도 몰랐다. 동생인 구형진조차도.

이 아가씨는 내 머릿속을 읽고 있다. 저 눈동자는 정말로 내 뇌를 헤집고 있다. 초능력 따위를 믿을 만큼 어수룩하지 않은데도, 그런 생각을 지울 수가 없었다.

"제가 섬뜩하신가요?"

꿀꺽, 구형리는 마른침을 삼켰다. 비쩍 마른 여자에게 느끼는 이 감정을, 누구에게도 들키고 싶지 않았다.

"아저씨, 저는요. 사람의 생각을 읽을 수 있어요."

다른 때라면 껄껄 웃어넘겼을 말이다. 하지만 구형리는 웃을 수가 없었다. 그는 긴장한 입매를 실룩거리며 재인의 다음 말을 기다렸다. 재인의 눈동자가 처음으로 최영주에게 향했다. 그제야 구형리도 재인에게서 시선을 떼고 최영주를 돌아봤다.

최영주의 입가에 묻어 있던 미소는 사라졌다. 그녀는 긴장한 표정으로 재인을 보고 있다가, 자신에게 시선을 쏠린 것을 뒤늦게 깨닫고는 눈을 깜빡거렸다. 최영주가 미소를 지었지만, 그 미소는 자연스럽지 않았다.

"이 아줌마랑 아저씨 동생이, 제 부모님을 죽였어요. 그리고 이 아줌마가……."

"시끄러!"

최영주가 재인을 향해 달려들었다. 언제부터 가지고 있었는지, 그녀는 날카로운 나이프를 쥐고 있었다. 날카로운 쇠붙이가 재인의 목덜미를 향해 날아들었다.

하지만 그것은 재인의 목에 작은 상처조차 만들어 내지 못했다. 어디선가 나타난 남자가 최영주의 손목을 후려친 것이다. 그가 누군지 확인하기도 전에, 재인이 말을 끝맺었다.

"아저씨 동생을 죽였어요."

최영주는 달아나려 했다. 하지만 구형리의 부하들이 더 빨랐다. 구형리가 눈짓을 하기도 전에 그들이 최영주의 앞을 가로막았다.

"아주버님."

최영주는 상황판단이 빨랐다. 퇴로가 차단되었다는 것을 깨닫자마자 재빨리 표정을 바꿔 구형리를 돌아봤다. 아무 일도 일어나지 않았다는 듯이.

"제가 그이를 죽일 리 없잖아요. 이 애는 어릴 때부터 거짓말을 잘했어요. 이 애 아빠가 저한테 늘 그 고민을 털어놨죠. 자기 딸이 거짓말을 너무 자주 한다고."

"그렇다면 왜 도망치려 했는가?"

최영주에게 질문을 하며, 재인의 앞을 막아선 남자를 살펴봤다. 훤칠한 키에 놀랍도록 잘생긴 얼굴을 가진 남자였다. 깊이 눌러쓴 모자 아래로 보이는 눈이 차갑게 빛나고 있었다.

"그거야 아주버님이 오해하고 제게 해코지를 하실까 봐 그랬죠."

"오해? 무슨 오해? 제수씨가 내 동생을 죽였다는 오해 말인가?"

"그래요. 저는 그이를 죽이지 않았어요. 아시잖아요. 제가 그이를 얼마나 사랑했는지."

"그거야 나는 모르지 않겠는가. 내가 받은 사랑도 아닌데."

"……아주버님. 설마…… 정말로 이 계집애의 말을 믿는 건 아니 겠죠?"

"글쎄. 난 지금 누구도 믿지 않아. 하지만 이 아가씨의 이야기를 좀 더 들어 보고 싶군."

"아주버님! 그 계집애는 거짓말쟁이라니까요? 아주버님한테서 회사를 빼앗으려고 혈안이 된 욕심 많은 애일뿐이에요. 그런 애 말에 휘둘려서……."

"얘들아. 제수씨 좀 조용히 시키고, 어디 잠깐 넣어둬라."

최영주가 눈을 부릅떴다. 정체 모를 잘생긴 남자는 모자를 벗고 재인의 손목을 묶은 밧줄을 풀고 있었다. 구형리도, 구형리의 부하도 무섭지 않다는 듯 여유로운 행동이었다.

구형리는 굳이 그를 건드릴 생각이 들지 않았다. 그는 똑바로 보기 힘들 정도로 잘생겼지만, 위험스러운 냄새를 풍겼다. 섣불리 건드리면 안 된다고, 야생의 감이 말해 주고 있었다. 결박에서 벗어난 재인이 천천히 일어났다.

"괜찮아, 여왕님?"

"와줘서 고마워, 민성현 씨."

"언제나, 어디든."

성현이라고 불린 사내가 재인의 손등에 살짝 입을 맞췄다. 장소도, 상황도 전혀 어울리지 않는 행동인데, 마치 영화의 한 장면처럼 보였다.

"아줌마."

재인이 겁도 없이 최영주를 향해 걸어갔다. 지금껏 묶여 있던 여자 같지 않았다. 최영주는 재인을 노려보고 있었다.

"하나만 물어볼게요."

재인의 눈동자가 최영주의 눈에 고정되었다.

"우리 아빠는 끝까지 우리 엄마를 사랑했죠?"

최영주가 조롱하듯 웃었다.

"아직도 그렇게 믿고 있니? 네 아빠가 사랑한 여자는 나였어. 아무 능력도 없이 집구석에 틀어박혀 있던 네 엄마가 아니라."

재인의 입가에 옅은 미소가 떠올랐다.

"거짓말."

"거짓말이라니! 나는……!"

최영주가 변명을 하려 했지만 구형리의 부하가 그녀의 입을 틀어막았다. 경악한 눈으로 쏘아보는 최영주를 향해, 재인이 천천히 말했다.

"나는 생각을 읽을 뿐, 예언의 능력은 없어요. 하지만 이제부터 예언 하나 할게요. 아줌마는 갇혀서 어마어마한 공포를 느낄 거예요. 그리고 갇혀 있는 것이 얼마나 고독한 일인지도 알게 되겠죠."

"으…… 으읍!"

최영주가 뭐라 외쳤지만 커다란 손이 막고 있어서 소리가 나오지 않았다. 재인의 입가에서 미소가 사라졌다. 재인은 그 크고 선명한 눈으로 최영주를 똑바로 응시하며 말했다.

"실컷 느끼세요. 그게 바로, 제가 당신 때문에 지금까지 느꼈던 기분이니까."

"이야기를 하기 전에 부탁드리고 싶은 게 있어요."

창고 밖으로 나오자마자, 재인이 말했다. 구형리는 인상을 찌푸리고 당돌한 여자를 노려봤다. 하지만 재인은 구형리의 위협적인 시선에도 아랑곳하지 않고 말했다.

"절 데리고 오기 위해 잡아둔 분들과 진혁이의 안전을 보장해 주세요."

"난 지금 아가씨의 이야기를 듣겠다고 했지, 아가씨의 명령을 듣겠다고 하지는 않았어."

"아저씨, 그거 아세요?"

재인의 음성이 은밀해졌다. 구형리는 자신이 불쾌했다는 사실도 잊고 그녀의 목소리에 귀를 기울였다.

"저는……."

구형리는 더 작아진 재인의 목소리를 잘 듣기 위해 허리를 굽혔다. 구형리의 귀에 대고 재인이 속삭였다.

"아저씨의 동생을 증오해요."

"……."

"그런데도 지금 구형진을 죽인 범인을 특정지어 주려고 하는 거예요. 아저씨의 사업에도, 개인사에도 아무 관련 없는 한 가족의 안전을 보장해 주는 거, 싼 값이라고 생각하는데요."

"맹랑한 아가씨군."

구형리가 피식 웃으며 자세를 바로 했다.

"좋아. 어차피 그들에게 손댈 생각도 없었어. 놔주도록 하지."

"감사합니다."

"그렇다면 아가씨도 내 부탁을 하나 들어줘야겠는데."

"뭐죠?"

"난 아가씨와 단둘이 대화를 해야겠어. 그 남자는 빼고."

구형리가 성현을 가리켰다. 성현은 묵묵히 재인의 곁에 서서 그녀가 답하기를 기다렸다. 재인은 성현을 흘긋 올려다보고는 고개를 끄덕였다.

"좋아요, 그렇게 해요."

재인이 이렇게 순순히 수락할지 몰랐던 구형리는 속으로 혀를 찼다. 범상치 않은 아가씨라는 건 알고 있었다. 하지만 자기를 죽일지도 모르는 상대가 단둘이 대화를 하자는 데도 이렇게 흔쾌히 고개를 끄덕이다니. 멍청한 건지, 담이 큰 건지 모르겠다.

구형리는 먼저 부하들에게 진혁과 그의 부모를 풀어 주라고 명령하고는, 창고 옆에 세워 둔 자동차로 향했다.

"민성현 씨, 다녀올게."

"혼자서 괜찮겠어?"

"혼자가 아니잖아."

라고 대답하며, 재인의 성현의 가슴 위에 손을 얹었다. 성현이 싱긋 웃었다.

"이거 참. 내 여왕님이 이토록 신뢰를 해 주다니 감개무량하군."

주머니 속에서 초콜릿을 꺼낸 성현이 포장을 벗긴 후 재인의 입안에 쏙 밀어 넣었다. 그리고 재인의 허리에 팔을 감아 끌어당겨 입을 맞췄다. 그의 혀가 재인의 입안에 있는 초콜릿을 녹였다. 단향이 입안에 번졌다.

"류 형사가 파악한 바로는 구형진이 특별히 접촉한 사람이 없다고 했어."

입술을 떼어 낸 성현이 구형리의 뒷모습을 응시하며 속삭였다.

"류 형사는 구형진이 구형리에게 증거를 맡겼을 가능성이 크다고 하고, 나 역시 그렇다고 생각해."

"내가 알아내야 할 건, 그 증거의 행방이지?"

"할 수 있겠어?"

"당연하지."

성현은 눈을 가늘게 뜨고 재인의 얼굴을 응시했다. 햇빛도 없는데 눈이 부신 이유는, 아마도 그녀의 얼굴이 밝게 빛나고 있기 때문일 것이다. 웃음기 없는 얼굴이 이토록 빛날 수도 있다니.

"역시 내 여왕님은 멋지군."

성현이 부드럽게 웃으며 재인의 어깨를 잡아 돌려세웠다.

"다녀와, 여왕님."

그의 손이 재인의 엉덩이를 가볍게 톡톡 두드렸다. 그 일상적이면서도, 재인에게는 일상이 아니었던 행동이 그녀의 마음을 편하게 만들어 주었다.

재인은 크게 숨을 들이마시고는 고개를 끄덕였다.

"다녀올게."

자동차 내부는 넓고 편안했다. 뒷좌석에 나란히 앉아, 재인이 입을 열었다.

"구형진과 최영주가 우리 부모님을 죽였어요. 계획을 세운 것은 최영주, 실행에 옮긴 것은 구형진이었죠. 최영주는 자신의 손을 더럽히지 않았으니 괜찮다고 생각했겠지만, 구형진은 그렇게까지 바보는 아니었어요."

구형리는 속으로 혀를 내둘렀다.

'이 아가씨, 정말 맹랑하군.'

구형리가 구형진을 얼마나 아끼는지 알면서도, 구형진에 대한 재인의 표현은 가차 없었다. 구형리가 자신을 죽일 리 없다고 확신하는 듯이.

그런 재인의 행동이 얄밉다기보다는 흥미로웠다. 정말일까? 이 아가씨가 남의 생각을 읽는다는 그 말은?

"구형진은 최영주와 살인을 공모하면서 녹음을 했어요. 언젠가 최영주가 자신을 배신할지도 모른다고 생각했기 때문이죠. 그리고 그 녹음 파일을 빌미로 최영주를 손 안에 쥐고 흔들었죠."

구형리는 그제야 최영주처럼 똑똑한 여자가 자신의 동생과 헤어지지 못한 이유를 알게 되었다.

"최영주가 구형진을 죽이지 않은 이유는, 그 증거가 어디에 어떤 방식으로 보관되고 있는지 몰랐기 때문이에요. 일단 그 증거를 손에 넣은 후에 구형진을 죽일 생각이었겠죠. 하지만 구형진은 말해 주지 않았고, 최영주는 자신의 재산을 지켜야만 하는 상황에 이르렀어요."

재인은 높낮이 없이 담담하게 말했다.

"녹음파일 따위는 없을 거다, 구형진이 있지도 않은 파일을 만들어 내 협박해 온 거다, 설령 있다 하더라도 그것이 세상에 드러나는 일은 없을 거다. 최영주는 그렇게 생각했죠. 그리고 구형진을 죽였어요."

그녀의 알리바이를 위증한 바텐더는 얼마 전에 죽었다.

"최영주가 자기 손으로 직접 살인을 저지른 건, 구형진이 처음이었어요. 한 번 그렇게 손을 더럽히고 나니 무서운 것이 없어졌겠죠. 죽여도 걸리지 않을 거야. 최영주는 그렇게 생각했어요. 겁이 없어진 거죠. 그래서 불필요한 사람들은 죽여 버리면 된다고, 쉽게 생각한 거고요."

"아가씨를 죽이려고 한 건, 아가씨가 제수씨의 살인 증거를 갖고 있기 때문인가?"

"아니요. 거짓 정보를 흘렸어요. 제가 녹음파일의 위치를 파악하고 있다는 정보. 최영주는 다급해졌고, 문제가 되기 전에 절 죽여야 한다고 생각했죠. 하지만 절 지켜 주는 사람들이 많아서, 이왕이면 다른 사람의 손을 빌려 죽이고 싶었을 거예요. 자기한테 불똥이 튀지 않게 하기 위해서. 그리고…… 아저씨를 공범으로 끌어들이면, 나중에 문제가 생겨도 편할 거라고 생각했겠죠."

재인은 마치 모든 상황을 바로 옆에서 지켜본 것처럼 말했다.

'진짜로 생각을 읽는 건가?'

아까는 생각지도 못한 과거를 들키는 바람에 깜짝 놀라서 '생각을 읽는다.'는 터무니없는 말을 믿어버렸다. 하지만 이성을 되찾은 지금도 재인은 여러 가지로 구형리를 놀라게 만들었다. 어쩌면 생각을 읽는 능력이, 정말로 존재하는지도 모르겠다.

"구형진이 아저씨에게 뭔가를 맡겼을 거예요."

'정말 읽는 모양이군.'

"그건 아마도…… 은행 비밀금고의 열쇠."

"아가씨는 정말로 남의 생각을 읽나 보군."

구형리가 저도 모르게 내뱉은 말에, 재인이 피식 웃었다.

"아니요, 이건 어떤 형사님과 프로파일러가 추리해낸 거예요."

재인은 생각을 읽었다고 말해도 될 텐데, 굳이 솔직하게 대답했다. 구형리는 그런 재인이 싫지 않았다.

"그래, 열쇠를 맡겼지. 굉장히 오래전의 일이야. 별거 아니라는 듯이 맡겨서, 그 녀석이 죽기 전까지는 잊고 있었어."

구형리가 지갑 안에서 작은 열쇠를 꺼냈다.

"하지만 아가씨. 비밀금고를 열려면 이 열쇠만으로는 부족해. 대리인이야 어떻게든 위장한다고 쳐도, 비밀번호를 알아야 하지."

"비밀번호라……."

재인이 잠시 고개를 돌려 차창 밖 어딘가를 응시했다.

"제가 아는 형사님이 감이 진짜 좋거든요. 그래서 안 좋은 일이 생기겠다 싶을 땐 뒤숭숭한 꿈을 꾸곤 해요. 무의식이 모든 상황에서 불안함을 읽어낸 것을, 꿈으로 표현하는 거죠."

"……그래서?"

"그 형사님이 그러더라고요. 구형진이 비밀번호로 사용할 만한 번호가 있다고."

"뭐지?"

"그건 은행에 가서 알려드릴게요. 금고 문, 같이 열어요."

쾅—!

육중한 소리와 함께 어둠이 찾아왔다. 최영주는 이를 악물고 터져 나올 뻔한 신음을 삼켰다. 이런 식의 대우는 처음이지만 불평을 늘어놓을 정신이 없었다.

'어째서?'

알 수 없었다.

모든 것이 완벽하게 돌아가고 있었다.

'그런데 왜 이런 일이?'

20년간, 아무 문제없었다. 문제가 생긴다고 해도 크게 해가 될 수준이 아니었다.

그런데 어째서 모든 일이 이렇게 최악으로 돌아가게 된 걸까?

　"인느님, 내 생각에 비밀번호는 인느님 생일일 것 같아."

비밀번호를 누르는 기계 앞에서, 재인은 한선의 말을 떠올렸다.

　"구형진은 말이지, 쓰레기였어. 자기가 최영주 손에 죽을지
　도 모른다는 생각을 해 왔겠지. 그리고 자기가 죽어도 자기 죽
　음을 파헤쳐 줄 사람은 없다는 것도 알고 있었겠지. 만약 그럴
　사람이 있다면 단 한 명. 인느님이라고 생각했을 거야."

한선을 모르는 사람들이 듣는다면 허무맹랑한 소리였다. 하지만 한선의 감을 아는 재인은, 그의 말을 믿었다. 게다가 성현은 한선이 그 이야기를 할 때 아무 말도 하지 않았다. 성현도 납득했다는 것이다.

0722.

그 둘을 믿기에, 재인은 망설이지 않고 비밀번호를 눌렀다. 그리고 그녀가 20년 동안 안개 속을 걸으며 찾아 헤매던 것을, 드디어

손에 넣었다.

녹음 파일은 구형리의 사무실에서 듣기로 했다. 그의 사무실로
옮길 때는 성현도 합류했다.

─내가 그 계집애를 데리고 있을게. 당신이 가서 죽여.

─또? 이번엔 네가 해라.

─그 여자가 죽으면 난 의심받을 거야. 그 남자 전 부인이잖아.
하지만 당신은 아무 관계가 없으니까 의심 받지 않아.

─계속 나만 죽이잖냐. 계획을 세운 건 넌데.

─원래 계획은 머리가 좋은 쪽이 세우는 거야. 당신한테도 콩고
물이 떨어지니까 좋지 않아? 그 여자만 죽으면 그 집도 우리 거야.

─죽자마자 집을 빼앗아오면 의심받지 않겠냐?

─그러니까 당신이 죽이라는 거야. 난 그 딸년이랑 같이 있을 테니
까. 그 딸년이 내 알리바이를 증명해 주면, 내가 의심받을 일은 없어.

─난 의심받을지도 모르지.

─당신이 왜 의심을 받아? 그 집이랑 아무 관계도 없는데.

20년 전의 구형진과 최영주의 대화가 재인의 귀로 흘러들어왔
다. 재인은 눈을 감고 그들의 목소리를 들었다. 한 사람을 죽을 계
획을 세우면서도, 그들의 목소리엔 즐거움이 깃들어 있었다. 이미
오래전의 일인데도 마치 그날로 돌아간 것처럼 영상이 그려졌다.

담배를 피우는 구형진, 다리를 꼬고 소파에 앉아 와인을 마시는
최영주. 담뱃재가 떨어진 테이블 위에는 땅콩 담긴 접시가 놓여 있

고, 그 당시의 유행가가 흘러나오고 있었다.

그 일상적인 풍경 안에서 한 남자와 한 여자는, 한 가족을 완전히 파멸시킬 계획을 세웠다. 그 계획은 실행에 옮겨졌고, 20년을 돌고 돌아 이렇게 오게 된 것이다.

이 기분을 뭐라고 해야 할까? 감개무량? 아니, 그것과는 다르다. 심장이 죄었다. 자신의 목숨을 해하려는 자들이 있다는 것도 모르는 채, 죽은 남편을 그리워하고 있었을 엄마가 떠올라 심장이 찢기는 것만 같았다.

'그리고 나는 엄마를 원망하고 있었지.'

눈시울이 뜨거워졌다.

'나는 정말…… 못된 계집애였어.'

성현을 만난 후 잊고 있던 생각이 다시금 피어올랐다.

'정말로…… 최악의 계집애였지.'

비명이 나올 것 같아서, 무릎을 꽉 쥐었다. 딱 한 번만 그때로 돌아가고 싶다. 단 몇 초라도 좋으니, 20년 전의 그때로 돌아가 엄마를 보고 싶다. 안방에 누워 눈물짓고 있는 엄마를 꽉 끌어안고 말해주고 싶다.

아주 많이 사랑한다고. 아빠는 없지만, 우리 둘이서 힘껏 살아가 보자고. 엄마를 많이 사랑하는 내가 있으니까, 힘을 내라고. 그 말을 할 수 있다면 좋을 텐데. 그때 해 주었더라면 그 후의 삶이 그토록 고독하지 않았을 텐데.

꿀꺽― 눈물을 삼키는 소리가 너무 크게 울렸다.

"아가씨. 제수씨 소지품 중에 소형비디오카메라가 있었다더군. 아까 그 장면을 찍어서 협박용으로 남겨 둘 생각이었던 모양이야."

구형리의 음성에 정신을 차렸다. 그가 통화를 하고 있었다는 것도 깨닫지 못했다.

"흐음."

구형리가 재인의 얼굴을 빤히 응시했다.

"아가씨, 우나?"

"안 울어요."

"그래?"

"네, 안 울어요. 적어도 지금은 안 울어요."

"당차군. 하지만 아가씨, 울어도 돼. 난 여자의 우는 얼굴을 꽤나…… 하하하. 그렇게 노려볼 거 없잖아, 민 교수."

성현의 차가운 시선을 느낀 구형리가 농담을 멈췄다.

"아무튼 아가씨. 아가씨가 아니었으면 내 동생이 살해당했다는 것도 모르고 살 뻔했어. 내 모토가, 내 사람들 건드린 연놈은 갈가리 찢자는 거거든."

"……최영주를 죽일 생각인가요?"

"그게 아가씨도 원하는 거 아냐?"

"아니에요. 저는……!"

"어리광을 받아 주는 건 여기까지야, 아가씨. 난 지금껏 아가씨가 원하는 대로 움직여 줬어. 앞으로도 그럴 거라고 생각하지 마."

구형리의 눈에 살기가 떠올랐다. 방금 전과는 사뭇 다른 그의 모습에, 재인은 입을 다물었다. 이제부터는 재인이 무슨 말을 해도 그가 들어 주지 않으리라는 것을 간파했기 때문이었다.

"아무튼 내 동생을 죽인 년을 알려 줬으니, 보답으로 한 가지 좋은 사실을 알려 주지."

"……뭐죠?"

"지나간 일을 후회하지 마. 미련도 갖지 마. 후회와 미련은 족쇄가 돼서 거동을 불편하게 만들지."

"……."

"아가씨 옆엔 멋진 남자가 있고, 좋은 친구가 있잖아? 과거의 아가씨가 어떤 모습이었든, 지금의 아가씨는 상당히 괜찮다는 거야. 그러니까 좀 더 웃어봐."

"……."

"아가씨는 웃으면 정말 예쁠 거야."

말을 끝낸 구형리가 느릿하게 몸을 일으켰다. 그 모습은 마치 웅크리고 있던 맹수가 잠에서 깨어나 기지개를 켜는 것 같았다. 그의 온몸에서 살기가 뿜어져 나왔다.

조용한 사무실의 문을 열며, 구형리가 돌아보지도 않고 말했다.

"그럼 아가씨, 앞으로는 서로 볼일 없이 살자고."

탁— 문이 닫히자마자, 재인이 성현의 손목을 붙잡았다.

"저 남자를 막아야 돼."

성현이 나른하게 중얼거렸다.

"나는 괜찮을 것 같은데."

"민성현 씨."

"여왕님은 그 여자를 죽이고 자신도 죽을 생각이었잖아. 저 남자가 대신해 주겠다는데, 나쁘지 않잖아?"

"그 여자를 죽이고 나도 죽으려던 이유는, 그 여자와 똑같은 살인범으로 살아가고 싶지 않기 때문이었어."

재인이 손에 힘을 줬다.

"나는, 민성현 씨. 상대가 누구든, 막을 수 있는 살인은 막고 싶어."

"이거 참, 내 여왕님은 얼마나 올곧으신지."

성현이 어쩔 수 없다는 듯 중얼거리며 꼬고 있던 다리를 풀었다.

"자꾸만 날 반하게 만드네."

성현이 휴대폰을 꺼냈다.

"그렇다면 여왕님의 아름다움에 보답하여, 우리의 영웅 류 형사님을 소환해 볼까?"

재인과 성현, 그리고 그들의 영웅 한선이 최영주의 행방을 찾기 위해 고군분투하는 동안, 최영주는 어둠 속에 갇혀 떨고 있었다. 처음에 느꼈던 분노와 의문은 사라지고 없었다. 최영주를 채운 것은 공포뿐이었다.

48년을 살면서 죽음을 가까이 느껴 본 것은 지금이 처음이다. 최영주는 자신이 죽으리라는 것을 실감했다.

무게를 지닌 어둠이 점점 짙어졌다. 그것이 형체를 이뤄 최영주를 향해 스멀스멀 다가왔다. 질척이고 끈적거리는 어둠은 최영주를 삼키려는 듯 옥죄어 왔다. 최영주는 공포 때문에 숨조차 쉴 수 없었다.

밖에서 작은 소리가 날 때마다 심장이 멎을 것만 같았다. 벌써 몇 번이나 죽었다가 살아난 기분이었다. 하지만 살아났어도 기쁘지 않았다. 아무리 노력해도, 무거운 어둠에서 벗어날 수가 없었다.

'아니야, 난 안 죽어. 죽을 리 없어.'

최영주는 공포를 털어 내기 위해 노력했다.

'죽긴 왜 죽어. 그 계집애는 아무것도 몰라. 아는 척을 했을 뿐이야. 구형리도 그 사실을 깨달을 거고, 속이려고 한 그 계집애를 죽이겠지.'

20년 전 보았던 눈동자가 떠올랐다. 최영주를 빤히 응시하던 맑고 투명한 눈동자.

"아줌마가 우리 엄마, 아빠를 죽였죠?"

어린아이의 것임에도 청량하고 묵직했던 목소리.

'아니야. 죽일 생각은 없었어. 나는 그저…… 돈이 필요했어. 편하게 먹고 살 수 있는 돈이.'

돈이 없어서 수모를 당했고, 돈이 없어서 고통을 당했다. 그래서 돈이 필요했을 뿐이다. 누군가를 죽일 생각은 없었다.

'나는 그냥…… 우아하고 고급스럽게 살아가고 싶었던 거야. 그게 죽을죄는 아니잖아. 게다가 네 엄마와 아빠를 죽인 건 구형진이

야. 내가 아니라고!'

최영주는 어느 순간, 앞에 있지도 않은 재인을 향해 외치고 있었다. 재인의 눈동자가 눈앞에서 사라지지 않았다.

'미안해, 재인아. 나는 정말 네 부모를 죽일 생각이 없었어. 네 아빠는 정말 좋은 사람이었어. 네 아빠가 죽고, 나도 마음이 안 좋았어.'

연갈색 눈동자는 최영주의 말을 믿지 않는 것 같았다.

'나는…… 나는 네 아빠의 사랑을 받고 싶을 뿐이었어. 처음엔 정말로 네 아빠를 좋아했다고!'

그때였다. 덜컹— 커다란 소리와 함께 문이 열린 것은.

열린 문 사이로 들어온 빛이 어둠을 몰아냈다. 최영주는 숨을 몰아쉬고 기대감에 찬 눈으로 빛을 응시했다. 커다란 실루엣이 최영주를 향해 걸어왔다.

"이봐, 아줌마."

칼칼한 목소리가 최영주를 불렀다. 그가 최영주의 손목을 거칠게 낚아채 일으켜 세웠다. 비틀거리는 몸을 똑바로 세우려고 노력하며, 최영주는 상대를 확인했다.

언젠가 본 적이 있는 남자였다. 아마도……

'구형리의 부하.'

비열하고 잔혹한 눈빛의 남자가, 희망을 잃은 최영주를 보며 씩 웃었다.

"형님이 아줌마 데리고 바다로 나가래. 같이 배를 좀 타야겠어."

　　　　*　　　*　　　*

　일주일간 수색을 펼쳤지만 최영주는 발견되지 않았다.

　죽은 흔적도, 산 흔적도 없었다. 마치 처음부터 세상에 존재하지
않았던 것처럼 사라졌다. 경찰 조사를 받게 된 구형리는 느물느물
웃으며 그날 바로 최영주를 돌려보냈다고 대답했다. 심증은 있지
만 물증이 없는 상태였기에, 구형리는 무사히 풀려났다.

　그 소식을 전해 준 것은 성현이었다. 구형리가 조사를 하는 내내
성현이 옆에 있었단다. 성현이라면 심증만 있는 상태에서도 구형리
의 증언을 받아 낼 수 있었을 것이다. 하지만 그는 그렇게 하지 않았
다. 아마도 구형리가 저지른 범죄를 눈감아 주려고 하는 것이겠지.

　"기분은 좀 어때?"

　정오의 햇살은 겨울임에도 따뜻했다. 커다란 베란다 창문 앞에
나란히 서서, 성현이 물었다.

　"이상해."

　재인은 지금 느끼는 기분을 뭐라고 표현해야 좋을지 알 수 없었
다.

　"뭔가…… 이상해."

　"맥이 빠졌어?"

　성현이 재인을 대신해서 적당한 단어를 골랐다. 그제야 재인은
자신이 그런 감정을 느끼고 있다는 것을 깨달았다. 몸을 채우고 있

던 커다란 덩어리 하나가 훅 빠져나간 느낌이다.

"딸꾹질을 하면 짜증이 나는데, 막상 그게 멈추면 허전하다는 느낌이 들잖아. 입안에 가시가 돋아 있으면 거슬리는데, 그게 빠지고 나면 시원하면서도 허전하지."

"그래, 맞아. 지금 내가 느끼는 게 그런 기분일 거야."

"듣고 싶은데. 어떤 기분인지."

성현이 상냥한 목소리로 말하며 재인을 향해 손을 내밀었다. 재인은 그의 커다란 손을 붙잡고 소파로 향했다. 재인은 성현의 품에 안기듯이 앉았다. 재인의 허리를 감은 성현이 그녀의 정수리에 얼굴을 묻었다. 머리카락 사이로 느껴지는 그의 숨결이 따뜻해서 좋았다.

"최영주는 지난 20년 동안 내 삶이었어. 그 여자는 내 옆에 없으면서도 내 삶을 쥐고 흔들었잖아. 나에게 그 여자는 가장 높고 두꺼운 벽이었는데, 구형리는 손가락 하나로 그 여자를 없애버렸어. 그게 뭔가…… 허무해."

"그래."

"최영주는 정말로 별것 아닌 여자였던 거야. 난 그런 여자에게 20년이나 휘둘렸고. 대체 20년 동안 혼자서 뭘 한 건지……."

쓴웃음을 지으며 고개를 숙였다. 손을 한껏 펼쳐 손바닥을 내려다봤다. 이 손으로 무언가를 할 수 있을 거라 생각했다. 하지만 아무것도 한 것이 없다.

재인이 무슨 생각을 하는지 안다는 듯, 성현이 그녀의 손 위에 자신의 손을 겹쳤다. 그의 커다란 손에 가려져, 재인의 손이 보이지 않았다.

"구형리가 한 게 아니야, 여왕님. 구형리는 여왕님이 원하는 대로 움직였을 뿐이야. 여왕님이 거기서 구형리의 마음을 얻지 못했다면, 결과는 달라졌을 거야."

"그랬을까?"

"응. 알잖아, 난 모르는 게 없다는 거."

그의 장난스러운 말에 재인은 작게 웃었다.

"그래, 생각해 보면…… 구형리 혼자 한 게 아니야. 류 형사님, 정 박사님, 수영이…… 그들이 계획대로 움직여 줘서 가능했던 일이지."

"맞아, 여왕님. 총의 위력은 강하지만, 그 총을 만들기 위해서는 다른 여러 사람들이 필요하지. 구형리는 우리가 만들어 낸 총에 불과했어. 그러니까……."

성현이 재인의 손을 끌어와 손등에 입을 맞췄다.

"여왕님이 이 손으로 한 거야."

새삼 그의 다정함이 감사했다. 이 손으로 하다니. 그의 말은 반대하지 않고 받아들이는 편이지만, 방금 그 말은 틀렸다.

이 모든 것은 성현이 있었기에 가능한 일이었다. 그를 만나지 못했다면, 그가 재인을 여왕으로 영접하겠다며 접근하지 않았다면, 재인은 여전히 이 집에서 20년 전 그날의 냄새를 맡으며, 죽지 못해 살아가고 있을 것이다. 자신이 무엇을 하고 싶은지, 왜 살아 있는지 알지 못한 채로.

이 집에 이토록 달콤하고 따스한 공기가 채워지는 일은 없었을 거라고, 성현에게 말해 주고 싶었다.

하지만 그의 입술이 재인의 목덜미에 쪽, 키스를 하는 바람에, 나오려던 말과 함께 숨을 삼켰다. 그의 입술은 뜨겁고 촉촉하고 부드러웠다.

희고 여린 살에 그의 입술이 닿을 때마다, 재인은 흠칫 몸을 떨었다. 품 안에서 긴장하는 그녀가 사랑스러워, 성현은 더 꼼꼼히 입을 맞췄다.

"간지러워……."

신음을 참으며 간신히 한 마디 내뱉었다. 성현이 재인의 목에 입을 댄 채로 물었다.

"간지럽기만 해?"

"웃…… 입술 대고 말하지 마."

"할 거야."

"내, 내 뜻대로 해 주겠다며?"

"그건 내가 여왕님의 노예일 때지."

"그럼…… 지금은 뭔데?"

성현이 능숙하게 재인을 소파에 눕히고, 그녀의 위로 올라왔다. 두 팔 사이에 그녀를 가둔 그가 재인을 응시했다. 그의 새까만 눈동자에 띤 열기에, 재인은 숨이 막혔다. 아랫입술을 잘근 깨무는 그녀에게 입을 맞춘 성현은, 다시 그녀를 지그시 응시하며 말했다.

"남자."

"아, 그러고 보니 정라연 씨가……."

"나랑 같이 있을 때 딴 여자 생각하지 마."

재인의 침대에서 그녀를 꼭 끌어안고 있던 성현이 칭얼거리듯 말했다. 재인이 두 손으로 그의 가슴을 밀어냈다.

"정라연 씨가 당신한테 전해 달라던 말이 있었어."

최영주의 일 때문에 새까맣게 잊고 있었다. 늦지 않았기를 바라며 성현에게 이야기를 전했다. 큰일이라고 생각했는데 성현의 반응은 시큰둥했다.

"그랬군."

그게 다였다.

"곤란한 거 아냐?"

"글쎄. 곤란하긴 하지만 어떻게든 되겠지. 여왕님에게 불편한 일은 만들지 않을 테니까 안심해."

"나한테 불편할까 봐 그러는 게 아니라……."

"좀 더 안고 있자, 여왕님."

"우리 얘기 중이잖아."

"얘기 끝난 거 아니었어?"

성현이 눈썹 끝을 늘어뜨렸다. 주인에게 혼난 강아지 같은 표정을 지을 때의 그는 도무지 이길 수가 없다. 그러고 보니 '먼저 사랑하는 쪽이 지는 거야.'라는 말을 들은 적이 있다.

그에게 들은 대로라면, 먼저 사랑한쪽은 성현일 것이다. 하지만 지금의 관계를 보면 늘 재인이 지는 쪽이다.

'뭐, 아무래도 상관없겠지.'

라고 생각하며 그를 보듬어 안았다.

'누가 먼저 사랑했든, 현재가 중요한 거니까.'

라연은 아랫입술을 잘근 깨물었다. 아버지인 정 의원이 외동딸인 자신을 아낀다는 것은 알고 있었다. 하지만 라연은 아무래도 정 의원이 불편했다.

성현과는 다른 의미로, 정 의원은 남의 마음을 읽는 것 같았다. 무엇이 다른가 하면,

'아빤 자기 욕심과 관련된 것만 잘 읽어내.'

라고 생각하며, 라연은 시선을 옆으로 피했다.

"너도 이제 나이가 찼으니 슬슬 결혼 준비를 해야 하지 않겠느냐?"

라는 질문에, "나, 성현이 오빠 별로예요." 라고 대답한 것이 사달이었다.

"성현이 오빠는 너무 제멋대로야."

성현에게 사랑하는 사람이 생기는 바람에 약혼이 무산된 것이기는 하지만, 수습은 라연이 해야만 했다. 성현은 처음부터 약혼 사실을 아무에게도 알리지 말자고 했다. 성현의 제안을 무시하고 여기저기 약혼했다고 떠들어댄 쪽은 라연이었다.

당연히 성현과 결혼까지 할 줄 알고 자랑했던 것이 이런 식으로 발목을 붙잡게 될 줄은 몰랐다. '역시 성현이 오빠는 선견지명이 있

어.'라고 감탄할 때가 아니었다.

"성현이가 널 싫다고 하더냐?"

한동안 라연의 얼굴을 살펴보던 정 의원이 묵직한 음성으로 물었다. 라연은 자신의 동요가 드러나지 않기를 바라며 미소 지었다.

"그럴 리가 있겠어요? 그냥 제 마음이 그래요. 성현이 오빠, 처음에는 얼굴이 잘 생겨서 좋았던 건데, 보면 볼수록 별로더라고요. 이기적이고 제멋대로에 여자를 어떻게 대우해 줘야 하는지도 모르고. 그런 사람이랑 결혼하면 평생 힘들 것 같다는 생각이……."

"말이 많구나, 라연아."

정 의원이 차가운 목소리로 말했다. 라연은 입을 다물었다. 실수다. 변명을 늘어놓는 것은 거짓말을 하고 있다는 증거인데.

"연애는 누구와 해도 상관없지만 약혼은 깨지 말거라. 너도 알겠지만 네 결혼은 너만의 문제가 아니야."

정 의원은 반박할 수 없을 만큼 단호했다.

"하지만 아버지."

"너도 알고 있겠지? 네가 호의호식하면서 네 하고 싶은 공부를 하고 멋대로 살 수 있는 건, 네 뒤를 지탱해 주는 집안이 있기 때문이라는걸."

"……."

"여자로 태어나서 가문의 부흥을 위해 할 수 있는 건, 좋은 남자를 만나 결혼을 하는 거지. 내 딸이니 뭘 해도 가만히 지켜봐 주었다만, 결혼 문제만큼은 아니다. 그건 회장님과 내가 결정할 문제니까 넌 조용히 따르도록 해라."

정 의원에게서 흘러나오는 매섭고도 무거운 힘에 눌렸다. 라연은 아무 말도 할 수 없었다.

"들어가 봐라."

정 의원이 더 이상 상대하고 싶지 않다는 듯 말했다. 소파에서 일어나며 라연은 속으로 쓴웃음을 지었다.

'날 아껴? 그래, 아버지는 나를 아끼지. 하지만 그건 딸이라서가 아니라, 자기 인생에 도움이 될지도 모르는 물건이기 때문이야.'

방문을 닫고 침대 끝에 앉았다. 부모가 없는 재인과 딸을 출세의 도구로만 여기는 부모를 둔 자신의 비교했다.

'유재인 씨. 당신과 나, 어느 쪽이 더 불쌍한 걸까?'

길게 생각해볼 것도 없었다. 더 불쌍한 쪽은 자신이다. 재인에게는 민성현이라는 남자가 목숨까지 내던질 기세로 붙어 있으니까.

모두를 놀라게 할 기사가 뜬 것은, 그로부터 이틀 후의 일이었다.

18장
연인들의 방식

한선이 피곤해, 라고 생각하며 담배를 꺼내고 있을 때였다.

"야, 야, 야, 야! 꼴통! 너, 너 알고 있었냐?"

주학이 큰소리로 외치며 달려왔다. 또 맞을까 봐 목을 움츠리다가, 최근에는 딱히 맞을 만한 짓을 하지 않았다는 것을 깨달았다.

"뭘요?"

그는 심드렁하게 되물으며 담배에 불을 붙였다. 담배 연기를 한 모금 깊이 빨아들이는데, 주학이 상상도 못한 말을 내뱉었다.

"민 교수 말이야. 민성현! 민 교수가 정우그룹 회장의 손자라는 거, 너도 알고 있었던 거냐?"

"쿨럭! 쿨럭쿨럭!"

현실감 없는 말에 사레가 들리고 말았다. 새된 기침을 하며 주학의 얼굴을 살펴봤다. 너무 말도 안 되는 소리라서, 이 선배가 날 놀리려는 게 아닌가 싶었기 때문이다.

하지만 주학의 얼굴에는 순수한 놀라움과 경악만이 가득했다. 기침을 하는 한선을 보고 즐거워하는 기색은 조금도 없었다.

"정우 그룹 회장의 손자라니! 그래서 청장님을 움직이고 제멋대로 굴 수 있었던 거야. 너도 알고 있었던 거냐? 엉?"

"자, 잠깐만요, 선배."

기침이 한풀 가신 한선이 주학의 팔을 꽉 잡았다.

"정우그룹이라니…… 설마, 제가 알고 있는 그 정우그룹 맞습니까?"

"어, 우리나라에 정우그룹이 거기 말고 또 있냐?"

"그러니까…… 정말 그 정우그룹이라고요?"

"뭐야, 꼴통. 설마…… 너도 몰랐던 거냐? 너랑 민 교수, 뜨거운 사이잖아."

"뜨거운 사이라뇨! 농담으로라도 그런 말씀은 하지 마십쇼! 아, 이게 문제가 아니지. 잠깐, 잠깐만요. 생각 좀 정리합시다."

한선은 고개를 절레절레 저었다. 한국에서 가장 영향력 있는 기업, 한국에서 최고라고 말할 수 있는 기업을 대보라고 하면, 누구라도 '정우'를 댈 것이다. 정우그룹은 어느 누구도 반박할 수 없는, 한국 최고의 기업이었다.

"그러고 보니…… 거기 회장이 민 씨였죠."

너무도 믿어지지 않는 상황인지라, 한선은 바보 같은 소리를 중얼거렸다. 다른 때라면 어깃장을 놓았을 주학도, 한선의 마음을 이해하는지 순순히 고개를 끄덕였다.

"그래, 민 회장이지."

"그 사람 아들도 민 씨고."

"그래, 민 사장이지."

"그리고…… 그 아들의 아들도 민 씨."

"그래, 민 교수지."

"으아아아악!"

그제야 정신을 차린 한선이 두 손으로 머리를 거머쥐었다.

"정말요? 선배, 진짜 민성현, 그 정신 빠진 놈이 정우 사람이었던 겁니까?"

이번에는 주학이 한선을 향해 한심하다는 시선을 던졌다.

"그래, 인마. 오늘 아침 신문에 기사 떴잖아."

"신문예요? 뭐라고요?"

한선이 눈알이 빠져나올 것처럼 눈을 크게 뜨고 기사를 읽고 있을 때, 성현과 재인은 용인에 있었다. 재인의 부모님을 만나기 위해서였다. 납골묘 앞에 재인 혼자 서게 되었다. 성현은 재인의 마음을 헤아려 자리를 피해 주었다.

"엄마, 아빠. 나 왔어요."

흘러나오는 음성이 조금 쉬어 있었다. 재인은 잠시 말을 멈추고 눈을 감았다. 부모님의 묘 앞에 서자, 이제까지와는 다르게 감정이

북받쳐 올랐다. 그저 허망할 뿐이었던 감정에 다른 것이 더해졌다. 그것의 이름이 무엇인지, 재인은 알 수 없었다.

스치는 바람은 전처럼 매섭지 않았다. 이제 추위도 한풀 가시려는 모양이다. 다시 눈을 뜨고 묘 앞에 무릎을 꿇고 앉았다.

"최영주가 죽었어요. 아마도, 죽었을 거예요. 살았어도 죽은 것 같은 삶을 살게 되었겠죠."

재인은 그동안 있었던 일을 차분하게 이야기했다. 성현을 만나게 된 일부터 최영주와의 마지막 대면까지.

"다 끝났어요."

다 끝났어요. 부모님 앞에서 그 말을 내뱉고 나자, 현실이 훅 다가왔다. 그랬다. 다 끝났다.

재인의 삶을 움켜쥐고 있던 최영주는 사라졌고, 재인이 쌓아 올린 성은 제 역할을 다하고 부서졌다. 그리하여 재인은 아무것도 없는 광활한 대지 한복판에 우두커니 서 있게 되었다.

그제야 깨달았다. 겹쳐진 그 감정의 이름이 무엇인지.

고독이었다. 복수를 하고 싶었다. 최영주에게 자신이 느껴온 외로움과 슬픔을 느끼게 해 주고 싶었다. 하지만 가장 원하는 건 부모님의 품이었다.

"보고 싶어요."

부모님과 함께이고 싶었다.

"보고 싶어요. 엄마, 아빠."

어린 시절 그때처럼, 아무 사심 없던 그 시절처럼. 부모님의 품에 안겨 어리광을 부리고 싶었다. 아버지의 따스한 손길과 어머니의 애정 어린 입맞춤을 원했다. 때로 이유 없이 토라져도, 가끔 사고를 쳐도, "어이쿠.", "어머나." 하면서 안아주었던 부모님을, 간절히 소망했다.

"딱 한 번만 더 그때로 돌아갈 수 있으면 좋겠어요. 그러면 나는……."

무슨 말을 할까.

"나는 말할 거예요."

전에는 죄송하다고 말하고 싶었다. 하지만 지금은 다른 말이 하고 싶었다.

"사랑해요."

목소리가 젖어 있었다. 아니, 이래서는 안 된다. 재인은 목소리를 가다듬고 미소를 지었다. 최대한 밝게 웃으며 다시 한 번 말했다.

"엄마, 아빠. 사랑해요."

할 수 있었다면 좋았을 일들이 잔뜩 있었다. 어버이날 서툴게 만든 카네이션을 달아드리는 것, 유독 못 치른 시험성적표를 감추는 것, 부모님에겐 독서실에 간다고 해 놓고 몰래 친구들과 놀러가는 것, 아버지 생일에 엄마와 둘이 생일상을 차리는 것…… 일상적이지만, 그래서 더욱 달콤한 일들을 할 수 있었다면 좋았을 것이다.

하지만 할 수 없기에, 이 인생에서는 할 수 없는 일이라는 것을 알기에 고독했다.

하지만 그 고독함은 이제 접어 두기로 했다.

다 끝났으니까. 고독과 함께 참으로 긴 길을 걸어왔으니까.

"이제 시작이에요."

그래서 이번에는 다르게 말했다.

"엄마, 아빠. 난 이제 시작이에요."

부모님을 잃은 후 많은 것을 포기하고 살아왔다.

"그러니까 지난 20년간, 제 한심한 모습은 잊으세요. 전 이제부터 시작하려고 하니까요. 오롯이 저의 인생을요."

거기까지 말하고 고개를 돌렸다. 저 멀리, 시야 끝에 성현이 보였다. 연회색 코트를 입은 그는, 주머니에 두 손을 찔러넣고 어딘가를 응시하고 있었다. 무언가 생각하는 것처럼 보이기도 했다.

재인은 다시 부모님의 묘소로 시선을 옮겼다.

"민성현 씨는 참 이상한 사람이에요. 처음에는 정신이상자인 줄 알았어요. 그런 사람이 자꾸만 접근해 오니까 진짜 짜증 나고 싫었어요. 그런데 어느 때는 귀여워 보이기도 하고, 또 어느 때는 멋있어 보이기도 하고, 그러다가 어느 때는 무서워 보이기도 하더니……."

재인이 미소를 지었다.

"사랑하게 되었어요. 저 이상한 남자를."

눈을 감았다. 부모님이 앞에 있는 모습을 그려 보았다. 엄마, 아빠. 나 민성현이란 남자를 사랑하게 됐어요.

그런 말을 하면 부모님은 어떤 반응을 보일까?

엄마는 까르르 웃을지도 모르겠다.

"어머나. 내 딸이 벌써 그럴 나이가 됐나? 어때? 잘생겼니?"

아마도 아빠는 화낼 것이다.

"안 돼! 넌 아직 어려! 내 딸은 아무한테도 못 줘! 내 눈에 흙
이 들어가기 전까지는 안 돼!"

그 말을 전하면 성현은 아마도 말하겠지. 여왕님을 갖기 위해서
라면 그 눈에 흙을 뿌려드리겠다고.

생길 리 없는 그 광경이 너무나 또렷하게 그려져서, 재인은 그만
참고 있던 눈물을 흘리고 말았다. 그 순간의 온기가, 냄새가, 아주
작은 소음까지도, 마치 실제로 일어난 일처럼 그려졌기 때문이다.

행복한 광경인데 이토록 가슴이 저미는 이유는, 간절히 원하지만
손에 넣을 수 없다는 것을 알고 있기 때문일 것이다. 그래서 재인은
두 손으로 얼굴을 감싸고 울었다. 손바닥이 눈물에 흠뻑 젖을 때까
지.

재인은 눈물을 닦고 표현을 갈무리한 후 성현이 있는 곳으로 향
했다. 그는 재인이 울었다는 것을 눈치챘으면서도 모르는 척 물었
다.

"말씀은 잘 드렸어?"

"응."

"그래, 그럼 갈까?"

성현이 재인을 향해 손을 내밀었다. 재인은 그 커다란 손 위에 자신의 손을 겹쳤다. 그에게서 전해지는 온기가 분명하게 느껴졌다.

아무리 노력해도 가질 수 없는 것들이 있다. 하지만 이 손은 항상 재인의 손을 잡아줄 것이다.

부모님을 잃은 후 처음으로 갖게 된 나의 것. 나의 온기.

재인은 그 손을 꼭 붙잡았다.

바쁘다. 바쁜 이유는, 혜란이 무턱대고 일거리를 받아들였기 때문이었다. 잠깐이라도 넋을 놓으면 자꾸만 떠오르는 한선의 얼굴, 그와의 입맞춤. 그 따스한 입술의 온도를 떠올리고 두근거리는 자신의 모습이 한심스러워서, 차라리 바쁘게 일을 하고 싶었다.

밥 먹을 시간도 없어서 휴게실 구석에 쭈그리고 앉아 컵라면으로 점심을 때우기로 했다. 면발이 익기를 기다릴 시간도 아까워, 버석거리는 면을 후루룩 입에 넣고 있을 때였다.

쾅―! 휴게실의 문이 거칠게 열리고 가장 보고 싶지 않은 인물이 뛰어들어 왔다.

"야, 정 박사! 너 아침에 신문…… 응? 뭐야? 더럽게."

갑작스러운 한선의 방문에 입에 넣었던 면발을 뿜고 말았다. 혜란은 손등으로 입가를 쓱 훑었다.

"류 형사, 꼭 이런 식으로 등장해야겠어? 문을 아주……."

한선이 앞에 쭈그리고 앉아 혜란의 옷에 달라붙은 면발을 떼어 내는 바람에, 한 소리 하려던 것이 쏙 들어갔다. 한선은 인상을 찡그리고,

"하여간, 칠칠맞아서는."

한선은 투덜거리면서도 라면 면발을 전부 떼어 냈다.

"더럽잖아."

"씻으면 되지. 딱 기다리고 있어."

면발을 쓰레기통에 버린 한선이 휴게실 밖으로 나갔다. 아마도 화장실에 손을 씻으러 간 것이리라.

두근두근―

혜란은 일어날 생각도 하지 못하고 자신의 심장박동을 느꼈다. 심장이 무척이나 거칠게 뛰어서, 머리로 피가 쏠릴 지경이었다.

두근두근두근―

생각지도 못한 그의 다정한 행동에―아마도 한선은 별 생각 없이 한 행동이겠지만― 당혹스러운 한편 설렌다.

'머, 멍청한 짓을 했을 뿐이야!'

라고, 혜란은 생각했다.

'내 이상형은 이럴 때 품위 있게 화장지를 가지고 와서 닦아 주는 남자라고. 저렇게 더러운 줄도 모르는 남자 따윈……'

왜 멋있게 느껴진 거지? 이상형과 한참 다른 행동, 다른 성격인데 왜 이렇게 심장이 뛰는 걸까? 그는 아랫입술을 잘근 깨물었다.

'일단…… 도망칠까?'

키스 한두 번 했다고 마음 설렐 만큼 어리지도 않은데, 그때의 일이 상당히 충격이었던 게 분명하다. 사랑 따위가 아니라고, 혜란은 생각하고 싶었다.

형사는 애인으로 삼고 싶지 않은 순위에서 1위였다. 박봉에 바쁘고 위험하다. 데이트를 하다가 중간에 불려나가는 경우가 허다하고, 늘 어딘가 다쳐서 온다. 그러면서도 돈은 쥐꼬리만큼 받고.

'그래, 도망치자.'

설령 이 마음이 사랑이더라도, 얼굴을 마주치지 않으면 수그러들 것이다. 몸이 멀어지면 마음도 멀어진다는 말이 있잖은가. 그렇게 결심하고 일어섰을 때였다.

덜컥—

이번에는 아까보다 조심스럽게 휴게실 문이 열렸다. 손에 묻은 물기를 옷에 쓱쓱 닦으며 들어온 한선의 모습에, 쿠웅, 심장에 둔탁한 충격이 일었다.

'아, 왜 이렇게 멋있어 보이는 거야?'

"봤냐?"

한선은 라면 건에 대해 꺼내지 않고 다른 걸 물었다.

"뭘?"

"오늘 아침 신문."

"아니. 나 요새 바빠, 류 형사. 신문 읽을 시간은 물론 류 형사랑 이러고 있을 시간도 없어."

"그럼 보는 게 좋겠다."

라고 말하며, 한선이 바지 뒤춤에 꽂아놨던 신문을 꺼냈다. 정말 최악이다. 신문을 바지 뒤에 꽂고 다니다니.

'왜 그냥 들고 다니질 않는 건데?'

라고 생각하면서도 신문을 받아 들었다.

"어떤 기산데?"

중얼거리며 신문을 펼쳤다. 한선의 대답을 들을 필요도 없었다. 한눈에 '그' 기사가 들어왔기 때문이다.

"이게…… 뭐야?"

빠르게 기사를 읽어 내려갔다.

"민 교수가…… 정우 사람이라고?"

"어."

기사의 내용은 정우 그룹 회장 장남인 민 사장의 아들 민성현과 정 의원의 외동딸 정라연의 약혼에 대한 것이었다. 성현과 라연의 약혼에 대해서는 이미 알고 있어서 새삼 놀랄 것도 없었다.

"민 교수가…… 정우 사람이었구나. 그리고 보니 굉장히 비싼 시계를 차고 있었지. 교수나 프로파일러 월급으로는 감당할 수 없는 수준이었어."

"게다가 경찰청장을 멋대로 움직였고."

"그래, 장남 아들이 미국에 있다는 얘긴 들었던 것 같기도 해. 그, 뭐더라…… 우리 어릴 적에 있었던 일인 것 같은데."

"민 사장 첫째 딸이 살해를 당했었지. 그 일 때문에 민 사장은 자기 집안을 절대 밖으로 드러내지 않으려 했고."

"아, 맞아. 그래서 민 사장 아들에 대한 정보가 기사화되는 일이 없었어. 아마 마지막 기사가 누나의 일로 충격을 받아서 은둔하게 되었다는 거였지?"

"어."

"처음엔 이런저런 소문도 떠돌고 그랬는데, 정우 쪽이 조용하니까 어느 틈에 다들 흥미를 잃었고."

"맞아."

"그런데 그 주인공이…… 민 교수였던 거였네."

"그렇지."

"이거 진짜…… 기가 막히네."

"어, 정말 기가 막히지?"

한선은 약간 넋이 나간 것 같은 표정이었다. 그럴 만도 했다. 그동안 한선이 막 대했던 성현이, 사실은 한국 경제를 쥐고 흔드는 대기업의 혈육이었던 것이다. 놀라지 않는다면 그게 이상하다.

하지만 그렇다고 해서 크게 달라지는 건 없었다. 성현은 그 사실을 알리고 싶어 하지 않는 것 같았다. 그의 가문을 내세워서 대우를 받고 싶었다면, 그의 잘난 척하는 성격상 진즉에 털어놓았을 것이다.

"민 교수가 딱히 뭐라고 하지 않는 이상, 지금까지처럼 대하면 되는 거 아냐? 왜 그렇게까지 긴장을 하고 그래?"

혜란이 한선의 어깨를 가볍게 치며 말했다. 정신이 돌아온 듯 인상을 찡그린 한선이 말했다.

"내가 왜 이러는지 모르겠냐? 인느님이 큰일 났다고."

전에는 한선이 인느님, 인느님 떠들어 대도 아무 느낌 없었다. 하지만 지금은 다르다. 지끈, 가슴 한구석에 찌르는 듯한 통증이 일었다. 그 아픔을 애써 무시하며 물었다.

"뭐가 큰일인데? 재인이 입장에선……."

거기까지 말하고 입을 다물었다. 무엇이 큰일인지 깨달았기 때문이다.

재인은 부모도, 뒷배도 없는 천애고아였다. 성현의 집안에서 재인을 며느리로 인정할 리가 없었다. 정우그룹쯤 되는 집안이면, 한국에서 다섯 손가락 안에 드는 대기업에서 줄을 대고자 굽실거릴 것이다. 정우그룹에선 그중 하나를 골라잡으면 되는 것이고.

기사의 내용만 봐도 금성제당의 정라연을 '땡잡았다!'는 식으로 표현하고 있었다. 금성제당 역시 이름만 대면 다들 아는 기업인데도 불구하고 말이다.

"인느님은 이제 막 한 걸음을 뗐어. 이제야 과거의 잔영에서 벗어났는데, 또 시끄러워지게 생긴 거야. 이걸 어쩌지?"

한선이 자기 일이라도 되는 듯 처참한 표정으로 중얼거렸다. 남들이 보면 한선이 소박맞았다고 생각할 정도로 한심스러운 표정이었다.

재인이 걱정되는 한편, 또다시 지끈, 가슴이 아팠다. 혜란은 이런 상황에서도 재인을 질투하는 자신을 경멸했다. 한선이 제멋대로 재인을 사랑하고 있을 뿐이다. 재인을 원망할 이유는 조금도 없었다.

"그걸 왜 나한테 말하는지 모르겠네."

그걸 알면서도 목소리에 날이 섰다.

"보면 알겠지만, 나 지금 밥 먹을 시간도 없이 바빠. 그런 얘기는 재인이나 민 교수한테 하면 되잖아."

"하지만 그 두 사람, 휴대폰을 꺼놨다고. 재인이 부모님이라도 찾아뵈러 간 게 아닐까 싶은데."

묘하게 부글부글 끓었다. 혜란은 팔짱을 끼고 한선을 빤히 올려다봤다. 한선은 혜란이 평소와 다르다는 것을 깨달았다.

뭐지? 뭐가 다른 거지? 아무리 봐도 20대 초반 같은 그녀의 자그마한 얼굴을 살펴보다가 알게 되었다.

그녀의 얼굴에서 미소가 사라졌다.

팍ㅡ! 혜란의 무표정에 놀라 눈을 크게 뜰 새도 없이, 혜란이 한선의 가슴팍을 두 손으로 세게 밀었다.

"난 그 두 사람의 대용품이 아냐. 네 전용 상담사도 아니고."

"저기, 정 박사……."

"너도, 나도 개인적으로 만날 만한 사이 아니잖아. 앞으로 두 번 다시는 사적으로 찾아오지 마. 바쁘니까."

빠르게 말을 끝낸 혜란이 굳어 버린 한선의 옆을 스쳐 휴게실을 나갔다.

탁ㅡ 문이 닫힌 후에도 한선은 꼼짝도 하지 못했다. 혜란의 눈시울이 붉어진 것을 똑똑히 목격했기 때문이다.

한참 후에야 주박에서 풀려난 한선이 두 손으로 얼굴을 감쌌다.

그리고 혜란에게 못한 말을 중얼거렸다.

"그러니까 난…… 널 그 두 사람의 대용품으로 생각한 적 없는데."

[오빠, 난 이제 끝이야!]

휴대폰 너머의 목소리가 비명처럼 울렸다. 은우는 왜 그러냐고 묻지 않았다. 그 이유를 지금 두 눈으로 똑똑히 보고 있었기 때문이다. 모니터를 채운 한국 인터넷 신문사의 기사.

성현과 라연의 약혼을 알리는 기사가 즐비했다.

"그래, 넌 끝이야."

은우의 중얼거림에 라연이 우는 소리를 냈다.

[난 노력했어.]

"애초에 약혼했다는 사실을 집안에 알리지 말았어야지. 성현이 성격을 알면서도 그래?"

[하지만…… 하지만 난 정말로 성현이 오빠를 사랑했어. 오빠가 유재인에 대해 알려 주지만 않았어도, 성현이 오빠는 나랑 결혼했을 거야!]

"그래, 그랬겠지."

분명 그랬을 것이다. 하지만 그렇다고 라연에게 미안하다는 생각이 들진 않았다.

성현은 처음으로 사랑을 하게 되었다. 성현은 모두를 좋아하고 모든 것을 즐거워하는 듯 보이지만, 사실은 그렇지 않았다. 어릴 적 누나가 허망하게 목숨을 잃은 후, 그는 주위에 엷은 막을 두르고 살아왔다.

재인이 자신을 방어하기 위해 쌓아 올린 단단한 벽과는 달랐다. 성현을 둘러싼 막은 접근하는 사람에 따라 휘어지기도 하고, 늘어나기도 하는 유연한 막이었다. 그래서 더욱 질기고 찢어내기 힘든 막. 그 막을 뚫고 재인이 그의 마음속에 들어간 것이다.

환영할 만한 일이었다.

'이걸로 그놈도 조금은 정상이 되었으면 좋겠는데.'

라는 기대도 있었다.

'아니, 정상이 되는 건 바라지도 않아. 날 귀찮게 하지만 않으면 돼.'

은우는 소박한 소원으로 변경했다. 괜히 과한 소원을 빌었다가 이도저도 안 되면 큰일이기 때문이다.

[이제 어떡하지? 성현이 오빠 집안에서도 오빠가 한국에 있는 걸 알아버렸어. 난리 났을 거야.]

"그러게."

[오빠가 한국에 좀 와주면 안 돼?]

"내가 간다고 해서 달라지는 건 없어."

[성현이 오빠가 오빠 얘기는 듣잖아.]

"리젤, 미쳤어? 에디가 내 얘기를 듣는다고? 대체 지금껏 우리랑 같이 있으면서 뭘 본 거야? 꿈이라도 꾼 거야?"

[미안. 매달릴 곳이 없어서 그냥 던져봤어.]

라연이 깔끔하게 인정했다.

"그래. 너도 알겠지만 에디는 내 얘기 안 들어. 내가 가도 아무 도움이 안 될 거야."

[하지만…… 나 무섭단 말이야. 오빠가 와주면 든든할 것 같아.]

라연의 말에 은우가 차갑게 웃었다.

"내가 널 위해 한국까지 가야 할 의리는 없잖아."

[오빠 정말 냉정한 사람이야.]

"아무튼 나는……."

[유재인을 보고 싶지 않아?]

"흐음."

[유재인, 사진으로 보는 거랑은 분위기가 완전히 달라. 민성현의 마음을 사로잡은 여자, 실제로 한 번쯤은 보고 싶지 않아?]

확실히 궁금하기는 했다. 대체 어떤 여자이기에 성현의 마음을 사로잡은 건지, 그리고 라연이 그토록 쉽게 성현을 포기하게 만든 건지.

'어쩔까?'

라고 고민하고 있을 때였다.

쾅쾅—!

누군가 현관문을 거세게 두드려대기 시작한 것은. 이런 시간에 막무가내로 찾아와서 문을 두드릴 사람은 라연뿐이었다. 하지만 한국에 있는 라연이 여기서 문을 두드리고 있을 리 없다. 아니, 어쩌면 생령을 보낸 걸지도 모르겠다.

그런 바보 같은 생각이 들 만큼 황당한 상황이었다.

"네, 네."

건성으로 중얼거리며 현관문을 연 은우는, 문 앞에 서 있는 풍만한 가슴의 여자를 보고는 깊은 한숨을 내쉬었다.

"기사 봤어."

영어로 말하며 금발의 여자는 안으로 밀고 들어왔다.

"에디가 한국에 있더라. 나랑 같이 한국으로 가줘야겠어."

은우는 이 모든 것이 꿈이었으면 좋겠다고 생각했다. 성현은 미국에 없는데도 온힘을 다해 은우를 괴롭히고 있었다. 지끈거리는 관자놀이를 누르며, 은우는 중얼거렸다.

"아아, 메리. 제발."

메리였다.

운전석에 앉은 성현이 휴대폰을 켜자마자 알림이 쏟아져 들어왔다. 성현은 여유롭게 기록들을 살펴봤다.

한선, 혜란, 팀, 리젤, 그리고 메리. 한 사람이 수십 번씩 통화를 시도했고, 메시지를 남겼다. 메시지를 읽지 않아도 어떤 내용인지 알 것 같았다.

아무래도 라연의 집안에서 먼저 움직인 모양이다. 이런 사태는 충분히 예상했다.

"잠깐만, 여왕님."

휴대폰을 켜려는 재인의 손을 잡았다. 재인의 연갈색 눈동자가 성현에게로 향했다. 그녀의 맑은 눈을 보며, 성현은 어떻게 말해야 할지 고민했다.

숨길 생각은 없었다. 그저 말할 필요성을 느끼지 못했을 뿐이다. 재인의 일이 해결되면 미국으로 돌아갈 예정이었다. 물론 그때는 재인에게 충분히 이야기하고 그녀를 데리고 갈 생각이었다.

그 전에 자신을 둘러싼 환경에 대해 이야기해서, 재인의 숨통을 조이고 싶지 않았다. 많은 사람들이 성현의 배경을 부러워하겠지만, 성현은 그저 귀찮을 따름이었다. 정우그룹을 물려받을 생각도, 휘둘릴 생각도 없었다.

나 사실 어느 대기업 회장님의 손자야.

이 말을 하면 재인은 어떤 반응을 보일까?

부러워할까? 돈 많은 남자와 사귀게 되었다고 좋아할까? 그런 중요한 사실을 이제껏 감췄다고 화를 낼까? 그런 집안은 부담스럽다고 발을 뺄까? 정답을 알 수가 없었다. 일단 솔직하게 말하자. 전부다.

"여왕님, 진지하게 할 이야기가 있어."

생각을 정리하고 입을 열었다.

"응, 얘기해."

"정우그룹이라고 알아?"

"응, 알아. 당신 할아버지가 회장님으로 있는 기업이잖아."

성현은 그야말로 턱이 빠질 정도로 화들짝 놀랐다.

너무 놀라서 숨도 못 쉬는 성현을 보며 재인이 작게 웃었다.

"늘 내가 놀라기만 하다가 당신이 놀라는 모습을 보니까 좋은데?"

"아······."

"이제 내 기분을 좀 이해하겠어?"

재인이 담담하게 말했다. 성현은 눈을 끔뻑거리며 그녀의 얼굴을 살펴봤다. 이 여자가 무슨 소리를 하는지 모르겠다는 듯이. 한참을 그러고 있다가 간신히 입술을 달싹거렸다.

"언제부터······ 알았어?"

"당신이 누님 이야기를 했을 때, 혹시나 했었어."

"어떻게······?"

"난 신문을 많이 읽잖아. 기사 하나도 빼놓지 않고 매일, 매일 읽었어. 인터넷 기사까지 전부 다."

"아······."

정우그룹 회장의 손녀가 어린 나이에 미국에서 살해당한 사건은, 아직까지도 자주는 아니지만 간간히 회자되곤 했다. 어떤 이는 흥미위주로, 어떤 이는 안타까움을 담아, 또 어떤 이는 자신의 학설을 주장하기 위해 그 일을 끌어다가 사용했다.

"정우그룹 민 회장의 손녀가 미국에서 유모의 손에 죽었다. 당신의 이야기랑 비슷했고, 당신도 민 씨잖아. 흔한 성은 아니니까, 어쩌면······ 하고 생각했지."

"아아."

"확신한 건, 정라연 씨를 만난 후였어. 금성제당의 따님이 그랬잖

아. 내가 감당할 수 없을 거라고. 그래서 알게 됐지. 아아, 내가 감당할 수 없는 집안이구나. 그렇다면 역시 정우그룹 사람이 맞겠다."

재인은 성현이 상상한 것 이상으로 영리했다. 성현은 눈부시다는 듯 눈을 가늘게 접고 그녀를 응시했다. 재인이 싱긋 웃었다.

"말하고 싶어 하지 않는 것 같아서 구태여 물어보지 않았어. 언젠가 말해 주고 싶어지면 말해 주겠지, 그렇게 생각했거든."

"화, 안 났어?"

"왜 화가 나?"

"내가 미리 말해 주지 않아서."

"지금 말해 주려고 했잖아. 다른 사람들을 통해서 듣기 전에 말해 주려고 한 거 아냐?"

"그야 그렇지만……."

"그거면 됐어. 난 그거면 충분해."

아아. 이 여자는 어쩌면 이토록 영리하고 사랑스럽고, 심지어 마음까지 넓을까? 성현은 재인에게서 눈을 떼지 못했다. 그의 눈에 담긴 애정이 여느 때보다도 뚜렷해서 재인은 쑥스러워졌다.

"왜 그렇게 봐?"

"그냥. 좋아서."

과장된 미사여구가 없는 담백한 고백이 여느 때보다도 묵직하고 깊이 파고들어왔다. 재인은 자신의 얼굴이 붉어지는 것을 느끼며 중얼거리듯 대답했다.

"응, 나도. 나도 민성현 씨가 좋아."

행복한 가족이 아니라는 것을, 수영은 오래전부터 알고 있었다. 아무 문제없는 척하고 있지만, 사실은 회복불가능의 관계라는 것 또한 알고 있었다.

오래전, 아버지가 재인에게 한 행동으로 인해 생긴 깊은 균열. 모르는 척 무시하는 동안, 그것은 점점 더 깊어지고 벌어져, 이제는 회복할 수 없는 지경에 이르렀다.

'우린 가족이 아니야.' 라고, 수영은 생각했다.

'이런 건 가족이라고 할 수 없어.'

차라리 문제가 생긴 그때 정면으로 맞섰더라면 지금과는 달라졌을지도 모르겠다. 하지만 이제 와서 후회해 봐야 아무 소용없다. 지금이라도 정신을 차리고 문제를 마주봐야만 한다. 그러지 않으면 10년 후에, 또 같은 후회를 하게 될 테니까.

'그나저나 그 아저씨가 정우그룹 사람이었다니. 세상 말세야, 정말.'

이틀 전에 봤던 기사를 떠올리며, 수영은 인상을 찌푸렸다.

'게다가 회장 장남의 아들이면, 굉장한 거 아냐? 미국에 있었던 것도 후계자 수업, 뭐 그런 것 때문이었나? 하지만…… 그 아저씨가 기업을 운영하고 그러는 건, 상상이 안 되는데.'

이제부터 해야 할 일이 두려워서 자꾸 관계도 없는 생각을 하게 되었다.

'재인이는 괜찮으려나? 재벌이랑 만난다는 게 쉬운 일은 아닐 텐

데. 게다가 걔는…… 부모님도 안 계시고.'

현관문 열리는 소리가 들려왔다. 충분히 마음을 다잡았다고 생각했는데도 심장이 쿵 내려앉았다. 손바닥이 축축했다. 수영은 손을 허벅지에 문지르고 일어났다.

'도망치면 안 돼.'

재인의 연갈색 눈동자를 떠올렸다.

"수영아, 있잖아."

오래전, 머뭇머뭇 입을 열었던 그녀의 모습.

"이모부가……."

아픔과 당혹스러움, 수치심을 드러내지 않으려고 노력했던 그 어린 소녀를 떠올리며, 수영은 방문을 열었다.

아버지가 들어왔는데도 어머니는 TV에서 눈을 떼지 않았다. 아버지 역시 그런 어머니에게 다녀왔다는 말조차 하지 않았다. 남의 집에 들어온 듯 안방으로 향하는 아버지를 불렀다.

"아빠."

딸의 목소리를 들었을 뿐인데도, 아버지는 총 맞은 사람처럼 흠칫 몸을 떨었다.

"어, 그래. 수영아. 아직 안 잤니?"

딸을 대하는 것 같지 않은 어색한 말투. 수영은 쓴웃음을 삼켰다.

"아빠, 엄마. 저, 오랫동안 생각해봤는데요."

그제야 어머니도 TV에서 시선을 떼고 수영을 돌아봤다. 낯선 사람을 보는 듯한 그들의 시선을 받으며, 수영은 말했다.

"아빠가 재인이한테 손을 댄 건 실제로 있었던 일이야."

생각지도 못한 말에 부모님의 눈이 경악으로 물들어 갔다. 그들이 뭐라 말하기 전, 수영이 덧붙였다.

"그때부터 이 집에 사는 사람들은 더 이상 가족이 아니었어."

"수영이 너!"

뒤늦게 정신을 차린 어머니가 벌떡 일어났다. 악귀 같은 그녀의 얼굴을 보며, 수영은 말했다.

"우리는 정상이 아니었어."

패밀리 레스토랑을 혼자서 방문하는 건 처음이다. 아니, 전에 재인을 만나러 몇 번 오긴 했지만, 자리에 앉아 뭔가를 주문하는 건 처음이었다.

파스타와 샐러드, 스테이크를 시켰다. 거기에 애피타이저로 감자튀김까지 추가했다. 주문을 받던 종업원이,

"일행이 있으신가요?"

라고 물어볼 만큼 많이 시켰다.

"아니요. 혼자 먹을 거예요."

약간 어둑한 패밀리 레스토랑에 가만히 앉아 주문한 음식이 나오기를 기다렸다. 얼마나 그러고 있었을까. 접시들이 하나, 하나 테이블 위에 놓이기 시작했다.

"혼자서 다 먹을 수 있겠어?"

접시를 능숙하게 테이블로 옮기던 종업원이 말했다. 재인이었다.

"응, 다 먹어보려고."

접시를 다 옮긴 재인이 맞은편에 앉았다. 어두운 공간에서도 재인의 눈동자는 밝게 빛나고 있었다. 저 눈동자, 참 부러워했었지.

"괜찮아?"

"응, 괜찮아."

라고 중얼거리다가, 재인을 속일 수 없음을 깨닫고 말을 바꿨다.

"아니, 안 괜찮아."

포크를 들었다.

"하나도 안 괜찮아."

"그래."

"난리가 났었어. 아빠도, 엄마도 소리치고 욕하고 울고…….."

"……그래."

"나도 같이 울었는데, 대체 왜 울었는지 모르겠어. 울 이유는 하나도 없는데."

또 눈물이 나올 것 같아서 샐러드의 양상추를 쿡 찔렀다. 입에 넣고 우물우물 씹어 삼켰다.

"울 자격이 있는 사람은 넌데."

"우는 데 자격이 뭐가 필요하겠어. 울고 싶으면 우는 거지."

재인의 담담한 목소리가 듣기 좋았다. 예전에는 이 목소리가 왜 그렇게나 싫었던 걸까?

"부모님은 아마도 이혼을 하게 될 것 같아. 나는 나와서 혼자 살려고. 너네 아파트 집세, 괜찮아?"

"응. 낡았지만 물도 잘 나오고, 방음도 나쁘지 않아."

재인은 그러지 말라고 말리지 않았다. 그래서 고마웠다.

"미안해."

"뭐가?"

"그때, 알아주지 못해서."

"지금 알아주잖아."

"너무 늦었잖아."

"아니, 안 늦었어."

재인이 빙그레 웃었다.

"딱 적당해."

"넌 정말 바보처럼 착해. 그렇게 착하면 세상 살기 힘들걸."

"네가 못돼서 욕먹을 땐 내가 네 편이 되어 주고, 내가 착해서 힘들 땐 네가 날 도와주면 되는 거 아냐?"

"솔직하긴."

피식, 웃음이 나왔다.

"그저께 엄마랑 아빠를 만나고 왔어."

재인이 말했다.

"가서 다 얘기했어. 끝났다고. 이제 다 끝났다고."

"응."

"그리고 이제 다시 시작할 거라고. 그 시작을 너도 같이 할 수 있어서, 참 좋다."

"정말 넌…… 착해 빠졌어."

재인도 포크를 들었다.

"이거 내가 시킨 거야. 넌 따로 시켜. 나 오늘 배터지게 먹을 생각이거든. 다이어트 생각 안 하고."

"정말? 하나도 안 남기고 다 먹을 수 있겠어?"

"응, 다 먹을 거야."

수영이 고집스레 말했다.

"그래, 그럼."

재인이 어쩔 수 없다는 듯 메뉴판을 가지고 와서 메뉴를 추가했다. 수영은 파스타를 우물우물 씹으며 물었다.

"그 아저씨랑은 어때? 나 신문 보고 완전 뒤집어졌어. 그 아저씨가 정우그룹 사람이었다니."

"그러게. 비싼 옷을 입고 다닌다 싶긴 했는데, 정말 재벌일 줄은 몰랐어."

"괜찮은 거야? 재벌 집안 상대하는 거 보통 일이 아닐 텐데."

수영이 걱정스럽게 물었다. 재인은 수영의 파스타를 자신의 접시로 덜어가며 답했다.

"괜찮아. 내 인생에서 제일 힘든 건 아무도 내 말을 믿어 주지 않는 고독감이었어. 내 말을 들어주는 사람이 있으니까, 이제 아무것도 무섭지 않아."

*　　*　　*

"인느님. 저녁 아직이지?"

경찰청에서 부탁을 받아 용의자의 거짓말을 알아낸 후 집으로 돌아가려는데, 한선이 따라왔다.

"네, 아직이요."

"민 교수랑 먹기로 했나?"

"아뇨. 민성현 씨 지금 서울에 없어요."

"뭐? 이럴 때 어딜 간 거야?"

"쫓아냈어요. 너무 수선스러워서."

"수선스럽다니?"

"음, 저녁 뭐 먹을까요?"

"글쎄. 오랜만에 갈비나 뜯으러…… 아니, 지금 저녁 메뉴가 문제가 아니잖아."

"저랑 같이 저녁 식사하려고 한 거 아니었어요?"

"물론 그렇긴 하지."

"그럼 밥 먹으면서 얘기해요. 배고파요."

딱 저녁 시간이라 가게는 많이 붐볐다. 10분 정도 대기한 후에야 간신히 자리를 잡을 수 있었다. 왕갈비 2인분을 주문하자마자 한선이 물었다.

"민 교수, 어디 갔는데?"

"어디로 갔는지는 잘 모르겠어요. 어쩌면 서울에 있을지도……."

한선이 황당하다는 표정을 지었지만, 재인은 모르는 척 수저를 꺼냈다.

"무슨 일 있는 건 아니지?"

"일이라면…… 민성현 씨가 한국에 있다는 걸, 그 집안사람들에게 들킨 거겠죠."

"아, 그거 말인데…… 인느님은 괜찮은 거야?"

"안 괜찮을 건 없죠. 민성현 씨가 정우그룹 사람이라고 해서 다른 사람이 되는 것도 아닌데."

"그거야 그렇지만……."

"민성현 씨가 변할 거란 기대는 오래전에 버렸어요."

재인이 성현의 기이한 행각을 두고 하는 말이라는 걸 깨달은 한선이 피식 웃었다.

"뭐, 정우 사람이라는 게 알려져서 그놈이 좀 변한다면, 그건 그것대로 나쁘지 않았을 거다."

"그러게요. 보는 눈도 의식하고 그런 사람이 되었더라면 좋았을 텐데, 똑같더라고요."

"뭐, 그런 걸로 고쳐질 놈이었으면 애초에 고쳐졌겠지. 그런데 그 녀석이 수선스럽다는 건 무슨 뜻이야?"

"민성현 씨 어릴 적에 무슨 일이 있었는지는 아시죠?"

"누님이 살해당한 거?"

"네. 그것 때문에도 그렇고, 여러 가지로 가족들이랑 문제가 좀 있나 봐요."

"아아."

"고민할 시간이 필요한 것 같은데, 저한테 신경을 쓰느라 제대로 고민도 못 하는 것 같고. 그렇다고 저한테 말하고 싶어 하는 것 같지도 않고. 그래서 생각 좀 정리하고 오라고 했어요."

"그 녀석도 그럴 때가 있구만."

한선이 의외라는 듯 중얼거렸다.

"그러게요. 민성현 씨도 사람은 사람인가 봐요."

가혹한 평가였지만 맞는 말이었다. 아무 생각 없이 유유자적 제멋대로 살아가는 남자인 줄로만 알았다.

"그 녀석이 널 놔두고 가려고 하진 않았을 텐데."

"네, 안 가려고 하더라고요. 그래서 억지로 쫓아냈어요."

밑반찬과 고기가 나와서 잠시 대화가 끊겼다. 종업원이 두툼한 고기를 불판 위에 얹는 것을 지켜보며, 재인은 생각에 잠겼다. 단지 성현이 고민하는 것 같다는 이유로 그를 쫓아낸 것은 아니었다.

"걱정 마, 여왕님. 난 여왕님을 위해 모든 것을 버릴 각오가
되어 있으니까."

기사가 실린 그날. 서울에 올라오면서 성현이 했던 말이 재인을 불안하게 만들었다. 재인은 그가 자신 때문에 모든 것을 버리는 걸 원하지 않았다.

다른 사람이 하는 말이라면 과장된 표현일 뿐이라고 대수롭지 않게 넘기겠지만, 성현이 하는 말은 그렇게 받아들일 수가 없었다. 그는 그의 가족이 조금이라도 자신과 재인의 사이를 방해하려 하면, 버릴 것이다. 그것도 유쾌하지 않은 방법으로.

그에게는 머리를 식힐 시간이 필요했고, 재인도 그가 없는 동안 앞으로의 일에 대해 생각을 하고 싶었다. 그와 가족들의 관계 회복을 위해, 무엇을 해 줄 수 있을까?

'남의 가족 일에 끼어드는 건 달갑지 않지만…… 아니, 남이 아니지. 내가 사랑하는 사람의 일이니까.'

성현은 거침없이 재인의 문제에 끼어들었다. 재인이 상관하지 말라고 화를 내고 무시를 해도, 그는 조금도 망설이지 않았다.

'배려한답시고 모르는 척하면 상황은 점점 나빠질 거야. 민성현 씨는 극단적인 사람이니까.'

안 그런 것처럼 보이지만, 그는 세계를 분명하게 갈라놓고 있었다. 내 사람과 타인. 그는 '내 사람'의 문제에는 적극적이지만, '타인'의 일이 되면 가차 없었다. 그리고 재인의 판단대로라면 그는 자신의 가족을 '타인'으로 분류하고 있었다.

"혼자 괜찮겠냐?"

한선의 목소리에 상념에서 벗어났다. 한선이 재인을 지그시 응

시하고 있었다. 그의 눈동자에 담긴 진심 어린 걱정에 가슴이 따뜻
해졌다.

"전 이제 혼자, 아니잖아요."

아파트 입구에서 밖으로 나오는 영민과 마주쳤다. 심상찮은 표
정으로 걷던 영민이 재인을 보더니 반색하며 다가왔다.

"누나!"

"응, 영민아."

"누나, 저기…… 누가 누날 찾아온 것 같아요."

"응? 누구? 아는 사람이야?"

"아뇨. 가슴이 이따만 한 금발 머리 여자랑 그리고…… 어떤 남
자도 있었던 것 같은데."

가슴이 이따만 한 금발 머리 여자에게 시선이 빼앗겨, 같이 있던
남자는 제대로 확인하지 못한 모양이다. 그나저나 금발 여자라니.

"날 찾아온 게 분명해?"

"네, 아까부터 누나네 집 앞에 서 있었어요. 아, 처음에는 형님 집
앞에 서 있다가, 그다음에 누나네 집 앞으로 옮긴 것 같던데."

"아, 그래?"

"분위기가 심상치 않더라고요. 금발 여자가 계속 뭐라고 중얼거
리는데…… 가슴은 큰데 약간 정신은 이상해 보였어요. 좀 무섭기
도 하고."

금발의 여자라니. 누군지 짐작조차 되지 않았다. 누군가 찾아올

지도 모른다는 생각은 성현과 라연의 기사가 떴을 때부터 예상하고 있었다. 성현이 한국에 있다는 걸 알게 된 그의 집안에서 가만히 손을 놓고 있을 것 같진 않았기 때문이다.

하지만 예상한 인물 중에 금발의 여자는 없었다.

'민성현 씨랑 미국에서 무슨 관계가 있던 여자겠지? 설마…… 그런 관계의 여자인 건 아니겠지?'

성현이 재인과 알게 된 후 재인에게만 집중하기는 했다. 하지만 그 전에는 어떤 생활을 해 왔는지, 재인은 알지 못했다. 어쩌면 과거의 여자들 중 한 명일지도 모른다고 생각하자, 심장 한구석이 싸늘하게 식었다.

"누나, 같이 들어갈까요?"

"어디 가는 길 아니었어?"

"아, 그렇긴 한데…… 그래도 누나 혼자 올려 보내기 좀 그래서요."

"아니, 괜찮아."

단호하게 거절했다. 만약 찾아온 여자가 성현의 과거 여자라면, 그녀와 상대하는 모습을 영민에게 보이고 싶지 않았다. 영민은 불안한 표정으로 몇 번을 더 권했지만, 결국 포기하고 말했다.

"누나, 조심하셔야 돼요. 무슨 일 생기면 바로 전화 때리시고요."

"그래, 고마워."

걱정스러워 발길을 떼지 못하는 영민의 시선이 등 뒤로 고스란히 느껴졌다. 참으로 따뜻하다. 과거의 여자일지도 모른다는 생각에 식었던 심장이 다시 온기를 되찾았다.

사람이라는 것은 참으로 따뜻하다. 영민에게 해 준 것이라고는 그날 복도에서 한 번 믿어 준 것뿐인데, 이렇게나 진심 가득한 걱정을 해 주다니.

긴장이 풀렸다. 1층에 멈춰 있던 엘리베이터를 타고 돌아섰다. 저 멀리서 걱정스럽게 지켜보는 영민의 모습이 보였다. 그를 향해 싱긋 미소를 지었다. 엘리베이터 문이 닫혔다.

'여자가 싫다.'고, 은우는 생각했다.

'여자는 정말 질색이야.'

라고 생각했지만 메리로부터 도망칠 수가 없었다. 그녀가 얼마나 끈질긴지 알고 있었기 때문이다.

2월 말인데도 한국의 공기는 매서웠다. 뼛속까지 시릴 만큼 차가운 바람도, 메리에게는 아무 영향을 미치지 못했다. 풍만한 가슴이 한껏 드러나는 셔츠 한 장만 달랑 걸친 메리는, 그래도 덥다는 듯 손으로 부채질을 했다. 아마도 분통이 터져서 추위를 못 느끼는 것이리라.

"말이 돼? 난 에디 때문에 한국어까지 마스터했어. 그런데 뭐? 여자한테 홀려서 미국에 돌아올 생각을 안 한다고?"

미국 공항에서부터 지금까지 백 번은 넘게 들은 말을, 메리는 또다시 반복하기 시작했다. 귀에 못이 박힐 지경이다.

"제발, 메리. 여자에 빠진 건 그 녀석이지, 내가 아니잖아. 왜 나한테 그러는 거야?"

"너도 똑같아, 팀. 에디가 여자에게 빠질 것 같으면 당장 나한테 알려줬어야 할 거 아냐. 에디는……!"

딩— 거기까지 말했을 때, 엘리베이터가 멈추는 소리가 들렸다. 둘 다 엘리베이터 쪽으로 시선을 돌렸다.

엘리베이터 문이 열렸다. 열린 문 안으로 보이는 여자는, 은우가 사진으로 봐서 아는 인물이었다.

말라서 유독 작게 느껴지는 체구, 자그마한 얼굴. 단정한 단발에 새하얀 피부, 커다란 눈과 그 안에 자리 잡은 연갈색 눈동자.

'흩어질 것 같다.'는 표현을, 은우는 실감했다. 그녀는 분명 그곳에 존재하는데, 후욱, 바람을 불면 흩어질 것 같았다. 하지만 그런 생각을 한 것도 잠시. 그녀가 엘리베이터 밖으로 한 걸음 내딛는 순간, 그녀의 존재감이 놀랍도록 강해졌다.

두 사람을 봤으면서도 재인의 표정은 변하지 않았다. 그 어떤 감정도 묻어나오지 않은 무표정. 그래서 인형처럼 보이는 얼굴로, 재인은 느릿하게 복도를 걸어왔다.

'리젤이 엉엉 울 정도로 예쁘진 않은데.'

솔직히 좀 실망했다. 민성현의 마음을 단숨에 사로잡은 여자, 정라연의 욕심을 단숨에 가라앉힌 여자. 그래서 사진으로 본 것보다 월등히 뛰어난 미인일 거라고 기대했다.

하지만 그 정도는 아니다. 예쁘긴 해도 눈이 부시다는 느낌을 받진 못했다. 은우는 냉정한 눈으로 재인을 관찰했다.

자, 저 작고 마른 여자는 이제 어떤 식으로 행동할까? 성현에게 연락을 할까? 아니면 알고 지내는 그 형사에게 도움을 청할까? 화를 낼까? 욕을 할까? 어쩌면 울지도 모르겠다. 메리가 단단히 결심하고 왔으니까.

겉모습으로만 봤을 때, 재인은 메리에게 상대도 되지 않을 것 같았다. 메리는 재인보다 키도 크고, 가슴도 컸다. 메리에 비하면 재인은 아직 영글지 못한 풋과일 같았다.

둘 앞에 멈춘 재인이 앞으로 나선 메리를 물끄러미 올려다봤다. 가까이에서 본 재인의 옅은 갈색 눈동자는, 마치 보석처럼 빛나고 있었다.

'눈동자는 상당히 매력적인데?'

라고 생각하는데, 재인의 도톰한 입술이 벌어졌다.

"누구시죠?"

짧은 문장을 내뱉는 그녀의 음성은 등골이 오싹해질 정도로 매력적이었다. 낮고 허스키한, 그러면서도 무언가 무게감이 느껴지는 음성.

하지만 성현에게 미친 메리에겐 느껴지지 않았나 보다. 메리는 팔짱을 끼고 재인을 내려다보며, 조롱하듯 미소를 지었다.

"유재인, 맞지?"

"그런데요."

"나에 대해 듣지 못했나 봐?"

"네, 못 들었어요."

"나, 민성현 애인이야."

그 순간, 재인의 눈동자가 반짝 빛났다. 이번에 은우는 다른 의미로 소름이 끼쳤다. 그녀의 보석 같은 눈동자는 메리의 머릿속을 읽어 내고 있었다.

"거짓말."

재인이 한 자, 한 자 끊어 말했다.

"그래, 부정하고 싶겠지."

메리가 비웃듯이 말했다.

"민성현이 뭐래? 여자라고는 당신뿐이래? 첫눈에 반했대? 당신만 사랑하겠대?"

"네, 그렇다더라고요."

"흥, 그게 민성현의 수법이야. 늘 그런 말로 여자를 홀리거든. 그렇게 가지고 놀다가 결국 나한테 돌아와. 당신도 딱 보면 알겠지? 남자라면 당신과 나, 둘 중에 누굴 선택할지."

"한국말 잘하시네요. 제가 영어를 잘 못해서 걱정했는데."

"그거야 당연하지! 민성현이 한국말 못하면 상대를 안 해 줘서 얼마나 열심히 공부했다고!"

"그 말은 진짜군요."

"하? 난 지금까지 계속 진실만 말했거든? 그래, 부정하고 싶겠지. 하지만 말이야, 아가씨. 남자란 동물은 결국 섹슈얼한 여자에게 끌리게 되어 있어. 하나만 먹다 보면 입맛이 떨어지니 가끔 다른 데 눈을 돌리긴 하지만, 결국 돌아가는 건 자신에게 성적인 만족을 주는 여자라고."

"그쪽 분은 누구시죠?"

속사포처럼 쏘아 대는 메리를 무시하고, 재인이 은우에게로 시선을 돌렸다.

"성현이한테 들은 적 있는지 모르겠지만, 강은우라고 합니다."

"강은우?"

"팀. 티모시."

"아아. 팀. 들은 적 있어요. 미국에 계신, 신뢰하는 친구분이시라고."

성현이 그런 식으로 소개했단 말인가. 은우는 묘한 감동과 짜증을 동시에 느꼈다. 누군가에게 신뢰를 받는 건 기쁜 일이지만, 상대가 성현이라면 달라진다. 성현의 신뢰는 사람을 귀찮게 만들 뿐이다.

"아가씨. 날 무시하는 거야?"

메리가 끼어들었다.

"네. 자꾸 거짓말만 하니까요."

재인이 단호하게 말했다.

"난 거짓말쟁이는 좋아하지 않아요."

"그래, 그렇게 부정하면서까지 민성현 곁에 있고 싶은 마음, 모르는 거 아냐. 하지만 보면 알잖아. 민성현, 돈 많고 잘생긴 남자야. 게다가 개인적인 능력도 뛰어나지. 그런 남자가 한 여자로 만족할 수 있을 것 같아?"

재인은 바로 대답하지 않고 메리의 얼굴을 빤히 응시했다. 잠시 그렇게 메리를 지켜보던 재인의 얼굴에 옅은 미소가 번졌다. 그 미소가 어쩌나 달콤한지, 은우는 저도 모르게 뒷걸음질을 쳤다. 미소에 사로잡힐 것만 같았기 때문이다.

은우는 그제야 성현이 왜 재인에게 반했는지 알 것 같았다. 그녀는 흩어질 듯 불안해 보이지만, 강한 존재감이 있었다. 모순되는 그 감각이 그녀를 특별하게 만들었다. 게다가 속을 꿰뚫어 보는 듯 서늘한 눈동자는 무척이나 아름다웠다.

'보면 볼수록 아름다운 눈동자군. 그래서인가. 리젤이 처음에는 별말 없다가 몇 번 본 후에야 예쁘다고 징징거린 게.'

그렇게 재인을 평가하고 있는데, 재인이 입을 열었다.

"이유 없이 거짓말을 할 사람처럼 보이진 않아요. 그렇다는 건, 뭔가를 바라고 거짓말을 한다는 건데. 뭘 바라는 걸까요? 아마도…… 아아, 그렇군요. 당신은 민성현 씨가 어디에 있는지 몰라요. 안다 해도 그를 불러들일 수 없고요."

재인이 담담하게 말을 이어 갔다.

"날 자극해서 민성현 씨를 끌어낼 생각이었군요."

메리에게 그런 의도가 있는 줄은, 은우도 몰랐다. 그저 재인을 놀려 주려고 이러는 줄 알았는데.

메리의 어깨가 움찔 떨렸다.

"그렇다면 이건 무의미해요. 전 민성현 씨가 어디에 있는지 모르거든요."

"정말? 정말 몰라?"

메리는 거짓말하는 걸 포기하고 물었다.

"네, 몰라요. 무슨 일이 생기면 문자를 보내놓으라고는 했지만, 어제 전화를 해봤더니 휴대폰도 꺼져 있더라고요."

"아아, 그래? 한눈에 반한 아가씨한테까지 연락을 안 한다는 건……."

메리의 입가에 미소가 번졌다.

"드디어 집필에 들어갔나 보네. 슬럼프에서 벗어난 건가?"

메리의 중얼거림에 재인의 눈이 커졌다. 그들과 마주한 후, 처음으로 재인의 얼굴에 감정이 떠오른 것이다.

"집필이라니요?"

재인의 질문이 메리를 기쁘게 만들었다. 계속 재인에게 당하기만 했던 메리는 승리감이 묻어 나오는 눈빛으로 재인을 내려다보며 말했다.

"아아, 민성현이 아가씨한테는 말을 안 했나 보네. 자기가 무슨 일을 하는 사람인지."

"들었어요. 미국에서 프로파일러라고……."

"흥, 거기까지만 들은 거야? 민성현은 아가씨를 꽤나 신뢰하지 못하나 봐. 자기의 진짜 직업을 말해 주지 않은 걸 보면."

"……."

"안 됐네, 아가씨. 아가씨는 나름대로 민성현을 믿고 있었던 모양이지만, 정작 아가씨 본인은……."

은우는 안 되겠다 싶었다. 재인의 표정이 눈에 띄게 굳었기 때문이다. 성현이 왜 재인에게 알리지 않았는지 모르겠지만, 그것이 재인을 화나게 만들 건 분명했다. 이 표정 없는 아가씨가 화를 내면 얼마나 무서울지도 대충 상상이 되었다. 그리고 재인의 분노를 산 성현이, 은우를 얼마나 귀찮게 할지도 눈앞에 또렷이 그려졌다.

"그만해, 메리."

그래서 은우는 메리의 말을 끊고 재인을 향해 다가갔다. 재인의 커다란 눈이 은우의 머릿속을 읽어내려는 듯 빛났다. 은우는 작게 한숨을 내쉬며 말했다.

"유재인 씨. 성현이는 프로파일러가 맞습니다. 그리고 직업이 하나 더 있죠."

"작가……인가요?"

재인이 눈치 빠르게 물었다. 은우는 쓴웃음을 지으며 고개를 끄덕였다.

"네, 작가입니다. 유명한 작가이니, 유재인 씨도 아마 들어보셨을 겁니다."

"……누구죠?"

"에드윈 컴버배치."

에드윈 컴버배치였다니.

은우는 진실을 말하고 있었다. 하지만 믿을 수가 없었다.

에드윈 컴버배치였다니! 지난 20년. 재인의 인생에서 유일한 즐거움을 찾아보려면, 에드윈 컴버배치의 소설이었다. 고등학교 때,

학교 도서관에서 우연히 집어든 소설이 에드윈 컴버배치의 처녀작이었다.

유려한 필체로 담담하게 써내려간 범죄 소설. 단순히 범죄만을 담은 것이 아니라 인간의 감정과 관계를 통찰력 있게 담은 그의 소설을, 재인은 좋아했다.

"그러고 보니…… 작가 소개에……."

프로파일러이자 박사 학위 3개를 받은 천재, 라고 쓰여 있었다. 하지만 나이까지 알려진 건 아니라서, 상당히 나이가 많은 사람일 거라고 생각하고 있었다.

"에드윈 컴버배치였다니……."

"그런 것도 몰랐다니. 에디가 아가씨한테 그걸 감춘 이유는 아가씨를 신뢰하지 않기 때문일 거야."

메리의 말에 정신을 차렸다. 재인의 얼굴에서 다시 표정이 사라졌다.

'하여간 그 인간은……!'

정우그룹에 대해 미리 알고 있다는 걸로 성현에게 한 방 먹였다고 생각했다. 하지만 성현은 두 배, 아니, 세 배로 재인에게 갚아줬다. 이건 한 방이 아니라 여러 방 맞아 KO를 당한 기분이다.

'왜 말을 안 해 준 거지?'

이유가 있을 거라고 생각해야 하는데, 기분이 상했다.

'미리 말해 줬으면 좋았잖아.'

그에게 에드윈 컴버배치에 대해 신나서 이야기한 적이 많았다.

그의 소설이 얼마나 재미있는지, 그의 소설을 읽으며 얼마나 위로를 받았는지. 그런 이야기를 할 때, 성현이 어떤 표정으로 듣고 있었는지 기억이 나지 않는다.

"그래요, 에드윈 컴버배치였군요."

감정을 갈무리하고 담담하게 말했다. 일단 그를 만나서 이야기를 들어보는 것이 좋겠다. 화를 내더라도 듣고 나서 화를 내야지. 괜한 감정소비를 하고 싶지 않았다.

"아무튼 잘 알겠습니다. 그럼 이제 그만 비켜주시겠어요? 집에 들어가고 싶은데."

아무 일도 없었다는 듯 말하는 재인을, 은우는 놀랍다는 듯 바라보며 옆으로 비켜섰다. 하지만 메리는 재인의 앞을 단단히 막아선 채 꼼짝도 하지 않았다.

"아가씨, 회피하려고 하지 마. 이 문제에 대해 제대로 짚고 넘어가야 하지 않겠어?"

메리는 약점을 잡았다고 생각하는 것 같았다.

"어떤 문제를 말씀하시는지 모르겠네요. 저에게는 아무 문제가 없는데요."

재인이 담담히 물었다. 메리가 인상을 찌푸렸다.

"아무 문제가 없다니. 에디는 아가씨한테 감추는 게 많아. 그게 뭘 뜻하는지 모르겠어?"

"제가 민성현 씨를 알게 된 지 얼마나 되었다고 생각하세요? 10년? 1년? 아니면 6개월? 우리는 알게 된 지 반년도 되지 않은 사이예요. 서로에게 말하지 못한 부분이 많은 건 당연한 거겠죠. 그게 문제가 된다고는 생각하지 않아요."

재인의 어조는 차분했다. 메리는 자신의 앞에 서 있는 자그마한 동양인 여자가 호락호락한 여자가 아니리라는 것을 깨달았다. 에드윈이 모든 걸 버리고 달려들 만큼 반한 여자였다.

'그래, 이 정도는 되어야지. 내 말 한 마디에 울면서 에디에게 연락할 여자였으면 실망했을 거야.'

"더 하실 말씀 있나요?"

재인이 물었다. 메리는 대답하지 않았다. 어떻게 해야 재인의 속을 더 뒤집어놓을 수 있을까 궁리하는 중이었기 때문이다.

재인은 입을 꾹 다물고 있는 메리를 올려다보다가 은우에게로 시선을 돌렸다. 은우는 난처하다는 표정을 짓고 있었고, 그런 표정을 짓고 있는 그가 싫지 않았다. 무엇보다 은우는 성현이 아끼는 친구였다. 이대로 보내는 것도 미안하다.

"강은우 씨라고 하셨죠?"

"아, 네에."

"커피숍이라도 가시겠어요?"

"괜찮습니다."

은우는 거절했다.

"실례가 많았습니다, 유재인 씨. 이런 식으로 만나고 싶진 않았는데."

"그러게요."

"솔직히 말씀드리자면 성현이가 푹 빠진 여자가 어떤 사람인지 궁금하기도 했고, 실제로 보고 싶기도 해서 메리와 동행했습니다. 만나 봤으니 이제 제 볼일을 보러 가고 싶네요."

냉정하다고 생각될 말이었지만, 기분이 상하진 않았다. 은우가 솔직하게 말하고 있었기 때문이다. 어설픈 거짓말로 배려를 하는 사람보다 솔직한 사람이 더 좋은 재인이었다.

"아, 그렇군요. 그럼 다음에 봬요."

"네. 메리, 안 갈 거야?"

"난 이 여자랑 좀 더 같이 있어야겠어."

"······그렇다는군요. 혼자 괜찮으시겠습니까?"

은우가 재인을 돌아보며 물었다.

"네, 괜찮아요."

"알겠습니다. 그럼 실례하겠습니다."

은우가 살짝 고개를 숙여 인사하고는 자리를 떠났다. 메리와 둘만 남게 된 재인은 아직도 앞을 가로막고 있는 그녀를 올려다보며 물었다.

"어떻게 하실래요? 같이 안으로 들어가실래요, 아니면 계속 여기서 계실래요?"

"성현이 오빠는 화가 났겠지?"

"모르지. 뭐, 그 녀석이 화가 났으면 지금쯤 한바탕 난리가 나지 않았겠냐?"

풀 죽은 라연을 앞에 두고도 은우는 딱히 안쓰러워하는 기색이 없었다. 라연은 미끈한 은우의 얼굴을 가만히 들여다봤다. 뭘 그렇게 보느냐고 물을 법도 한데, 은우는 차만 마셨다.

"오빠를 보면 왜 성현이 오빠랑 친구가 됐는지 알 것 같아."

"야, 그런 무서운 소리는 하지 마라. 굉장히 불쾌하니까."

"하아. 성현이 오빠는 연락도 안 되고, 아빠랑 할아버지는 성현이 오빠한테 소식 없냐고 자꾸 물어보고, 어머님한테도 매일…… 아, 잠깐만. 어머님이다."

라연은 입술에 검지를 대고 조용히 하라는 표시를 한 후 전화를 받았다.

"네, 어머님. 아, 네에. 아니요. 저도 지금은 연락이 안 돼서…… 미국으로 돌아간 게 아닐까 싶기도 하고요. 네, 네. 아…… 그러……세요? 아뇨, 저도 잘은 모르는데…… 확실한 게 아니니까 조금 더 지켜보시는 게…… 아뇨, 그것 때문에 이러는 건 절대 아니고요. 아, 네. 그럼 다음에 찾아뵐게요."

통화를 할수록 라연의 얼굴이 파랗게 질려갔다. 전화를 끊었을 땐 곧 기절하는 게 아닐까 싶을 정도로 안색이 안 좋았다.

그래도 은우는 이유를 묻지 않고, 차와 함께 주문한 쿠키를 먹었다. 초코쿠키의 맛을 음미하는 듯 눈까지 가늘어진 은우를 쏘아보며, 라연이 말했다.

"무슨 내용이냐고 묻지도 않아?"

"물어보면 개입해야 되잖아. 난 개입하기 싫다."

"어머님이 유재인 씨의 존재를 알아냈어."

"흐응."

"아무래도 성현이 오빠가 한국에 들어온 뒤부터의 행적을 쫓은 것 같아. 오빠가 강사를 했던 거, 대학 내에서 유독 친하게 지내는 여학생이 있었던 거, 그 여학생이랑 같은 아파트에서 산다는 거. 전부 다 알아냈어."

"아아, 그러냐?"

"아버지가 왜 갑자기 약혼 사실을 공개했는지, 정우 쪽에서도 눈치를 챈 것 같아. 나랑 성현이 오빠의 약혼이 깨질까 봐 서둘러 기사화한 거라고 생각하고 있겠지."

"뭐, 그쪽도 바보는 아니니까."

"아, 어떡하지? 어머니가 유재인 씨를 건드리기까지 하면 진짜 난리 날 텐데."

"어차피 에디가 싼 똥이야. 그놈이 알아서 치우겠지."

"하지만 우리 아빠가 먼저 건드린 거잖아. 아빠가 약혼 사실만 공개 안 했어도, 조용히 약혼 취소하고 유재인 씨를 그쪽 집안에 소개하고, 잘 마무리 됐을 텐데."

"글쎄. 그렇게 쉽게 끝날 일은 아니지. 유재인은 뒷배가 없잖아. 에디가 아무리 제멋대로라지만 결혼은 또 다른 문제니까. 에디도 그걸 자각하고 있어서 섣불리 유재인을 공개하지 못하는 거고. 자칫 잘못했다가는 유재인이 상처받을 테니까."

"성현이 오빠가 그렇게까지 생각한다고?"

"지금 에디의 사고는 유재인 중심으로 돌아가거든."

"……알고는 있었지만."

라연의 얼굴에 고통이 스쳐 지나갔다.

"오빠한테 들으니까 마음이 좀…… 그러네."

"그래서 애초에 내가 말했잖냐. 에디를 손에 쥐고 흔드는 건 관두라고."

라연이 성현에게 계약 약혼을 제안했을 때, 은우는 분명 그렇게 말했었다. 라연은 그때의 일을 떠올리며 쓴웃음을 지었다.

"됐어. 한 때라도 성현이 오빠의 특별한 여자로 있을 수 있었으니까."

"뭐, 네가 그렇다면야."

"그런데 오빠는 한국에 혼자 온 거야?"

"아니. 메리랑 같이 왔어."

"메리는…… 어디 있는데?"

"유재인 집에."

"뭐?"

라연이 벌떡 일어났다. 은우는 무심하게 라연을 올려다봤다.

"오빠, 미쳤어? 유재인한테 메리를 보냈다고?"

"엄밀하게 말하자면 같이 갔다가 나만 따로 나온 거지. 난 유재인 얼굴을 보고 싶었을 뿐이니까."

"오빠!"

"왜 그렇게 야단이야?"

"당연히 야단이지. 메리가 어떤 여자인지 알잖아? 그 여자, 성현이 오빠를 끌어내기 위해서 무슨 짓이든 할 수 있는 여자야. 분명 유재인 씨 속을 박박 긁어놓겠지."

"그런데? 유재인 속을 박박 긁는 거, 네가 원하는 일 아냐?"

"날 뭐로 보고."

라연이 불쾌한 듯 미간을 좁혔다.

"유재인 씨가 나한테서 성현이 오빠를 뺏은 게 아니라 성현이 오빠의 마음이 멋대로 유재인 씨를 향한 거야. 내가 유재인 씨를 괴롭히고 싶어 할 이유가 없잖아."

"흐응."

"게다가 유재인 씨는……."

라연은 재인의 맑은 눈동자를 떠올렸다. 어느 순간에도 라연을 똑바로 응시하던 정직한 눈동자.

"싫지 않아."

"그러냐?"

"가 봐야겠어."

"그래라."

"뭘 그래라야? 오빠가 이 사태의 주범인데 같이 가야지!"

라연이 고집스럽게 은우의 팔을 잡아 일으켰다. 찻잔을 놓고 일어서며 은우는 생각했다.

'이 사태의 주범은 민성현이라고!'

메리를 집안에 들인 후, 재인은 자기 할 일을 했다. 청소를 하고 빨래를 하고 책을 읽고. 그러는 동안 메리는 재인의 집을 둘러보고 생각에 잠겨 있었다. 조촐한 집안 살림에 대해 어깃장을 놓는 여자는 아니라 다행이라고 생각하는데, 메리가 입을 열었다.

"에디가 한국에 온 이유, 궁금하지 않아?"

"궁금하네요."

한국에 들어온 이유에 대해 들은 적이 없었다. 그러고 보니 재인에 대해 어떻게 알았는지에 대한 답도 아직 듣지 못했다.

"아하. 역시 아직 못 들었구나? 하긴. 제아무리 에디라도 당신한테 반할 줄은 몰랐을 테니까, 말하기 힘들었겠지."

메리가 심술궂은 미소를 지으며 중얼거렸다. 재인은 그녀가 그 어떤 말을 해도 상처받지 말자고 생각하며, 그녀의 설명을 기다렸다.

"에디는 슬럼프였어. 꽤나 긴 슬럼프였지. 눈이 확 뜨이고 손가락이 저절로 움직일 소재가 필요하다고, 내가 찾아갈 때마다 넋두리를 하더라고. 자기 7살 때 이후로 이런 슬럼프는 처음이라면서."

메리는 거짓말을 하고 있지 않았다. 재인은 그녀가 할 다음 이야기가 예상되었다. 그것은 그리 즐거운 내용이 아니었다. 더는 듣고 싶지 않았다. 하지만 입을 굳게 다물고 메리를 응시했다.

"팀은, 그러니까 아까 나랑 같이 온 그 남자 말이야. 팀은 우아한 은행보안직원인 척하지만 사실은 해커야. 못 뚫는 곳이 없지. 슬럼프에 빠진 에디를 위해 팀이 여기저기 알아보기 시작했어. 눈이 확

뜨일 소재를 찾으려고."

메리가 씩 웃으며 다리를 꼬았다. 치마가 말려 올라가며 흰 허벅지가 드러났다.

"그렇게 당신을 찾아낸 거지."

"……."

"흥미로운 소재니까 일단은 확인하러 왔을 거야. 당신이 가진 그 능력이 진짜인지 가짜인지. 그런데 반해 버린 거지, 당신한테. 하지만 그건 알아둬. 에디가 당신의 과거를 청산하기 위해 자기 일처럼 움직인 이유는, 단지 당신을 사랑하기 때문만은 아니라는 거."

재인은 느리게 호흡하며 메리를 꼼꼼히 관찰했다. 그녀는 역시 거짓말을 하고 있지 않았다.

"당신의 감정 변화, 당신 주위 사람들의 감정과 행동, 그 모든 것이 에디에게는 소설의 소재였던 거야."

'휘둘리면 안 돼.'

라고 생각했지만 지끈, 가슴이 아팠다. 휘둘리는 게 아니다. 메리는 진실을 말하고 있으니까.

메리가 싸늘하게 웃었다.

"두고 봐. 에디의 신작은 당신 이야기일 테니까."

메리는 자기 목적을 달성했다는 듯 소파에 눕더니 잠이 들었다. 처음 만난 재인의 집을 제집처럼 여기는 메리의 행동을 나무랄 생각은 들지 않았다. 아니, 아무 생각이 없었다.

"소설의 소재였던 거야."

그 말이 머릿속에서 지워지지 않았다. 성현의 사랑을 믿지 못하는 것은 아니었다. 성현이 재인을 사랑하는 것은 분명했다. 하지만 그가 재인의 과거를, 현재를 소설의 소재로만 생각한다는 것은 충격이다.

그렇게 생각하니 몇 가지 의문스러운 부분들에 대한 답이 나왔다. 성현은 최영주의 사건을 좀 더 쉽게 해결할 수 있었을 텐데도 질질 끌었고, 강성파의 부두목까지 끌어들여 일을 해결했다.

가장 이해할 수 없었던 진혁의 일. 결과적으로 진혁은 신뢰해도 되는 사람이었다. 그의 부모가 인질로 잡혀 있는데도 재인에게 도망치라고 말해 주었다. 그런데 성현은 진혁을 신뢰할 만한 사람으로 판단하지 않았다. 한선과 혜란은 신뢰했으면서.

만약 그것이 진혁의 행동 패턴을 보기 위한 것이었다면, 위기에 놓인 진혁의 행동을 관찰하고 소설의 소재로 쓰기 위해서였다면.

'아니었으면 좋겠어, 민성현 씨. 만약 그런 거라면, 난 당신을 경멸하게 될 테니까.'

성현이 소중한 사람이라는 사실은 변함이 없었다.

'하지만…… 소설 소재라니…….'

딩동— 문득 쓴웃음이 흘러나왔을 때, 초인종이 울렸다.

"아, 뭐야. 이런 시간에."

메리가 쉰 목소리로 중얼거리며 몸을 뒤척였다. 재인은 말없이 일어나 현관문을 열었다.

"늦은 시간에 찾아와서 미안해요. 걱정돼서 왔으니까 이해해 줘요."

사과 같지도 않은 사과를 하며 들어오는 사람은 라연이었다. 그녀의 뒤로 난처한 표정을 짓고 있는 은우가 보였다.

"네, 들어오세요."

이미 안으로 들어온 라연에게 말했다. 라연은 재인의 말에 대답하지 않고 소파에 비스듬히 앉아 있는 메리를 향해 척척 걸어갔다.

"메리 벤슨."

"오랜만이네, 리젤."

"오랜만은 무슨! 지난 달 파티에서도 봤잖아."

"에디랑 잘 지내는 줄 알았는데 아닌가 봐. 약혼을 기사화한 걸 보는 순간 딱 알겠더라. 뭐가 그리 조급해서 에디를 건드린 거야? 어차피 에디는 네 것이 될 텐데."

"에디가 내 것이 되는 일은 없어! 에디한테는……."

"아아, 저 동양인 여자 말이지? 에디를 이해해 주도록 해, 리젤. 에디는 슬럼프였잖아. 소재를 찾아서 한국에 왔다가 잠시 외도를 한 것뿐이야. 정신적으로 많이 지쳐 있었으니까."

"아니, 난……."

"이번 집필 끝나고 나면 정신이 돌아올걸? 게다가 리젤, 꼬맹이들처럼 영원하고도 유일한 사랑이 있다는 걸 믿는 건 아니겠지? 특히 남자라는 동물은 여러 여자들을 정복해야 강하다는 생각이 있거든. 그 정도는 이해해 줘야지."

"그러니까 나는……."

"에디는 유명 작가야, 리젤. 접근해 오는 여자들이 많을 수밖에 없어. 물론 에디가 알아서 쳐내겠지만 간혹 흔들리는 마음은 이해해 주도록 해. 그러지 않으면 유명하고 멋진 남자 옆에서 살기 힘들어."

라연은 메리의 상대가 되지 않았다. 메리가 라연에게 하는 말은 재인이 들으라고 하는 말이었다. 메리는 성공했다. 그녀의 한마디, 한마디가 차갑고 날카로운 단도가 되어 폐부를 쿡쿡 쑤시니까.

재인이 무슨 생각을 하는지 안다는 듯, 메리의 얼굴에 잔인한 미소가 떠올랐다. 메리는 라연이 아닌 재인을 지그시 응시하며 덧붙였다.

"설마 저 여자도 제 주제에 대단한 남자의 발목을 붙들 만큼 바보는 아니겠지. 에디를 정말 사랑한다면, 그의 성장을 위해 알아서 물러서주지 않겠어?"

"모두 나가 주시겠어요?"

라고 말했다. 목소리도, 눈동자도 흔들리지 않았다. 재인은 아무 일도 없었다는 듯 담담하게 말했다.

"나가 주시면 좋겠네요."

"그래, 더는 볼일 없으니까. 아, 에디에게 연락 오면 말해 줘. 어쩌면 원고가 끝나고 더 이상 연락하지 않을지도 모르겠지만."

메리는 마지막까지 얄미운 소리를 지껄이더니, 재인의 어깨를 툭

치고 나가 버렸다.

"유재인 씨, 나는 이러려던 게 아니었어요. 성현이 오빠는……."

"라연 씨."

"……."

"나가 주세요."

"하지만……."

"부탁이에요."

담담한 음성 안에 감춰진 간절함을 읽어낸 걸까. 라연은 아랫입술을 잘근 깨물다가 크게 한숨을 내뱉고는 휙 나갔다. 재인은 아직 현관문에 서 있는 은우를 돌아봤다.

"민성현 씨는 어떤 사람인가요?"

재인이 이런 질문을 할 거라고 예상하지 못한 듯, 은우가 눈을 크게 떴다.

"무슨 의도로 던진 질문이냐에 따라, 답이 달라지겠죠."

"알고 싶어서요. 유일한 친구가 평가하는 민성현이라는 남자가 어떤 사람인지."

"그렇다면."

은우가 옅은 미소를 지었다.

"단 한 마디로 표현할 수 있겠죠."

"……."

"미친놈."

"그렇군요."

"또 물어볼 거 있습니까?"

"아니요. 솔직하게 답해 주셔서 감사합니다."

은우는 살짝 고개를 끄덕이고는 마지막으로 재인의 집을 빠져나갔다.

고요가 찾아왔다. 재인은 소파에 앉아 두 손으로 얼굴을 가렸다. 가슴이 술렁거렸다. 유쾌하지 않은 술렁임이었다.

'아아, 정말 싫다.'

*　　　*　　　*

그리하여 처음으로 깨닫게 되었다. 태양이 찬란하다는 것을.

타타타타타탁—!

요란한 키보드 소리가 마지막 강한 타이핑과 함께 끝이 났다. 눈도 제대로 깜빡이지 않고 모니터만 노려보던 성현의 입가에 처음으로 표정이 돌아왔다.

그는 옅은 미소를 지으며 눈을 감았다.

"자아. 이제 하나, 하나 해결하러 가 볼까?"

성현과 연락두절이 된 지 일주일이 지났다. 그에게 실컷 고민하고 오라고 떠나보낼 때만 해도 잘 견딜 수 있을 거라 생각했다. 20년을 혼자 살아왔으니까, 성현을 만나게 된 지 3개월 정도밖에 안 됐으니까. 그가 없는 시간, 잘 버틸 수 있을 줄 알았다.

"아니더라고요."

라고, 재인은 중얼거렸다.

"민성현 씨 만나기 전에, 내 옆에 아무도 없다고 생각했을 때, 그래도 나름대로 살아왔거든요."

꿈꾸는 듯한 표정을 짓고 있는 재인은 위태로운 아름다움이 있었다. 혜란은 같은 여자인데도 홀릴 것 같다고 생각하며, 재인의 이야기에 귀를 기울였다.

"살아왔는데, 그렇게만 지내고 있으면 된다고 생각했는데, 아니었어요. 민성현 씨가 없을 때의 내 생활이 어땠었는지 기억이 안 나요. 정말 바보 같죠?"

재인의 입가에 엷은 미소가 떠올랐다. 그리 즐거워 보이는 미소는 아니었다.

"기분 엿 같겠네."

묵묵히 재인의 이야기를 듣던 혜란이 한마디로 정의를 내렸다.

"그러게요. 정말 엿 같네요."

"아직도 연락 안 돼?"

"글쎄요. 메리를 만난 후로 연락을 안 해봤어요."

"왜?"

"무서워서요."

재인의 음성에 한숨이 섞였다.

"무섭더라고요. 통화를 하면 분명 저는 쓴소리를 하게 될 거예요. 민성현 씨는 그런 저를 달래 주려고 하겠죠. 하지만 전 민성현 씨 마음은, 도저히 읽을 수가 없어요. 앞에 두고도 읽을 수가 없는데, 기계를 거쳐서 듣는 목소리로 알 수 있을까요?"

"……."

"거짓말을 진실이라고, 진실을 거짓말이라고 생각하게 될지도 모르죠. 불안해서 더 화가 나고 우울하고, 그래서 더 짜증을 내게 될지도 몰라요."

재인의 무표정한 얼굴에 언뜻 불안감이 스치고 지나갔다.

"재인아. 그게 일반적인 연인들의 방식이야."

"……."

"서로의 거짓말, 진실, 마음, 그런 것들을 읽어 낼 수가 없어서 불안해하는 거. 그렇기 때문에 더 솔직하게 이야기하는 거, 더 많은 대화를 하고, 더 많은 것을 묻고. 그게 일반적인 사람들의 연애 방식이야."

"하지만…… 싸우기 싫어요."

"싸우기 좋은 사람이 어디 있겠어? 이왕이면 싸우지 않고 넘어가는 게 좋지. 하지만 지금 이건…… 이상하잖아. 네 마음만 곪아가고 있는 거야."

"어느 부분을 가지고 화를 내야 하는 건지도 모르겠어요."

"화낼 부분 많지. 사실은 민 교수가 자기 정체를 확실하게 알려 주지 않은 거, 그 부분부터 화를 내야 하는 거야."

"하지만 전 묻지도 않았는걸요."

"묻지 않았어도 말해 줬어야지. 다른 건 몰라도 자기 집안과 직업에 대해서는, 네게 사랑한다고 고백하고 네가 사랑한다고 고백했을 때, 분명하게 말해 줬어야 하는 부분이야."

"그런가요?"

"그래. 게다가 널 소설 소재로 생각했다니. 그건 당연히 충격 받고 화를 내야 하는 일이지."

"하지만 전…… 처음에 제 몸을 주는 한이 있더라도 도움을 받고 싶다고 생각했어요. 민성현 씨가 절 도와줬으니까, 제 과거를 소재로 삼는 것쯤은……."

"싫지?"

재인의 얼굴이 일그러졌다.

"네. 전 정말 이기적이에요. 도움만 받고, 도움을 줄 생각은 하지 않다니."

"이기적이라니. 넌 사고방식이 정말 이상해."

혜란이 답답하다는 듯 말을 이었다.

"도움을 주는 쪽은 대가를 바라서는 안 돼. 도움을 받은 쪽이 대가를 지불했을 때 받는 건 괜찮아. 하지만 강요해선 안 되지. 뭔가 주고 뭔가 받고. 그럴 만한 관계가 아니잖아. 너희 두 사람은."

"……."

"민 교수가 널 도와줬으니 네가 고마워하는 건 옳아. 하지만 네가 허락하지도 않았는데 널 소재로 글을 쓰는 건, 잘못된 일이야. 네가 먼저 말을 꺼냈다면 모를까."

"그럴까요?"

"설령 그렇지 않다고 해도, 넌 싫은 거잖아. 싫다면 싫다고 분명하게 말해. 그러지 않으면 너도, 민 교수도 서로 지칠 거야. 눈빛만 봐도 상대의 감정을 알 수 있는 사이, 그거 참 이상적이고 좋아. 하지만 매번 그럴 순 없는 거잖아."

재인의 상황에 대한 혜란의 조언은 호쾌하고 거침이 없었다. 그녀의 이야기 전부를 받아들이는 것은 아니지만, 술렁이던 가슴이 조금은 가라앉았다. 망설이고 망설인 끝에 혜란을 찾아온 건데, 찾아오길 잘했단 생각이 들었다.

"고작 일주일을 못 봤을 뿐인데, 이렇게 보고 싶어질 줄은 몰랐어요."

재인의 중얼거림에 혜란이 피식 웃었다.

"민 교수한테 화가 난 거 아니었어?"

"화는 났어요. 그런데도 보고 싶다니…… 이상하죠?"

"그렇게 이상하니까 사랑이겠지."

"정 박사님은 어떠세요?"

"응?"

"류 형사……."

"그만!"

혜란이 양손으로 귀를 틀어막고 외쳤다. 별 생각 없이 이야기를 꺼낸 재인의 눈이 커졌다. 혜란도 자신의 행동에 당황한 듯 얼굴을 붉혔다.

"아니, 아니. 미안해. 소리를 지르려던 게 아닌데."

"아뇨, 괜찮습니다. 제가 너무 주제넘게 끼어들었어요."

"아니, 그런 게 아니라…… 아, 그러니까 음…… 난 요새 류 형사 얘기 듣고 싶지 않아. 만나고 싶지도 않고."

"하지만……."

"안 돼, 재인아. 읽지 마, 내 감정."

"네, 그럴게요."

"그럼 우리 다른 얘기하자."

"네."

"그래서…… 메리라는 여자는 어때? 그 후로 널 만나러 오지 않았어?"

"가끔 아파트 주위를 서성이는 것 같긴 한데, 저한테 직접 찾아오진 않았어요. 아마 제가 민성현 씨를 불러들일까 봐 감시하는 거겠죠."

"진짜 짜증 나는 여자네."

"메리의 직업 때문이니까 어쩔 수 없죠."

"그래도 민폐잖아. 그 여자는 네 반응을 즐기는 게 분명해."

"그렇다면 많이 즐기진 못하겠어요. 반응을 별로 보이지 않았으니까."

"뭐, 그거야 그렇겠지만…… 걱정이다. 민 교수가 집필에 들어가서 연락이 안 되는 거라면, 집필이 끝난 후에야 나타날 거라는 건데. 보통 작가가 책 한 권 완결 내는 데 걸리는 시간이 얼마나 되지?"

"글쎄요. 작가마다 다르지 않을까요? 에드윈의 경우는, 소설 소개에 보면…… 1년에 거쳐서 썼다, 6개월 간 쉼 없이 썼다…… 그런 내용들이 있던데."

"그럼 그렇게 걸릴지도 모른다는 거네."

거기까지는 생각한 적이 없었다. 새삼 그 부분을 지적당하자 심장이 쿵 내려앉았다. 반년, 1년. 그렇게 오랫동안 혼자 버텨야 한다니. 그것도 이런 불안정한 기분으로.

성현에게서 문자가 온 것은, 바로 그때였다.

19장
나의 여왕이여

　1102호 앞에 선 재인의 손에는 간장치킨이 담긴 봉지가 들려 있었다. 습관적으로 초인종을 누르려다가, 비밀번호를 들었다는 것을 깨닫고 도어락 번호를 눌렀다.

　문을 열고 들어갔지만 집안은 고요했다. 재인은 언젠가 함께 골랐던 가구들이 그의 집을 채우고 있다는 것을 깨달았다. 안으로 들어가 안방 문을 열자, 아무것도 없는 공간이 보였다.

　아니, 아무것도 없는 게 아니다. 책상 하나, 컴퓨터 한 대, 그리고 방바닥에 쓰러진 장신의 남자.

　"민성현 씨."

　나직하게 그의 이름을 부르자 성현이 재인 쪽으로 고개를 돌렸다.

　"오오, 여왕님."

"언제 돌아온 거야?"

"돌아오다니. 떠난 적도 없었어."

"뭐?"

"여왕님을 놔두고 멀리 갈 리가 없잖아."

성현이 힘없이 미소를 지었다. 그를 만나면 하고 싶은 이야기가 넘치도록 많았다. 하지만 지친 듯한 그의 모습을 보니 안쓰럽다는 생각만 들었다. 그의 옆으로 다가가 쭈그리고 앉았다.

"그 문자는 뭐야, 대체."

"내 유일한 희망에게 구조요청."

성현에게 온 문자는 간단했다.

긴급. 간장치킨 필요. 1102호.

일주일 만에 온 문자가 간장치킨 배달 요청이라서 벌컥 화가 났지만, 어디까지 하나 보자는 심정으로 간장치킨을 사 온 터였다. 그가 1102호를 떠난 적 없을 거라고는 상상도 못했다.

"멀리 가 있을 줄 알았어."

"말했잖아. 여왕님 두고 어디 안 간다고."

"차 탔잖아."

"가는 척했다가 돌아왔지."

"바보 같아."

"바보 맞아. 여왕님한테 눈 먼 바보."

"왜 쓰러져 있어?"

"일주일 동안 아무것도 못 먹고 잠도 못 잤거든. 보통은 기절하는데, 지금은 보통이 아니잖아."

"보통이 아니면 뭔데?"

"곱배기?"

"……방금 그건 정말……."

"웨이러미닛. 진심으로 미안해, 여왕님. 내가 지금 제정신이 아니라서 품위 없는 농담을 하고 말았어. 내 나이 7살 때 이후 처음이고, 두 번 다시없을 거야."

"아니, 그렇게까지 진지하게 다짐하지는 않아도 되는데."

"하여간 지금은 여왕님을 보고 기절해야겠더라고. 그러다 보니 문득 옛 생각도 나고."

"옛 생각?"

"우리 처음 만났을 때."

"아아."

"소설 줄거리를 구상하다가 밥 먹는 걸 잊어서 기절한 거였거든."

성현이 슬금슬금 손을 뻗었다. 재인의 손을 잡으려고 하는 것 같았다. 재인은 손을 뒤로 감추며 물었다.

"왜 얘기 안 했어?"

"뭘?"

"당신이 에드윈 컴버배치라는 거."

눈의 착각일까? 성현의 얼굴이 빨개졌다. 성현은 뭔가 말하려는 듯 입을 벌렸다가 다물고는 시선을 피해 버렸다.

"뭐야? 왜 대답 못해?"

"……음. 내가 말을 안 한 이유는…… 남자는 비밀을 갖는 편이
아름다울 것 같아서라고나 할까?"

"거짓말."

"그리고…… 음…… 여왕님이 너무 큰 충격을 받을 것 같아서일
지도."

"거짓말. 솔직하게 말해 봐. 안 그러면 화낼 거야."

"쑥스러워서!"

화낼 거라는 말에, 성현이 얼른 진심을 고백했다. 생각지도 못한
답이었다.

"뭐가 쑥스러워?"

"그거야…… 내 여왕님이 내 소설 팬이라잖아. 에드윈 컴버배치
의 소설이 끼니도 거르고 읽을 만큼 좋아죽겠다고 했잖아."

"아니, 그렇게까지는 말 안 했거든."

"하여간 쑥스러웠어."

가장 거짓말 같은 그 이유가 그의 진심이라는 것을 알 수 있었
다. 재인은 비집고 나오려는 웃음을 간신히 참았다.

"그럼 이제 손 좀 잡게 해 줘, 여왕님."

"아니, 아직 안 되겠어."

"으으."

재인의 매몰찬 거절에 성현이 연극조로 신음을 흘렸다.

"내가 뭘 해야 여왕님께서 손을 하사해 주실까?"

그의 장난기 어린 말투를 잃고 싶지 않았다. 이걸 물어보면 그의 음성과 온기와 그 달콤한 향기를 잃게 되는 게 아닐까. 그의 눈빛에 어린 다정함이 사라지진 않을까.

두려웠다. 하지만 혜란의 말을 떠올렸다. 말을 해야만 한다. 충분한 대화가 필요하다. 그것이 일반적인 연인의 사랑 방식이었다.

"나는."

재인은 거기까지 말하고 입을 다물었다. 심상치 않은 분위기를 느꼈는지 성현이 힘겹게 몸을 일으켰다. 일주일 내내 잠도 못 자고 밥도 못 먹었다는 것은 정말인가 보다. 그는 무척 지쳐 보였다.

그런 그가 안쓰러워서 마음이 약해졌다. 일단 밥을 먼저 먹일까. 잠도 좀 재울까.

"말해, 재인아."

재인의 갈등을 눈치챈 듯, 그가 말했다. 낮고 부드럽지만 거부할 수 없을 만큼 강한 어조였다.

"내게 하고 싶은 이야기가 있다면, 망설이지 말고 해."

그의 검은 눈동자가 진지하게 빛났다. 흔들림 없는 눈동자 안엔 오롯이 재인만이 담겨 있었다. 그래서 재인은 자신이 그 어떤 이야기를 해도, 그가 이해해 주리라는 것을 깨달았다.

"나는 소재였어?"

그 말로 충분했다. 성현은 알아들었다는 표시로 눈을 질끈 감았다. 한순간 두 사람의 호흡만이 존재했다. 섣불리 소리를 내면 깨어질지도 모를 위태로운 공기.

하지만 그것은 아주 잠시였다. 다시 눈을 뜬 성현이 재인의 눈에 시선을 고정시켰다. 그리고 천천히, 그러나 재인이 확신할 수 있을 만큼 단호하게 고개를 끄덕였다.

"응, 넌 내 소재였어."

쿵—

예상했던 말이다. 알고 있던 일이다. 그러다 그의 입이 시인하는 순간, 다시 한 번 심장이 저 바닥으로 떨어졌다. 재인은 사랑하는 사람을 완전히 잃은 것이 아닌데도 심장이 떨어져 나갈 수 있다는 것을 비로소 실감할 수 있었다.

"오해하지 마, 재인아."

다가오려는 성현을 한 손으로 막았다.

"거기, 그 자리에서 설명해 줘. 지금은 날 만지지 마."

흘러나오는 음성이 제 것 같지 않았다. 딱딱하게 굳은데다가 비참할 정도로 흔들리기까지 했다. 성현의 눈썹 끝이 아래로 늘어졌다. 다른 때라면 그것이 안쓰러워 마음이 약해졌을 텐데, 그럴 기분이 들지 않았다.

"그래, 여기서 이야기할게. 그런 표정 짓지 마."

굉장히 한심한 표정을 짓고 있었던 모양이다. 애원하는 듯한 그의 말에 표정을 갈무리했다. 그는 작게 한숨을 내쉬고 이야기를 시작했다.

"슬럼프였어. 긴 슬럼프였지."

"하지만 얼마 전에도 신간이 나왔잖아."

"그래. 소개 글을 보면 1년에 걸친 역작이라는 둥, 뭐라는 둥……
그렇게 치장을 하지만, 사실은 아니야. 나는 지금처럼 집필해. 일주
일 동안 틀어박혀서, 잠도 안 자고 먹지도 않고 단숨에 써내려가지.
물론 탈고와 수정 과정에 한 달 이상 소요가 되긴 하지만."

"그럼 마지막으로 나온 소설은 언제 쓴 거야?"

"2년 전. 그때를 마지막으로, 난 단 한 글자도 쓸 수가 없었어."

"이유가 있어?"

"누나를 죽인 유모를 만났어."

"……."

"무기징역이었거든. 면회를 신청했지. 꼭 듣고 싶은 답이 있어서."

"뭐였는데?"

"우리 누나를 반드시 죽여야만 했느냐."

"……뭐래?"

"웃었어. 그리고 말하더라. 부잣집 계집년이 얄미웠다고."

무슨 답을 해 줘야 할지 알 수 없었다. 고개를 숙인 재인에게 성
현이 말했다.

"고개 들어, 재인아. 내가 진실을 말하는지 확인해야지."

그의 말이 조롱처럼 들려 번쩍 고개를 들었다. 하지만 성현은 슬
픈 미소를 짓고 있었다.

지끈—

가슴에 날카로운 고통이 일었다. 저 미소의 의미는 뭘까?

"예상은 했었지. 하지만 나도 모르는 새에 충격을 받은 모양이야. 한 글자도, 쓸 수가, 없었어."

"그래."

"2년쯤 되니까 안 되겠다 싶더군. 그래서 팀에게 부탁을 했지."

성현은 재인이 메리에게 들었던 이야기를 해 주었다. 한국 경찰들을 도와주는, 재미있는 능력을 가진 한 여자 이야기를 들었다고.

"확인을 해볼 생각이었어. 네게 인상적으로 접근할 기회를 노렸지."

"정말 인상적이긴 했어."

"그래, 맞아. 나도 내 상상 이상으로 네가 인상적이었어."

"……."

"첫눈에 반할 줄이야."

중얼거리며, 성현은 한 손으로 자신의 눈가를 가렸다.

"정말 반해버렸어, 재인아. 첫눈에 반한다는 말처럼 우스운 게 없다고 생각했거든. 사랑은 결국 호르몬의 작용일 뿐이야. 내 이성과 마음은 내가 통제할 수 있다고 생각했지. 하지만."

그가 다시 손을 내렸다. 그의 눈동자에 열기가 더해졌다.

"아니라는 걸, 널 통해 알게 됐어. 이 마음은, 내 생각대로 움직여 주지 않더라. 안 된다고 생각했는데, 이 손은 멋대로 움직였어. 넌 모를 거야. 널 끌어안고 싶은 충동을, 얼마나 많이 감내해야 했는지."

그가 습관적으로 재인을 향해 손을 뻗었다가 쓴웃음을 지으며 거두었다.

"네가 다른 남자랑 대화하는 걸 보기만 해도 부글부글 끓어서 견딜 수가 없더군."

"……."

"네 능력을 소재로 생각한 건 맞아. 하지만 의심하지 마, 재인아. 내가 널 성 밖으로 끄집어내기 위해 노력한 건, 네가 내 소재이기 때문도, 네 과거가 내 소재가 될 것 같았기 때문도 아니야."

"그럼 뭔데? 당신 능력이면 더 빨리 해결할 수도 있었잖아."

"그래. 하지만 시간이 필요했어."

"어떤 시간?"

"네 주위를 둘러싼 거대한 얼음이 녹아내릴 시간."

"……."

"네가 네 스스로 그 성을 무너뜨리고, 사람들 사이로 걸어 들어올 시간."

"그럼 진혁이는? 당신은 신뢰할 수 있는 사람을 선택했어. 근데 진혁이는 왜 선택하지 않은 거야? 그 애는, 부모님이 인질로 잡혔는데도 날 도왔어."

"응. 진혁이는 믿을 만한 인물이었지. 하지만……."

성현이 말하기 난처하다는 듯 입을 다물었다. 작게 호흡하며 생각을 정리하는 그를, 재인은 물끄러미 응시했다. 그가 한 손으로 입가를 가리고 뭐라고 웅얼거렸다.

"……나서."

"잘 안 들려."

"그러니까……나서."

"뭐?"

성현이 어쩔 수 없다는 듯 손을 내렸다. 그의 얼굴이 다시 붉어졌다. 이번에는 쑥스럽기 때문이 아니었다. 비슷하지만 다른 감정.

'수치심?'

"질투 나서."

상상도 못한 대답에 재인의 입술이 벌어졌다. 그녀의 놀란 표정에 성현의 얼굴이 더 붉어졌다.

"대체…… 그게 뭐야? 당신이 진혁이를 왜 질투해?"

"하아. 제발 봐줘. 질투의 이유까지 이야기하려면 용기가 필요해."

"용기를 내."

재인이 단호하게 말했다.

"좋아하는 걸로 따지자면 류 형사님이 더했어. 진혁이는 티도 안 내고 날 지켜봤을 뿐이잖아. 그런데 왜 류 형사님은 받아들이고, 진혁이는 받아들이지 못한 거야?"

"그건…… 원래, 먼 곳에서 조용히 지켜보는 사랑이 더 깊은 법이거든."

"하?"

그럴 생각은 아니었는데 기가 막혀서 헛웃음이 나왔다. 성현은 이제 귀까지 빨개졌다.

"무슨 바보 같은 소리야? 그럼 끈질기게 날 따라다닌 당신의 사랑은 얕아?"

"아니지, 내 사랑이랑 비교하면 안 되지. 그리고 또 다른 이유가 있어."

"뭔데?"

"진혁이는 젊고 너랑 같은 대학원생이고, 그래서 너랑 더 가까이 있는 것처럼 느껴졌어. 위험하다 싶었지."

"……그거 정말 바보 같은 생각인 거 알아?"

"그래, 나중에 차분히 생각하니 바보 같더라. 하지만 재인아. 알 잖아. 사랑에 빠진 남자는 바보가 된다는 거."

재인은 아랫입술을 잘근 깨물었다. 그의 말을 듣는 동안 애초의 목적을 잊었다. 그의 한 마디, 한 마디가 전부 재인을 향한 사랑 고백이었기 때문이다.

"나중에 진혁이한테 사과해."

"응."

"진혁이는 좋은 애야."

"내 앞에서 다른 남자 칭찬, 너무 많이 하진 마."

"사람이 왜 그렇게 질투가 많아?"

"난 소유욕도 강하고 집착도 강하거든."

"정말 이상한 사람이야. 안 그럴 것처럼 생겨서는."

저도 모르는 새에 웃고 있었다. 재인의 미소를 본 성현이 안도의 한숨을 내쉬었다.

"그럼 이제 손잡아도 돼?"

손을 주는 대신 그에게로 다가갔다. 책상다리를 하고 올려다보는 그의 다리에, 재인은 살포시 앉았다. 그리웠던 그의 두 팔이 재인을 소중하게 보듬어 안았다. 달콤한 향기가 재인을 감싸왔다.

성현이 재인의 머리카락에 입을 맞췄다. 처음에는 살며시 부딪치던 입술이, 나중에는 쪽, 쪽, 쪽, 귀여워서 어떻게 해야 할지 모르겠다는 듯 변했다. 성가실 정도로 뽀뽀를 해 대는 성현의 품에, 재인은 한동안 안겨 있었다. 그의 체온이 전해지는 이 순간은 도통 지루해지질 않는다.

꾸르르륵— 한참 그러고 있을 때 성현의 위장이 다 들릴 정도로 비명을 질러 댔다.

"재인아, 배고파?"

"……당신 배에서 난 소리야."

"하하핫. 그럴 리가. 나는 허기라는 걸 모르는 사람이야."

"그래? 알겠어. 그럼 이건 도로 들고 갈게."

재인이 매몰차게 일어나 봉지를 집어 들었다.

덥석! 성현이 온몸을 날려 재인의 종아리를 붙잡았다. 간절하게 올려다보는 그의 모습에 웃음이 터져 나왔다.

"아하하하하. 바보 같아."

또래의 여자들처럼 유쾌하게 울리는 웃음소리에, 성현의 눈이 커졌다가 가늘어졌다. 그리고 그의 얼굴에 그 여느 때보다도 만족스러운 미소가 떠올랐다.

그는 그 상태로 고개를 숙여, 재인의 발등에 입을 맞췄다. 깜짝 놀란 재인이 뒤로 물러서기 전, 그가 말했다.

"결혼해 줘, 재인아. 부디 나를."

그가 고개를 들어 재인을 올려다봤다.

"이 세상에서 제일 행복한 남자로 만들어줘."

치킨 담긴 봉투를 손에 든 상태로 프러포즈를 받다니. 이 상황이 화가 난다기보다는, 너무도 민성현이란 남자와 어울려서 웃음이 나왔다. 재인은 벌 받는 사람처럼 무릎을 꿇고 있는 그의 앞에 쭈그리고 앉았다. 그리고 그의 얼굴을 빤히 응시하며 짓궂게 물었다.

"그럼 당신은 날 위해 뭘 해 줄 건데?"

그가 작게 웃더니 다시 한 번 재인의 발등에 입을 맞췄다.

"평생 낮아지지 않는 온기를, 변치 않는 음성을, 흔들리지 않는 어깨를, 그리고 영원히 흐려지지 않을 사랑을, 기쁜 마음으로 바치겠습니다. 나의 여왕이여."

많이 피곤할 텐데도 성현은 해야 할 일을 잊지 않았다. 침대 위에서 한동안 재인과 시간을 보낸 후에야, 성현은 모든 일을 끝낸 사람처럼 잠이 들었다. 새근새근 고른 숨소리를 내는 그를, 재인은 물끄러미 응시했다.

몇 시간 전, 프러포즈를 받았다. 비록 치킨을 손에 들고 있긴 했지만, 이 세상에서 가장 감미로운 프러포즈였다. 때때로 그가 먹여주는 초콜릿보다 달콤한 청혼.

재인은 상체만 들어 올린 채로 그의 잠든 얼굴을 지켜봤다. 반듯한 이마 아래로 쭉 뻗은 콧날, 그 아래 자리 잡은 붉은 입술. 아직도 촉촉하게 젖어 있는 입술을 보자 확 열이 올랐다. 저 입술이 재인의 온몸을 탐했다는 걸 믿을 수가 없었다.

'으아. 어떡하지?'

재인은 얼른 눈을 감았다. 그의 입술을 보자 이상한 기분이 들었기 때문이다.

'나 진짜 밝히는구나.'

라고 생각하며 베개를 베고 엎드렸다. 그가 잠결에 재인을 품으로 끌어당겼다. 그의 체취가 재인의 것과 섞였다. 방해물 없이 전해지는 그의 체온은 뜨거웠다.

두근. 두근. 울리는 심장 박동 소리가 자신의 것인지, 그의 것인지 알 수 없었다. 어쩌면 둘 다의 것일지도 모르겠다. 잠들기 전, 성현은 말했다.

"이제 아무것도 걱정하지 마. 단 하루 만에 모든 것이 해결
되는 기적을 보여 줄 테니까. 아, 일단 한숨 자고 나서."

도리어 걱정하게 만들었다. 민성현이 말하는 '기적'은 정상적이지 않을 것 같아서 불안하다. 성현의 가슴에 얼굴이 파묻힌 재인이 작게 한숨을 내쉬었다.

'이 남자, 대체 무슨 짓을 하려는 거지?'

"다녀올게, 달링."

잘 차려 입은 성현이 말했다.

"징그러."

재인의 솔직한 반응에 성현은 말도 못하게 충격을 받은 표정이었다.

"내 여왕님은 가혹해."

"알면 그런 호칭 좀 쓰지 마."

"서로를 어떻게 부르느냐에 따라서 애정의 척도가 달라지기도 하거든."

"그런 말도 안 되는 소리도 자제해."

"호오."

성현의 눈이 가늘어졌다. 이 남자가 또 무슨 소리를 하려고?

주춤, 뒷걸음질을 치는 재인의 가느다란 허리를, 성현이 한 팔로 획 감아 당겼다. 그는 허리를 바짝 밀착시킨 자세로 재인을 내려다보며 말했다.

"내 여왕님이 벌써 마누라 잔소리 스킬을 발동하기 시작했군."

"……뇌."

"좋았어. 난 그런 당찬 아내를 원했어."

"거짓말."

"……내 여왕님한테 속을 다 들여다보이는 것도 썩 좋은 건 아니었네."

"응. 그러니까 이런 걸로 시간 낭비하지 말고 봐."

"시간 낭비라니. 너와 함께 보내는 시간은 24시간 중에 가장 알찬 시간인데."

성현이 재인의 이마에 가볍게 입을 맞추고 그녀를 놔줬다.

"그럼 다녀올게."

"응. 다녀와."

재인을 두고 복도를 걸어가다가 우뚝 멈췄다. 휙 돌아봤더니 재인은 여전히 열린 현관문 앞에서 성현의 뒷모습을 지켜보고 있었다. 그런 그녀가 사무치게 사랑스러워서, 성현은 다시 그녀에게로 달려갔다.

화들짝 놀란 재인이 황급히 문을 닫으려 했지만 성현이 빨랐다. 성현은 다시 재인을 끌어안고 입을 맞췄다. 그런 행동을 몇 번이나 반복한 끝에야, 성현은 엘리베이터를 탈 수 있었다.

엘리베이터 문이 닫히자마자 성현의 얼굴에서 표정이 사라졌다. 그의 차가운 눈은 엘리베이터 거울에 비친 자신의 얼굴을 응시하고 있었다. 엘리베이터가 1층에 닿을 때까지 눈도 깜빡이지 않던 성현은, 엘리베이터 문이 열리자 중얼거렸다.

"좋아. 오늘도 잘생겼어."

메리와는 동래 아파트 입구에서 마주쳤다. 먼저 성현을 발견한 메리가 반색을 하고 달려왔다. 포옹하려는 그녀를 슬쩍 피한 성현이 낮은 음성으로 말했다.

"웨이러미닛, 메리."

"내가 얼마나 찾았는지 알아?"

메리가 독기 어린 목소리로 말했다. 하지만 눈에는 애정이 담겨 있었다. 그럴 만도 했다. 작년 한 해만 인세로 9천만 달러를 벌어들인 작가니까, 무슨 짓을 해도 사랑스러울 수밖에 없었다.

"내 여왕님한테 못된 소리했지?"

"쪼르르 달려가서 일렀어?"

"그럴 리가. 내 여왕님은 참으로 품위가 있어서 그런 짓은 안 해."

"그래? 역시 똑똑하고 심지가 곧은 여자였네. 여자 보는 눈이 있어, 에디."

"그래, 내 여자 보는 눈은 세계최고지."

자화자찬을 하는 성현은 메리에게 익숙했다. 그녀는 성현의 잘난 척을 무시하고 손을 내밀었다.

"원고 줘."

"싫어."

"장난치지 말고. 내가 몇 년을 기다렸는지 알잖아. 게다가 한국까지 왔다고."

"그건 네 사정이고."

메리의 표정이 굳었다.

"설마 정말 안 줄 생각이야?"

"넌 내 여왕님에게 상처를 입혔어. 내 세상은 여왕님 중심으로 돌아가게 됐거든. 재인이한테 상처를 준 사람은, 아웃이야."

"에디, 내가 왜 그런 소리를 했는지 알잖아. 넌 유명작가야. 너랑 만나기 시작하면 이것보다 더 쓴소리를 듣게 될 거야. 그런 것을 견딜 수 있는 여자인지 확인해야만 했어. 안 그러면 네가 글 쓸 때 방해만 될 테니까."

"내 여왕님은 굳이 그런 확인을 하지 않아도 돼. 글 쓰는데 방해가 돼? 아니, 방해가 되는 건 글을 쓰는 쪽이겠지."

성현의 가차 없는 말에 메리의 얼굴이 하얗게 질렸다.

"둘 중 하나를 포기해야 한다면, 당연히 글이야. 글은 안 써도 살수 있지만, 재인이가 없으면 못 살 거든."

"에디, 넌 정말 미쳤어."

"무슨 그런 과한 칭찬을."

성현이 싱긋 웃었다. 하지만 그의 눈은 웃지 않고 있었다. 그의 냉정한 눈빛을 확인한 메리가 어깨를 축 늘어뜨렸다.

"그래, 어떻게 해야 원고를 줄 거야?"

"재인이한테 사과해. 진심으로. 거짓된 사과면 재인이의 기분만 더 상하게 할 거야."

"이미 미안하다는 생각은 하고 있으니까 그건 어렵지 않아."

"그리고 하나 더."

"……또 있어?"

"이번 소설은 한국어로 썼어. 한국에서 우선 출간해 줘. 영어 번역본은 나중에 풀고."

"에디, 미쳤어?"

"응, 미쳤어."

"대체 왜 그런 손해 볼 짓을 해? 한국은 책 판매량이 많지 않다고!"

"그렇게 해. 그러기 위해서 쓴 소설이니까."

성현은 단호했고 메리는 수락하는 수밖에 없었다. 어쩌겠는가. 인세로 9천만 달러를 벌어들이는, 미친 작가인데.

한 시간 후, 집에서 책을 읽던 재인은 메리의 방문을 받았고, 그녀의 진심 어린 사과를 듣게 되었다.

호텔 커피숍에서 커피를 마시며 신문을 읽던 민 회장은, 맞은편 자리에 누군가 앉는 기척을 느꼈다. 수많은 경호원들을 소란 없이 뚫고 들어올 만한 인물은, 민 회장이 알기로 한 명뿐이었다.

신문에 시선을 둔 채 물었다.

"한국엔 언제 들어왔느냐?"

"작년 10월쯤?"

"4개월 넘게 잘도 숨어 있었구나."

"우리 회장님도 참 거짓말쟁이라니까. 이미 알고 있었으면서."

정우그룹의 회장에게 막말을 할 수 있는 사람도 한 명뿐이었다. 민 회장은 그제야 신문에서 시선을 떼고, 맞은편에 앉은 인물을 응시했다.

"우리 사이에 회장님은 무슨 회장님이냐? 할아버지라고 애교 있게 좀 불러봐라."

민 회장의 말에 성현이 씩 웃었다.

"아뇨, 우리 사이는 딱 이 정도 거리가 적당한 것 같습니다만. 너무 가까워지면 무릎에 앉아서 애교부리고 싶어집니다."

성현의 말에 민 회장의 얼굴에도 미소가 떠올랐다. 장남의 아들인 성현은, 민 회장을 진심으로 웃게 만드는 유일한 사람이었다.

민 회장은 얼굴 하나는 끝내주게 잘생긴 손자가 사랑스러워서 견딜 수가 없었다. 원한다면 무릎쯤은 내어 줄 수 있다고 생각했지만, 그 말을 했다가는 간이고 쓸개고 다 빼먹을 녀석이라는 것도 알기에 자제했다.

"그래, 하던 일은 다 마무리했느냐?"

"거의 다 했습니다. 말미를 장식하는 건 회장님께서 해 주셔야겠습니다."

부탁을 하러 온 주제에 성현은 당당했다. 민 회장은 짐짓 기분 상한 척 인상을 구겼다.

"내 손을 빌리려는 게냐? 큰 대가를 치러야 할 텐데."

"이거 참, 저도 회장님께 신뢰를 못 받는 모양입니다. 절 뭐로 보시는 겁니까?"

"뭐로 보긴. 미국에서 흥청망청 놀다가, 몰래 한국에 기어들어오더니 여자한테 푹 빠져서 허우적거리는 못난 손주로 보지!"

"후후후후. 아주 정확하게 보셨군요!"

"……"

"맞습니다. 여자한테 푹 빠져서 허우적거리고 있지요."

"구해 주랴?"

"아니요. 평생 허우적거릴 생각입니다. 그럴 만한 여자거든요."

"흐음."

'여자'를 떠올리는 듯 성현의 입가에 미소가 번졌다. 민 회장이 지금까지 본 미소 중에 가장 달콤하고 사랑스러운 미소였다. 성현의 나이 7살 때 이후, 저런 식으로 웃는 것은 처음 본다.

"물론 큰 대가를 준비했습니다. 사실 제가 조금 손해 보는 입장이지만, 그 정도 손해는 감수하도록 하죠."

큰소리를 떵떵 치는 성현을, 민 회장은 가만히 응시했다. 성현이 부탁하러 온 것이 무엇인지는 짐작할 수 있었다. 하지만 성현이 들고 온 게 무엇인지는 가늠할 수가 없었다. 잘생겼지만 정신은 조금 이상한 손자는 화사한 미소를 지으며 품 안에서 무언가를 꺼냈다.

USB였다. 민 회장의 눈이 가늘어졌다.

"금성제당과 정 의원을 손에 쥐고 흔들 수 있는 정보, 이 정도면 상당하지 않습니까?"

"그런 건 어디서 구한 게냐?"

"제가 인덕이 좀 있거든요."

"보나 마나 가만히 있는 은우를 괴롭혀서 끄집어낸 걸 테지. 쯧쯧."

민 회장이 혀를 찼다. 한 때 성현의 룸메이트였던 은우는 똑똑한 녀석이지만, 성현에게 너무 휘둘렸다. 하지만 한편으로는 그런 똑똑한 녀석을 한 손에 쥐고 흔드는 손자가 자랑스럽기도 했다.

"난 딱히 금성제당과 척을 질 생각 없다."

"척을 지게 되실 겁니다, 회장님. 전 금성제당에서 원하는 대로 사위가 되어 줄 생각이 없거든요."

"흐음."

"금성 쪽에선 이 일을 문제 삼아 공격해오겠지요."

"지금 이 할아비를 협박하는 게냐?"

"네."

"……넌 내 손자지만 정말 얄미운 녀석이야."

"그럼요. 이왕 얄미울 거라면 제대로 얄미운 게 낫지 않겠습니까?"

"얄미운 네놈이 간과한 게 하나 있는데, 금성제당이 날 협박할 위치나 된다고 보는 게냐? 그쪽에서 아무리 날고뛰어도 내 머리카락 한 올 건드리지 못할 게다."

"물론 그렇겠죠. 하지만 제가 이 USB에 다른 정보를 담아서 금성 쪽에 제공한다면 어떨까요?"

"호오. 금성에 정우의 정보를 던져 주겠다고? 여자 하나 때문에 집안과 아예 인연을 끊을 생각이냐?"

"회장님한테는 여자 하나겠지만, 제게는 인생입니다."

그렇게 말하는 성현의 얼굴엔 더 이상 미소가 남아 있지 않았다. 성현은 이제까지 중에 가장 진지한 표정으로 말했다.

"저는 재인이를 위해 못 버릴 것이 없습니다, 회장님."

진심이었다. 민 회장은 작게 한숨을 내쉬며 성현을 향해 손을 내밀었다. 성현의 제안을 받아들이겠다는 의미였다. 성현은 민 회장의 손에 USB를 건네주었다.

"그 아이의 무엇이 네 마음을 그리도 사로잡은 게냐?"

"눈동자."

"눈동자?"

"입술, 향기, 숨결, 음성, 머리카락 한 올, 한 올까지. 그 무엇 하나 빼놓지 않고 제 마음을 흔들더군요."

"허어."

"게다가 가끔씩 보여 주는 그 미소가 어찌나 감개무량한지, 때로는 숨을 쉴 수 없을 정도라서…… 사랑할 수밖에 없었습니다, 할아버지."

홀려도 단단히 홀린 듯한 성현의 표현에 민 회장은 그만 웃음을 터뜨리고 말았다.

"그러냐. 그렇다면 별수 없겠지. 하나뿐인 손자가 상사병에 말라 죽어 가는 꼴을 볼 수는 없으니까. 도와주도록 하마. 금성제당과의 약혼을 취소시키면 되는 거지?"

"네, 최대한 빠르게 마무리 지어 주셨으면 좋겠습니다."

"그쪽이야 쉽게 처리할 수 있겠지만…… 네 어머니는 어쩔 셈이냐?"

성현이 푹 빠진 여자에 대해서는 민 회장도 이미 알고 있었다. 유재인. 어릴 적 부모를 잃고 친척집에 맡겨졌다가, 어린 나이에 집을 나와 혼자 살기 시작한 여자.

뒷배도, 직업도 없는 그녀가 손자며느리로 들어온다고 해서 반대할 생각은 없었다. 정우그룹은 손자며느리 집안의 도움을 받아야 할 만큼 한심한 기업이 아니었다. 성현의 아버지 또한 같은 생각일 것이다.

　다만 며느리가 걱정되었다. 황당한 이유로 딸을 잃고 마음에 병이 든 성현의 어머니.

　조 여사가 특별히 라연을 마음에 들어 하는 것은 아니었다. 다만 조 여사는 환경이 변하는 것에 익숙하지 않았다. 주위의 무언가가 바뀔 때마다 조 여사의 정신은 위태로워졌다.

　게다가 자식을 자신의 인형이라고 생각하고 있었다. 딸을 잃었기에 아들까지 잃을 수는 없어서, 그녀는 아들의 일에 노심초사하며, 잘못된 방법으로 표현하기 시작했다. 성현의 인생을 자신이 계획한 대로 쥐고 흔들려고 한 것이다.

　성현이 자신의 뜻대로 움직이지 않을 때마다, 조 여사는 발악했다. 그래서였다. 성현이 한국에 들어오지 않으려고 한 이유는. 조 여사는 성현이 라연과 결혼을 한 후, 정우그룹의 회사 중 하나를 이어받아 평화롭게 살아가기를 바랐다.

　그 계획에 틀어진 것을 알게 되면, 조 여사는 또다시 발작을 일으킬지도 모른다.

　"어머니는, 아버지의 책임 아니겠습니까?"

　성현이 냉정하게 말했다.

　"성현아. 아무리 그래도 네 어미다."

　"낳아줬다 해서 어머니라고 생각하진 않습니다. 제 목줄을 잡고 뜻대로 휘두르려고 하는 사람은 달갑지 않은 법이죠."

　"그래서, 네 어미를 버릴 생각이냐?"

"제가 사랑하는 사람과 남은 인생을 함께하는 것이 어머니를 버리는 일이 되는 거라면, 그렇게 되겠지요."

자기 어머니를 버리겠다고 말하면서도 성현은 담담했다. 흔들리지 않는 그의 눈동자를 물끄러미 응시하다가, 민 회장은 깊은 한숨을 내쉬었다.

부모를 닮아 잘생긴 손자는, 고집만큼은 민 회장을 쏙 빼닮았다. 성현이 제 뜻을 굽히는 일은 없을 것이다.

"회장님께서도 절 막으시렵니까?"

"내가 널 어찌 막겠느냐. 막겠다고 막아지는 녀석도 아닌데."

민 회장이 힘없이 말했다.

"허나, 성현아. 하나 알아 두려무나. 어린 너희를 미국으로 보낸 것은 네 어미의 뜻이 아니었다. 내 뜻이었지. 네 어미는 너희와 가까운 곳에 있고 싶어 했다."

민 회장의 욕심 때문이었다. 손자와 손녀가 넓고 자유로운 땅에서 많은 것을 배워오기를 바랐다. 한국의 꽉 막힌 교육이 아닌 자유롭게 사고할 수 있는 교육을 받고 돌아오길 바랐다.

조 여사는 아이들과 떨어지고 싶어 하지 않았다. 반드시 미국에 보내야 한다면 함께 가겠다고 했다. 그러나 대기업 사장을 기러기 아빠로 만들 수는 없는 노릇이었다. 남편과 함께 여러 모임에 참석을 해야 하고, 다른 기업 부인들과 교류를 해야 하는 입장의 조 여사는, 결국 미국행을 포기할 수밖에 없었다.

"아버님이!"

어린 딸의 영정 앞에서, 조 여사는 처음으로 민 회장을 똑바로 노려봤다. 그녀는 자신의 왼쪽 가슴을 뜯어낼 듯 부여잡고 비명처럼 외쳤다.

"아버님이 제 여기를 태우셨어요! 아버님이!"

피눈물을 흘릴 것만 같은 그녀의 표정이, 민 회장은 여전히 잊히지 않았다. 때문에 민 회장도, 민 사장도 조 여사에게는 한 수 접어줄 수밖에 없었다.

"그렇군요."

성현의 목소리에 상념에서 벗어났다.

"하지만 누나를 죽인 건 회장님이 아니죠. 그렇다고 어머니도 아닙니다. 잘못이 있다면 어린 소녀를 질투해서 죽여 버린 유모겠지요."

성현이 한 자, 한 자 곱씹듯이 말했다. 민 회장은 성현을 가만히 응시하다가 물었다.

"도망치려느냐? 또 미국으로 돌아가게?"

"어머니가 어떻게 행동하시는지에 따라 달라지겠지요. 만약 재인이를 괴롭힌다면, 지구 끝까지라도 도망칠 생각입니다."

"돈은 있느냐?"

"할아버지가 제 카드 막아 놓은 걸 풀어 주신다면, 넘치도록 있지요."

민 회장이 웃었다. 손자를 잃는 슬픔을 드러내지 않기 위해, 더 환하게 웃었다. 하지만 냉정하고도 통찰력 있는 손자는 느릿하게 일어서며 말했다.

"울지 마세요, 할아버지. 새끼 사자가 다 자라면 품을 떠나는 법입니다."

어둠이 내려앉기 시작한 놀이터에서 재인은 그네를 타고 있었다. 천천히 발을 구르고 있는데 툭, 뒤에 서 있는 사람에게 부딪쳤다. 고개를 한껏 뒤로 젖히자 성현이 보였다.

"다녀왔어?"

그의 뒤로 해가 저물고 있었다. 노을에 감싸인 그의 얼굴이 그늘져 잘 보이지 않았다.

"응, 다녀왔어."

"목소리가 이상해."

"그럴 리가. 내 목소리는 감기에 걸려도 놀랄 만큼 매혹적이야. 그 허스키함이 기가 막히게 섹시하지."

"그래, 그래."

이젠 그의 잘난 척에도 익숙해졌다. 건성으로 대꾸하며 일어나려 했지만, 성현이 재인의 양쪽 어깨를 꾹 눌렀다.

"그네 태워 줄게."

"너무 높은 건 싫어."

"그거 참 유감인걸."

그의 낮은 웃음소리가 귓가를 간질였다. 바람이 부는 듯한 웃음소리였다. 성현이 그네 줄을 잡고 천천히 밀기 시작했다.

"무슨 생각하고 있었어?"

"미래에 대한 생각."

"너무해, 여왕님."

"또 뭐가?"

"빈말로라도 내 생각을 하고 있었다고 말해 주면 안 돼?"

"난 거짓말하기 싫어."

"으윽. 그 말이 더 충격이야."

끼익— 끼익— 녹슨 줄이 귀에 거슬리는 소리를 냈다.

"앞으로 뭘 해 볼까, 라는 생각을 하고 있었어."

"뭘 하고 싶은데?"

"범죄 관련 일을 하고 싶었던 건, 최영주 때문이었어. 하지만 이젠 최영주가 사라졌으니까, 무엇을 위해 일을 해야 하나 고민을 하게 돼."

"나랑 떠나는 건 어때?"

"어디로?"

"캐나다, 호주, 유럽, 중국…… 한국과 미국이 아니라면 어디든지."

재인은 살살 움직이는 그네에서 툭 내려섰다. 그리고 휙 돌아서 성현을 응시했다.

"무슨 일 있어?"

"그럴 리가."

"나한텐 거짓말 안 하기로 했잖아."

"일이 있다면, 우리 앞을 가로막는 모든 문제를 해결했고, 슬슬 한국을 떠나고 싶다는 생각을 하고 있는 참이지."

"왜?"

"도저히 이길 수 없는 사람이 한 명 있거든."

"……어머님?"

성현의 눈썹이 살짝 움직였다.

"눈치 빠른 여왕님을 모시게 된 것이, 지금은 좀 부담스러운걸?"

"리플레이 해 봐, 민성현 씨. 내 기분, 이제야 알겠어?"

처음에 거침없이 밀어붙이던 그를 두고 하는 말이라는 것을 깨달은 성현이 빙그레 웃었다.

"이거 참, 내가 권선징악이란 사자성어를 체험하게 될 줄이야. 하늘을 우러러 한 점 부끄러움도 없이 살아왔었는데."

"당신이야 부끄럽지 않았겠지만, 같이 있는 사람들은 부끄러웠을 거야, 분명."

재인은 그의 말을 받아치며 옆으로 다가갔다. 그리고 그의 손을 꼭 잡았다. 늘 따뜻했던 그의 손이 차갑게 식어 있었다.

"무슨 일이야?"

"나랑 누나를 미국으로 보낸 사람이 부모님이라고 알고 있었는데, 오늘 회장님의 뜻이었다는 걸 알게 됐어."

"그럼 뭐가 달라져?"

"어머니의 병에 대한 선택지가 두 개였어. 죄책감 때문인가. 관심을 받고 싶기 때문인가."

성현이 손가락을 하나씩 들며 말했다. 이번에 그는 '브이' 따위의 말을 덧붙이지 않았다. 그래서 재인은 그에게 마음의 여유가 없다는 것을 알 수 있었다.

"선택지가 하나 더 늘어났어."

그가 손가락 세 개를 펼쳤다.

"할아버지를 향한 원망 때문인가."

재인은 그의 손가락 중, 두 번째 손가락을 접었다.

"이건 접어둬. 단순히 관심을 받고 싶기 때문은 아닐 테니까."

"그걸……."

어떻게 아느냐, 는 말을 꺼내기 전, 성현은 입을 다물었다. 재인역시 마찬가지의 상황이었다는 것을 깨달았기 때문이다.

"그 이유를 알면 뭔가 달라지는 거야?"

"아니, 달라지는 건 없어."

성현이 손가락을 전부 접었다.

"달라지는 건 없어. 어머니의 병은 고쳐지지 않아. 누나가 살아돌아오지 않는 한 어머니는 변하지 않을 거야."

"그럴까?"

"그래. 그리고 나를 휘두르겠지. 당신의 입맛에 맞는 아들로 만들어, 당신의 입맛에 맞는 며느리랑 맺어주려고 할 거야. 너도, 나도 피곤해지겠지."

"그런 말은 별로야."

"어쩔 수 없어. 이게 진실이니까."

냉정하다 싶을 만큼 단호한 말에 재인이 미간을 좁혔다.

"그래서 어머니를 버리고 도망치게? 외국으로? 어머니의 손이 닿지 않는 곳으로?"

"응."

"정말 그러고 싶은 거야?"

"응. 나는 네가 상처받는 걸 보고 싶지 않아."

"거짓말쟁이."

이번에는 성현의 미간에 깊은 주름이 생겼다.

"진짜야."

"아니, 당신은 거짓말을 하고 있어."

"거짓말 아니야."

"거짓말이야. 사람들은 때로 자신도 모르게 거짓말을 하곤 하거든."

"······."

"당신은 어머님을 버리고 싶어 하지 않아. 어머님이 고통스러워하는 모습을 마주 보고 싶지 않은 거야. 회피하고 있는 거지."

"아니야."

"맞아. 당신은 20년 동안 세상과 벽을 쌓고 지낸 나를 끄집어냈어. 나에 대해 아는 것도 별로 없는 상태에서. 그런데 어머님의 벽은 부수려고 하지 않아. 부서지지 않는 벽이라서가 아니야. 그저 그 벽을 부술 때 튄 돌이, 당신의 가슴에도 떨어질까 봐 무서워서 그런 거야."

"내가 무서워하는 게 있을 거라고 생각해?"

재인이 빙긋 웃었다.

"있잖아."

"없어."

"나."

재인이 자신을 가리키며 말했다. 성현의 눈썹 끝이 늘어졌다.

"외국으로 도망치려면 혼자 도망쳐, 민성현 씨. 나는 한국에 있을 거니까."

"재인아."

"그렇게 간절하게 불러도 소용없어. 도망치지 말고 감정을 마주 보라고 알려 준 건 당신이야. 당신은 썩 괜찮은 교수고."

재인이 차가운 손으로 성현의 양 볼을 감쌌다. 그에게 시선을 고정시킨 재인은 그 여느 때보다도 달콤하게 웃으며 말했다.

"난 이제 그 어떤 문제에서도 도망치지 않을 거야. 난 꽤 괜찮은 학생이거든."

그날이 다가온 것은, 학기를 시작하고 한 달쯤 지났을 때였다. 재인의 강한 반대에, 성현은 결국 교수직을 포기했다. 하지만 재인은 날씨처럼 따뜻한 생활을 즐기지 못했다. 성현이 수업 청강을 시작했기 때문이다.

성현뿐이 아니었다. 한선까지도 예전처럼 재인의 수업마다 따라 들어왔다. 그 바람에 재인은 수업 때마다 양쪽에 바보 같은 남자 둘을 거느리고 다녀야만 했다. 골치 아프다.

'떠나고 싶다. 이 인간들이 없는 곳으로.'

성현에게는 기세 좋게 그 어떤 문제에서도 도망치지 않겠다고 말했다. 하지만 성현과 한선, 두 바보를 처리하는 문제에서는 도망칠 수밖에 없었다. 구제의 가능성이 없었기 때문이다.

4월 초, 봄기운이 완연한 어느 날. 성현은 소설 출간 문제 때문에, 한선은 큰 사건이 터져서 자리를 비우게 되었다. 그제야 숨통이 트인 재인은 혼자의 여유를 한껏 만끽하며 수업을 들었다.

그 두 남자가 없으니 세상이 어찌나 밝은지. 창문으로 들어오는 햇살은 유독 따사로웠고, 하늘은 그 여느 때보다도 맑았다. 손을 대면 찰방, 소리를 낼 것처럼 맑은 하늘을 멍하니 응시하다가 문득 정신을 차렸다. 쪽지 하나가 재인의 팔에 툭 부딪쳐 떨어졌기 때문이다.

[누나, 점심 같이 먹을래요?]

진혁은 성현의 도움으로 이번 학기 수업도 함께 듣게 되었다. 한 자리 건너에 앉은 진혁을 향해 살짝 고개를 끄덕였다. 진혁이 어린 아이처럼 순수한 미소로 화답해 주었다. 저 미소가 유독 사랑스러운 이유 또한 두 바보가 없기 때문일 것이다.

수업이 끝나고 진혁과 함께 강의실을 나왔다.

"으, 벌써 4월인 게 믿어지지 않아요."

"그러게. 시간 빠르다."

"곧 여름이 되겠죠? 올 여름엔 꼭 바다에 가야겠어요."

"작년엔 못 갔어?"

"네, 아르바이트 하느라 정신이 없어서요. 아, 그런데 민 교수님은 오늘 왜 안 오신 거예요?"

"안 오는 게 정상이야."

"그야 그렇지만…… 민 교수님이랑 류 형사님이랑 둘 다 안 오시니까 좀 불안한데요."

"그래? 난 시원하고 좋은데. 앞을 가리는 게 없어서 시야도 확 트인……."

거기까지 말한 재인이 입을 다물었다. 고급 승용차가 둘의 앞에 멈춰 섰기 때문이다. 선팅이 강하게 되어 있어서 안에 탄 인물을 확인할 수가 없었다.

운전석이 열리고 검은 정장을 입은 사내가 내렸다. 진혁이 움찔하며 재인의 앞을 막아섰다. 최영주의 일이 떠오른 것이리라.

무서울 텐데도 재인을 지켜 주려 하는 그의 행동에, 재인은 뭉클한 감동을 느꼈다.

가만히 손을 올려 왼쪽 가슴에 대보았다. 전에는 이런 감정, 느끼지 못했었는데.

"아가씨를 만나고 싶어 하는 분이 계십니다."

남자가 진혁의 어깨 너머로 재인을 보며 말했다.

"누구신데요?"

"그건……."

남자의 눈이 진혁에게로 향했다. 진혁이 있는 곳에서는 말할 수 없다는 의미였다. 재인은 그 사람이 누군지 짐작할 수 있었다. 언젠가 이런 일이 생기지 않을까, 라고 막연히 생각해 왔던 것이다.

"괜찮아."

재인이 진혁의 어깨에 가볍게 손을 얹었다.

"괜찮아, 진혁아."

하지만 재인의 눈은 남자에게 고정되어 있었다.

"이 남자는 나를 죽이지 않을 거야."

거친 단어 선택 때문인지, 남자의 얼굴에 당황한 기색이 떠올랐다.

"혼자 가시려고요?"

진혁이 불안한 표정으로 물었다.

"응, 혼자서 만나 봬야 하는 분이야."

남자의 눈동자가 흔들렸다.

"누나가 그렇다면 어쩔 수 없죠. 아, 민 교수님이나 류 형사님께 말해 둘까요?"

진혁은 일부러 남자에게 들으라는 듯 말했다. 남자의 눈동자가 다시 흔들렸다. '민 교수님'이라는 호칭이 나왔을 때였다.

"아니, 괜찮아. 두 사람에게는 알리지 마. 혹시 그 사람들이 물어보더라도 모르는 척하고."

"정말 그래도 돼요?"

"응, 괜찮아. 위험한 분이 아니니까. 그리고 나도 꼭 만나 뵙고 싶었고."

'저택'이라고 하기에 부족함이 없는 집이었다. 넓게 펼쳐진 마당
의 자갈길을 밟으며 걸어갔다. 정원은 잘 꾸며져 있었고, 풍취가 있
었다. 문득 성현이 미국에 있을 때도 이런 대저택에서 살았을지 궁
금해졌다.

거실이라기보다는 응접실 같은 곳으로 안내를 받았다. 내부 인
테리어는 눈에 띄게 화려하진 않았지만, 고풍스러움이 있어서 마음
이 편해졌다. 재인이 소파에 앉는 것을 확인한 남자가 살짝 고개를
숙이고는 어딘가로 사라졌다.

5분쯤 기다렸을까. 재인을 이곳으로 불러들인 사람이 등장했다.
검은색의 단정한 원피스를 입고 머리를 위로 틀어 올린 그녀는, 성
현의 어머니 조 여사였다.

조 여사는 맞은편에 앉아 있는 여자를 가만히 살펴봤다. 전체적
으로 색이 옅은데도 존재감이 확실한 여자였다.

연갈색 머리카락 아래에 자리 잡은 흰 얼굴은 인형처럼 예쁘고,
눈동자는 보석처럼 빛났다. 딱 한 번, 그녀의 눈동자가 예리하게 빛
났는데, 그것이 아들인 성현의 눈빛과 무척 비슷하게 느껴졌다.

아마도 착각이리라. 조 여사는 자신의 아들이 얼마나 다루기 힘
들고 특별한지 알고 있었다. 그와 비슷한 눈빛을 가진 사람이, 세상
에 또 있을 리 없다.

"성현이 엄마 되는 사람입니다. 유재인 씨 맞지요?"

"안녕하세요, 유재인입니다."

재인이 일어나서 깊이 허리를 숙여 인사하고 다시 자리에 앉았다. 허리를 꼿꼿이 편 좋은 자세였다.

"성현이가 한국에 들어왔다는 걸 알고 난 후에 그 애의 뒷조사를 했어요. 아가씨와 같은 아파트, 같은 층에서 살더군요. 유독 자주 만나고."

"네, 맞아요."

재인은 당황한 기색도, 큰 저택의 분위기에 압도당한 기색도 드러내지 않았다. 그녀의 작은 얼굴은 그야말로 인형처럼, 아무 표정도 없었다.

"아가씨에 대해서도 조사를 했어요. 어린 나이에 부모님이 돌아가셨더군요. 그 후 이모 댁에 몸을 의탁했다가 성인이 되기 전에 집을 나왔고요."

"네, 맞습니다."

"아가씨가 어떻게 살아왔는지, 어떤 배경이 있는지, 그 부분은 지적하지 않을게요. 그런 것들로 사람을 판단할 만큼 꽉 막히진 않았거든요."

"네."

"나는⋯⋯ 내 실수로 딸을 잃었어요. 이제 남은 아이라고는 성현이뿐이죠. 그 애는 너무 자유롭고 겁이 없어서, 위험이 위험인 줄도 모르고 달려들곤 해요."

재인은 가만히 조 여사의 이야기를 듣고 있었다. 그녀의 맑은 눈동자는 조 여사의 얼굴에서 떨어지지 않았다.

"나는 성현이마저 잃고 싶지 않아요. 그래서 그 애를 내 뜻대로 키우고 싶고요. 라연이가 인격적으로 아가씨보다 더 낫다, 못하다를 가늠하려는 게 아니에요. 다만 라연이는 내 뜻을 잘 따라 주고, 성현이를 위험에 뛰어들지 않도록 보필할 수 있을 거라고 판단했어요."

"그러시군요."

라이벌이라고 해도 좋을 여자의 이름이 나와도, 재인의 표정은 달라지지 않았다. 조 여사는 슬슬 재인이 무서워지기 시작했다.

사람이 맞는 걸까? 혹시 잘 만들어진 인형인 것이 아닐까?

"우리 집안과 라연이의 집안이 양쪽에서 성현이를 지킬 수 있겠죠. 성현이를 안팎으로 보호해서 무탈하게 지낼 수 있도록 돕고 싶은 내 마음, 유재인 씨가 알아줬으면 좋겠어요."

"네, 알아요."

"유재인 씨는 범죄심리학과 대학원생이더군요. 아마 범죄와 관련된 일을 하려는 거겠죠. 일을 하지 않더라도 관심은 있는 걸 테고요."

"네."

"유재인 씨는 성현이에게 독이 될 거예요. 난 그 애가 위험에 뛰어들어 죽는 꼴을 보고 싶지 않아요."

"네, 저도요."

"아니, 유재인 씨는 몰라요. 내 마음이 얼마나 간절한지."

재인의 시선이 잠시 조 여사에게서 떨어졌다. 그 틈을 타, 조 여사가 말했다.

"우리 성현이랑 헤어져 주세요, 유재인 씨."

"……."

"이런 말을 하는 내가 밉겠죠. 날 미워해도 좋아요. 하지만 성현이는 놔줘요. 그 아이는……."

문득 오래전, 딸의 사망 소식을 전해 들었을 때의 일이 떠올랐다. 그 순간을, 조 여사는 바로 어제의 일처럼 또렷하게 기억하고 있었다.

점심을 먹고 있을 때 울린 전화벨 소리, 창문 밖에서 들려오는 경적 소리, 식당을 채운 음식 냄새와 그곳을 채운 공기의 온도까지도.

"아무리 노력해도 지워지지 않는 순간이 있어요. 주위를 떠돌던 냄새와 에워싼 공기의 온도, 창문을 타고 들어오는 소음과 미미하게 감도는 불길한 기운. 그 모든 것이 또렷하게 기억나는, 그런 순간이 있어요."

그래서 재인이 하는 말이 자신의 속마음을 읽어내는 것이라는, 바보 같은 생각을 하고 말았다.

재인의 시선이 다시 조 여사를 향하고 있었다.

"거짓말을 하는 사람은 불편해요. 하지만 솔직한 사람은 싫지 않아요. 저는 어머님을 미워하지 않아요."

재인의 음성은 낮고 단조로웠다. 그래서 듣기 좋았다.

"이런 순간이 있을 거라고 예상했어요. 어머님이 날 불러 민성현 씨와 헤어지라고 하는 순간. 그래서 상상했어요. 뭐라고 하시면서 헤어지라 하실까. 돈을 주실까, 화를 내실까, 조롱하실까. 그런데 어머님은 제게 솔직하게 말씀해 주셨어요. 그래서 감사드려요."

"유재인 씨, 나는 아가씨에게 감사 인사를 듣자고 그런 소리를 한 게 아니에요."

"20년 전 한 여자가 우리 부모님을 죽였어요. 그리고 전 그 여자가 부모님을 죽인 줄도 모르고, 그 여자를 좋아했어요."

재인의 부모가 사망했다는 것은 조사했지만, 그 이유까지 조사하진 않았다. 조 여사는 생각지 못한 진실에 인상을 찌푸렸다. 재인은 담담히 자신의 과거를 이야기하기 시작했다. 중천에 떠 있던 해가 저물 때까지 이어지는, 길고 슬픈 이야기였다.

조 여사는 소파의 쿠션을 꽉 움켜쥐고 그녀의 이야기를 들었다. 부모가 살해당한 후, 어린 몸으로 힘겹게 살아온 인생을 이야기하면서도 표정이 변하지 않는 재인의 말을, 도무지 끊을 수가 없었다.

감정이 없기에 무표정한 것이 아니다. 꾹꾹 눌러 감추는 법을 익혔기에, 표정이 없는 것이다. 비슷한 경험을 한 적이 있기에, 조 여사는 재인의 무표정 안에 감춰진 커다란 슬픔을 짐작할 수 있었다.

"그래서요."

불과 한 달 전에 벌어졌던 일까지 전부 털어놓은 재인이 말했다.

"저는 민성현 씨와 헤어질 수가 없어요. 죄송해요."

"아, 아가씨 사정은 잘 알겠어요. 아주 불쌍하고 안 됐네요."

황급히 정신을 추슬렀다. 재인에게 말려들어서는 안 된다.

"하지만 그 안쓰러움으로 우리 성현이의 발목을 잡고 있다는 생각은 안 해 봤나요? 아가씨가 우리 성현이를 위험에 처하게 할지도 모른다는 생각은 안 했나요?"

"온실 안에서 키우는 화초가 말라죽지 않는 건 아니에요, 어머님."

"내가 왜 네 어머님이얏!"

재인의 담담한 대꾸에 울컥 분노가 치밀었다. 앞에 놓인 찻잔을 들어 재인을 향해 집어던졌다. 저도 모르게 벌린 일이었다.

찻잔이 재인의 이마를 맞추고 바닥으로 떨어졌다. 아플 텐데도 재인은 맞은 곳을 손등으로 쓱 문질렀을 뿐, 다른 행동을 하지 않았다.

"나는 너 같은 딸 둔 적 없어! 너는, 너는 내 아들을……."

"저는요, 어머님. 그 모든 일이 끝나고 부모님 묘소를 찾아갔을 때, 부모님이 살아계셨더라면 했을 일들을 떠올렸어요."

이성이 끊긴 조 여사가 비명처럼 소리를 지르는데도, 재인의 목소리는 커지지 않았다. 그녀는 이제까지처럼 조 여사에게 시선을 고정시킨 채 느릿하게 말했다.

"긴 머리를 가끔은 엄마가 묶어 줬겠죠. 어버이날엔 어설프게 만든 카네이션을 달아드렸을 거고요. 아르바이트를 해서 처음 받은 돈으로 부모님 속옷을 사드렸을 거예요."

자신도 모를 말을 외치던 조 여사의 목소리가 서서히 줄어들었다. 낮은 음성으로 이야기하는 재인이, 어째서인지 어린 소녀로 보였기 때문이다. 흔들리지 않는 맑은 눈동자가 아니었더라면, 환각을 보고 있다고 생각할 뻔했다.

"원하는 대학에 입학했을 때 다함께 환호를 했겠죠. 남자 친구가 생기면 아버지는 화를 내고, 어머니는 웃었을 거예요. 가끔 남자친구랑 여행을 가고 싶어서, 부모님께 거짓말을 하기도 하고, 그게 걸려서 혼나기도 하고. 어느 날엔가 심하게 아파서 누워 있으면, 엄마는 걱정스럽게 절 간호해 줬겠죠. 아빠는 일찍 퇴근을 하고 '우리 공주님'하면서 들어오실 거고요."

재인의 눈동자가 커진다고 생각함과 동시에, 주르륵 흘러내렸다. 눈물이었다. 재인은 여전히 무표정했지만, 그녀의 눈에서는 눈물이 흐르고 있었다. 흐느낌이 없는 눈물은 더 슬픈 법이다.

조 여사는 문득 그 눈물을 닦아 주고 싶다는 충동을 느꼈다. 아니, 충동뿐이 아니었다. 손이 이미 반쯤 올라가 있었다. 뒤늦게 정신을 차리고 얼른 손을 거뒀다.

봤는지 못 봤는지, 재인은 계속 말을 이었다.

"친구들이랑 있다가는 생글생글 웃다가도, 집에 들어와서 엄마랑 아빠한테는 좀 퉁명스럽게 행동할지도 모르겠어요. 그러다가 곧 후회를 하겠죠. 어느 날엔가는 또 독립을 하고 싶다고 했다가 반대에 부딪칠 거예요. 부모님은 자식을 품에서 놓고 싶지 않은 법이니까. 그래서 많이 싸우고 울고, 그렇게 독립을 하겠죠. 부모님은 자식을 이기지 못하는 법이니까."

거기까지 말하고 재인이 입을 다물었다.

조 여사는 재인의 마른 어깨가 가늘게 떨리는 것을 똑똑히 목격했다. 이 아이는, 얼마나 긴 시간을 이렇게 숨죽이고 울어왔을까.

이윽고 감정이 조금 정리된 재인이 손등으로 눈물을 닦았다. 운적 없다는 듯 무심히 조 여사를 응시했지만, 이제 조 여사는 그녀의 눈에 담긴 수많은 감정의 격돌을 볼 수 있었다.

"그런 것들을 한 번이라도 해볼 수 있었더라면, 참 좋았을 텐데. 그런 생각을 했어요. 바보처럼."

바보 같지 않았다. 조 여사도 항상 그래왔으니까. 딸이 죽은 후, 매일매일 딸과 하고 싶었던 일들을 상상해 왔으니까.

가슴이 찢어질 것만 같았다. 저 작고 마른 소녀도, 이렇게 아플까? 날카로운 얼음 칼이 심장을 잘게 저미는 이 고통을, 저 아이도 느끼고 있는 걸까?

재인이 천천히 시선을 돌렸다. 그녀의 시선이 향한 곳은, 창문 밖이었다. 응접실의 커다란 창문밖에는 잘 가꿔진 정원이 펼쳐져 있었다.

"저 정원을 봤을 때, 그런 생각을 했어요. 저기 저 공간에 티 테이블을 놓고, 어머님과 함께 차를 마시며 민성현 씨 이야기를 할 수 있지 않을까. 노곤해지기 시작하면 어머님 손을 잡고 정원을 한 바퀴 돌 수 있지 않을까. 봄에는 벚나무 아래에서 모녀처럼 팔짱을 끼고 사진을 찍을 수 있지 않을까."

재인의 음성은 여전히 단조로웠지만, 이상하게도 감미롭게 들려왔다.

"가끔은 함께 쇼핑을 가고. 아버님 생신 때는 함께 케이크를 만들면 어떨까. 민성현 씨는 자기 케이크는 안 만들어 줬다고 삐칠지도 몰라. 가끔은 여자들끼리만 여행을 가고, 또 가끔은 다 같이 여행을 가고. 간혹 민성현 씨와 다툰 날에는 어머님께 쪼르르 달려와

일러바치고."

딸의 사망 날에 멈춰 있던 조 여사의 도화지에 그림이 그려지기 시작했다. 햇살 좋은 날, 정원의 티 테이블에 네 명이 둘러앉아 도란도란 이야기를 나누는, 아주 다정하고도 따뜻한 그림. 너무나 따뜻해서 그동안 가질 생각도 못 했던 그림.

이곳에 들어온 후 처음으로, 재인의 입가에 미소가 번졌다.

무척이나 달콤해서 녹는 게 아닐까 싶은 미소를 지으며, 재인이 말했다.

"그렇게 지낼 수 있지 않을까요?"

에필로그

성현은 무릎을 꿇고 앉아 있었다. 재인의 부모님 납골묘 앞이었다. 비석 앞에는 책이 한 권 놓여 있었다. 성현의 한국에 들어와서 집필한 신간 소설이었다.

"제가 주인공인 소설입니다, 어머님, 아버님."

봄기운이 완연한 바람이 성현을 스치고 지나갔다. 성현은 눈이 시린 듯 가늘게 뜨고 미소를 지었다.

"여기에 제가 따님을 만나 얼마나 변했는지, 제 인생이 얼마나 찬란해졌는지, 그리고 제가 따님을 얼마나 사랑하는지 다 담겨 있습니다."

성현은 말을 멈췄다. 마치 재인의 부모가 책을 읽기를 기다리는 듯, 한참 후에야 다시 입을 열었다.

"걱정 마세요, 어머님, 아버님. 전 최고가 아니면 못 견디는 성격이거든요. 세상에서 제일 행복한 남자가 되는 게 제 꿈이었습니다. 그러니까 따님도 세상에서 가장 행복할 겁니다. 따님은 제 삶이니까요."

말을 마친 성현이 천천히 일어났다. 그는 정중하게 허리를 굽혀 인사한 후에 말했다.

"아, 오늘 제가 찾아온 건 비밀입니다. 따님한테는 이번 주 주말에 같이 오자고만 해 뒀거든요. 그럼 어머님, 아버님. 주말에 뵙겠습니다."

느릿하게 돌아서서 걷던 성현은 문득 미소를 지었다. 뒤에서 목소리가 들려온 것 같았기 때문이다.

"⋯⋯우리 딸 잘 부탁하네, 민 서방."

〈여왕님 뜻대로 완결〉